暗夜

残雪 著

湖南文艺出版社

图书在版编目（CIP）数据

暗夜 / 残雪著. -- 长沙：湖南文艺出版社，2022.2（2024.1重印）
（残雪作品典藏版）
ISBN 978-7-5726-0387-7

Ⅰ.①暗… Ⅱ.①残… Ⅲ.①中篇小说－小说集－中国－当代 Ⅳ.①I247.5

中国版本图书馆CIP数据核字(2021)第193922号

暗夜
ANYE

残雪 著

出 版 人：陈新文
责任编辑：陈小真　　曾　军
责任校对：胡伟英
装帧设计：弘毅麦田
湖南文艺出版社出版、发行
（湖南省长沙市东二环一段508号　　邮编：410014）
网址：www.hnwy.net
湖南省新华书店经销
湖南省众鑫印务有限公司印刷

版次：2022年2月第1版
印次：2024年1月第3次印刷
开本：889mm×1194mm　1/32
印张：12
字数：249千字
书号：ISBN 978-7-5726-0387-7
定价：68.00元

本社邮购电话：0731-85983015
若有质量问题，请直接与本社出版科联系调换

目 录

莲 ··· 001

暗夜 ··· 045

水娃 ··· 087

茅街的长延和他姑妈的通信 ··············· 128

矿区的维克 ····································· 183

保安 ··· 229

煤的秘密 ·· 283

在纯净的气流中蜕化 ························ 323

莲

现在已是阳光明媚的春天,燕子也飞回来了,可是表妹阿莲却又发病了。我必须去探视表妹,这是爹妈交给我的任务。爹爹在家里说:

"阿莲是铁了心不想让她自己的病好呢,我们可要死死地将她往这边拉啊。"

爹爹喜欢说"这边""那边"的,"那边"指阴间,"这边"是阳世。

表妹很早就参加工作,从父母家里搬离了。她同家人关系不好。自从三年前病倒之后,她的存在在我们家里就变得重要了。爹妈总是唠叨她的事,说既然她的家人不管她,我们就有义务照顾她。她在一个机关工作,虽然病倒了,那里还是给她发工资。她住的地方不怎么好,是一大片裙楼的地下室。大概因为房租贵,她工资又低,只租得起这种地方吧。她的病非常奇怪,上医院检查也查不出是什么病。她在上班时倒在办公桌下面失去了知觉，同事们将她送到医院。后来医生让她回家，说要继续观察。表妹自己说她"难受得要死"。连续晕倒好几次之后她就不能工作了，只能躺在家里。她的独立性很强，虽然病重，她还是坚持到商店买吃的，买回来做了吃，每次发病时都这样。

我穿过那些乱糟糟的大杂院和裙楼，来到她的阴暗的地下室。

"阿莲，你看上去好多了。"

"忆莲表姐，这里这么黑，你真的看得清吗？"

我脸红了，但她并不是嘲笑我，她的声音显得忧虑重重的，她为什么而忧虑呢？

阿莲并没有躺在床上，而是站在唯一的窗户前。这扇窗大半埋在地下，有三分之一伸出地面，屋里那一点点自然光就从那三分之一流进来。她转过身，将椅子拖出来让我坐。为了节约用电，她平时是不开灯的。我坐下后，看见她的身子晃了晃，就倒下了。我连忙开了灯，蹲在她身旁轻轻摇晃她，唤她醒来。过了一会儿她就醒来了，要喝水。

"我难受得要死。"

这是她常说的一句话。

"你看看我的脸。"她又说。

我用一个指头在她脸颊上轻轻一按，吓坏了——我感到我是按在一只氢气球上面。

"我还有吗？"她的声音发抖。

"什么？"

"我问我还剩点什么。啊,你不懂。"

她侧过身去背对着我。然后,她慢慢地坐起来了。她叉开手指梳她的头发,梳着梳着,那头发就散落在她的手上,再梳下去,脑袋上的头发就更稀少了。她站起身去吃药时,我低头看地下,心里嘀咕,那些头发到哪里去了呢?

"阿莲啊,同我到外面散散步吧,不然头发要掉光了。"

"我最远只能走到街对面的市场,在外面不能超过十五分钟,我可不愿意倒在外头。"

"也许到了外面就不会发作了呢?"

"啊,你不懂。我愿意发病,否则的话,我的日子怎么过呢?"

我觉得她在胡言乱语了,她的脑子乱了吗?不,她的脑子很清醒,她拿着一本日历书凑到灯光下读呢。她问我去不去扫墓,我想起明天是清明节。

"人死了就死了吧,扫什么墓呢?"我随口说道。

她忍不住笑出声来,她的发作好像过去了。她脱下脏衣服,半躺在床上,用她一贯那种捉摸不定的口气谈起一件事。她的机关里的处长昨天到这里来看望了她。处长是一个老女人,多年前就死了丈夫,是那种内心寂寞的类型。

"她就坐在那里说话,"阿莲指了指窗前,"她一发声啊,空气里头就有血光。忆莲表姐,你说说看,她干吗来?不不,我知道她为什么来。我在上班的时候,她就坐在我隔壁的房间里。我为什么一次次晕倒呢?就是因为她在隔壁弄出了一种可怕的声音啊。那种声音……那种声音……我没法形容。"

她的脸变得像一个面具,声音一下子呆板了:

"你一来,我难受得要死。我本来——不,我身体里头并没有问题。你听,你听到了吗?不是一只,是五只,不是五只,是七只!"

她指着窗口之上的地面,她的指头抖动着。与其说她恐惧,不如说她亢奋,因为那张略为浮肿的脸突然红了。

我没有听到异常的声音,无非是过路人经过的脚步声。她是说七只脚吗?不,我只听到两只脚发出的声音,而且那人已走远了。我的神情也恍惚起来,于恍惚中,我看见阿莲的头发仍然在她的脑袋上,既浓密又乌黑发亮。她正用一把缺了齿的木梳梳头呢。

"阿莲阿莲,为什么我一到你这里,有些事就完全改变了呢?我在家里想象着你的病容,我觉得你是那么的孤单。可是一到这里,我就不由得羞愧了。为什么呢,大概是因为我看见你有生活的目标,而我没有。你就像某个人说的那样:耳听八方,心明眼亮。"

我站起身准备离开了。我去开门,门却打不开;我用力推,觉得好像是有人从外头将门闩起来了。阿莲没有朝我这边看,她垂着头好像睡着了一样。

"阿莲,我出不去了。"

她发出一声轻笑,抬起头来,说:

"忆莲表姐,你真性急。你不是刚刚才来吗?"

我退回来,重又坐到那把椅子上。阿莲关掉了灯,屋里头一片昏沉,我的身体似乎在空气里浮动。我想告诉阿莲我的家人对她的担忧,我动了动嘴唇,突然一阵恐惧袭来,令我开不了口。这种恐惧同她房间里的氛围无关，是从我自己内部生出来的，并且完完全全是对自己的恐惧。我无端地觉得只要我的喉咙发声，只要我的手做一个手势，就会有最最可怕的事发生——我必须稳住自己，完全不弄出一丁点声音来。阿莲的脑袋又垂到了胸前，似乎在打瞌睡，我注意到她的坐姿一点都谈不上舒适，她为什么不躺下去呢？

我在房里又待了半个多小时，直到一个穿着古板的半老女人打开房门走进来，我才得以离开。那个女人就是阿莲所说的处长。我发现阿莲和处长就像一对母女那样亲密，她们两人都在侧着脑袋倾听什么，似乎她们很清楚那声源所在的方向。

有很长时间我没有去阿莲那里，因为我所在的公司派我出差，我天南地北地跑，一个省又一个省地跑，弄得灰头土脸的，脑子里涌动着白蚁一般的人群。当我坐在飞机的机舱里闭目养神时，阿莲的影像也曾出现在脑海里，那是一个秃头的白化病人，手指头上连指甲都没有。我自嘲地想，真是杞人忧天，实际上，阿莲才是掌握自己命运的人呢。在我们的乱哄哄的城市的地下室里，她正实现那种自由的梦想。我想到这里时，转眼一看，坐在身旁的老翁正用他那巨大的灰眼睛瞪着我，我不由得打了一个寒噤，脸都白了。我惧怕些什么事呢？我越想躲着他的眼光，他盯我盯得越紧。

"我倒是很想结束这种心神涣散的生活呢。"我冒失地对老头说。

"那你就天天坐飞机吧。"他的口气里头充满了嘲弄。

老翁转过脸去弄他那只手表,手表戴在他的右手上,我居然听得到指针移动发出的金属声——这只表实在大得不像话。他将右手举到眼前时,我看见表壳底下有一只细小的蟑螂在来回奔跑,这景象令我产生眩晕的感觉,我连忙垂下头闭上眼,做出打瞌睡的样子。

到我终于回到家里时,爹爹告诉我说,阿莲的那个机关已经停止了对她的工资的发放,医疗费也没有着落了。他认为阿莲应该去上班,即使是晕倒也应该晕在办公室里头。他还说,既然医生检查不出任何病来,那不就等于没病吗?也许只是体质弱罢了,天天去上班对身体有好处。爹爹说这些话时,一边脸显出一丝残忍的笑意,我看了有点吃惊。

傍晚时我又到了阿莲家。阿莲居然不在家。我在门口等了好久她才回来,她是同那处长一道回来的。老女人一看见我就掉转身走掉了。

"啊,你来了,你是来借钱给我的吗?我两天没有吃一顿好饭了。"

地下室里黑洞洞的,阿莲说她的电已经被人断了,她反正是一个人,倒也习惯了摸黑,有时候,在黑地里感觉反而更好。她似乎闲不住,在屋里窸窸窣窣地摸来摸去,像是在翻东西,又像是在干什么手工活,我一问她她又说什么都没干。

"杨处长和我有一个小小的计划,刚才我和她是去熟悉情况了。你带钱来了吗?"

我掏出身上所有的零钱,在黑暗中递给她。她一把抓了过去,塞到自己衣袋里。我觉得她的动作里有种厚颜无耻的味道,她居然变成这样了。

"你借钱给我,我就让你知道我们的计划。"她油腔滑调地说。

"阿莲,你这是怎么啦?"

"忆莲表姐,我缺钱呢。"

"你们有个什么样的计划呢?"

"啊?没有。那是我说着好玩的。你看我这个样子,还能计划什么呢?连这个地下室都快住不成了嘛。杨处长也一样,别看她是个处长,她的日子可难过呢。"

"她的日子难过?"

"是啊。她在机关里有血债,她逼死过一个人。那时她坐在我的隔壁,经常发出那种可怕的声音,别人都听不见,只有我一个人听得见。说起来,我的病还是她弄出来的呢。不过我心里还是感激她的。"

"你现在连工资都没有了啊。"

"总有办法的吧。这对我是个很好的促进。再说你们总会借钱给我的。"

她的语气淡淡的,丝毫不焦急,她似乎在沉思。房间里响起很多声音,开始是模糊的、隐约的,慢慢就变得清晰起来了。是风声和雨声。风吹过灌木,吹断了枯枝;雨打在芭蕉叶上,在屋檐下形成水洼。这些久违了的声音包围着我们。我问阿莲,外面是不是在下雨?她说不会吧,这里很长时间没下雨了,现在不是雨季。但的确有水珠落在我脸上了,是从窗口飘进来的吗?阿莲说不是,是她在房里晾的衣服没拧干,滴水呢。那么风声又是怎么回事呢?风声离得很近,像是吹进了裙楼里面。

"有时候我通夜陷在回忆里,我想记起幼年时养过的那只龟的去向。你有过这种体验吗?后来我同杨处长约定,我们一起来回忆。"

"结果呢?"

"这件事没有结果。杨处长的记忆之门关上了,她需要我的帮助。我在一张纸上画出那只龟的可能去向的路线图,她就坐在我旁边遵循我的思路想同一件事,时光不知不觉地就溜走了。由于不断地做这种练习,我的思想活跃起来,就在最近,我想出了那个方案。"

我没有问她什么方案,她如果不主动说,我问也是问不出来的。风声和雨声小了下去,我听到了清晰的脚步声,是一个人在野地里行走,他(她)的脚踩在枯草上头,沙沙作响,秋菊的馨香弥漫在这间地下室里。我有些明白阿莲为什么不愿去上班了。我对身边的、离得很近的忙碌生活充满厌倦,我的嗅觉、听觉和视觉都已被堵塞,而阿莲,生活在虚幻的大自然的影子世界里,既灵动又过敏,某种东西在她体内生长,她其实已经比我强大得多。可是爹爹和妈妈为什么建议她去上班呢?这两位老人的心思比阿莲更不可捉摸,我同阿莲今天的密切关系最初还是在他们的敦促下建立起来的呢。那个人已经走到我们窗前来了,是一个男人的脚步声,穿着那种笨重的工作皮鞋,他在窗前停下了。

"他很有风度,不是吗?"阿莲的声音有些激动。

"谁?"

"他是那个时代的人。可惜那个时代已经消失了,从前的比武场上建了一个五金器材仓库,他成了一个游魂,在这一带徘徊。其实啊,这个人是面铺的老板,可到了夜里,他就恢复了剑客的身份。我睡在这里,一闭眼就看见他背上那把无形的剑。生活多么奇妙!"

我简直嫉妒起阿莲来了。这些天,我跑遍了大半个国家,我就像那虚空中的蜉蝣,苍白透明,为自身的缺乏重量无比地沮丧。机舱里的那老头不是已经洞悉了我的虚无的本质吗?我起身走到窗口,朝着上面的那人喊道:"喂!"真奇怪,房里好像装了消音器一样,我的声音完全听不到。倒是那人的脚步声很响地传来,"嗒、嗒、嗒"的,也许他鞋底钉了铁掌。我多么烦躁啊。这是阿莲的家,她租了这个地下室,地下室就成了她的无边际的家。这里刮着风和雨,从我所不知道的陌生世界里走过来的男人在外面徘徊,向阿莲传递我所不知道的信息。阿莲真的有病吗?

"阿莲,我的爹妈说你该去上班。"

阿莲发出一声沉痛的叹息,我以为她要抱怨了,可是她说:"你们一家,真是善解人意的好人啊。也许我真的该去上班了,杨处长不也在上班吗?为什么我不?不瞒你说,我和杨处长的计划就是让我恢复工作,昨天夜里我俩悄悄地去了办公室,你猜得出我们在房间里看到了什么吗?就在暖气片旁边,地板破损的那个洞里,长出了大丛的玫瑰花!当时我可吓坏了,那些花儿不是被人塞进去的,而是真的从那里长出来的,它们的根就扎在水泥上。我回头去看杨处长,看见她已经哭成了泪人儿。我嘛,就是那一刻下了决心。你的爹妈现在可以放心了。世界多么美妙啊!"

我听得出她说的是由衷之言。风已经停了,但雨还在下,清爽地落在沙地上。现在来到窗前的是两个穿塑料凉鞋的小孩子,他们之间发生了小小的争执,是关于钓鱼的事。

"杨处长那么痛苦,为什么不设法从机关里调走呢?"我不解地问。

"她在哪里还不是一样吗?只不过是一个角度的问题。你爹说得好,死也要死在机关里。"

我爹并没有说"死"这个词,但阿莲太伶俐,立刻就这样理解了。窗前的两个小男孩打了起来,其中的一个头部被撞在水泥墙上,那是很沉的、闷闷的一声,我感觉到头盖骨已经碎裂了。阿莲坐不住了,从床上下来走到窗前,将手臂伸到窗外。

"阿莲,外面真的下雨了吗?"

"怎么会呢?此刻是晚风习习的大晴天呢。"

"那小孩在哭呢,他同伴死了。"

"忆莲表姐,你真多情。我们现在要什么就可以有什么,你说是吗?我一辈子都没有看到过那么美的玫瑰花,我应该像杨处长一样坚守在那里。我们机关里将杨处长称作'幽灵',因为很少有人看到她的身影,每次我从她的办公室门口经过都没见到她坐在里头。但是她的影响无处不在,就连我们局长,一提起她来脸都要变色。"

阿莲在窗前伸长着手臂同远方的什么人打手势。此刻,我们所在的地下室向身后无限地延伸,变成了开放的地方,一株洋槐的枝条垂到了我们的脸上,三只小鸡在草丛里追逐。

"那只龟也是想要去哪里就可以去哪里。"她像是对我说,又像是对远方的那人说。

我的妈妈来到我的住处,表面上是来给我送吃的,实际上却是来谈阿莲。我突然觉得,我的爹妈的生活是以阿莲为中心的。为了什么呢?也许他们同阿莲是一类人,同我则不是吧。妈妈的叙述里头时间观念是错乱的,而她口里说出来的阿莲,是一个年龄不确定的女子,有时是儿童,有时是青年,有时又是她的同龄人。她谈话的时候,那种缥缈的语气似乎要召唤什么。召唤什么呢?比如她说:"你生出来,我们给你取名叫'忆莲',而那时还没有阿莲。我们怎么会想出这样一个名字呢?很多事都是注定的啊。"又比如她说:"她从家中搬走,同家人一刀两断了。我和爹爹同时想到了她在家中养的那一群黑猫。那群猫后来都流落街头了,她遗弃了它们。关于她同家人的决裂有很多传说,可我只记得猫儿的事。"她还说:"阿莲出现在我和你爹爹的每一个梦里,她那细长的黑影投在红砖墙上和柏油马路上,我们看一眼心里就产生狂乱的念头。可是我听说她自己的梦却属于宁静的乡村。"妈妈说呀说的,她的双颊在灯光下透出无限的沧桑,使得我禁不住暗自思忖:她这些年是如何过来的?她和爹爹住在那栋古老的、快要拆迁的公寓里头,每天下午,太阳穿过公寓的高墙晒到狭小的天井里头时,这两个固执的老人心中会浮起什么样的欲望?

妈妈站起身,打开门朝楼道里看了一眼,说:

"忆莲,我和爹爹都爱你。"

她笨拙地弯下腰捡起她的竹篮，叹了口气往外走去。我注视着妈妈瘦小的背影，想到她和爹爹度过的艰难的日子。为什么说他们的日子艰难呢？倒不是经济上有什么困难，而是他们将每一天都当末日来过。从我记事那天起，就听见他们在谈论"井喷"的事。我们的住宅附近有一口油井，据说有一年发生井喷，毒死了几百人。我们家没什么家具，好一点的东西都装在两口大皮箱里头，皮箱就放在门边，以便万一不幸的事发生就可以提上皮箱逃命。二十多年过去了，不幸并没有发生，油井的设备全换了新的，可是爹妈似乎并没有丝毫放松警惕，仍然神经兮兮的。我虽然在这种末日氛围里头长大，却似乎没有传染上那种危机感，这不免令二老有些失望。他俩在家里谈论危机时总有些不好意思，总是窃窃私语，避开我。我也搞不清从哪一天起，阿莲就成了他俩的精神寄托。他们并不常去阿莲那里，阿莲也从不上我们家来，可是我知道他们对她魂牵梦萦。"要是井喷的时候阿莲在身边，就不会有什么失误。"妈妈说过这样的话，她又补充说："阿莲天生就是危难时刻的主心骨。"我一点都不妒忌阿莲，因为我是一个性情随和的人，害怕末日，也不愿老听人谈论。

妈妈送来的糯米食品有好几样，粽子汤圆之类，我坐下来享用。

我已经好些日子没见到阿莲了，她在机关里头混得怎样了呢？要是晕倒，他们会将她送往医院吗？爹爹的计谋成功了吗？前一阵我又出差了，我去的地方是那些贫民窟。那些狭长阴暗的小巷子，每次进去都给人从此出不来的感觉。我是去做统计工作的，我提着我的帆布箱汗流浃背地匆匆行走，看见转弯处的油布棚下面总是站着几个毒品贩子。啊，那些小巷啊，就像蛇洞一样莫测，不断地拐弯，甚至使你产生在往回走的错觉。如果你去向本地人问路，他们每个人都会毫不犹豫地一努嘴，唆使你进入一条暗无天日的巷子，于是你走啊走的，有时你害怕起来，掉转身往回跑。有时你撞上了管事的，那人往往戴一副墨镜，他点一点头叫你同他走。于是你跟在他身后进入贫民窟的内部——那些肮脏的裙楼。楼里的电梯总是坏的，住在那种地方，人就得学会攀登，如果你的腿发软，停在楼梯上，就会遭到身后的人的袭击。然而经过漫长的攀登后到达的是什么地方呢？你到达的是另外一个楼梯口，从那里通往楼下。"我是来做统计工作的，我要去居民家中。"有好几次我这样对管事的说。管事的摘下眼镜打量了我一阵，声音小得几乎听不出："没关系，所有的数据都会有的。"我们就一起下楼了。我一直想从我的工作里头找出一种意义来，我知道它是隐藏了某种目的的。那是什么呢？凭我这平庸的大脑，实在是想不出来。

有人没敲门就进来了，居然是阿莲机关里的处长。

"你这里很好。"她主动坐下来，拍了拍自己那一头烫得像鸟窝一样的短头发。

"杨处长有事吗？"我问道。

"嘿嘿，我昨天从机关里溜出来了，今天也没去，他们不知道，没一个人知道。谁会来追究这种事呢？可以说没人管我。"她颇为自得，"你也可以试一试嘛。"

原来她是来告诉我这件事的。她的话令我想起贫民窟小巷子里的那些贩毒者，我有些紧张。但为什么要紧张呢？看看这个杨处长吧，她不是很放松吗？她用她那双冰冷的灰眼睛盯着我看，似乎有所企盼。这时门外响起了阿莲的声音。

"杨姐！杨姐！"

杨处长站起来，又坐下了。阿莲为什么不进来呢？

"杨姐啊……"阿莲的声音带哭腔了。

我想去开门，杨处长一把将我按在椅子上，她那只青筋凸露的大手在微微发抖。阿莲的脚步声渐渐远去了。

"这种夜里，阿莲总是要出来找我，她知道我在你房里。"

"她为什么不进来呢？"

"你不知道吗？阿莲总是这样的。在机关里上班时，她就敲墙，我在隔壁都听烦了。她想让我知道她心里苦闷，可是一见面呢，她又后悔让我知道了她心里的事。"

墙壁上有一个杨处长的影子，那影子在一点一点地长大。一会儿工夫，那黑影就占满了一面墙，头部伸到了天花板上。我感到头晕，身上开始出冷汗。

"你……你……"我昏头昏脑地说。

"哼！"她冷笑一声，坐着不动。

"这屋里真黑啊。"我勉强说出这句话来。

突然，我的脑袋晃动了一下，什么都看不见了。我的上半身伏在桌子上，时而感到她在用脚用力踢我的腿，时而又感到她在离我很远的过道尽头对我喊话，听不清她到底喊了一些什么。后来我又听到我房间的门响了一下，大概是她出去了。

那天夜里，我整整一夜都没想出杨处长的来意。

我休假了。我计划在假期里头重返我出差时访问过的那些地方。这个主意其实是杨处长提出来的，她还要同我一道去旅游呢。那天夜里，在惨白的日光灯下面，阿莲和她看上去就像两个鬼。我们是坐在阿莲的办公室里，我在那里头找来找去的，却没有发觉地板上的那个破洞。也许办公室的地板已经换过了吧。后来不知怎么，我糊里糊涂地就答应了同杨处长一块出游。阿莲在一旁眼珠鼓得老大，拍着手说："好——啊！"她本来坐在桌上，说这话时忽然栽到地板上，身体蜷作一团。

"阿莲你没摔坏吧？"

"你别管我，"她挥开我说，"你可要好自为之啊。去吧，去旅行吧。你记住，中途我也会来加入你们的。"

真荒唐，这个杨处长，模样古板、内心莫测的半老女人，她居然使得我同意了她的莫明其妙的旅行计划。我隐约记得一开始我们根本不是在谈论旅行，而是在谈论乌龟背甲上的花纹。当时阿莲很健谈，因为在这方面她见多识广。从乌龟我们又谈到了海龟，杨处长胸膛里涨满了思乡之情，她说她出生在海边的小渔村里。然后话题就转到了旅行上头。杨处长说她要了却她的夙愿，实施一种"隐性的旅行"。我问她什么是"隐性的旅行"，她就话题一转，怂恿我去向公司申请休假，然后和她一块外出。

杨处长的双手背在背后，绕办公室走了一圈。我觉得她那种老派样子特别好笑，就忍不住笑了起来。为掩饰自己我又假装在咳嗽。但阿莲还是觉察到了。

"忆莲表姐你笑什么呢？"她责备地说，"现在还没开始旅行呢。"

"我听不懂你的话,阿莲。"

"那你就回家好好想想吧。杨姐在生活中可不是个逗笑的人。怎么说呢,杨姐,她差不多是我的救命恩人呢。"

那天从阿莲的办公室回去,下着小雨,路上特别黑,好几次我的脚都踩进了水洼里,这使我的情绪沮丧到了极点。

上午我去公司告了假,一回家就接到阿莲的电话,说是杨处长已买好了火车票,下午五点钟在候车室等我。我感到很疑惑,怎么不是杨处长自己打电话来呢?阿莲说,杨处长在家里从来不打电话的,她怕别人知道她的行踪。接着她又在电话里头补充了一句:"你昨天晚上表现得很自负嘛。"放下电话后一种不祥的感觉向我袭来。我到底去还是不去呢?犹豫了好一会,我决定打电话给爹爹。已经是中午了,爹爹似乎还在阴暗的大卧室里陷在混乱的梦中,他磨蹭了五分钟才开始说话。

"是阿莲通知你的吗?太好了。忆莲啊,到了外头,事事都要用脑子,我和你妈老了,快要活够了,我们帮不上你的忙。"

他的口气就好像我是去上战场似的,我记起他年轻时打过仗,大腿上中过一颗子弹。和他通过话之后,不祥的感觉更厉害了。我胡乱将旅行用品塞进一个箱子里,坐在房里发呆。电话铃忽然又响了,吓得我一脸发白,手发抖。又是阿莲,她向我说起这一阵她在机关上班的体会,她说她已经"豁出去"了,晕倒就晕倒,让别人将她抬到旁边的长椅子上躺下。现在大家也习惯了她的怪病,不再大惊小怪。阿莲干吗这时在电话里说她的事?

"忆莲表姐,你在听吗?我觉得你根本没听!"她忽然发怒了,

"咔嚓"一声挂了电话。

我本来也可以不去，可此时的氛围好像不允许我不去似的。另外，我也觉得自己过于担忧了，不就是出去旅行吗？杨处长一个女人家，又不是老虎，还能吃了我？

候车室里稀稀拉拉的并没有坐多少人，杨处长不在里头，难道她到了这个时候还不能暴露自己的行踪？这就是"隐性的旅行"吗？我气鼓鼓地坐下来。

车快要开时她才来。她穿一件黑风衣，戴着黑风帽，像一只老乌鸦。

我们的卧铺是面对面的两个下铺。处长将自己的小皮箱往铺下一塞，然后端坐在铺上看着窗外一动不动了。她的样子显得有点紧张。

"杨处长，阿莲要我一路上听您的吩咐呢。"

她忽然笑起来了，她的笑声居然像小狗的叫声一样，怪怪的，弄得我害怕起来。过道里有人经过时，那人总忍不住朝她看，于是我感觉好像自己做错了事一样将脸转向窗外。她笑了又笑，没个完。我开始怀疑她是不是神经错乱了。

后来列车员来了，列车员很严肃地对我说话。她问我杨处长是我妈妈吗？我说是朋友。她要求我马上制止她发出这些怪声。可是我们说话时，杨处长已经停止了发笑，她站起来，傲慢地用身体撞开列车员，径直往厕所走去。

"我们躲过了一关。"她重又回到卧铺上时紧张地对我说，"你想想看，这里头什么人没有？比办公室里还险恶。在办公室，那些面孔你至少还熟，这里啊……"

她将枕头被子拢到一块，靠在那上头，一瞬间就睡着了。她的模样像是累坏了。

杨处长的风衣掉在地上，我弯下腰帮她捡起来。风衣的料子有一种奇怪的手感，那不像是布，倒像是小动物的柔软的皮，一没抓稳就又从手里滑到了地上。我将抓衣服的右手凑到亮处去瞧，看见手板上粘了一些黏糊糊的东西。

由于我弄出了响动，杨处长睁开了眼睛。

"你不要动我的衣服，你会不习惯的。其实呢并没有什么，只不过是衣服一到了我身上就变成了我的皮，这叫物尽其用，我不喜欢表面的装饰。你大概觉得我老派。"

她捡起风衣往箱子里塞，衣服就像一条黑蛇一样溜进去了。不知怎么她又要上厕所了。这一去就去了很久，直到下半夜才回到她铺位上。

"您去哪儿啦？"我迷迷糊糊地说。

"我订了三个铺位，这叫'狡兔三窟'。免得他发现我的行踪。"她压低声音说。

"谁？"

"随便一个人吧。总有那种人的，不是吗？"

她躺下了。一会儿她又坐起来问我："上面这个人是谁？"

"一个女孩，从沿海的渔村来的。说不定是你的老乡呢。"

"嗯，有可能。"她口里嘀咕着什么，一会儿就打起鼾来。

天亮前杨处长放在卧铺下面的箱子里头一直在闹腾，像是里头囚了一只野猫一样，闹得箱子都弹跳起来。是不是那件风衣在闹鬼呢？渔村的女孩很早就起来了，坐在上铺，将两条瘦腿垂下来，双臂紧紧地抱着胸前，像是受了惊吓，又像是怕冷。

"你等会儿去吃早饭吗？"我问女孩。

"啊，不！我怎么能下去，太危险！"她的声音抖得厉害。

我上面的那个老头也起来了，浓重的南方口音响了起来：

"坐车如坐监狱啊，如今这日子没法过了。"

老头下来了，机警地往过道那头走去，我看见他身上缠着一条花蛇，蛇头被他握在手里。

"你看……你看……"女孩朝他的方向努着嘴，身子探出床外。

我心有余悸地回想起刚过去的恐怖之夜。杨处长睡得沉沉的，她那张长脸像被打歪了一样，右边的鼻翼和嘴角都肿了起来，呼吸也很困难，但她绝没有要醒来的迹象。她下面的箱子已经静下来了。我抬起头来同女孩搭讪，想使她镇定下来。

"你们村里有多少人家？"

"啊，不要问这种问题。我们村已经不存在了，我要忘掉它！我告诉你啊，那不能算一个村子的，那里总共只有三个人，我，还有另外的两个。我们住在三间茅屋里，刮台风茅屋就被吹倒了，又得重新盖。下面这位阿姨打起鼾来就像刮台风，所以夜里我特别害怕。我跑出来，以为逃脱了，没想到火车上也和我们那里一样。"

我听见她在用脑袋撞木板间隔，她的苦恼没法解脱。

杨处长一直睡到下午，列车到达目的地进站了才醒来。这时我们上铺的两位早已在中途下去了。她的眼睛肿成了一条缝，头发像鸡窝草一样乱，而且精神也显得很萎靡。

"忆莲啊,我看不见,你得扶着我出站。"她说,"我们要小心这些列车员。"

银城是一座败落的城市,这里的人们以醉生梦死闻名。已经有好多次了,我在这些破烂的小巷里穿行,将那些低矮的瓦屋想象成自己的家。这里给我一种身心放松的感觉。可是今天,当我搀扶着杨处长,两人磕磕绊绊走在麻石路上之际,我感到路边矮屋里的人们向我们投来敌意的目光。杨处长执意要到路边去打个电话。我们走进卖小五金的铺子,那里有一部公用电话。她是打给阿莲的,从她的话里我听出来阿莲不是在家里,却好像就在这附近的什么地方,她还同阿莲约定了晚上见面呢。店主过来同我们搭讪。

"银城生活方便,吃的玩的应有尽有,来了的就不想走。二位要吃火锅吗?对面大马路上那个小竹楼里头就有,还可以洗温泉,提供全套按摩服务。"

我对这个斗鸡眼的老头很厌恶,拉着杨处长离开,但杨处长却对他的话有兴趣。

"你说我们也可以进去玩吗?那该是青年的娱乐场所吧?啊,昨天夜里我真是累坏了,在火车上有那么多的问题要我处理,我现在眼也花了,头也昏得厉害。"

她竟向这个陌生人诉起苦来了。在家里的时候,阿莲叙述中的杨处长是个不苟言笑的严谨的女人,官僚机器上的一个部件,她是怎么变得这么紊乱的呢?那老头很高兴有人听他说,于是又说起竹楼后面的旅馆,说那里每天半夜都要发生抢劫案,但客源还是很充足,不知道是什么道理,是不是人们都想寻刺激呢?

老头说话时杨处长不停地用手捅我,似乎要暗示我什么事,我却一点都不懂得她的暗示。我打量她,看见她还是头发蓬乱,嘴上长着黄泡,她激动些什么呢?

"真的吗?真的每天夜里都有抢劫案发生吗?"她突然提高了嗓门。

"千真万确。二位要去那里住宿吗?我劝你们三思而行。"

杨处长兴冲冲地掉头就走,我紧随其后,思忖着这个女人怎么一下就变得心明眼亮了呢?瞧她走得多么快啊。

我们进入那竹楼的时候,听见有人在哑着嗓子大喊:"阿莲回来了!"但是大堂里空空的,一个人都没有。我看来看去,发现了墙角的鸟笼,原来是鹦鹉在喊话。杨处长也发现了,她笑得直不起腰来。杨处长像换了个人似的,目光炯炯,脸上泛出油光。

竹楼里头尽是空房子,看上去好久没住人了,但是既没有温泉,也没有按摩院,连个人影都找不到。我们提着行李从楼下找到楼上,然后又下来找,还是一无所获。我想将行李放在后面天井里,空手去找人,杨处长制止了我,说这样做太危险,因为她已经感觉到这楼里有人。"万一是土匪呢?我们的行李不就丢失了吗?"她嘀咕道。

一回到大堂,鹦鹉又叫起来:"阿莲回来了!阿莲回来了!"杨处长说这只鹦鹉把我认作阿莲了,因为我们两个长得太相像。我觉得她在胡说八道,难道阿莲来过这里吗?杨处长不理会我的质疑，预言说："你总会明白的，什么事都有可能。"我问她怎么办，要不要换一家旅馆。她激烈反对，说我是个贪图安逸、省事的人，还说既然出门在外了，就要把发生的一切事都当作猎奇，充分享受旅游的刺激。说着话，她又跑到大门那里向街上张望，好像在等人似的。这时我想，鹦鹉不会乱说话的，莫非阿莲真的来过了？

杨处长真是个让人惊奇的女人，出门在外，她一副不管不顾的样子，蓬着一个鸟窝头，眼泡眼肿，我记得今天早上她连脸都没洗呢。她大言不惭地说她要猎奇，是不是猎奇的人都是这副走火入魔的样子呢？瞧，她打开自己的行李包，将毯子铺在竹地板上面，好像打算在这里安顿下来了——她居然在那个巨大的行李包里头放了一床毛毯！她铺好毯子之后，就用一个指头朝自己鼻尖勾了勾，召我到她面前去。

"我要睡觉，我昨天夜里累坏了。你就在这里值班吧，发现情况就叫醒我。"

她说完就倒下去闭上了眼。我虽然心里老大不乐意，也只好在这个空空的大堂里走来走去的。闲得无聊，我就去辨认竹墙上刻的那些乱七八糟的字。不看不知道，一看吓一跳，原来那一根根竹子上刻下的不是字，而是一只只眼睛。我很快就感到自己被各式各样的眼睛包围了。是谁这么执着，非要刻这么多眼睛，就好像同谁较劲似的呢？看起来，那人满腔仇恨，因为他刻出的每一只眼睛都是深深地陷下去的，瞳仁上涂着绿色，迫使人一旦看见就摆脱不了。接着我又听见了很多杂乱的声音，看来这竹楼里头并不是空的，而是有很多人，只是我看不到他们而已。那些声音似乎都在讨论一个很急迫的问题，有人在反复地说"血案"这两个字，声调越来越高，忽然，有一只大眼睛里面的绿色瞳仁闪出了磷光，我害怕得倒退了几步，但它紧盯我不放。

"你没有勇气生活吗，忆莲？"杨处长在那边大声说。

我回过头一看，看见她是在说梦话，她的一只手挥动着，好像在赶开蚊蝇。

再回过头来，那只眼睛不见了。周围的窃窃私语似乎在催促我去干一件什么事，但每个声音都是欲言又止，它们称我为"盲妹"。不知怎么，我觉得这些声音都是我的邻居和同事发出来的，但具体是哪个人却又弄不清了，只是感到特别熟悉。

鹦鹉在笼子里烦躁地扑打着翅膀，杨处长已经坐起来了。她盯着那只鸟，一点也没有要离开的样子。

"这竹楼里头很不安静啊。"我说，"杨处长，您是第一次来吧？"

"当然是第一次。这墙上的每一根竹子都让我想起我的家乡，真是触景生情啊。我出来以后就再没有回过家乡。我是兵荒马乱的时候出来的，那年我十三岁。当时到处都是隆隆的炮声，我回头一望，我的渔村已经消失在灰雾当中了。其实我们那里并没有竹子，可是不知为什么，我一听那老板说起'竹楼'这个词马上就想起家乡来。思乡是一种病，你说是吗？"

"我不知道，我从小就生长在城里，只是短时间离开过，没有这种体验。"

"怎么会没有这种体验的呢？"她责难地瞪了我一眼，"阿莲就有这种体验。"

"阿莲同我一样也是在城里长大的呀。"

"她夜夜梦见一个礁石岛,从三岁开始一直到现在都这样。你怎敢断定她没离开过城里!"

说话间她已经换上了宽大的睡衣,穿上了拖鞋,就这样在大堂里走来走去的。我想,莫非她准备去洗温泉吗?温泉在哪里呢?她又到大门那里向街上张望,也不怕人家看见她这一身打扮,一副倚老卖老的派头。她到底等谁呢?

往年我到银城来,这条街上到处都是灯红酒绿,家家旅馆几乎都客满,时常要跑好几家才可以找到一个住宿的地方。虽然旅游事业兴旺,却不知怎么回事,这里的人都很穷,到处是贫民窟,除了我们所在的这条主街之外,其他地方没有一栋像样的建筑,甚至连楼房都少见,全是那种土砖砌的矮屋,屋门口坐着眼圈黑黑的老人。我听办事员告诉我说,其实这些土屋的主人都很有钱,之所以生活如此清贫是因为他们憎恨享受,他们追求的是另外一种享受。"是吸毒吗?"我问办事员。当时他的脑袋摇得像拨浪鼓一样。我又追问了好久,他才说了三个字:"白日梦。"他说,就是那种梦把银城的人害苦了,害得他们眼睛看不见,耳朵也听不清,时常连亲人也不相认了,一味地坐在黑屋里苦思苦想。"想些什么呢?"我问。办事员说,他们想的不是一件具体的生活上的事,而是如何将生活上的事从脑子里排空。有时候他们躺在家中执着地望着天花板,试图让自己的视线洞穿天花板到达阴沉的天空;有时他们又会跪在鸡笼旁倾听母鸡的咕咕低语,决心从那咕咕声中分辨出某种古老的信息。

总的来说，银城人是禁欲的、生活清苦的，可他们却任凭外地人到此地来过放荡的、挥霍的生活。我想回忆起我在银城走街串巷的日日夜夜，可是我仅仅记得起一些模糊的片断，一些面目不明的人影。我是去搞社会调查的，我本应同他们直接接触，当我这样做的时候，却有看不见的屏障隔在我同他们之间，我在笔记本上记下那么多虚幻的数字，而这些影子发声时，往往伴随阴森的、地窖里的回响。不，关于银城，我死也得不到一个踏实的印象，这也是我为什么要将这里作为旅行的第一站的原因吧，我想利用另一位见多识广的女性的大脑来做出明晰的判断。然而这一切好像正在落空。

"啊，啊！"杨处长口里发出吃惊的声音，朝街对面的小巷挥着手。

我连忙凑过去看。除了那个小五金铺子，我什么都没看到。

天黑时我们才走出竹楼，去街上的饭馆。这条繁华不再的长街令我感叹不已，这里就连街灯也变得稀稀拉拉，零星的行人大部分时间走在暗影之中。我心里不断地涌出怀疑：这到底是不是那个银城？当然是，这些旅馆、餐厅，还有这些商店，这座形态独一无二的梯形的监狱，难道还会有错吗？

"我们要大吃一顿。入乡随俗并不是天经地义的。"

杨处长说话的语气有点怪，冷冷的，像说别人的事一样。我想去我常去的那家叫"银城地下餐厅"的饭馆，但杨处长不准我去。

"你没闻到从那下面冒上来的死尸的气味吗？傻瓜，那里是个黑帮窝。"

"可是我常去那里吃饭的。"

"那是因为你什么都不知道才没出事。他们对不知情的人采取长期观望的策略。"

她拉着我跑过马路,又跑了一气才停下来,说是要躲过那些人。当我们再回头看时,看见"银城地下餐厅"里头的灯全黑了,有人从里头冲出来大喊"救命"。

"您是如何知道那里是黑帮窝的呢?"我心有余悸地问。

"闻出来的嘛。我刚才不是说了有死尸味吗?你不要问了,我们快回竹楼。"

她闷着头往前冲,我只好也加快脚步。我们又经过了好几个餐馆,可是杨处长连望都不望,像逃难似的。

回到竹楼,摸进黑洞洞的大堂,她才松了一口气。她在她的旅行包里摸索了好一会,摸出一个纸包递给我,说里头是吃的。原来是半个冷馒头,已经干了,说不定是她在火车上买了,没吃完剩下的。折腾了这一番,我实在饿极了,就三口两口将半个馒头吃了下去。这时我听到她在窃笑。

"难道其他餐馆里也有黑帮?"我不以为然地说。

"当然。不相信你可以去试试,我在这里等你。"

她在角落里铺好毯子睡下了。我感到饿得慌,就试探着向外走去。

我走进离得最近的一家快餐店,打算进去吃一碗凉面。

"我们不卖凉面。"女孩说。

"那就炒饭吧。"

"我们不卖炒饭。"

"你们卖什么呢?"

"我们什么都不卖。"她举着小圆镜开始化妆了。

"这里难道不是快餐店吗?"

"是又怎么样?不是又怎么样?"她朝我翻了翻白眼。

我看见两个穿黑衣的壮汉在里面门洞那里探了探头,不由得身上起了鸡皮疙瘩,连忙转身就走。我在心里感叹:"真是今非昔比啊。"

大概是由于受了惊吓,我肚子也不饿了,对于吃饭的事也心灰意懒了。我决定回竹楼去休息,到了明天再说。这次旅游就这样变成了阴郁的、身不由己的活动,我干吗要同杨处长一起来呢?实际上,我早就厌倦了旅行,是什么原因使得我同意这个老女人的提议呢?是对自己的生活不满,盼望发生转机吗?这个杨处长,还有我的表妹,她们的生活对我来说是不可理喻的,也许,我暗暗地向往那种生活而自己不知道?那到底是什么样的生活呢?我在阴影里低头快走,有人喊我的名字。声音是从那栋梯形监狱前面的办公室里传出来的——原来我于慌乱中走过了竹楼,快到街尾了。我不想停留,可是我身不由己地站住了,好像腿出了毛病似的。木屋前站着一个干瘦的老头,他在向我招手。

"你想见你的表妹阿莲吗?"

他脸上浮起淫邪的笑容,他是一个独眼龙。

"阿莲?"

"是啊,她主动投案了。五年前的那桩案件——她连你都瞒着——使她的良心没有一天不受折磨。我是负责她的案子的警察,说实话,我倒希望她永不归案!"

"她在哪里?"

"你在屋里坐一下,我这就叫她出来。"

木屋很矮,但里头收拾得很干净,墙上还贴了好看的壁纸。壁纸的花纹十分独特,但我不敢多看,怕从里头看出些别的名堂来。现在我得处处小心了。十分钟过去了,老头还没回来。桌子上的玻璃板下面有老头和家人的照片,每一张照片上老头都穿着警服,很威严。他的妻子也是警察,两个儿子瘦骨伶仃的,好像长期受到虐待似的,眼神惊恐。我忽然发现有张照片上头有阿莲,阿莲同这一家人坐在一起,在外人看来,她就像这一家人的女佣,她低着头,双手放在膝头上面。我从未见过阿莲这种样子。这张照片的背景是监狱,远远的还有一只大狼狗立在监狱门口。我看照片之际,听见房门"咔嚓"一响被人从外面锁上了。那老头在外面说话了:

"我怕你乱跑,干脆把你锁在我的办公室。桌上有部电话机,你拨'3'就可以同阿莲通话。她会同你谈她的案情。"

他说话间将窗户上的铁栅敲得当当作响,也许是在暗示我什么事。后来他就走了,说要值班去了。不知从哪里跑出一大群狼狗,叫个不停,还撞击我所在的房间的房门,有三只还趴在窗户的铁栅上头,朝我张开血盆大口。然而只过了几秒钟,它们又像一阵风一样消失了。我抚着"怦怦"乱跳的心窝,战战兢兢地拿起电话机。我还没有拨号,话筒里面就发出一声尖叫,那不是阿莲的声音,是一个陌生女人。

"阿莲吗?"我问。

"我刚才踩到一条蜈蚣,"她说,她的嗓音很粗,"这地方啊,无奇不有！我说忆莲，你可得小心一点。你爹要我关照你呢。"

"你真是阿莲？"

"还能是别人吗？你以为只有你一个人来过银城啊？我每年都来！"

"可是……那警察说你是犯了案子给关在这里。"

"意老头吗？意老头总是对每个人说出真相。我是犯了案子给关在这里的，那又怎么样，我愿意被关在这里，关一辈子都不嫌长，就是两辈子……"

有人抢掉了她的话筒，听见一声咒骂，然后就一片沉寂了。又过了两分钟，话筒里重新响起声音，是个男声。

"你滚开，滚得远远的，这里没你的事！"他吼道。

"但是我被锁在房里了啊。"

"有这事吗？"他的情绪一下子缓和了，"你说你给锁起来了？怪事，为什么呢？为什么意老头要这样干？留在这里的全是有贡献的人，你有什么贡献呢？怪事。"

"请问对什么有贡献呢？"

"当然是对监狱有贡献，你懂得什么呢，什么也不懂！"

他挂了电话。我再拨"3"打过去时，里面就没声音了。那些狼狗似乎在梯形的楼房里头叫，楼里发出巨大的共鸣声。我坐在那里，有种到了外星球的感觉。这到底是怎么回事呢？病得那么厉害，动不动就晕倒的阿莲，居然可以到处旅行，还居然可以坐牢，难道她一直在装病吗？爹爹总是说她一心想要往"那边"去，我以前将"那边"理解成阴间，认为她真是不想活了，现在看来这是不正确的。"那边"也许就是银城这种地方。我以前也到银城来,可是我对银城的理解全是表面的。我看见了贫民窟,看见了无尽头的、蛇形的小巷,看见了那些黑眼圈的老人,可实际上我跟什么都没看见差不多。难怪牢房里的那人说我没有贡献,我的确不懂银城,也不懂阿莲和杨处长。百无聊赖之中,我又拿起话筒,拨"3",这回又响起那个粗嗓音的女声。

"忆莲,你是自由人,你回去后告诉你爹,就说阿莲谢谢他的鼓励。"

"你到底犯了什么案子?"

"啊,那是不值一提的小事。由于你爹爹多年的鼓励,我才到了此地,现在我安顿下来了。回头一想,这条路真漫长啊!你听,我那地下室的家里又下雨了。"

当她说最后一句话的时候那声音就变得十分细弱,好像她要坠入到另外一个世界里面去了似的,而那个地方,绝对同我无关。此刻那种地方对我来说充满了诱惑,难怪阿莲愿意待"两辈子"啊。

我就这样在独眼老头的办公室里头开始了我的真正的旅行,前面那一段只不过是一段序曲罢了。直到这时我才慢慢地知道从前我对一些事的误解有多么深。

那天夜里,我伏在那张办公桌上睡着了。蒙眬中有人扯我的衣角,说我压着了他的脖子。我问他他是谁,他说是警察的大儿子,还说我刚才已经见过他了。于是我疑惑地想,人怎么能住在照片里头呢?我想挪一个地方,但我怎么也挪不开,我的瞌睡太大了。后来那人将我掀翻了,我跌倒在地。我看见房门已经开了,密密的一大群蚊虫在绕着灯光旋转。虽然心里害怕,我还是试着站到了门外。

意老头过来了,他的样子一下子变得很衰老,连走路都是颤巍巍的。

"我带你去牢房里。不过啊,今天夜里你是见不到你表妹了。"

隐隐约约地仍然可以听到狼狗叫,可是当我们绕到办公室后面时,我却并没有看见那栋梯形的楼房。它到哪里去了呢?

"狼狗是在牢房里叫吗?"我问意老头。

"是啊。当初我是反对建这样的地牢的,完全是形式主义。我们几十个人全反对,但头头一意孤行。这种牢房,徒有其表。"

"您是说牢房关不住犯人吗?"

"正是!你倒真聪明。那下面是无底洞啊。所有的囚犯到头来几乎都失踪了。当然,除了你的表妹那种人……"

我们一边说话一边走,我只感到眼前越来越黑,抬头一看,已经看不见天了。我问意老头牢房怎么还没到,他说已经到了,还说阿莲就在附近锤石头。"这个监狱,是一个地下采石场。"他说完这句话就不见了,我所在的地方有一点微光,隐隐约约能看见某个人形的影子在窜动。不知是因为热还是因为恐惧,我浑身汗津津的。

"阿莲!"我喊道。

"喊什么呀,我就在你身边。"她埋怨道。

啊,真是阿莲!我摸到了她细瘦的胳膊。她说她动不了,因为脚上有脚镣。不过她乐意在这里做锤石头的活儿。

"我们今天的工作是为实现明天的理想铺路。"她骄傲地说。

"什么样的理想呢?"

"你还是不知道吗,忆莲表姐?就是快乐啊,理想就是快乐啊。我每砸下去一锤,脑子里就憧憬着快乐!来,我教你锤石头。"

她拖我蹲下去,将榔头交到我手中。我虽然什么都看不见,还是莫名其妙地冲动起来,乱砸一气,不知怎么就砸了自己的脚,痛得晕了过去。

我恢复知觉时,阿莲也不见了。周围响起了嘈杂的敲击石头的声音,还可以看到击打出的火星。我站起来时,受伤的脚并不怎么痛,甚至还可以走路。我想,戴着脚镣的阿莲,还能走到哪里去呢,一定就在这附近。看见那些窜动的人影,我不知怎么就哀哀地诉说起来了:

"阿莲阿莲,你不要躲着我啊。你在家里生病的时候,不是只有我去看你吗?"

一个男人将我推到一边,也许我挡了他的道。

"呸,你干吗胡说八道啊,阿莲才不会同你玩捉迷藏呢,她忙得像转个不停的风磨,哪有心思……"

"六叔!你是六叔啊!你怎么在这里?"

我一把拖住他的手臂,他停下来了。他推着手推车在运石头。

"你还记得我,这倒好。你看,我们家族有三个人都在这里,你要干什么?"

"我不知道。"

"那就坐在这里好好思考,总会想出来的。啊,我得走了。"

却原来监狱是一个地下采石场。这些石头都运到什么地方去了呢?这个六叔,是爹爹的小弟,先前是一个小偷。他人倒挺和蔼的，就是不务正业。俗话说，兔子不吃窝边草，他却专拣熟人的东西偷，一条街上的人家都被他偷遍了。后来他在公共汽车上偷，被人扭送到警察局，自那以后我就再没见过他了，只听到爹爹说过一次，说他"改造得很好"。现在看他匆匆忙忙的样子，真是改造得很好啊。他刚才问我要干什么，真的，我到底想干什么呢？我想出去吗？想回到竹楼杨处长那里去？不，我并不想，此刻我最想的是找到阿莲，向她说说我心里头的疑惑。我还想再次尝试锤石头，看看快乐会不会来到我心中。这一次我一定要小心翼翼，决不让榔头落到我脚上。可是我找不到榔头了，我将周围地下摸遍了还是找不到。可能被阿莲带走了。周围有很多人在忙碌，他们目的明确，干活有热情，我能感觉得到这个。

我在地上爬着找榔头时摸到了一个人的脚，那只穿了塑料凉鞋的脚猛地踩在我的手背上，我发出一声尖叫。

"在没有弄清这里头的深浅之前，你不要乱来。你知道我们在这里有多久了吗？"

这是一个男子，声音很严厉。

"我不知道。"

"你曾爷爷还在时，我们就在这里了。我们只是偶尔到上面去，混在人群里头玩一玩又回来了。我们都有自己的正事。"

我觉得这个人话中有话。如果这里这些窜动的影子是些鬼（我是不信鬼的），那表妹阿莲就是一心要待在鬼世界里寻快乐了。梯形的建筑也是鬼屋吗？他们（包括意老头）并不快活啊，他们忙忙碌碌，又累又紧张，阿莲竟想到这种地方来寻快活，她说的快活是怎么回事呢？

"你做好心理准备了吗?"他又说。

"什么样的准备?"

"就是准备掉下去。"

"掉到哪里去?"

"哪里都不是的地方。像一块猪油一样在烈火中化掉。"

"我可不想化掉。"

"那么,你往那些黑暗处钻一钻看吧,说不定会找到一个缝隙。这里有个外号叫'石牢',不论你走到哪里都出不去,但是据说是有缝隙的。阿莲!阿莲!"

他突然生气地叫起阿莲来,那语气就好像阿莲犯了什么错误。阿莲在远处答应他,她的声音痛苦不堪,又很畏怯。很显然她是归他管的。

我的眼前升起一团黑影,这团黑影不断向上生长,很快就变成了一座小山的形状。我身边的男人沉默了。由于惦记着阿莲,我就朝她刚才发出声音的方向走去,这一来,我离那座山越来越近了。那是什么样的山呢?到处都是三三两两的人在抬石头,我有时撞着了他们,他们反而向我说:"对不起。"他们都知道我的名字,做出同我很熟的样子,说:"你找阿莲啊,她在山脚下那棵漆树旁哭泣呢。"每个人都说这同样的话。我走了好久,我觉得我已经到了山面前了,但我脚下还是平地——既没有缝隙,也不是上坡。我已经走到漆树旁了——不知道是不是那一棵。坐在地上的人却是六叔。六叔问我想好了要干什么没有,我就说我想找到阿莲。六叔听我这样说就痛心疾首地叹气了。接着他又斥责我,说我小的时候对他没有同情心,有次拿走了他的草帽,害得他光着头遭太阳暴晒。他说话的时候,有一些记忆在我脑海深处浮上来了。我的确早就听说了银城这个地方,是从六叔口中听说的,而且还不止一次。看来六叔是进了银城的监狱,这事发生在我五岁那年。难怪好多次我出差来银城,心里总有种异样的感觉,觉得自己有件什么事应该在城里办,却又想不起是什么事。

"忆莲,你看见山了吧?"他问我。

"起先我看见了,现在又看不见了。"

"我嘛,我明天就要死了,所以我就看见山了——黑压压的要倒下来。"

"您怎么知道你明天要死的呢?"

"这是规定好了的嘛。刚来这里时我害怕过,每天掐着指头算时间,现在也还是怕,不过已经习惯了。你看,它又往上长了一点。忆莲啊,你爹说我改造好了吗?我最重视的就是他的意见了。是因为他我才来银城的。"

爹爹的心里是装着银城的。但是我从前出差来这里的时候,他不动声色。看来,我是在按他的希望发展着自己呢。

"六叔,你说我会变成什么样的人呢?"

"你?这很难说,很难说。你不要伸手摸这漆树,一摸你就回不去了。像我这样的老麻雀就没问题,你这样的嫩麻雀,骨头都要化掉。"

他将身子紧贴那棵漆树,双手抱紧树干。朦胧中我看见树冠抖个不停,这给我这样一种印象,好像这棵树要被他缠死了一样。

"我身上有很多毒。"他自豪地说。

这时我听到阿莲在什么地方哭了一声，声音好像来自高处。

"阿莲？"我说。

"她上去了，她从小喜欢登高。"六叔说话时大概在微笑，"你们姊妹里头，她最有心计。"

六叔放开了那棵树，但树叶还在抖个不停。我脑子里浮想联翩，阿莲少女时代那副病恹恹的样子反复出现在我眼前。那时她总爱说："我没睡醒啊。"她现在如愿了，为什么还要哭泣呢？是乐极生悲？回顾从前的生活，我看出来阿莲是多么有力量的女孩子啊。

我离开六叔，朝我预想中的目标走去。沿途尽是抬石头的汉子，我跳来跳去，疲于闪避。

终于来到一处清静点的处所，伸手一摸，面前却是一堵石墙或削平了的岩石。横着摸过去，光滑滑的，没有缝隙。又听到阿莲的哭泣，莫非她坐在高高的墙头上？我抬头看看晦暗的、见不到天空的上面，想象她骑墙的模样。当又一阵哭泣传来时，墙就抖动起来，仿佛要朝我身上倾倒下来一样。一瞬间，我的心脏都几乎停止了跳动。我拼尽全力跳开，向后跑，大约跑了两三分钟便听到身后隆隆的倒塌声，还有灰雾的气味，现在我该往哪里走呢？

"阿莲！阿莲！"我喊道。

我的背上被人捅了一下，是她。

"你刚才在哪里啊？"

"我？哪里都不在。昨天竹楼里打起来了，杨姐趁乱跑到了牢里。"

"杨处长？你同她商量好了来银城的吗？"

"不是商量好了，是我要躲开她，她偏不让我躲开。我是在她的监护下长大的。还在我参加工作以前，有一回我家老阿姨带我去见一位校长，希望让我得到她的关照，那位校长就是杨姐。那时我身体虚弱，满脑子厌世的念头，是她为我鼓起了生活的信心。可是从那天起，我就置于她的监护之下了，那种情况有时是十分难堪的。这一次，我同你们坐一辆火车来的，一下车我就溜掉了，我躲进了监狱。当然，我知道杨姐迟早会找到我，那些歹徒会告诉她我在哪里。当你们两个人都在竹楼里时，歹徒们就不会去袭击。所以我一见到你啊，我就知道杨姐快要找到我了。你以为我沮丧不已？不，不，她是我命里的克星，又是我生活上的导师。在机关里的时候，有多少个夜晚我们手牵着手在空空的走廊上来来回回地走！你还记得从地板下冒出来的玫瑰吧？和她在一起就会有那一类的异象出现，你周围的环境老是给你一种惊喜……"

她说这一番话时走过来走过去，脚镣在地上拖出清脆的声音，那些抬石头的人见了她就让路。我看不见她的脸，不知为什么，她的脸在我的想象中泛出健康的红晕。

"你是如何知道她来这里了的呢？"

"是一个歹徒告诉我的。你瞧，歹徒既帮她又帮我。现在你明白她为什么一定要住在竹楼里了吧？五金店的老板也是这个地牢里的看守呢，杨姐就是从他口里得到信息的。"

"我是离不开这个地牢了。"她往地下一坐，又说，"在这个地方回想起我们机关里的办公室，还有我那个地下室的家，就会感叹：那些时光多么幸福啊！忆莲，我告诉你一件事，刚才我的爹爹和妈妈到这里探望我来了。我们这么多年都是死对头，可是情形一下子就改变了。我骑在那堵墙上的时候，他俩就用他们的头去撞墙。我真怕爹妈出事。可是他们说，只要我活得痛快，他们就是死了也心甘。你看，事情变成这样了。先前我离开家，是想让老人活得痛快，在外人看起来，却像是我抛弃了家庭。"

她弯下腰去呻吟起来，大概是脚镣磨破了脚脖子。

我想起一件事，就问她：

"我听见墙坍塌了，怎么回事呢？"

"这些石墙很脆弱，到处都在坍塌。其实地牢算什么呢？你一抬脚就可以出去的。"

我想，我在这里又算什么呢？在我幼年时代，有一回我跟随妈妈去山上的庙里买白菜秧子，那座寺庙有很多半月形的门，我们进了一重门又一重门。后来妈妈让我在一张门那里等，她就到菜圃里面去了。我等了好久好久她都没出来，后来天都黑了。我慢慢明白过来，我是不算什么的，妈妈自己先回去了。回到家里，果然看见她，她笑眯眯地说："我把菜秧全栽下去了。我忘了去接你回来，你真机灵，在那种地方都不迷路。"多年之后我又去了寺庙，却找不到那些半月形的门洞了，只有一张式样难看的大木门敞开着，很多人从那张门进去烧香。

抬石头的人撞着我了，那人身上浓烈的汗味熏得我头晕。我想起了阿莲的父母，那两个驼背的小个子老人，他们在这种地方是怎么看见路的呢？或许这里只有我一个人是盲目的？我看见了那个女人的身影，我喊道："杨处长！"我一喊，她倒走远了。阿莲让我不要喊，她要求我回家。她说如果我回了家，她就会感到自己还在同家人联系，这使她心安。又说她可不愿做一个无根的人，即使从此坠入深渊或不知去向，她也愿意想着自己是某个普通家庭的女儿这一事实。她边说边将脚镣弄出刺耳的响声，这时我又看见杨处长的身影，那身影缓缓地朝我们移近，又缓缓地远去了。她仅仅只是在这里监护阿莲吗？她的身影看上去是多么寂寞啊。

"她要我去死。"阿莲突然说。

我想起那张青黄的、略为浮肿的脸，那鸟窝一样的短发，我为阿莲不寒而栗。

"躲开她！"我说。

"可是已经晚了。你能躲到哪里去呢？这里的每一个人都会告诉她我的行踪。就连我自己，也希望她早点发现我呢。如果不是因为有她，地板破洞里怎么会长出玫瑰花来呢？有时我坐在办公室里，会忽然觉得杨姐已经同我相识了一千年！"

她孩子气地提高了嗓子，猛地站起来，又"哎哟"地弯下腰去，大概是脚镣硌痛了伤处。

我的表妹，她心里有种东西像火山一样喷发。

我该离开她了，她在爹爹说过的"那边"，我在"这边"。将来有一天，我也会去她所在的地方，但现在还不行。有个妇女挑着一担石头迎面而来，我闪到一边，然后跟在她后面。走了一会儿，我就看见了岩石墙，她却并不后退，轻轻松松地就过去了。我也跟着她过去了。

外面天已大亮，意老头的儿子正在喂狼狗，是那位小儿子。

大儿子站在屋檐下，两眼茫茫，一副落魄模样。

"这两个小子都不安于监狱工作。"意老头对我说，"忆莲，你劝劝他们。"

我觉得老头很滑稽，他居然叫我劝劝他们。我，一个局外人，连监狱在哪里，是怎么回事都没搞清，我怎么劝他们。我就问那小儿子：

"监狱里一共有多少条狼狗啊？"

"狼狗不是监狱里的，狼狗是我养在外面的，你不要听我老爹胡说。"小儿子咬着牙恶狠狠地说，"我，决不在那里头干一辈子！"

小儿子说这话时，大儿子吃了一惊，眼睛瞪得圆圆的，问他：

"你，刚才讲什么？"

他这一问，小儿子一下子便失去了锐气，自暴自弃地咕噜了一句：

"我就当自己已经死了算了。"

这时大儿子已经彻底从恍惚中清醒过来了，他凄凉地朝我微笑，告诉我他的名字叫"荠菜"，他和弟弟都是监狱的看守。他说了几句话之后，又坠入恍惚之中。

"我们并不是银城本地的人。"他继续说，"我们小的时候家里住在乡下，那地方的主粮是红薯，我们一年到头吃红薯。后来来了一个烧窑的，爹爹就带着一家人跟他到这里来了。那时候啊，这里连条街都没有，只有一些破破烂烂的房子。我们一家人就跟着那人烧砖。后来这座监狱在一夜之间突然冒了出来，一些穿制服的人来家里，把爹妈叫去当了警察。我和弟弟都不知道当警察是怎么回事，只是糊里糊涂地跟着父母住到这里来了。银城发展起来后，我们想上学，可是爹爹不让，他叫我们养狼狗。我们逃跑了几次，都被他抓回来了。慢慢地，我就不想跑了，因为监狱里的犯人吸引了我……啊，我无法对你一一讲出我和他们之间的关系，总之，我成了看守。我是一名特殊的看守，你绝对想不出我的工作有多么特殊。可是爹爹，他一点都不理解我，他认为我不安心工作，我怎么会不安心工作呢？我弟弟倒真是不安心，你看看他那双对外面充满欲望的眼睛就知道了。至于我，我早就不看外面了。"

"在监狱里，"我说，"一开始是谁吸引了你呢？一个姑娘吗？"

他吃惊地看着我，我还以为他没听懂呢，可是他说：

"不，不是姑娘，是一位老妇人。我看见她用背篓背石头，走在小路上摔倒了，心里很可怜她，就让她休息一下，我没想到我的好心会让她那么愤怒……"

"她怎么了啊？"

"她？她死了，撞在石头上，血流得到处都是。你说，一个人怎么会有那么多的血？当时我就晕过去了，等我醒过来，她已被人抬走，血迹也已掩埋。我看着那些犯人，看着他们那么卖力地工作，再看看那座永世也挖不完的石头山（你越挖，它越往上长），我忽然明白了。"

"明白了什么？"

"所有的事，一切。"

太阳出来了，照在"荠菜"的脸上，他的眼睛朝着阳光，那种眼神，那淡灰色的瞳仁，给人的感觉是一个盲人。院子里来了很多狗,都在围着花坛跑动,小儿子也在跑,他跑着跑着,忽然跑到外面街上去了。意老头气急败坏地蹿过来,站在大门口咒骂小儿子,叫他回来。

"荠菜"的目光落到他爹爹身上,笑了笑对我说:

"爹爹总爱生气,其实弟弟跑一跑又会回来的。我们年轻人总是这样的,不相信老一辈的经验。我们不知天高地厚。"

我回想起夜里,我伏在办公室桌上睡着了,"荠菜"说我压着了他的事,就问他那是怎么回事。他说这事有可能发生,不过他并不能确定,因为他不具备他爹爹的那种意志力来确定同自己有关的事。"我晕乎乎的。"他说,他的口气有点诉苦的味道。

意老头手背在背后沮丧地回到办公室,他的脸变得铁青。

"弟弟伤透了他的心。""荠菜"悄悄地说。

当我从梯形监狱出来,走在街上时,瞌睡向我袭来。这时我才记起我一夜都没睡觉。火车在远方鸣笛,提醒我踏上归途。我又一次走进竹楼,看见我的行李完好地放在那里,而杨处长的行李则不见了。当我靠着行李往地上坐去时,眼前一黑,同时就感到从墙壁里头伸出一只手将我拖了过去。周围到处是炸石头的声音,还夹杂了女人的哭叫。一开始我像盲人一样什么都看不见,过了好一会眼前才出现那些跑来跑去的人影。有人拍了拍我的背,是杨处长的声音,但我看不见她。杨处长说:"前面就是我和阿莲的办公室。"

"我记得我是在银城啊。"我说。

"我和你一道坐车回来了,你不记得了吗?还有渔村的小姑娘和我们同在一节车厢,夜间车厢里还发生了抢劫,你都忘了?"

她说话时,我还是看不见她。我心里烦躁,就问她:

"办公室在哪里?我怎么没看见办公室?"

"办公室还在原地方,玫瑰花已经开满了一屋子,所有进屋的人都得小心翼翼地绕开那些带刺的花枝。有一名男子被刺了一下,鲜血汩汩地从他裤管里流到地上,他惊慌失措地喊'救命'……"

"阿莲呢?阿莲在办公室吗?"

黑暗中,有人又推了我一下,我抬头一望,看见自己已经走在回家的路上。

在父母家的公馆里,我来到爹爹身旁。他正坐在狭小的天井里抽烟。

"爹爹。"

"唔。"

"妈妈起床了吗?"

"起来了。我们都知道你今天要回来。"

我走到妈妈房里,喊了一声"妈"。她没有回答。屋里到处发出窸窸窣窣的响声,像有小动物在床底下活动。

"你听到了吗?"她说。

"什么?"

"你爹爹。"

"爹爹怎么啦?"

"忆莲你到床底下去看一看,你爹爹在那儿呢。"

"爹爹明明在天井里抽烟,你怎么说在那下面?"

"真是在那里，你看一看便知道了。你趴下去，对了，钻进去。"

有两只眼睛在床底下的黑暗里发光。再一看，不止两只，有八只，不，十二只。这是什么动物呢？那些眼睛比猫眼小，当我努力要看清它们时，我的眼睛就花了。

我委屈地站起身，不明白妈妈的意思。

妈妈看着窗玻璃上的一滴雨，说：

"有多少年了啊，日日夜夜，日日夜夜……阿莲这孩子、你爹，还有我、你，我们都被缠在一张大网里头。阿莲不怕死……"

有人轻轻地走进房里，我回头一看，是爹爹。爹爹手中的香烟有种奇异的烟味，那气味令人窒息。床底下一阵强烈的骚动，那些小东西似乎都在向外跑，可又看不到它们。

"爹爹。"

"你辛苦了，忆莲。你回家来，爹爹很高兴，你妈也高兴。"

"爹爹。"

"活在世上真好。你看，阳光照在墙上。看见这片太阳，就忘记了这里是老公馆。"

他的眼神里透出热切，而妈妈，眼睛像猫眼一样发亮。

"爹爹，床底下的那些……怎么回事？"

爹爹一愣，然后他们两人都笑了起来。

"那是玫瑰花啊！"两人齐声说道。

我一下子闻出来了，爹爹手里的香烟是用玫瑰卷成的呢。

2005年7月7日于北京金榜园

原载于《十月》2005年第6期

暗夜

齐四爷终于答应带我去猴山了。猴山在同我们相邻的乌县，要走三天，中途还得在别人家借宿。这种事，单是想一想就会令我心花怒放！

我们在昏沉的夜里出发。齐四爷说，这种好事情，不要走漏了消息，一走漏消息，整个计划就会遭到破坏。我虽然不知道"计划"这两个字的意思，但一旦齐四爷说出这两个字，源源不断的、变幻着的遐想就充满了我的脑海。当家人都入睡了的时候，我从卧房溜进厨房，背上事先准备好的干粮，从窗口跳下，来到大路上。

齐四爷住在车水马龙的大路边，这条路连接两个县的交通要道，他那间盖在低洼处的房子，屋顶刚好齐路面。我一边走一边想，齐四爷睡在家里，就可以听到车马和行人在他的上面来来往往，这太有意思了。我也在他家里睡过一夜，同齐四爷睡一张床。我的运气不好,在密不透风的麻布蚊帐里头,我不停地流汗,整夜都在暗无天日的矿洞的噩梦里头挖掘。就是那一次,我失去了我的蟋蟀王,它从我衣袋里跳出来,跳进矿洞的沟里永远消失了。第二天我奔回家。它果然不在瓦罐里头。尽管这是个巨大的损失,齐四爷的家仍然对我有无穷的魅力。只是很遗憾,他坚决不再让我在他家过夜了。他为什么不让我待在那里呢?大人们都是很固执的,他大概要独享一些什么东西吧。

今天夜里特别黑,虽然路上有一些运货的独轮车在我旁边走,我却几乎看不见他们。我尽量紧挨马路最边上走,免得挡了他们的道。在两棵樟树的缺口那里,我用脚探到了花岗岩的台阶,然后小心翼翼地下到洼地里。我遇见了齐四爷的老黄狗,这只狗从来不叫,只是迎上来舔我的手。我随着它进了屋。

屋子里面更黑,可以听到独轮车在头顶吱吱呀呀地走过去。齐四爷在里边弄响着什么东西,我看见他擦燃了一根火柴,但我看不清他到底在干什么。

"敏菊啊,要是找不到借宿的人家,就只好歇在野地里了。"他说。

"不是沿大路一直走吗?怎么会找不到借宿的人家呢?"我故意这样问,其实心里是很高兴的。

"傻瓜,傻瓜。"

借着外面的一点微光,我勉强看出他背上背着一个包袱。我猜测那里头是窝窝头,还有喂猴子的零食。老黄狗在他屋门口呜咽着,老黄狗干吗要哭呢?

"猴子是很凶残的,阿黄以为我再也回不来了呢。"齐四爷说。

上了大路之后我们就排成单行，齐四爷在前面，我在后面，尽管我们紧挨着路边走，那些独轮车还是不时地撞过来，差点撞到我们身上。那些人咕噜着，说黑灯瞎火的，他们实在没有办法看清路。他们干吗要赶在这个时候运货呢？他们同我们一样，也是怕走漏消息吧。我看不清他们运的是什么东西，好像每个车上都是黑乎乎的一大堆，那很像不值钱的柴火，要是这样的话就太奇怪了。路其实是比较宽的，路的两边栽着樟树，可以模模糊糊看见树冠，我和齐四爷就是凭着这些标志知道自己是走在路边的。但这些独轮车的主人是怎么回事呢？他们是真正的瞎子吗？

又有一个人撞过来了，齐四爷差点和他一块飞出了马路，掉到低洼处的灌木丛里去。我们这条路是用泥土高高地堆出来的，就像河堤一样。在家里时，经常听到大人嘱咐小孩："不要掉到马路下面去了啊。"

"齐四爷，齐四爷！伤着了没有啊？"我朝他弯下腰去，着急地问。

"死不了。"他说，用手撑着身体慢慢起来，"我的包裹……"

我在周围摸索了好久才摸到他的包袱，那里头的食品已经少了一半。

"该死的。"我咬牙切齿地说。

"不要骂他，敏菊，他心里痛苦呢。"

然而那车夫若无其事地走远了，轮子吱吱呀呀地叫着，就像在炫耀。我突然想到，也许这些独轮车都是故意来撞我们的，为了什么呢？就因为心里痛苦吗？我不能理解这些人。他们的人数这么多，一拨又一拨地飞跑而过，说不定哪一下就将我们两个人都撞伤了呢。

齐四爷的脚步放慢了，那背影显得有点畏怯，他的腿也有点瘸。我跟在后面提心吊胆的，生怕又有一个暴徒撞过来搅了我们的好事。想到前面遥远的路程，我有点埋怨他不该在夜里出发，因为根本没有必要走夜路，这老头太固执了。埋怨归埋怨，一想到猴山，便又兴奋起来，警诫自己：可不要被眼下的困难吓倒啊。我没有想到在夜里大路上会有这么多的独轮车，这些心怀痛苦、生活不如意的汉子，愤愤地推着他们的货物前行，没法预料他们会干出什么坏事来。我记起在白天里，我几乎连一辆这种木轮子的独轮车也没见过。白天里他们只在那些山间小路上走。

后来就再也没有车子来撞我们。我们走了很久，大概已是凌晨三四点钟了，齐四爷停了下来，他将包袱放在膝头，靠着树干坐下了，这个时候独轮车已变得稀少。我往地上一坐，眼皮就粘在了一起，我立刻倒在齐四爷的怀里睡着了。也许因为我睡在那一堆窝窝头和给猴子吃的零食上头，我在梦里没完没了地同几只猴子争抢食品。后来猴山的管理人员来了，将我带进一间墨黑的草房里，说是让我在里头"反省"。他锁上木板门就走了。我突然觉得那人是成心让我在里面饿死，就拼命撞那木板墙。

"敏菊！敏菊！你要把我撞死啊？"齐四爷说着就给了我一巴掌。

我不好意思地揉着眼站起来，又一次在心里埋怨他不该夜里出发。现在路上一辆独轮车也没有了，天特别黑，我心里有点害怕。万一遇上强盗怎么办？

"一过了赤庄，那些鬼魂就不来撞我们了，你看多么清静。"

"那是鬼魂吗？"我吓得一身发抖。

"你还以为是人。有那么多赶夜路的人吗？傻瓜。"齐四爷轻轻地笑了一声。

我回忆刚才路上的情景，因为后怕脊梁骨都冷了。

"我以前也在夜里到大路上来过，怎么一次也没有看到这些鬼啊？"

"不是每个人都看得见的。当你心里想着到猴山去时，那些家伙就来了。"

我想，齐四爷说这话大概是逗我玩吧。鬼是一些影子，影子怎么可以将他撞得飞起来呢？而且当时我还听到那个车夫发出了沉重的呻吟呢。

路上太寂静，我很想要齐四爷对我讲话，这样我就不至于害怕。可是齐四爷显然是在想自己的心事，不论我问什么他都只回答一两个字，于是我开始盼天亮。

不知又走了多久，反正很久，齐四爷又停下了，说要休息一下。路边连树也没有了，奇怪的是我们也没有掉到路边的洼地里去。路边还是不是洼地呢？路有多宽呢？我什么都看不见，只能勉强看见齐四爷晃动的背影。也有可能我们早就不在大路上了，我没法确定自己在不在。还有，现在应该是早上七八点钟了，天怎么还不亮啊。我把心里的疑惑说了出来。

"是这样。"齐四爷说,"大概七点半了吧。你会习惯的。"

我们开始吃干粮,齐四爷还带了两壶水,他给了我一壶。吃完干粮,齐四爷就站起来,说要找一家人家借宿去。我很高兴,因为我实在走不动了。

我们摸索着下了马路。吃了东西之后,我心里的害怕就减轻了,但还是担心着,怕遇到强盗。我听过太多的关于黑夜里的强盗的事。

马路下面有一排土屋,齐四爷摸到第一家,他没有去敲门,而是敲窗户,就像故事里的强盗一样。里面有个苍老的声音答应了。齐四爷压低了声音同那人说话,我听不清楚,只觉得那人似乎很烦躁,齐四爷正在同他解释。越听到后面我越失望,因为里面发出了吼声,敲窗子的不是齐四爷,而是里面那位了,他在警告齐四爷。也许他将齐四爷当强盗了吧,但又不像,他们俩像是老熟人。齐四爷只好放弃。

第二家要好一些,齐四爷轻轻一敲那人就打开了窗子。可是这只是假象。他一翻过窗户就进到了屋里,我没想到他还如此地身手矫健。当我不耐烦地等在窗外时,里头已经打起来了。只听见一片杂乱的响声,然后齐四爷就被扔出来了。像扔一捆柴一样,那人的力气一定非常大。齐四爷痛苦地呻吟着,间或又发出一声赞叹:"真是个大力士啊!"我问他里头的人是谁,他说不知道,也没法知道,因为根本就看不见。他还说就因为这才打得过瘾。

"敏菊啊,我们就靠着这墙根睡一下吧。动作要快,不然那家伙跑出来,我们又睡不成了。他想要干什么就会干什么。"

齐四爷边说边坐下去,一会儿就打起了鼾。而我呢,就势伏在他膝头上,不到一分钟就入了梦。

我似乎刚睡着就被弄醒了,于是气得哭了起来。我闭着眼,被齐四爷从后面用力推着爬上了马路,又走了一段路我才真正清醒。我向齐四爷提出要在大路边再睡一睡,他说不行,因为那些鬼魂不会放过他。

"要睡的话就只能到马路下面去找那些人家借宿。"

"可是他们不让我们借宿啊。"

"正是这样。不过刚才我们已经睡了一觉,对吗?"

"为什么你要进去和那人打架呢?你和他打架,他就不让你借宿了。"

"这种事是忍不住的,只好这样下去了。"

我想到一件事,那就是周围是如此黑暗,齐四爷却熟门熟路似的,知道从哪里下马路,也知道什么地方有人家可以借宿(虽然没借成)。难道他对这条路如此熟记于心了吗?还是他长着夜猫的眼睛?如果说他长着猫眼,为什么他又说在那家人家什么都看不见呢?他似乎听到了我心里在发问,说:

"我夜夜都在这条路上来回走,你想,我还用得着睁开眼来看吗?"

天一直没亮,我也没法睡,就这样走啊,走啊,腿像灌了铅一样。有一刻我忍不住哭出了声,我一边走一边啜泣。

"哭什么?"齐四爷责备地说,"现在回去还来得及。"

可是我怎能回去呢?且不说已走过的漫漫路途,在这种漆黑的夜里途中可能遭遇的不幸，只要一想到放弃去猴山的乐趣，我就会万念俱灰了。昨天我向阿三他们说到这件事的时候，没有一个人相信。"猴山是什么？根本就不存在一个猴山！"他们肯定地说，"你被那老头骗了。"当时我骄傲地认为他们都是蠢货，懒得同他们解释。我还发誓，以后再也不同他们讨论这种事了，因为只会使自己变得怒气冲冲的。猴山是我同齐四爷之间永久的话题。就是我在他家过夜的那天晚上他告诉我这件事的。据他说这不是一般的猴山，山上的猴也不是真正的猴，而是人与猴之间的一种动物。它们身上有毛，但头部却光溜溜的，而且脑袋也很大。最奇怪的是这些猴相互之间有我们听不懂的、复杂的语言交流。如果在春天里的某一天去猴山，某些猴子便会突然对你开口说人话。但是这种事是很稀少的，时间也必须凑巧，据说是中午十二点，太阳正对你的头顶的时辰。我问齐四爷去过猴山没有，齐四爷说他这一生仅仅去过一次，那一次的情况不堪回首。本来他发了誓，再也不去那里了，可是后来的几十年里头，他总在想着破坏自己的誓言。这两年，他感到自己活不多久了，终于下决心前往。他说，如果他死了，我千万不要将看到的情况说出去，只要记在心里就好。我问他猴子是不是会吃人，他说猴子是很凶残，但对人很友好，决不会吃人的。那么，他为什么会因此而死呢？齐四爷说这是一个秘密，到了猴山谜底就会解开。齐四爷说的事情虽然可怕，但我并不明白那事的底细，对于自己完全感觉不到的事，我是不会那么害怕的。我是多么想听猴子说话啊，还有什么是比同一只说人话的猴子交朋友更大的诱惑呢？

当我想到这里的时候，我决心将自己的双腿忘掉，这一来，我就像浮在空中往前移动的半截身子了。我使劲这样想，一边想一边往地下吐唾沫，好像要将疼痛从身体里头吐出去一样。齐四爷递给我窝窝头和水壶，我一点都不想吃，但他威严地命令我吃，我只好啃了一口。突然，黑暗与寂静之中响起了骚动，似乎是有很多猛禽在空中搏斗。一些冰凉的东西落在我的脸上，不知道是它们伤口流出的血还是它们的排泄物。

"齐四爷！齐四爷！这些东西落到我眼里，我的眼睛要瞎了！"

"不会的，孩子。再说走夜路也用不着眼睛。"

"啊，我要死了！"

"不要这样说话。你吃窝窝头吧。"

我机械地啃着难吃的窝窝头，窝窝头上面也沾满了从天上落下的那些湿漉漉的东西，汁液流到我的手臂上。啊，我尝出来了，那的确是血，猛禽的血有浓浓的腥味，使我恶心得想吐，但我还是将这一口难吃的东西用力吞下去了。

"这样就有力气了。敏菊，你这个小鬼，我不该带你来。"

我吃完了窝窝头，但我并没有变成鸟，我的两条腿还是拖累着我，不过因为刚才同恶心的感觉搏斗，它们的疼痛被我暂时忘记了。我觉得这是个法宝，于是又从自己的包里拿出另一只窝窝头，我伸展着手臂，让窝窝头沐浴着天上落下的鸟血，然后发狠似的用我的牙齿咬下一口，咀嚼起来。天上哪来这么多的鸟呢？

后来，齐四爷又提出要去下面借宿，还说那是他的老朋友，我们一定可以美美地睡一觉了,这回不是在地上,而是在床上,当我们醒来时,猴山就在眼前了。

有人在马路对面叫我的名字,他坚持不懈地叫着,声音里透着嘶哑,那是我的邻居永植。永植也同我一样喜欢歪门邪道的事情,就在前不久我还同他一起饲养过蟑螂呢。我答应了一声,想跑过马路去,但是齐四爷不准。齐四爷说永植那种人"胸无大志",只好一辈子被搁在路上,寸步难行,可也回不了家。

"你跟了他去,我就甩了一个包袱。"

我们走了好远,我还听得到永植那绝望的呼唤。没想到这个永植夜里也来这种地方耗费他的光阴,为了什么呢?总不是为了好玩吧,这里一点都不好玩,还有可能受到鬼魂的袭击。

"永植会怎么样呢?"我担忧地问齐四爷。

"他死不了的,这个小流氓。"

"但是他根本不是小流氓,他特别老实。"

"大概你也认为自己特别老实吧?"齐四爷的声音里充满了嘲弄,"我就会看到的,让我们走着瞧。"

我琢磨不透他话里的意思,便很气愤。我也恨自己——为什么刚才不跑过去同永植见见面呢?其实齐四爷才不会甩下我呢,他要一个人去猴山的话一定早就去了,他之所以在几十年后带上我一块去,肯定是因为我对他有某种用途吧。那是什么样的用途?我又忐忑不安起来了。

永植的声音终于听不到了。一想到他那孤凄的样子,我的心比这黑夜还要沉。

永植的父亲是继父,继父把永植当作吃闲饭的人,经常把他从家里赶出去。有一次，他在我家山上的土洞里住了两天，终于饿不过下了山，躲在我家厨房里偷红薯吃。那一次我还拿了几个熟鸡蛋送给他。但是永植却是一个骄傲的男孩，他无端地认为自己懂得世界上的一切事情，所以根本不把我放在眼里。有时我也有点怨恨他，不过我总是佩服他的。他一边吃着我拿给他的鸡蛋，一边说起猴山的事。他说齐四爷应该选中他去猴山才对，因为他是村里唯一懂得这种事的，也只有他可以帮得上齐四爷的忙，他关注这件事已经有很久很久了，甚至还画了一个路线图。当时他用入迷的语气讲述着，没注意到我的脸色越来越阴沉。然而齐四爷选择的是我。按照永植的看法，我头脑迟缓，干事情只有冲劲没有策划，他怎么也想不通齐四爷为什么认为我是最佳选择。我在得意的同时也有点怜悯他——他今后怎么办呢？回想起这事，我心里更同情他了。

我问齐四爷，为什么永植回不去了。他说：

"那种继父，饶得了他吗？"

"难道去猴山是大逆不道的事啊？"

"哼！"

这时齐四爷将我朝马路下面推了一把，我跌了下去，打了几个滚，然后用力挣扎着坐了起来。黑暗中出现一盏油灯，油灯是在一栋矮房子里，我听见齐四爷在同房主人说话。那房子真是出奇的矮，比狗屋高不了多少，我猫着腰从敞开的房门钻了进去。

房里什么家具都没有，只有一个乱草堆成的铺，齐四爷就是躺在那铺上同房主人谈话。我悄悄地挤过去，在靠近他们脚旁的地方睡下来。啊,多么舒畅啊!开始还听得到那两个人的声音,几秒钟后我就睡熟了。

我被惊天动地的炮声炸醒了,我觉得自己才睡了五分钟。听见房主人对齐四爷说,这是附近山上炸石头。

"这种地方,谁敢住呢?每隔半小时就来这么一下。也只有小孩子才能睡得着觉,我可是好多年没睡过了啊。"

"我没想到你把房子改造成这种样子了,这是入乡随俗吧?"齐四爷说。

"大概是吧。要不然垮下来可就砸死人了。"

我还想听下去,可是眼一闭又睡着了。这一次睡得久一点,大概有十几分钟,齐四爷在炮声炸响之前将我弄醒了。他的方法是一把揪住我的领口,拖着我站起来,然后使劲往两边摇晃我。我直到睁开眼才发现自己是站在外面,而前面的矮屋变得黑洞洞的了。

齐四爷推着我,我东倒西歪地走,我们又爬上了马路。

"不是说,每隔半小时山炮就要炸响吗?"我记起了这件事。

"我们不进他的屋就听不到炮声。是他制造的紧张氛围呢。自从他的儿子死了之后,他就人为地造出了那样一个环境,你看他多么有力!"

原来齐四爷在骗我,他说让我美美地睡一觉,醒来就会看见猴山。现在我能看见什么呢?还是只能看见他晃动着的影子。那么关于猴山,不会也是他的谎言吧?要知道不光我,还有永植也是相信这事的啊。某种疑惑开始像虫子一样在我心里咬起来了。我听老人们讲过地狱,那同我们现在的情况有点相似。不过地狱里至少有些地方还有火光，这里却没有。我也不知道我们到底走了多久了，也许快到同乌县交界的地方了。

后来我又吃了两个窝窝头，喝了些水。我问齐四爷我们到了什么地方，他回答说他心里也没底，他还叫我不要问这种问题，因为没人能回答得了。听他这样一说，我的脑子里完全空了。我又挣扎着再问他什么时候可以到猴山。他同样叫我不要问，说他才不会回答呢，他可不是傻瓜。

天上还是有那种鸟在飞，但它们已不再相互厮打了。它们低低地飞过，巨大的翅膀有时从我脸上扫过去，弄得我差点跌倒。齐四爷说，我们经过的地方是"鸟区"，每一个人，当他还是小孩子的时候，至少到过一次这种地方。如果我用力去想，就会想出当时的情景来。他又提醒我说，我脖子上的疤就是那次留下来的，因为一只小个子的鹰啄破我的血管要喝我的血，后来被我母亲用铁耙赶走了。我的脖子上倒的确有个疤，但齐四爷说的事情我一点印象都没有。

当我躲开一只鸟的翅膀时，齐四爷就说我应该昂头挺胸迎接它，因为它是来认亲戚的。我认为他在开玩笑，还是躲来躲去的。可是我哪里躲得了呢，它们一拨又一拨地来。当然也可能是同样的一拨在围攻我。

"它们身上流着你的血呢。"他说。

我闻到湿热的、禽类特有的腥味。这种气味将我带进一个记忆——冬青树上的一条青虫掉在地上，被公鸡啄来啄去的，绿色的汁液混合着灰土，已经完全失去了虫子的形状。公鸡到底是在青虫体内找什么东西呢？

"你说是什么就是什么。"齐四爷说。

我们终于将鸟区远远地抛在了身后。只有同它们拉开了距离之后,才听得到它们那绝望的叫声在黑沉沉的夜空里响起。在家里,爹爹只要一坐下来抽烟,就会发出这种感叹:"末世的风景啊。"莫非我现在看到的,就是他心里的风景?爹爹是内向、不快乐的男人,在家里时我很少注意到他,在这个时候我却想起了他。我又想到,当他说"末世的风景啊"这句话时,也许并不是恐惧,也不是憎恶,反而是种向往?我从来没注意过他说话时的表情,但那语气确实有点怪怪的。而且他一说这句话,就将烟雾喷得满屋子都是。

我一边走一边注意地聆听。慢慢地,我听出来了,那些叫声的确不光是绝望,鸟们在召唤,就像死刑犯临刑前仍要召唤什么东西。是什么东西呢?假如我是那个死刑犯,我会召唤什么东西呢?

走啊走啊走啊,我走了多久了呢?我的腿已经不属于我了,我对它们已经失去了痛感,所以我走起来已经不那么费力了。齐四爷的背影在我前面忽大忽小的,有时像一座山,有时却小到完全看不见了,那背影弄得我心里很难受。我集中意念让自己快跑,但我跑不到他跟前,他总是同我拉开几十步距离。我又听到了独轮车的声音,不过这一次不是在我身旁了,它们在远方。它们有很多,几百辆?车轮"吱吱呀呀"的响声中又夹杂着一些鸟叫,又混乱,又让人心里无端地着急——会不会发生什么祸事了呢?

前面那座山停下来了。当我靠近他时,他就迅速地缩小成原来的样子了。

"你坐下,"他说,"永植那家伙,野心真大啊。现在他正好浑水摸鱼。"

"永植在哪里呢?"我在黑暗中睁大了双眼。

齐四爷没有回答,默默地从包袱里头摸出一个东西递给我,说是永植刚才送来给我吃的脚板薯,要我趁热吃。那东西很大,我刚一握住它就发出一声惊叫,赶紧扔掉了。那不是脚板薯,而是一只真人的脚板。我还摸到了它上面的脚指头呢。齐四爷生气地呵斥了我一声,将那东西捡起,拍拍灰,小心翼翼地放进他的包袱里。

"是永植的脚吗?"我惊魂未定地问。

"是啊。他可是破釜沉舟了。"

"他在哪里?"

"他?就在那些独轮车里头,你不是听到了吗?是啊,有很多很多车,他已经到了乌县那边。鸟啊,狮子啊全都同他在一起。你听到了的。这个家伙,居然有这么大的野心,我可是小看他了。"

缺了一只脚的永植,是在如何飞跑呢?居然已到了乌县?我觉得,现在齐四爷已经对我不满了,恐怕永植更称他的心。永植啊永植,你的脚真的被你自己砍下了吗?你砍下了脚就可以飞跑了吗?我心里七上八下地坐在那里。

齐四爷的身体又在渐渐长大,渐渐同我拉开距离。过了一会儿,他又变成山了。我觉得他的头部已到了云端。在远方,响起了鼓声,不过也许是雷声吧,谁知道呢?

"齐四爷,你的身体在变魔术吧?"我向那上方喊道。

黑暗中有一只手抓住我,将我拖起来继续走路。这只手明明是齐四爷的手嘛。接着我又摸到了他穿着麻布衣的上身,这正是那件短小的褂子,他一年四季都穿在身上。

　　又有人在马路对面叫我,这回不是永植了,居然是爹爹,那声音凶凶的。

　　"爹爹!爹爹!"我喊道。

　　他不回答。他沉默了。怎么回事呢?后来,就再也听不到他的声音了。我很后悔,我干吗要那么急躁呢?如果爹爹一直在路上陪伴我,我就不用害怕了。我想象着他坐在马路边抽着旱烟,说"末世的风景啊"的样子。也许,他多年以前就到过猴山了吧?爹爹年轻时在村里是出色的劳动力,犁地、割麦没有谁做得过他。我听村里人说,他总是有很重的心思,几十年里头,这些心思越积越多,将他压垮了。在家里,我很尊敬爹爹,但是我的朋友永植却不把我爹爹放在眼里。当然,他好像不把任何人放在眼里。他说:"敏菊,你爹爹真是个孱头。光说不做。我看啊,他应该出去流浪!"我说,要是爹爹流浪去了,家里的活谁来干?永植对我的疑问冷笑一声。

　　"在这种地方,你爹爹是不会回答你的。"齐四爷的声音好像是响在半空中。

　　他又变成山了,我一抬眼就看见他成了黑压压的大东西。

　　"我们快到乌县了吗?"

　　"你又问这种话了,你不要问,没人搞得清的。过一会儿,我们还要到一家人家去投宿的。"

　　我的腿已经没有感觉了,我靠心力走路。按理说我应该轻松了,可我的心为什么这么疲惫、这么疼痛啊?

爹爹又从马路对面叫了我一声,我觉得他在同什么东西苦苦地斗,我甚至闻到了空气中有他抽的旱烟的味道。为什么他不过来呢?独轮车的声音仍然可以听得到,前方似乎是很繁忙。现在我已经不害怕了,马路上有这么多人在走,还有爹爹和齐四爷,我怕什么呢?

忽然我感到我背上背着的小小包袱里头的东西在动,那里头是我从厨房里拿的窝窝头、玉米棒和煎饼,还有几个竹叶包的米饭团。难道它们都变成小老鼠了吗?有爪子在抓我的背,很锋利的爪子。一下、两下,啊,我的背一定出血了吧。离家前,我将包袱放在灶台上,后来我一次也没打开过。莫非有人搞了恶作剧吗?谁呢?总不会是爹爹吧。我试着将背上的包袱解下来。糟糕,不行,小动物们(有好几只)咬住我的背不放,似乎咬到肉里面去了。我感觉到了血在往下流,我的后背大概湿了一大片了。

"齐四爷!齐四爷啊!"

"什么?"

"帮我把它们弄走吧!"

"啊,你是说鼠猴吧?这种东西弄不走的,你不要动它们,越动越糟。就挺着吧,你爹爹一辈子挺着,你也只好这样了。挺过了这一阵会好些。"

我的牙在打架,这真是钻心的痛啊。这些小东西不单单是咬我,它们还要从创口那里钻进我身体里头去。我分明感到它们在撕啊钻啊地向里面挺进。齐四爷怎么还不找人家去投宿呢?

我的心力快用完了,腿也快迈不动了。

我往地下坐去。

"敏菊,你这个傻瓜,你不要同他们对抗,你同他们和解吧,和解吧。你听到什么了吗?"

我听到了,在远方,独轮车如同千军万马滚滚而行。可是我背上的这些东西,难道它们要我的命吗?我怎样同它们和解呢?我觉得自己快晕过去了。昏晕中我开始作一种想象,我将这些"鼠猴"想象成我的四肢,我的四肢长错了地方,全长到背上去了,现在的疼痛就是因为它们的生长而引起的。当我的想象进行到这里时,我突然清醒了,我想起了永植的脚板。我喊道:

"齐四爷!齐四爷!你把我的脚砍掉一只吧!"

但是齐四爷又变成了山,那么遥远,那么庞大,我的声音根本传不到他那里。是的,我的声音细得如蚊子叫,我感到自己正在死去。

我醒来时,居然躺在一张床上。旁边的桌子上有一盏细小的豆油灯,屋里有两个黑影在低声说话。我很快记起了先前的疼痛,但是背上已经不痛了,我还看见我的蓝色的包袱就放在桌上,那里头似乎并没有什么"鼠猴"。在外面,独轮车像千军万马一样,震得屋顶上的椽子微微发抖。

"这个小孩不想活了。"是齐四爷说话,他的声音略微提高了。

"哈,这很有趣!连小孩也不想活?"另一个苍老的声音突然嚷道。

听到齐四爷同别人这样议论我,我太吃惊了。我又心有余悚地回想起"鼠猴"的事,我决心问一问齐四爷。

"齐四爷……"

"你不要说话,敏菊。"他威严地打断了我,又去同那个苍老的声音议论什么去了。

他们还将油灯吹灭了。

我的体力已经恢复了,我想坐起来,我想下床,到处看一看。这时我才发现我动不了,我被绑在床上了。

"我在他的上方悬了一把刀,他要是动得厉害,那刀就会落下来,砍断他的脖子。反正他不想活了。"

齐四爷说完这些话之后,就同那人出去了。

我试了试挪动我的脚,不行;又试我的手臂,也不行。我的脖子更是动不了,他用胶带将我的脖子固定在床上了。周围忽然变得十分静,这才是真正的恐怖降临了。齐四爷走远了,他彻底抛弃我了,他还在我的上方悬了一把刀。我竟落到了这步田地。既然我不能用力挣扎(怕上面的刀掉下来),喊话也没人听见,那么唯一可做的就只有等了。我能等多久呢?我会不会饿死呢?我经过紧张的判断之后得出了这个结论:我只能闭上眼赶紧睡着,这是唯一的选择。睡着了,这些可怕的事就感觉不到了,醒来之后又是一番天地。我以前有过这方面的经验的。我数着数字,一直数下去……我失败了一轮又重新开始数,又失败了。啊,我真是一点睡意都没有,只要我动得厉害一点,那把刀就碰响着床的上方挂蚊帐的木柱,我于是吓出一身冷汗。我大声对自己说:

"让我想想猴山的情形,我本来是到那里去的。"

一点用都没有,我什么都想不起来。我只好改口说:

"我被齐四爷骗了,我没想到他要我死。但我不想死!"

我听见自己的声音带哭腔,我喊最后这句话的时候,那刀子在上方"当当当"地响个不停。我赶紧抑制住自己,一动都不敢动了。

不知为什么,我开始来将自己想象成永植了。我就是高个子的、独脚的永植,我在独轮车的大队人马中一跳一跳地向猴山进发,我们已经过了乌县。我的上方有人在半空里问:"你是永植吗?"发问的也许是齐四爷。我回答道:"是啊,我就是永植。"奇怪,当我回答时,我的声音变得分外平静。我跳了一会儿,有人在后面推我,我差点儿跌倒了。

"你是谁?一个强盗吗?"我问道。

"你不是永植,让这些车压死了你才好呢。"那人咬牙切齿地说。

那人的声音有点熟,可我没有转过身去看他,这么黑,反正也看不见,弄不好我的身体真会扑到轮子下面去呢。

"我不是永植,我只是将自己想象成永植,这样就可以去猴山。"

"你这个冒名顶替的人!"

他又推了我一下,这次我真的跌倒了。一个轮子从我的后脑勺压过去,我听见我的头盖骨发出碎裂的声音。

当然我没死。我趁自己还没回到黑屋里,赶紧又把自己再次想象成永植。

这回我是在群鸟中往前跳了,顶着一个压烂了的脑袋。这些鸟们都不飞,像鸭子一样往前赶。

我踩着了一只大鸟的脚,鸟儿的凄厉的叫声划破夜空,它叫出的居然是"永植啊!"那么我的确是永植了。我抬起头,看见了山。不过这座山已经不是齐四爷了,它是猴山。鸟儿们立刻窜到山里头去了,剩下我独自站在那儿。山就在前方。寂静得很,山里头比外面更黑,我又是独腿行走,该如何上山呢?

当我到了山脚下时,山便不再是山了,它成了我家里的那几间青砖瓦屋。屋里那么黑,爹爹坐在门槛上抽烟。他抬起头,向我抱怨他肩膀疼,还说我已经长大了,以后地里的活儿就归我做了。

"爹爹,我只有一只脚,怎么干活呢?"我焦急地说。

"那不是很好吗?免得你东跑西跑的。断脚的计谋还是我想出来的呢!"他低下头去窃笑。

"爹爹,什么时候天亮啊?"

"不要老惦记着那种事。你看我,坐在这里心里亮堂堂的呢。"

我想进屋,爹爹不让我进,说我身上有死人的气味,会将家里人吓坏。他要我到屋后的柴堆上去躺着,让身上的气味散发掉。我听从他,在那里躺下了。我心里想,爹爹到底是将我看成他的儿子敏菊,还是看作邻家的永植呢?为什么他问都不问我失去一只脚的事?当我紧张地思考这些事的时候,我躺的地方又成了那大路边的小屋。外面的天悄悄地亮了,我透过窗玻璃看见了发黑的麦秸垛。齐四爷的上半身从窗外探进来,他说:

"傻瓜,傻瓜,我们才走了一半路呢。你的朋友永植,他死了。"

我喊道:

"你瞎说！永植刚才还躺在我家柴堆上！"

那么，我们离乌县还有多远呢？齐四爷仿佛看透了我的心思，笑嘻嘻地从门口进来，坐在我的床边。他口里在嚼东西，喷着一股类似茴香的味道。有两只公鸡悄悄地跟了进来，他大声呵斥着赶它们走。

他一点都不急着赶路，只是一个劲地盯着瞌睡沉沉的我看。为什么呢？他为什么要告诉我永植死了呢？我也会死吗？我的眼睛睁不开，我听见齐四爷说：

"永植那小子太性急了嘛，那么快就到了乌县。结果呢，鸟啊，猴啊，狮子啊全同他在一起，他就那么飘飘然起来。结果呢，还不是将自己的身体喂了狮子了。这种事我经历得多。"

我刚要睡着，他又拉拉我的手，问我听到马路上厮打的声音没有。

我听到的是有一个人在梦里唤着我的名字，那么执着，一声接一声。于是我昏头昏脑地从屋子里面游出去，到了田野里。田野里到处都是乌鸦，黑压压的，叫声很凶狠。原来是乌鸦当中的一只在叫我的名字。那是一只小个头，叫两声"敏菊"又往前跳几步。我追随着它，一会儿就到了杨树林里头，但它三跳两跳就不见踪影了。虽然在梦里，我还是困得厉害，我怎么能睡得沉呢？我就以这种不舒服的姿势同睡魔搏斗着。不知什么时候，有一个人在我耳边嘀咕"这里就是猴山呢"。这句话让我精神为之一振，我挣扎了一下，醒来了。

周围又回到了夜里，齐四爷猫着腰在大柜那边找东西，他在朦胧光线中的剪影特别像一只老猴，越看越像。

"齐四爷,你在猴群里头生活过吗?"我说着坐了起来。

"是啊。可是我多年前就离开了。"他在板凳上坐下来,叹了口气,"我为什么要离开呢?要是不离开,哪有这么多麻烦。你知道我为什么夜夜……"

他的话被惊天动地的号叫声打断了。在马路上,似乎发生了惨案。那叫声延续了几秒钟,然后又是震耳欲聋的车辆奔跑声,好像要将屋顶都压垮了似的。但齐四爷无动于衷,他双手抱头,懊悔得不行的样子。他口里在念念有词,我只能在他的嗓音的间歇里听清几个字:

"真是……我自找麻烦……倒不如死。"

"齐四爷!齐四爷!我们走吧!"我冲他大喊。

天花板上有什么东西掉下来,我害怕得都要发狂了。忽然,一切都静下来了。

"敏菊啊……"齐四爷呻吟起来,"这天……怎么就不亮了呢?"

他的情绪感染了我,我的脑海里也变得一片漆黑。

"在猴山里的时候,我杀死过我的恩人呢。那一天啊,山里头大乱,我和那些猴子全发狂了,我将那只母猴的眼珠挖出来吞了下去……好多年过去了,只要我一闭上眼,就看见那两个空空的眼眶。她还没死,她是一只长寿的猴子。没有眼睛的猴子在猴子社会里也是可以存活下来的。敏菊啊,你几岁了?"

"十四,齐四爷。"

"那你去猴山吧,去了就不要回来了。不要学我的样子。该死,你爹爹偷偷跑来把我的干粮拿走了。他存心让我去不成。"

"我爹爹知道你的底细吗？"

"是啊，他也去过猴山，去看我，他为什么去看我，我不知道。那么多年，村里没有任何人去看我。要是有人常去看我，我也不会同猴子们一块发狂了。"

他骂了几句粗痞话，我觉得他像换了个人似的，心里头有那么多毒怨。他会不会杀死我？我一会儿觉得有可能，一会儿又觉得不可能，心里七上八下的。但愿他不要挖我的眼睛。我朝窗外看了一眼，看见一些马匹在草垛旁走动，我记起来我们已经是在乌县了。外面天色较暗，但还是有一点点月光，那些马像幽灵一样，没有弄出一点响声。

我想出去，但齐四爷阻止了我。他说：

"你以为那是马啊，不要瞎想了，你走出这张门，就走到阎王殿里头去了。"

"你刚才还要我去猴山。"

"谁不要你去呢？我当然要你去。只不过我不要你学永植。"

窗子没关，有一匹马的头部伸进来了。果然，那不是马，是一个草把扎成马头的样子，我摸到了一根根的草，不禁哑然失笑。是谁在搞恶作剧呢？

但是齐四爷却不笑，他又呻吟起来了，痛苦不堪地弯下身，好像他脑袋里长了一个瘤子，正在发作一样。

我继续看外面，我看见这匹草马转身走开去了。它步态缓慢、自然，一点都不像有人在操纵它。在它的对面，另外那几匹马的剪影异常清晰。

等到齐四爷的声音舒缓下来，我就问他：

"齐四爷,那到底是什么马啊?"

"那是……你以为是……那是……啊!啊!"

他又更剧烈地呻吟起来,我不敢问下去了。

他叫我到他面前去,说有话要对我说。我蹲在他面前,他便死死地抓住我的手,一边喘气一边问我到底喜不喜欢自己的爹爹。

我到底喜不喜欢自己的爹爹呢?说老实话,平时我真的没怎么注意他。他在外头干他的活,一进屋就满腹心事。我记得有整整一年,他都在担心我们屋子里的天花板要掉下来砸到人身上。后来他干脆将天花板去掉了,这一来我们一抬头就可以看到屋瓦。我告诉齐四爷,我不喜欢他,也不恨他。在农村里,差不多所有的人对自己的爹爹都是这么一种态度。农村生活太苦了。

"你太对不起你爹爹了。"齐四爷说。

齐四爷没说我哪方面对不起爹爹,却对我说起爹爹的一个心愿。

"你的爹爹,他想把自己家后面那座山变成猴山。我在猴山的时候,只有他一个人来看我,那一次他告诉了我这个计划。当时我鬼迷心窍,同他想到了一处。过了不久我就回家了,抱回了两只小猴,一公一母。我们喂了它们食物以后就将它们放到你家后山去。那两只猴第二天就死了。究竟怎么死的查不出原因,你爹爹还掉了眼泪。我……"

他说不下去了。我的心沉了下去。

又有一匹马将头部从窗外伸进来探望。这是些什么样的马呢？如果说它们是幽灵，我又为什么摸到一根根的草呢？我从来没见过我爹爹掉眼泪，有一回他肩膀上长了碗大的毒疮他也没有哼过一声。

我站起身，默默地抱住马的头，草梗在我指头间发出沙沙的响声。忽然，我感到在这一层草里头有一个活物在挣扎，它那么痛苦，弄得马头摆来摆去的。

"啊，啊！"我说。

"现在你知道为什么你自己那么想去猴山了吧？是你老爹把这个念头塞到你脑子里去的，你再回忆一下看是不是这样。"齐四爷的声音镇静下来了。

事情并不是这样，我爹爹从未同我提到过猴山，哪怕暗示也没有。齐四爷干吗要胡扯蛮缠呢？是他自己向我说起猴山的嘛。我爹爹一坐下来抽烟就感叹"末世风景"什么的，先前我根本就不认为他会喜欢猴子。一想起那些会说我们的方言的猴子，我又焦急起来了。我在马的前额拍了一掌，它挣脱我跑开去，同另外那几匹会合了。

"齐四爷，我们快去山上吧。"我哀求他说。

"敏菊啊，我们已经晚了呢。你还不明白吗？我们被这几匹马堵在屋子里头了啊。这都是因为你，你说你走不动了，要休息，我就带你来了这里。谁想到它们埋伏在这里等我们啊。"

齐四爷呻吟着躺到床上去了。他说他不再管我的事，我爱干什么就可以干什么，自己负责。他还说他管了我这么久，实在管不了了。屋里黑黑的，一下子什么声音也没有了。我看不见齐四爷，床那么宽，也许他躺到最里面去了。我因为心里害怕就用手一路摸过去,却没有摸到他。一个大活人怎么可能一下子就消失了呢?会不会床铺靠着的这面墙有个暗门呢?

我决心到外面去,我不觉得那些草马有什么可怕的,即使草的外表底下有活物藏着也不可怕嘛。

我在屋后慢慢找,终于找到了青石的阶梯。我顺着阶梯往马路上爬,没有遇到任何阻碍。马路上已经空了,没有人也没有车,空气因而很新鲜。我闻到了露水的味儿,莫非天快亮了?在马路下面,我刚才休息的地方,响起沉重的马蹄声,似乎是那几匹马在那里奔跑,奔跑的场地是一个广场。但我刚才并没有见到什么水泥广场啊。我停留过的那栋屋子也找不到了,那地方只有几棵没有树叶的枯树,鬼一样立在空空荡荡的地上。马的身影却看不见。我摸摸背上的干粮,还在,怕什么呢,天总是要亮的嘛。

虽然黑蒙蒙的,虽然不能大踏步地前进,我还是开路了。我在脑子里想着爹爹的事,我记起出门前我听到他在厨房里对母亲说:"永植这小子,天生是个贼种。"他的口气咬牙切齿的,大概永植又偷了厨房里的什么东西吃了。我哪些地方对不起爹爹呢?我干活躲懒,这地方的人都这样,因为吃不饱嘛。爹爹也并没有因为这事骂过我啊。那么,是因为我没有早一些提出来同齐四爷去猴山?我是提了的,他不答应我去嘛。他既然不答应,也不应该怪我嘛。现在他将我晾在半途,不管我的事了。这个齐四爷实在是怪得很。

至于找不找得到猴山,我是没有把握的。我这样走下去,总会走到马路的尽头的。但如果天还是不亮呢?如果碰不到人呢?

如果碰到了人也还是没有人知道那个地方呢？如果碰到的是一个熟人，他是母亲派出来抓我回去的呢？如果……我愿意多提出些问题塞满脑袋，这样就不害怕了。要不，这空空洞洞的脚步声真是令人发疯啊。如果永植在这里，他一个人掌握了猴山的秘密呢？刚才在那屋子里，我在梦中听见他说："我可是牺牲了一条腿才获取这些事的底细的。"

"永植，永植，"我对着空中说，"如果你一个人到了猴山，可不要把我丢在这半路上啊。你应该给我一点信号。"

有一辆独轮车远远地过来了，轮子发出的声音像婴儿的哭泣一样。到了我面前，这辆车竟然停了下来。

"大爷，您能告诉我猴山离这儿还有多远吗？"

"傻瓜，下了马路就是。"回答我的竟然是一个稚嫩的声音。

他老模老样地坐在独轮车的车辕上，对我说：

"你这个家伙，过来。"

我走过去。

"你刚才骂谁？"他一边点燃烟斗一边说。

我在火光里看到一张光溜溜的孩童脸，不会超过十三岁。

因为我不回答，他又提高了嗓门：

"你一直在骂！我都听见了！你骂谁？"

"我、我不知道。也许是永植吧？是吗？"我为他的气势所压倒了。

"他比你好一百倍！你跑了来找猴山，你知道猴山是什么样的吗？就是那些长着乱草的石头山，像墙壁一样陡直，没有谁爬得上去！那上头也没有猴，倒是有一些鹰在那里筑了巢。喏，东边就有一座。"

他将下巴往右边一扬，我顺着看过去，却什么都没看见。

"原来你认识永植啊。"我讨好地对他说，"你说说看，是不是快天亮了？"

也许，我急于想从他口中套出点情况来。

"我们这里是乌县，根本就不会天亮的。原来没人告诉过你啊？"

他的口气有点幸灾乐祸。

"上山的事，就不要考虑了吧。你看这墨墨黑黑的，怎么上山。你又不是永植，你要是他的话还可以考虑。"

"永植只有一条腿，怎么会比我还灵活呢？"

"你就是有十条腿，也上不了这些猴山！"

他突然生气了，推着他的独轮车就走。

事情真的像他说的那样吗？齐四爷骗了我吗？也许从前是有猴山的，现在已经变成荒山了？要知道连永植都相信这个啊，他可是什么都不相信的。我摸索着想下马路，我用脚往下探，探到那些溜溜滑滑的青石板，但却不知道哪里有阶梯。我又换了好几个地方，情形还是如此。我记得乌县这一段的马路特别高，我和齐四爷走下去都要走好久，如果我就这样从铺着青石板的斜坡滚下去，恐怕一下子就没命了。在这种墨黑的夜里，齐四爷凭着记忆就可以轻易地找到下去的阶梯，可见他对这条马路有多么熟悉。现在的问题是，我怎么办。又有一辆独轮车过来了，还是发出婴儿的哭声。我打算问问这个人。

"你这个倒霉鬼，还没死心啊？"

原来是那个小孩又回来了。

"每一年,都有十几个人从这里滚下去,砸破了脑袋,这里是鬼门关呢。"

他发出阴森的笑声,他的声音一下子变得不像一个小孩了。

"你到底是谁?"我问他。

"那一年你到地里去挖红薯,山路边有个人被猎人设下的陷阱里的铁夹夹住了脚,你还记得吗?那个人就是我。"

我当然记得那回事。我去挖红薯,突然下起暴雨来,我身上湿透了,心里很烦,扔下工具往山下跑。然后就看见那个花白胡须的老头。老头的样子很可怕,满嘴都是血,坐在路边动弹不得。他凶狠地盯着我。我起先踌躇了一下,接着立刻往山下奔去,头也不敢回。

"那是一个老头,怎么会是你呢?"

"你看看我,我是一个老头还是一个小孩?"

我朝他看,但什么也看不见。天太黑了。说不定他真是一个老头,可我刚才看见的却是一个小孩。我就伸出手去摸他的手,可他用力甩脱了我。

"你要干什么?"

"你的手不像老头的手啊。"

"像你这样以貌取人的家伙,我碰见过好几个!"

"你告诉我从哪里可以下去,好吗?"

"我说过了,你就是有十条腿也到不了猴山!"

他推着独轮车又走远了。

我忽然想到,也许他也同齐四爷一样,终日在这条路上来来往往？他们两个人都对我不满，是不是在暗示我，要我成为他们当中的一员？"他们"一共有多少人呢？我要下马路，我不下去，就永远到不了猴山。我又用脚沿着陡坡往下探，探一下又换一个地方，弄得满头大汗，还是一无所获。到处都是这一式的溜溜滑滑，到处都没有下去的出口。

"我是你的舅爷三永！你这忘恩负义的小鬼！"

那人在远处向我喊话，他似乎又推着车过来了，他为什么总不走远，总不离开我呢？是为了看护我吗？我没有舅爷，原来有一个，后来死了，死得特别丢人，是同别人家妻子私通，被人扔到粪坑里淹死的。但他不叫三永，他叫矮秀。

他又过来了，他凑上前来问我：

"你知道我车上是什么东西吗？"

"不知道。"

"你当然不知道，你怎么猜得出呢？是你爹爹坐在这里呢。你过来，来摸一摸他，他喝醉了。"

他拽着我的手往那黑影上贴去。

"三永，你又在搞什么名堂？由他去嘛。"

果然是爹爹的声音。但爹爹似乎不想理我。他说"由他去嘛"。看来他早知道我在这里。我心乱如麻，又记起齐四爷说我对不起爹爹的话。

"爹爹，你怎么也来了？"我的声音有点发抖。

"我就不能来吗？我总是在这条路上的。这里，风景好啊。"

他的声音瓮声瓮气，好像患了感冒。

"爹爹，我要去猴山呢。"

"好，有这个决心是好事。"他干巴巴地说。

"可是这里下不去，我怎么到得了山上呢？"

"这小子，学会想问题了，好！"

"我应该从哪里下去呢，爹爹？"

"这种事，你不能来问我。你在家里就那么懒惰，现在还没改。"

那个三永过来推车，他们又一块离开了。三永还边走边对我说："我早告诉你了，十条腿也不行。"

现在我真是郁闷。大家都在关注我，可又都丢下我不管，这是怎么回事？还有，这里是不是乌县呢？如果不是乌县，即使我下了马路，也会找不到猴山啊。这个三永舅爷不是说"十条腿也不行"吗？我干脆坐下来等，等三永舅爷和爹爹再一次回来，那时我就要提出同他们一块回家去，反正我去不成猴山了嘛。

在我来的路上，紧靠马路的洼地里，燃起了熊熊大火。似乎火是燃烧在那些茅屋顶上，隐隐约约地听到一些人在喊叫。那里有点像我和齐四爷待过的地方。我想起爹爹责备我懒惰的话。现在齐四爷有可能遭难了，按照我偷懒的习惯，我应该装作不知道才好。可是爹爹责备我，是希望我改掉我的坏习惯吗？

我抬起脚来往回走，走了好久，才到达起火的地点。原来真是我和齐四爷待过的地方！我一下子就找到了青石板的阶梯。到处都是烟，下面洼地里的那一排房子都已经烧塌了，空气中弥漫着一股恶臭。我越往下走，那股臭味就越浓，但是洼地里静悄悄的，大概一个人都没有。我用衣袖擦着被烟熏出的眼泪，想要看清下面的情况。火势已经越来越小了，有一瞬间，我似乎见到一匹马在跑，那是一匹丑陋的马，身上没有毛。待我要睁着眼看清楚时，马又不见了，空空的水泥坪上除了烟，什么都没有。

"齐四爷！齐四爷啊！"

我叫喊着跑进没有了屋顶和窗子的小屋。大概因为没有东西可烧，屋子里的烟已经不那么浓了。齐四爷就躺在我脚下，此刻他正慢慢地坐起来。我看不清，但我知道是他。和我一样，他背上还背着干粮袋呢。

"你受伤了吗，齐四爷？"

"我？没有。这算什么，比这还……"他猛地咳起来。

我蹲下去帮他捶背。

"你，你怎么又来了？你来了好，我们可以回家了。"他说。

"可是我们还没去猴山呢。"

"你这个傻小孩，这下你对得起你爹爹了。"

"齐四爷，着火的时候你为什么不跑出去呢？"

"跑？往哪里跑？到处都是火嘛。你看窗口那里。"

"窗口"已经被烧得剩下了一个方洞，三匹没有毛的马挤在那里，外面的零星火焰不时照亮它们那难看的头部。其中有一匹似乎在流泪，大约是被烟熏的。我感到齐四爷很惊恐，因为他正往墙角爬去，好像要藏起来一样。

"不过是三匹母马。"我低声说。

"你以为那是马啊。"他的声音比我更低，"但愿我能和你一起回家。那一年，就是它，就是它……"

他说不下去了，要咳，只好死死忍住，简直憋得要疯了一样。

我一回头，看见那匹流泪的马将前身跨在了窗台上，它似乎想跳到屋子里头来，它的两个同伴被它挤得一动都不能动。

我走近窗口，轻轻地抚摸它。我感到它那没有毛的皮在我手掌里像缎子一样柔软，这种感觉很怪异。我将脸颊贴近它的脸，它的眼泪就流到我的脸上。就着闪耀的火光，我看见那不是眼泪，是暗红色的血。现在它乖乖地蹲在窗台上了，血还在不断流出来。我想，它该不会死吧？齐四爷怎么害怕这样一匹病马呢？他们之间有过什么样的恩怨呢？我正在想着这些疑惑的事，忽然啪嗒一声，母马掉下去了。它重重地摔在地上。正在垂死挣扎。其他两匹马蹲在它身旁，惊恐地看着生命从它身上消退。我看见它的口里也在往外冒血沫。

在窗口的对面有一根很粗的拴马的木桩，它燃烧发出的火光照亮了这个场景。但是现在，木桩已经烧完了，四周又归于黑暗。那两匹马幽灵一般在周围走动，大概舍不得扔下自己的同伴。

"它死了吗？"齐四爷在黑角落里高声问道，声音之大让我吃了一惊。

"它到底还是死了。我看见它故意往火堆里钻呢。现在我可以回去了。不过账迟早还要算的，另外那两个家伙还在嘛。"

"齐四爷得罪了这些马啊？"

"我早告诉你了它们不是马！你这个小家伙是势利眼，什么都看不见！"

"我们可以走了吗？"

"现在还不行，它们还在院子里。你听，它们在啃石头，一定饿疯了。你把我这一袋干粮扔到院子里去吧。"

我拿着干粮袋出去,外面烟还相当浓,我的眼睛受不了,于是将干粮扔在地上就跑回屋里。我听到身后马蹄嘚嘚地响着。

当我回到屋里时,齐四爷已经不见了。我想了想,断定他已在回家的路上了。那么,我也只好回去了。

我又一次爬上青石板的阶梯。我看见那两匹瘦马在零星火光的照耀下时隐时现,整个院子,包括那边的水泥坪给我一种特别熟悉的感觉。我从前一定到过马路旁的这些地方,只不过后来忘记了。我的脚跨进马路时,我并没有打算说话,但我不知不觉地说了出来:

"永植,你也回家了吗?"

我说出这句话后吓了一跳。然而永植果然从什么地方钻出来了。他的腿也好好的。他说:

"敏菊啊,这一趟旅行你受苦了。"

"那么你看见猴山了吗?"我问。

"啊,你还惦记这事呀。我总算搞清了,有人告诉了我。猴山嘛,是一个梦,齐四爷梦见它,你爹爹也梦见它,这些个夜里——我们出发以来就总是夜里——我也梦见了它。它是什么样子呢?让我告诉你吧:它是座荒山,里头有野鸡,我带着猎枪去打它们,好几次我都打中了。可是没有用,被我打中的野鸡都不见了,无论你怎么找都找不到。这种山啊,什么东西它都吞到肚子里去。因为在梦里找不到野鸡,我就不愿醒来,想将那梦接着做下去。"

永植沉默了。他在路边坐下,好像累坏了。

"永植啊，我们还是早点回去吧。"

"你先走吧。我没脸见人。一回家就天亮了，我害怕招人耻笑。还是这墨墨黑黑的好，我都习惯了。我刚才碰见你爹爹，我喊他他不回答，我就知道他在梦到猴山。梦到猴山的时候，人就不怕被别人耻笑了。"

我朝马路下边看去，我又看到了那两匹马，马蹄嘚嘚，它们在水泥坪那里跑圈子呢。田野里的草垛烧燃了，它俩在火光里显得十分英武。

"那我先走了啊。"

"你走吧，你可以早点回家，反正你对那事又不知情。我嘛，可不同了。我只能半夜里钻后门。现在我要靠着这棵树睡一下。"

我一边吃着干粮一边加快脚步。我来的时候，这条路上的独轮车如千军万马，现在他们都到了猴山了吧。从我记事起，我就看见这马路上车来车往，太阳亮堂堂，阳光下繁忙又喧闹。现在却是墨墨黑黑，空空荡荡。我们住在偏僻的乡下，是谁修了这样一条马路呢？都说这条大路通到乌县，可是我，不能确证我碰见过乌县的人。我听母亲说过，是外县的人修了这条马路。马路本来不从我们村穿过，因为修到我们邻村那边时，一座小山突然崩塌挡住了道，这才绕到我们村来的。母亲还说马路竣工典礼那一天，邻村那些戴黑袖章的人将一条路堵得严严实实。那是一个大村，有上万人，山崩埋掉了两千多人。小时候，我认为这条路很险恶，从来不敢走得太远，最多就走到齐四爷家。

每次我偷懒，妈妈就骂我说："你的脑袋里头黑得同那条马路一样。"那时我很不理解她的话,马路明明是亮堂堂的,怎么说黑呢?看来妈妈也是早就通晓这里头的奥秘的。

我在一棵大树底下蹲下来大便,我大便的时候听见远处有人在吆喝。我大便完了继续赶路时,就想起了邻村的那些孤儿。那里叫板村,板村的孤儿没有固定的居所,他们散落在草垛里、桥洞里,甚至树洞里。这些人劫后余生胆大包天,他们什么都偷。如果你在地头睡着了,他们就偷走你的鞋子。我们出发时齐四爷嘱咐过我,说之所以要夜里走,是为了避开那些孤儿。他要我不要弄出响声。"那些家伙全在洼地里蹲着。他们一下子就会看出来你我不是鬼魂。"

吆喝声渐渐近了,声音是乡音,那么我已经出了乌县了?

"你来了啊?"一个苍老的声音在我身后响起,"等了这么些年你还是来了。"

那人站在离我两三米远的地方,却不走拢来。

"这样一个夜半时分,你站在一个这样空空旷旷的地方,稍有闪失的话,你可就回不去了啊。"

"您知道去猴山的路怎么走吗?"我忍不住就说了出来。

"怎么不知道,这里每个人都知道,但是没有人要去的。我们不把那条路告诉别人。我们等你来,知道你会问起那条路的事。我们不告诉你。"

"你们等我来干什么呢?"

"等你来问那条路啊。"

他显得有点不耐烦了,好像认为这种简单的问题我都不懂,真是太傻了。

我朝他走近几步，他就后退几步，很警惕的样子。我听出来他的身后还有一些人，我隐隐约约看到了那些人影。

"你们是孤儿吗？你们不会杀我吧？"

那人笑起来，后面的那些人也笑起来，他们笑得我心惊肉跳。他笑完了，就问我：

"你见过那些母马了，对吧？"

"是啊。"

"那是我们在坟地里养着的，没有草的时候也吃尸体呢。你看多么有趣。"

后面那些人逼尖了喉咙喊道：

"你看多么有趣啊！"

在人群当中响起嘚嘚的马蹄声，难道那些马上来了吗？我转身继续往回家的路上走，我要躲开这些可怕的人。

"你啊，连亲戚都不认了吗？我是矮秀呢。"那人在我身后刺耳地说。

"我同孤儿们在一起，过得很好，我们就等你来呢。你总算来了，我们这就放心啦。先前啊，大家猜来猜去的，不知道你来不来。我同这些孤儿一起，夜夜推着独轮车在马路上走，推过来推过去的，心里寂寞得很呢。"

他跟我走了一阵，觉得没趣，就不跟了。

我并不怕矮秀，他毕竟是我的亲戚。可是他为什么会同孤儿们搅和到一块去了呢？齐四爷告诉过我，说夜里游荡的孤儿全是已经死了的人。我想，即使是鬼魂，也是有区别的，那些孤儿毕竟是心怀叵测的板村人，本来马路要从他们那里穿过的，现在却成了荒村，板村人年年来我们村里讨饭。我一边想着这些事，一边心急如火地往回赶。刚才矮秀说"放心啦"，什么事情放心了呢？原来这些鬼魂一直在猜测我这个活人的事，真让人起鸡皮疙瘩。先前我躺在齐四爷的小屋里，听着独轮车在上面来来去去的，但我绝对想不到是死鬼在推车。这个齐四爷，躺在那里听了那么多年，不知道他心里怎么想的。他会不会是为了听死鬼推车，才特意将房子建在路边的洼地里呢？

我虽然已经将孤儿们远远地甩在后面了，可我老觉得路边的洼地里有马儿在跑动。齐四爷那么怕那些马，总是有他的道理的。我必须快回家，在这条路上，所有的事都没个定准，都潜伏着危险。

我跑着跑着却又撞上了爹爹。还是那个三永推着爹爹。

"敏菊，你怕什么呢？那几匹马早就到过我们家里。只有齐四爷才应该怕它们，他同孤儿结了仇嘛。"

爹爹在抽烟。

"爹爹，回家吧。"

"你先回去。我不要紧的，我又不是第一次出来。我每隔几天就出来一次，总是你舅爷推我。为什么要他推？因为我的脚不能落地。这里的风景好啊。"

"爹爹，我可以和你一块走吗？我不愿一个人回去，家里冷清得很。"

"胡说！你这就回去。那两匹母马等在家里呢。"

"母马？"

"是啊。你是一个小孩，不用怕它们。你又没同孤儿们结仇。"

我到家的时候,天还是没有亮。我摸进厨房,听到哥哥的说话声。他正在寻火柴,他说必须马上将灶膛里的柴点燃,黑咕隆咚的要出事。

他先是点燃了茅草,后来那些柴就燃起了熊熊大火。接下去我就听见院子里马蹄嘚嘚地响,是马儿奔出了院门。哥哥在烧水,说要煮一大锅粥。

"天快亮了吗?"我问他道。

"你还不知道啊。现在是……现在是……啊,我不说了。"

他蹲下去拨火,不理我了。他脸上有种绝望的表情。

妈妈一动不动地坐在前面房里的椅子上。为什么她不点灯呢?

"敏菊啊,你爹爹时常说起的末世,现在已经到了。我们都做好了准备。你呢?你怎么打算?你出去了这么久,总算回来了。"

妈妈说话时,哥哥在厨房里大叫了一声。我拔腿就往厨房跑去。

"是妈妈干的,啊……她在灶膛里放了一包毒药。"

他用衣袖捂着眼转来转去的,忽然弯下腰,将整个头部塞进水缸。

我的眼睛也感到很不舒服,我就逃离了厨房,跑进卧室,闩上门。一会儿母亲就在外头捶门了。她"敏菊、敏菊"地叫个不停。

我站在窗前。窗外有个人划燃了一根火柴,正在抽烟。那是一张陌生的脸。他似乎早就看见我在房里,他朝窗口转过身来,

大声问道:

"马儿到院里来过了吗?"

"你是谁?"

"我是谁?我不记得了。反正我是孤儿。是你母亲召我来的。"

他的声音里头有股无赖的味道,我不想理他。但他又发问了:

"你听你母亲的话吗?"

见我不回答,他就独自感叹道:

"有母亲真好啊。在外游荡的日子什么时候才到头呢?"

不知怎么搞的,我闩好的门被妈妈撞开了。她往窗前急步走过来,那个黑影立刻就潜逃了。

"他是来偷我们家的羊的,一个混进来的骗子。他根本就没死,长期在我们村混。山崩时,有块大岩石挡住他家的一面墙。那块石头,是从很深的地底长出来的。敏菊啊,你总算回来了,可是你爹,他还不甘心。"

妈妈坐在我的床边,似乎想对我倾诉什么。

"妈妈,我还是走吧。我在家里什么也干不了,不是吗?"

"你走吧,你走吧。我给你准备干粮了,你看!"

她将一个大的包袱推到我的怀里,那里头的窝窝头还是热的呢。

"你回来之前,我一直在给你蒸窝窝头。"

她笑起来,那笑声令我发抖。

我背上包袱赶快往外走。我走到院子里还听见哥哥在厨房里怪叫。

天开始有点蒙蒙亮,先前站在窗前的那个人盯上了我。

"快上马路去,这里不安全。这里天一亮,什么都暴露在光天化日之下。"

我和这个人一前一后爬上了马路。我又进入深沉的黑暗之中。我想,为什么在马路上,天就不亮了呢?以前可不是这样的。

"我不知道我应该往哪里去。我没有目的地。"我对这个人说。

"这没关系。这条路只能通乌县,你还能到哪里去呢?"

他也笑起来,他的笑声同妈妈刚才的一模一样。

"要是你仔细倾听啊,可以听到你哥哥在厨房喊'救命'呢。"

我停下来想辨认那些模糊的声音,可是大队的独轮车过来了,一会儿我就被他们挤到马路的最边缘去了。那个人在我耳边说:

"那一回,是我代替你去死的啊。你抬头看看天吧。"

我一抬头,看见一颗星闪了几下,很快又不见了。他紧紧握住我的手,他身上似乎有电流通到我身上,我一阵阵发麻。然后他将我往前一推,叫我快走。

独轮车不断撞在我身上,连我自己都奇怪我怎么没有掉到马路下面去。

这一次,我决心独自走到乌县,走到猴山里去。不论有什么东西阻拦我,我也决不回头。如果一个人要做一件事,谁能真正拦得住他呢?

2005 年 4 月 7 日于北京牡丹园

原载于《大家》2006 年第 1 期

水娃

娄伯住在贫民窟尽头的草棚里,娄伯的家是我的乐园。贫民窟同郊区接壤,娄伯的屋后有大片的荒地,荒地上还有几座乱坟。

一般我吃过早饭就出发,带着我的蝴蝶网。我穿过好几条街道和胡同之后,便从高高的阶梯上一路下去,到达那块肮脏的洼地。贫民窟的房子都是草棚,竹篾编织的、糊了牛粪的墙,屋顶上盖着草。如果是下雨我就不能来这里了,因为到处都是流成小河的水。晴天却是很好的,有时你可以捡到掉在地上的蝙蝠。那些蝙蝠是多么美丽啊,我将它们送到娄伯家去养伤。

"阿良来了啊。"娄伯眼也不抬地说。

他正在搓草绳,今天他要为他菜地里的豆角搭架子。

我很快地扫了屋里一眼,发现了新的变化:屋角的行军床上躺着一位白发老人,他的脸如同老树的树皮,深陷的绿色眼珠闪出吓人的光。

"这是我爷爷。"娄伯说,依旧眼也不抬。

我记得娄伯已经过了七十岁,那么他爷爷,该是一百多岁了吧?

"我爷爷一百一十岁了,"娄伯又说,"他行动不方便。阿良,你不要踢着了我的鱼苗啊。"

"娄伯,你要在哪里养鱼?"

"不是我,是爷爷,爷爷要把这些鲫鱼放到乱坟边上的水沟里去。"

我蹲下来,看见了那些绿色的鲫鱼,这是我从未见过的品种。我轻轻拍了拍木桶,有好几条居然蹦出水面,它们太有活力了。听到我将鱼苗弄出响声,行军床上的爷爷就烦躁不安,他发出婴儿似的啼哭声。

"造孽啊造孽。"娄伯说,"那些个坟茔可是万人坑呢。这些鱼儿可是吃死人肉的。"

"现在已经没有死人肉吃了啊。"

"怎么没有?那条水沟拐几个弯之后变得深不见底,谁知道通到什么地方,沟沟壑壑里头总有人肉浮出来。"

我听得汗毛竖起,连忙离开木桶。我一离开,爷爷就安静了。

"鱼苗是爷爷的命根子。隔一阵他就叫我去放鱼苗,他老嚷嚷那些尸体堵住了出口,要用这些鱼去疏通。当然我是不吃鱼的,鱼们都被外来的拾荒人捞了去了。"

我发现屋角的蝙蝠少了很多,就问娄伯。娄伯说这几天蚊子奇多,蝙蝠们吃得饱饱的,都恢复了健康。他还告诉我他养了一只巨型蝴蝶，蝴蝶是自己从窗口闯进来的。他说着就放下手中的绳子，领我去后面的堆房里查看。

那家伙在一只陶钵里头，原来是一条毛虫，体积是普通毛虫的三四倍，疣状突起上丛生的黑毛里头有暗红色的圆点子。我迅速地瞥了一眼后赶紧掉转了目光，我觉得背上痒得厉害，还有脚趾缝里头也痒。

"以后捕蝴蝶可要小心啊。"娄伯嘲笑地说。

堆房里头还养了一条巨型蜈蚣、一只绿蜘蛛、十几条蚂蟥，都是放在陶钵里，上面没盖任何东西，而它们就静静地待在里头不动。娄伯将自家的这间堆房称作"三角花园"，没事就带我进来参观一下他的这些"花朵"。

那一天，我在荒地里捕了很多蝴蝶，布袋都快装满了。似乎我越捕，那里的蝴蝶就越多，一群一群地拥出来围着我，弄得我害怕起来。它们品种繁多，但靠近头部的翅膀处都有血红的两个圆点。不知不觉地我就走远了，而这个时候天已黑下来。我周围的景物全变了样，我搞不清我已经到了什么地方。

黑暗中响起了男童的声音：

"要你不要往这边走，你偏往这边走。这里没有路，除非……"

"你是谁？"我问。

我眼前有水波在闪亮，也许是小河。当然也有可能那是一面镜子。

"我是看守。"他骄傲地说。

他朝我走近了，我还是看不见他。他叫我将装蝴蝶的布袋交给他。我还没来得及回答,袋子就被他抢去了。除了那点闪光,我还是什么都看不见。听声音,似乎他将我的蝴蝶全放飞了。一会儿这些小东西的翅膀就扇着了我的脸颊,撒下的毒粉使得我的一边脸肿起来了。我用捕蝴蝶的网子在空中划了好多下,但什么也没触到。难道这个小孩没有身体吗?我泄气地立在原地,问他是谁家的小孩,在这里看守什么东西。他说他是娄伯的侄孙儿,他什么都看守,比如说我,因为我闯到这里来了,他就得看守我。

"像你这种拿着蝴蝶网子到处乱逛的公子哥儿,我见得多了。"

他显然不把我放在眼里。我捂着半边脸,问了他一个问题。

"我可以摸一摸你的手吗?"

"别做梦了!"他叫起来,"多么蠢的念头!不过反正你现在也走不了了,你可以摸摸我的草帽,它就在你右边的地上。"

我伸出脚探了探,探到一堆枯叶之类的东西。

"你走啊,你往前走啊。"他的声音在空中催促道。

我机械地向前移动了几步,眼前那点闪亮的水波就扩大了——的确是条小溪。我想到溪水里洗洗脸,他制止了我。他说水里头尽是尸体,如果我去洗的话,我的脸就会化掉。"这周围尽是这种没有脸的人。"他说。这时我的脸痛得像要裂开一样。

"你喜欢你爷爷吗?我是说娄伯。"我问他。

他没有回答,后来也一直没再发出声音,可能已经离开了。我也要离开,我要回到娄伯家里去,可是不论我往哪个方向走,眼前总是这条小溪,溪水汩汩地流着,水里有鱼儿跳起来,溅

起水声。我将双手做成一个喇叭,绝望地喊起来:

"娄伯!娄伯!"

娄伯的身影居然出现了。在明亮起来的月光下,他在远方弯着腰侍弄他的菜地。他听见了我的喊声,就朝我所在的方向走过来。后来他手搭凉棚观察了一会儿,看见了我。

我听见他蹚水过来了,一会儿他就到了我身边。

"阿良,你跑得真远啊。你差不多跑到外国去了。"

我觉得他的话莫名其妙,他不是就在附近吗?怎么说我跑到外国去了呢?不过此事的确奇怪,白天里,我从未见过这些溪水,它们是从哪里涌出来的呢?

"有人同你说过话了吗?"

"有一个男孩,可是我见不到他。"

"那是蟹西。他阴魂不散。他爹爹是渔夫。"

"啊,我明白了。"

"明白了就好。这条溪水有深有浅,浅的地方可以随便蹚过去,深的地方嘛,根本就没有底。你看,月光照着,这些鲫鱼就静静地不动了。这个品种的鱼,有的可以长到三尺多长,是我爷爷年轻的时候培育的。"

他说着就弯下腰去用手搅溪水,口里咕噜着。我听见他抓了一条鱼,那条鱼猛力挣脱他的控制,飞到半空,然后又掉进水里去了。随即他也下了水。

娄伯隐没在水光之中不见了,我在溪边徘徊。我想,他大概是到外国去了,也许,这是他的家常便饭了吧。我隐隐约约地看到了远方的菜地,还有那些刚刚搭起来的豆角棚。这里的空气无比纯净,为什么空中不见鬼火呢?阴魂们是多么不爱招摇啊,看来只有当我踩着了某个界线时他们才会出来。

启明星升起来时,我看见了桥。桥孤零零的,上面竟然有霜,而天气并不冷啊。当我的一只脚跨上那桥,城市便轰响起来了。轮船的汽笛声,列车的隆隆声,大路上车水马龙的声音一齐迎面扑来。我忍不住回头张望,可是身后没有溪水了,连桥也消失了,我站在娄伯屋后的荒地里,看见娄伯在屋外晾晒湿衣服。

"娄伯,您抓到鱼了吗?"

"你还在操心那件事啊,阿良。那些鱼都是我爷爷的。年复一年,它们的数量多得将水道都阻塞了。不过地底下有无边无际的水域,吃的东西从来不缺。小东西们不满足于待在黑洞洞的深渊里,总喜欢到水面来游玩,这就造成了阻塞。那个蟹西,那一年掉下去再没上来,他爹爹因为这个才成了渔夫的。你想见他爹爹吗?"

得到我肯定的答复之后,娄伯说第二天晚上带我去见那老头。

盘老爹(蟹西的爹)住在贫民窟最脏的角落里,那地方凹下去,要踩着七歪八扭的梯级下去十多级才能进屋。门一推就开了,一股臭味扑面而来。桌子上点着油灯,草棚里显得烟雾缭绕。那些烟好像是从地底下钻出来的一样。

盘老爹躺在铁架子床上,双眼瞪着草屋的屋顶。娄伯说:

"他已经不会说话了。"

我认得这位老爹,他在城里捡垃圾为生,他的草棚外面堆满了垃圾，堆得比屋子还高。娄伯为什么说他是渔夫呢？

盘老爹慢慢地撑起了上半身，他冲着我们傻笑了一下，露出焦黄的门牙，他的样子像个白痴，口水顺嘴角流下来了。原来他是到外面的尿桶那里去撒尿。

"娄伯，您怎么说他是渔夫？我认识他的，他天天捡垃圾。"

"傻孩子，很多人都有两个职业的。我也是渔夫呢，你不知道吧？"

"他常去那溪边吗？"

"他啊，想什么时候去就可以去。你瞧，他现在就已经去了。"

我侧耳一听，外面果然没有动静了。屋里的烟雾越来越浓，我们咳起嗽来，待不住了，只好到外面去。我问娄伯这些烟是怎么回事，娄伯说是盘老爹弄的，他每天烧树蔸，弄出这些烟来刺激神经，因为他要保持高度警醒，免得忘记那件事。现在他虽然连话都不会说了，可那件事记得很清楚。

"哪件事？"我问。

"他儿子落水的事啊。本来蟹西从水里伸出手来攀住了他的腿，当时他站在水边。可是这个倒霉的人却摔了一跤，后悔莫及啊。他跌倒的时候，如果躺在地上不动也没事，可是他却用力一踢，将儿子重又踢进了水中。"

我不理解娄伯为什么说他是一名渔夫，他既没有船只也没有渔网，他用什么来捕鱼呢？可是娄伯告诉我说，做一名真正的渔夫，既不需要船只，也不需要渔网。我就问他需要什么。他沉默了好一会儿，才说：

"什么都要。"

娄伯显然对这个话题厌烦了，他爬上七歪八扭的麻石阶梯，坐在半腰，手搭凉棚看天上的星星。草棚里传出被烧焦了的动物的肉的气味。我感到自己白来了，心里埋怨娄伯。他既然什么都不肯告诉我，又带我来见这个老头干什么呢？娄伯似乎忘了他来这里的初衷，只是坐在那高处一支接一支地抽烟。他吐出的烟和屋里冒出的烟连成一片，我看不见他的脸了。站在呛人的烟雾里头，我一下子记起了娄伯昨天在水边用手抓鱼的事，我似乎就要明白什么事情，但又并没有明白，只是莫名其妙地感到害怕。

后来娄伯要我去屋里躺一躺，说是树蔸已经烧完了，屋子里头不会有烟了，还说盘老爹一时半会回不了，我可以边等边睡觉，等他回来我们可以看到有趣的事。

我躺在破布缀成的被子里头，灰尘呛得我老要打喷嚏。虽然心里害怕，尤其怕屋里起火将我烧焦，但想到娄伯就坐在门外，胆又壮了一点。一会儿我就迷迷糊糊了。

我醒来时草棚里被一盏煤气灯照得通明透亮，桌上堆着一大堆湿衣服，但是并没有人。人都到哪里去了呢？

我打开门叫了一声娄伯，我的声音在这个凹坑里发出回响。一个罐头瓶子突然从盘老爹的那一大堆废品里头掉下来，刺耳地一路响过去，我吓得几乎失去了知觉。我爬上阶梯，飞跑着跑出了贫民窟。

我快到家时，无意中看见盘老爹和娄伯坐在茶馆里头。我没想到茶馆居然会在凌晨开门，也许是专门为这两个人服务？娄伯看见了我，招手让我过去。

"这就是蟹西的搭档。"他对盘老爹说,朝我站立的方向一点头。

盘老爹将我拉到他面前,用一只手在我脸上摸来摸去的,就好像他是个盲人一样。

"这里光线太暗了,他是想摸摸你的脸上有没有疤。"娄伯解释说,"他儿子当年有个朋友,脸上有疤,一脸凶相。"

我被这个捡垃圾的脏老头摸了一通,然后他突然推开我,对我不感兴趣了。

"你脸上没有疤。"娄伯嘲笑道。

"当然没有!"我高声抗议。

"那疤在你心里。"

我愕然。

"我不明白。"

"回去好好想想吧。有一天盘老爹会来找你的。"

我回家了。可是家里一个人都没有。我记起他们昨天说过,一大早就要去为亲人挂坟。我们家里的人对于每年一度的挂坟一事特别积极,一个月前就开始筹划供品和纸钱,还有船票的预订——因为我家的祖坟在很远的湖区。我照例不参加这项活动。很久以前我去过一次祖坟所在地,那一次,在回来的路上我们的船只差一点遇难。那种绝境对我幼小的心灵产生了极深的影响,后来我就死活不肯去了。起先母亲总骂我"忤逆子",后来爹爹说:"由他去。"她这才不骂了。忽然,我发现桌上放了一张船票,用茶杯盖压着,仔细一看时间,一小时后就要开船了。难道出了什么意外的事,家里人非要我去那种地方不可?我的额头上冒出汗来了。

门外有人探头探脑的,是阿菊那小子。

"阿菊,你看什么?"

"我来看你走了没有。你妈妈说,你这次如果不走,以后就没有机会了。"

机会?什么样的机会?我心烦气躁地收拾了几样东西,换了一双结实的胶鞋就上路了。我经过这条街的时候,街坊邻居都好像躲着我一样。我懒得管他们,一个劲地赶路,否则就要误船了。

然而我弄错了,我手中的票不是一张船票。登船的时候,验票员将那张票正反两面都仔细瞧了一遍,然后往我脸上一摔,说:"开什么玩笑!"我弯腰将票捡起,看见那上面赫然写着:水下游乐场,八元。后面登船的人一把将我推向一边,推倒在地。

"我倒要看你如何行骗!"验票员,一个麻脸,幸灾乐祸地说。

我灰头土脸地走出码头,然后将手里那张票拿出来看了又看,可上面还是只有"水下游乐场"这几个字。我们的城市很土气,大部分居民都是穷人,我们只在传说中听见过关于水下游乐场这种地方。据说那是很放浪的地方,男人和女人赤身裸体在深水里嬉戏。每个人都戴着氧气面罩。怪不得妈妈说"以后就没机会了",她是要我去那种地方放荡一次,还是想让我长长见识?可是我怎么样去找到这个地方呢?我后悔刚才没有问问阿菊。

我郁闷地回到家里,决心将这事抛之脑后。因为我怀疑是我哥哥开的恶意玩笑。这时我从窗口那里看见马老师来了。马老师是来抓我去上学的。我不断逃学，他还是不屈不挠地紧追我。我躲进厨房。奇怪，他进屋之后就没有动静了。等了好久还是没动静。我终于忍不住了，硬着头皮走出厨房。马老师坐在厅屋里抽烟。地上扔了三个烟头。

他没有理我，就好像麻木了一样。

"马老师，您知道水下游乐场在哪里吗？"

他抬起头来，好像不认识我似的盯着我看了好久。

"你是中学生阿良吧？"他终于说道。

"是啊，马老师，我是您的学生阿良。"

他不出声了，又抽起烟来。我想，为什么马老师今天也不去学校？今天他应该有课啊。

"马老师，我愿意跟您回学校。"我胆怯地说。

这时马老师突然爆发出笑声，那笑声令我毛骨悚然。

"不，不，我今天不回学校了！我同你一样逃学了！以前我老想知道你逃学是去干什么，现在我才明白了——水下游乐场，哈！那种地方同贫民窟有关系，我们去那边找找吧。"

他说着就起身向外走，我跟在他后面，我发现他脚步蹒跚，莫非喝醉了酒？可是他身上一点酒气都没有啊。马老师是教地理的，对世界各地的风土人情最感兴趣，介绍起那些事来滔滔不绝。我记得他说过，他活了四十多年，从来没走出过这个小城。当时我还觉得纳闷，想不通这样一个人为什么愿意待在这里不动不挪。

他有点横冲直撞的味道，街上的行人都给他让路。后来我们就到了贫民窟的台阶那里，他让我牵着他下去，因为他头晕，怕栽跟头。我紧紧抓住他的手臂扶他下阶梯,我注意到他的表情一点也不紧张,像在腾云驾雾一样。我想,为什么水下游乐场会同贫民窟有关系呢?难道马老师在信口开河?

在那条歪歪扭扭的小巷里,有个叫杨爹的老头招呼我们进他的草棚坐一坐。我不想进去,因为这个人脖子上有一个巨大的肿瘤,看了叫人害怕。但马老师高高兴兴地接受了邀请,杨爹的孙子是马老师的学生呢。进了草棚屋之后,马老师和杨爹都站在屋当中,因为里头没有椅子。我也好奇地站在一个角落里,听那些各式各样的蟋蟀发出叫声。杨爹屋里的蟋蟀真多!

杨爹走到窗口去张望。

"你在看什么呢?"马老师问,上嘴唇有些颤抖,很担忧的样子。

"我看娄伯今天下不下水。"杨爹和蔼地说。

我大吃一惊。娄伯家在巷尾,离这里很远,而那条溪水沟更是隐藏在郊区的什么地方,如何看得见?于是我也走到窗口那边去看。然而我只看到对面的草棚,还有草棚后面的围墙。我问杨爹围墙后面是什么,他说是监狱,他还叫我仔细听,说可以听到吹哨子的声音,那是犯人在出操。

我既没有看到娄伯也没看到监狱,我很懊恼。

马老师也凑过来了,我们仨挤在小小的窗口。马老师的口里咕噜着什么,他小声地发出惊叹,一会儿说:"他下去了,天哪。"一会儿又说:"监狱长寸步不离地跟着他嘛。"我就问他是不是在说娄伯。他一把捂住我的嘴,竖起食指警告说:"小声点!"

看了一会儿,杨爹说他累得慌,就到那个床不像床、柜子不像柜子的东西上面躺下了。可马老师还是涨红着脸，在紧张地观察。这时杨爹叫我到他跟前去。

"你的名字叫阿良，对吧？"他打着哈欠问我。

"对啊。"

"你往我们这里跑，跑了好多年了，对吧？"

"对啊。"

"你仔细回忆一下，这些年你都看见了一些什么？"

"我想不出啊，杨爹。"

"想不出也要想。要不然你就不用去娄伯家了。"

他对我说话就像审犯人，他这一逼，我就用力去回忆，可收获很少。

"好像是，蝴蝶很多……后来我看见了水，其他的就想不起了。"

"你这个孩子，懒，你再用力想想。"

但我还是想不出，杨爹就叫我坐到蚊帐后面的黑暗里头去想。我绕到蚊帐后面，坐在一个小马扎上，蚊子立刻来袭击我了。我站起来要离开时，杨爹又说话了。

"娄伯就从那里下水呢，你不想看看吗？你坐着不动就可以看到。"

我已经不再相信他的话，就提起脚往外走。然而我立刻被绊倒了，跌了个嘴啃泥。我跌下去之际，还听到马老师说了一句："他迫不及待了，小孩都这样。"后来光线就从我周围隐退了，我身处完全的黑暗之中，四周静悄悄的。我伸出手去，摸到蚊帐，然后我又绕到蚊帐的前面，想确定杨爹是不是还在床上。

不，他不在了，床也不见了，蚊帐倒还在。我走进蚊帐里头去，又走了十几步，才知道这里已成了一条通道。这黑乎乎的是通到哪里？娄伯屋后的荒地吗？还是真正的水下游乐场？都不是，我已经碰壁了，这个通道很短。那么退回到屋里去找马老师吧。有人在旁边笑，居然是我母亲。

"我们坐一天的船才到达的地方，阿良一抬脚就到了。"她说。

我看不见母亲，却可以感到她在靠近我，她那瘦而硬的手抓住了我的手。她反反复复地说："阿良，你来了就好了。你年年都不来，让人挂念。阿良，你爹爹和你哥哥都在这里，你看不见他们，这不要紧，我们一家人都在这里呢。"我有点吃惊，因为妈妈以前并不同我亲近，也不像这样唠唠叨叨的。另外，她那双冷冰冰的手也令我感到不舒服。

我脑子里空空的，想不出要说什么，就信口说：

"我在草棚里头，后来天黑了……妈妈，这是哪里？"

"阿良，你还记得！"母亲欢喜地说，"要知道，你是拿了那张票来这里的啊。没有那张票的话……喂，我说到哪里了？啊，我的思想又断线了……"

妈妈很懊恼，甩开我的手蹲到地下去摸索什么东西。一开始我听见她的手在地上扫，发出嚓、嚓、嚓的响声，我想，她的手大概已被磨出血来了，过了一会儿，那声音变成了水响，她在用双手捧着水洗脸呢。难道这里变出了一条溪水？我也蹲下去摸索，也摸到了溪水，那水冷彻骨髓。我摸到溪水时，就听到水里有很多声音，像是一些人在争执什么事。我就问妈妈是谁在说话。

"没有谁,是你自己要说话。"

后来妈妈说她先回去了,至于我要不要回去,由我自己决定。她说着就不见了。

我终于记起了那张票上写的字——"水下游乐场"。这就是水下游乐场!到底是什么人在这溪水里头说话呢?是一群裸体的人吗?我听出这伙人的声音有些南腔北调,可是谈话的内容,一点也听不明白。我学着妈妈的样子将水弄得哗哗响,他们就停止了说话,可我一停手,他们又争执起来了。我觉得他们打起来了。照理说,水下的声音应该是听不到的,现在我却听到了,而且我认为那些声音来自水下,因为像瓮里发出来的声音。记忆一下子恢复了,我想起杨爹说过的监狱的事。那么,是杨爹家里有一个水下监狱?往日里,当我走过贫民窟的小巷时,偶尔也注意过坐在草棚门口的某个人脸上的表情。住在贫民窟的人脸上的表情都有某种相似的地方,总之,让你看了第一眼不想看第二眼,阴森的气息扑面而来。他们家里是不是都有水下监狱呢?那么妈妈和家里人又是怎么回事?坐上船去给祖上挂坟,却来到了贫民窟的草棚里吗?

"好了,阿良出来了。"马老师说。

我一扭头,看见身后有一扇门打开了,光线被放进来。马老师和杨爹站在门口抽烟呢。马老师举起左手说:"我这只手代表山。"

"马老师,我妈妈呢?"我问。

"你看看,阿良就是这样的,该关心的事不关心,只记得一些鸡毛蒜皮。"

马老师对杨爹评价了我之后，就垂下他那颗硕大的头，显得疲惫不堪的样子。杨爹脚旁放了一个编织袋，里头装了一些旧鞋子和旧报纸。莫非他们刚才一块捡垃圾去了？再看看杨爹的草棚，还是只有那床不像床、柜子不像柜子的东西放在那里，那上面挂着蚊帐。出于好奇，我走过去在那蚊帐上抓了一把。没想到蚊帐如同蛛网一样立刻就破了一个大洞，我那只手也变得火辣辣的，手掌上显出很多出血点。杨爹一直在盯着我看，这时他就说："阿良以后常来吧。你们家的人都很熟悉这个地方的。他们有时一天进出好几次呢。"

"杨爹，我回家去了。"

"你走吧，你走吧，到了夜里你又会想来的。一张门票可以来许多次呢。"

"杨爹，是你给我们的门票吗？"

"门票到处都是，你只要留心一点就看见了。你早上起来叠床时，说不定枕头下面就放着一张。这种事是自然而然发生的，发生了就发生了。"

我走了好远，还听见马老师和他在大声议论我，他们好像在为我的前途担忧。马老师反复说："我这只手呀，代表山。"

我家里的人挂坟回来了。我仔细观察妈妈脸上的表情，可是一点都看不出有什么异样。我问她有没有去过杨爹家里，她说记不起来了。我又问她今年湖区有没有什么新变化，她说有，坟都被淹了，成了一片汪洋，所以她和爹爹就将带去的纸钱抛到水里头去了。

"我问你爹爹，我们来干什么？爹爹说他也记不起是来干什么的了，可能是来捡破烂的？那个时候啊，洪水里头到处是居家用品，凳子啦，木碗啦，充了气的轮胎啦什么的。我要去捡，你爹爹又不让，说带不了。最后我们只带回来一个孤儿。"

"孤儿在哪里？"我问。

"在厨房里的柴堆里头。你可要小心，不要离他太近。"

我走进厨房，柴堆那里太黑，我站了好一会眼睛才看见东西。是有一个穿黑衣黑裤的小男孩坐在柴草上，他眼珠又大又外凸，腮帮子鼓鼓的，样子很像青蛙。我很想问他一些事，然而母亲的警告又使得我不敢问，我担心这个孩子要咬人。他手里拿着东西，那是一柄很小的斧头，他做出砍伐的样子，却没有真的去砍什么东西。我简直看呆了！

"你是谁家的小孩？"

"我是你家里的孩子嘛。你不要走拢来，我要砍东西，碰到什么砍什么。"

他朝我扬了扬斧头，我吓得退到了门边。妈妈和哥哥也在门那里，他俩都惊恐地盯着这个小孩。妈妈叫他"水娃"。我问妈妈为什么水娃说自己是我们家的小孩，妈妈的表情就变得朦朦胧胧的，她在回忆。最后她叹了口气，说：

"你还不知道啊！这事都好久了。我不想去说它。"

后来哥哥推着我们往卧房里去，我们三个人都进了妈妈的房间，把门也闩好。

我还是想问妈妈那个问题，可哥哥不让我问，说"会勾起伤心事的"。这时妈妈已经上床了。她的脸上满是苦恼，她那瘦小的身体在被子下面几乎像没有一样。但她并没有安静地躺下，隔一会儿她就掀掉被子在床上乱滚一通，发出野蛮的叫喊声。哥哥说这都是水娃的影响，他待在家里一天，家里就一天不得安宁，他把每个人心里的魔鬼都唤出来了。

　　哥哥和我来到屋后的水井边上，他围着井边绕圈子，断断续续地给我讲了一些我不知道的事。所有的事都发生在他们去挂坟的时候。我从他的讲述得出的印象是，湖区根本就不存在祖先的墓地，那里是洪水肆虐的荒地。确实也有些流浪的人住在那里，不过他们的住所都是临时搭起的棚子，洪水一来就冲倒了。每次爹爹妈妈去那地方都好像只是为了证实一件事：洪水势不可当。他们将纸钱和供品往水中一扔就回来了。哥哥不时发出冷笑，像在说别人家的事。忽然他的语调变得沉重了，大概因为他说起了水娃的事。他们第一次发现水娃的时候，他还是一个婴儿。妈妈最先看见他，他赤身裸体，正在顺水漂流。妈妈像疯子一样沿岸边跑，但终究，那孩子离得越来越远，消失在视野中。从那以后，每次去湖区她都要寻找这个小孩，爹爹也帮她找，但爹爹十分悲观，老说："找到了也没用。"有好多回，他们还真找到了他。他慢慢长大了。有时他在水里玩，躺在旧轮胎上顺水漂，有时他又在一丛灌木里头酣睡，身边放着那把小小的斧头。

　　"哥哥，你们为什么要留给我一张'水下游乐场'的门票呢？"

　　"因为你好久都不去挂坟了，我们想让你去走一遭啊。"

　　"那么，爷爷他们的坟到底在什么地方啊？"

　　"那些坟在一个地方，但是去那里的路有好多条呢。后来你不是碰见妈妈了吗？城里的一些沟沟壑壑的处所都可以通到那里。"

哥哥说，妈妈去抱水娃的时候，水娃死死地咬住她右手的虎口，后来还是爹爹用木棍敲了一下他的头，他才松口。水娃一进我们的屋就爬到厨房的柴堆里去了。"那么，他是不是我们家的小孩呢？"我问。哥哥停下脚步翻眼看天，半晌才说："应该是吧。"

我想不通，因为我们家里没人能生下这个小孩。妈妈太老了，哥哥他们还没成家。他应该是别人家的孩子，也许，他是从水下游乐场里头走出来的？在我的印象里，那种黑暗地方只应该有鳄鱼。我把我的看法告诉哥哥，哥哥就说我"不切实际"。至于为什么不切实际，要怎样看才是正确的，他没说。

我从口袋里掏出那张门票交给哥哥，他看了看又还给我，要我保存好，因为可以永久使用的。"什么时候想去了就可以去。"

这时我们听见水娃在厨房里发出叫声，哥哥脸上显出痛苦，捂着肚子蹲了下去。我连忙跑到厨房窗口那里去看，我看见水娃上了灶台，他张开鲜红的大口又叫了一声，门那里露出妈妈惊骇的脸。我脑子里掠过一个念头，我觉得这个小孩成了家里的主宰。爹爹在哪里？哥哥不是说他敢敲他的头吗？后来我才知道，爹爹当时将自己关在柴房里忏悔呢，他认为自己虐待了水娃。

我回转身，看见哥哥已经倒在地上了。我在他脸上拍了好多下，他还是没睁眼，也许，他讨厌我打扰他。我一抬头，看见了马老师。

"马老师！"我有些激动地叫他。

马老师微微笑着，对我做手势，意思是叫我不要待在这里了。

"哥哥怎么办啊？"我很为难。

"他丢不了。你们会相逢在人鱼混战的地方。"

我觉得马老师说这句话时像在读课文一样。什么叫人鱼混战的地方啊？

看到我脸上迷惑的神气，马老师又补充说：

"他人在这里，魂已经到了那里。"

"哪里啊？"

马老师不想回答我的问题了，他要我跟他走，因为"这屋里乱糟糟的，像一个动物园"。我们穿过妈妈那间敞开门的卧房时，妈妈正眼巴巴地望着我们，她将被子一直盖到下巴底下。我们一出门就碰上了娄伯和杨爹，还有一个老女人。我们刚走了几步，马老师忽然停下来，叫我回去拿捕蝴蝶的网子。于是我又跑回家拿了网子过来。

一会儿我们这一行人就到了娄伯家。娄伯的草棚里还是原来的样子，白发老爷爷躺在行军床上。老人见我们来了，就烦躁地挥着双手，叫我们"滚"。老女人蹲在床边，轻言细语地同老爷爷说体己话，还用手指去梳理他的乱发。我听见她反复提到"美伦理发店"这个地方。娄伯告诉我们说，这个老女人是他妹妹，从外地赶来的，她说的这家理发店是他们父亲年轻的时候常去的，他的思想停留在过去的日子里，因此只能同他讲过去的那些事。娄伯又说，因为自己记性越来越差，将过去的一些地名人名全忘了，这才特地将妹妹从外地叫来安慰老人的。说到这里，娄伯突然转向我一个人，严厉地责问我怎么还不去捕蝴蝶。"这里的蝴蝶都成灾了。"马老师过来为我打圆场，说是"小孩子好奇心强"。

我从后门一出去，就看到那些小东西铺天盖地地过来了。我挥舞了一会儿网子，带来的布袋就被它们塞得胀鼓鼓的。不知为什么，今天蝴蝶令我感到有些肉麻。它们全是一种类型，黑色的翅膀上长有两个暗红色的大圆点。看得多了，我居然联想到了鬼眼，鬼的眼不就是暗红色的吗？这些蝴蝶会不会是娄伯培养出来的呢？看来它们的品种越来越纯了，我记得先前也见过翅膀上有红色点子的小东西，但它们并不是一模一样的。当我装满了第二个布袋时，我为娄伯的能量大大吃惊了。娄伯啊娄伯，你的家就像一个实验工厂呢，鱼啊，蝴蝶啊，你都可以让它们泛滥成灾。我又想到那个百岁老爷爷，想起娄伯说他养了鱼苗放到深渊里头去吃死人肉的事。我的腿一软，就坐在地上了。这一刻我脑子里尽是吃人的鲫鱼和长着鬼眼的毛毛虫，我都要发疯了。

马老师从后面用手插进我的两胁，将我搀扶起来，口里说着：

"这种事你也偷懒啊，这又不是背书。你看看老爷爷吧。"

白发老人一瘸一拐地过来了，浑身停满了那种蝴蝶，连脸上都是。他一点都不讨厌这些小东西，而蝴蝶们，大约将老人当作了一株树。我羡慕起他来，说：

"蝴蝶不是挺好的吗？干吗要我捕捉它们？"

"这是娄伯在锻炼你的耐心呢！"马老师捂着口笑。

老爷爷往荒地那边一直走过去，我们站在那里看着他的背影。我觉得他快要到达溪水所在的地方了。后来我似乎看到他在下水，因为隔得远，隐隐约约看不真切。奇怪的是蝴蝶们也随着他飞到溪水所在的地方去了。荒地的这一边，娄伯在给南瓜施肥。他干一会儿活又停下来，朝着他老父消失的方向怔怔地发呆。马老师凑到我耳边说：

"阿良，你瞧，不管年纪多大，心里想的还是那件事。我嘛，这两天就决定逃课了。刚才娄伯说他爹爹的时辰已经到了，他会不会用他这把老骨头将那入口堵上呢？游乐场啊游乐场，水下游乐场……"他的声音越来越细，像在梦呓。

我们身后响起了女人的绝望的号哭，那声音凄厉无比，响彻天空。是娄伯的妹妹。

马老师说她是为父亲而哭。我有点不理解她。老人不是一百多岁吗？干吗这么伤心啊？

马老师似乎知道我在想什么，他轻轻地又说：

"这位老人决定着很多人的生活呢。要知道他是二十世纪的人啊。"

我心里想，马老师想干什么啊，课也不上了，就这么荡来荡去的，他以前可不是这样的，他以前特严肃，学生背书错一两个字都要罚站。还有娄伯这一家人，他们又想干什么啊？我突然感到不安全，感到这个地方到处是鬼魅。可是先前，我一直将娄伯的家看作乐园呢。

厨房的窗口冒出火焰来了，娄伯的妹妹在放火呢。要烧掉这个草棚子实在是太容易了。娄伯从菜土那边往屋里赶，他是去救火的。没多久火就灭了，老女人冲出来，用双手蒙着脸蹲在地上，娄伯在一旁劝她。

"娄大妈是弃儿。"马老师告诉我说，"当年逃荒时，娄伯的父母嫌女儿拖累了他们，就将她放进一口枯井里，让她去死。有人救了她。"

他说这是她第二次同父亲见面了，这个死心眼的女人崇拜她的父亲。娄伯是偷偷叫妹妹来的，如果百岁老人知道的话，一定不准她来。上一次，老人就将她赶走了。我问马老师他是怎么知道的，马老师就说是杨爹告诉儿子杨狗，杨狗再告诉他的。杨狗是个好学生，什么事全告诉老师。在贫民窟里没有秘密，一个人的事就是大家的事。

"娄大妈是怨恨她爹吗？"我问。

"不是，她只是想烧死自己罢了。"马老师肯定地说。

看来马老师是对的，要不然，娄伯干吗要劝她呢。我抬起头，看见蝴蝶又飘飘荡荡地过来了。我感到老人是不会回来了。马老师也同意我的看法。他提议我们进屋去，因为娄大妈需要人劝她。我跟在他后面走，趁他不注意就偷偷地将蝴蝶全放走了。一些晕死过去的掉在地上，过了好久才恢复元气。

我们走进草棚，看见娄大妈躺在那张行军床上。她的头发一下子全白了，如果不仔细看，我还以为她是先前那位百岁老人呢。娄伯在旁边唠唠叨叨说起来，他说她这个妹妹性格死倔，要干什么事谁也劝不过来的。现在可好，屋里本来就很挤，她又占了这张床，搞得他自己没法在屋里待了，另外盖一间草棚吧，一下子也来不及。多么糟糕啊，要是水娃在这里就好了。上一次就是那孩子将她吓回去的,她一见他就面无人色。

"您是说水娃吗?他在我家里呢!"我叫起来。

"是啊,我是说蟹西,跑到你家去了吗?"

我太吃惊了,水娃不是从湖区来的小孩吗?怎么又变成了这荒地里的蟹西呢?何况蟹西说话的声音同水娃根本不一样嘛。

"可是我们家里的水娃,根本就不是这里的这个蟹西!我们家的那一个,长着一副青蛙脸,还咬人!"

娄伯和马老师都笑起来。娄伯说:

"阿良观察得真细。不过你又没见过我们这里的蟹西,怎么知道你看见的不是这一个。人的声音是可以装出来的,要装多少种都做得到。"

我还是坚持说,家里的水娃是妈妈从湖区抱来的,不信可以跟我到家里去看。

"我才不去看呢,"娄伯说,"倒是你妈,先前来这里看过好多次。你不是还碰见她了吗?"

隐隐约约地,我感到自己马上要明白一件事了。黑暗的洪水在我脑袋里涌动着,水底有各式各样的绝望的哭声,那些声音咕噜咕噜地冒出,不像人声。

"阿良老想着水下游乐场的事。"马老师说,"现在他想去就可以去了。"

我走出草棚,然后穿过贫民窟往家里走。我上到长长的斜梯上时,听见下面的贫民窟里有惊恐的叫声,像是围追堵截一名逃犯。

"蟹西!蟹西!"一群人都在喊叫。

他们似乎在将他逼向一个角落。我在阶梯上坐下来，想等着看个究竟。可是我等了又等，只看见群情激动的人们，却始终没看见那个小孩。大约过了半个小时，那孩子还是没出现，人们却安静下来了，他们垂头丧气地回家去了。他们要抓那孩子干什么呢？

哥哥若无其事地坐在房里修理他的矿石收音机。我走进厨房，厨房里静静的，水娃已经不见了，柴堆也被人搬走了。
"妈妈呢？"我问哥哥。
"她啊，她同水娃一起走了。"
"去了哪里？"
"还不是湖区。她说我们家太小，限制了孩子的活动。"
"他们不会到贫民窟去吧？我听见有人说水娃在那里。"
"嗯，有可能。这些地方都是相通的。下午我就把妈妈送上船了。"
哥哥的收音机里头传出奇怪的声音，怎么听也像是青蛙叫，这是哪个电台的播音呢？他将耳朵紧贴小小的喇叭去听，听得如醉如痴的。
"水下的声音啊。"他呻吟似的说。
"还有这样的电台！"我大大吃惊了。
"你不知道吗？关键在于捣弄。我不停地捣弄收音机，那个台就会突然冒出来。这里头还放哀乐，你听！"
我将耳朵贴上去，听见了细如游丝的一点声音，断断续续的，谈不上是哀是喜。看见我疑惑的表情，哥哥就高兴了。他说他总是从收音机里头去了解水下游乐场的情况,收音机从来没有令他失望过。他说着说着突然一怔,放下收音机站起来。"有人进来了。"他说。

进来的人是爹爹。爹爹说:"我是回来拿雨衣的,拿了就走。"忽然,他看见了收音机,他的脸一下子涨成了紫色,声音从他牙缝里被挤出来:

"你这个奸细,你可真会记仇啊。"

哥哥尴尬地站在爹爹面前,我知道他恨不能钻进一个地洞躲起来。这时爹爹用颤抖的手去拿收音机,喇叭一响起声音,他的手就一抖,机子掉到了地上。爹爹痛苦地捂着两耳出去了。地上的收音机正在播报天气预报。

"这是我从湖区捡来的,废物利用嘛。"哥哥说这话时显得有点失魂落魄的,"小时候爹爹不准我玩矿石收音机,说会泄露天机……他到底是什么意思呢?"

他说他是回来拿雨衣的,可是他现在待在厨房里了。外面艳阳高照,他拿雨衣干什么呢?莫非他去的地方正下大雨?我现在对于家人的去向一点把握都没有了。长期以来,他们就在我所不知道的处所经历了很多事,他们的活动路线是隐秘的、完全料不到也想不出的。想到这里我就全身发冷。

"他说湖区的东西一样都不准带到家里来,免得造成污染。可是他和妈妈一心就惦记那些东西。水娃不就是那里来的吗?那小孩在湖里一唱歌,鱼儿都得死掉。"哥哥幽怨的声音在走廊里响起,我感到厌世的倾向在他身上冒头。

"还有什么东西没被污染呢?昨天我的无名指的指甲嗡嗡

作响，我放到耳边去听，听见鱼儿在哭……我，你不理解我，阿良！"

他的眼珠鼓出来，眼白上满是血丝。我感到他要说的东西太重大了，可他又说不出。

"哥哥！"我乞求地叫他。

"呸！你去过贫民窟，你全知道的。只要有一点线索，大家就要追寻到底。你瞧瞧这双手，是不是污染了？"

我看见的是一双普通的青年男子的手，指甲有点外翻——这是家族的特征。他又叫我伸出双手来，他说我的指甲缝里全是蝴蝶的毒粉，就是洗也别想洗掉。

家中的气氛如此紧张，我又弄不清真正的原因，就不想在家里待了。我走出门，迎面碰见了阿菊。阿菊问我是不是要到他家里去，我说正是。他让我等一等，然后伸长脖子将周围看了个遍，这才抓住我的手同他一块飞跑。我们穿过两条街，跑得上气不接下气才到了他家。然后他叫我脱下鞋，他自己也脱下，我俩悄无声息地溜进了他的小房间。

我压低声音问他是怎么回事。他告诉我说，他一早就听说了我们家的事，所以他才守在我家门口的。现在外面都在传说，其实我才是那个水娃，我会要搅得这片地区不得安宁，所以一些人商量着要捉拿我呢。院子里有些响动，阿菊脸上就变了色，说他们在步步紧逼。"你哥哥也同他们搅在一起。"他要我躲进柜子里头去，我不肯，他就怒视我，像要吃掉我一样。我问他为什么我会是水娃，这不是开玩笑吗？

"不是开玩笑。"他摇着头说，"你想想看，为什么这么多年里头,你家里的人不带你去挂坟?"

"那里根本就没有坟,我不知道他们是去干什么。他们把水娃带回来了。"

"啊,你以为……我不和你说了。不是每个人都天天往贫民窟那边跑的!"

阿菊最后这句话像在威胁我。院子里变得吵吵嚷嚷的,他又一次叫我躲进柜子里头,我还是不听他的。我想,就让他们抓了我去吧,凭什么说我是水娃?我抬脚想往外走时,阿菊一把拖住我,凑到我耳边说:"你怎么就不会好好检讨一下自己呢?"

不知怎么,我一下子记起了口袋里的门票,于是掏出来给阿菊看。

"正是它。"阿菊说,"这个地区只有你有这张票。我也知道水下游乐场,我是听我爷爷告诉我的。那个地方一百多年前就拆迁了,没人知道迁到了哪里。那里面的设备啦,人员啦,都散落在城里,尤其是贫民窟里头。你仔细瞧瞧,这张门票的纸张,还是古时候才有的那种纸。"

"我还是不明白为什么我是水娃。明明妈妈带回来一个水娃,还咬人。"

"你太死心眼,不会想问题。"

我冲到院子里,那些人都愣住了,默默地让开一条路让我过去。我跑到门口,还听见阿菊在那里喊:

"阿良你的良心给狗吃了啊。"

没地方去,只好又回家。妈妈已经回来了,她坐在临街的门口梳头,一只眼青肿着。她看见我就假笑了一下,我觉得她的笑容里头有很多内容。我从她身边擦过去就进了厨房,厨房里没人,我又看了其他房间,爹爹和哥哥各在各的房里。她没有将水娃带回来。

"妈妈,水娃呢?"

"我把他推到井里去了。他太闹了,留在家里我害怕。阿良你去上学吧,你去上学,就没人找你的麻烦了。你的书包呢?"

我钻进床底下,从里头扒拉出我的书包,拍掉灰,将一些散乱在各处的文具放进去。我惴惴地想:妈妈会不会把我也推到井里去?还是去上学吧。

吃完饭我就背着书包去学校。走到半路就遇见了马老师。我吃惊地发现马老师一下子变得衰老不堪了。他满脸褶皱,一边嘴角下垂,似乎还流涎水。难道这是马老师的爹?怎么又穿着同他一模一样的衣服呢?

"马老师?"

"阿良吗?"他显出欣喜的样子,"我也回学校去,我这个样子,上不了课了,我脑子里尽是那些鲨鱼啊,光屁股的水娃啊,还有深井,你想,黑洞洞的水下到处是一口一口的深井,那有多么可怕。"

"您刚才说到水娃,有几个水娃?"

"六个吧,这些该死的,全坐在井口,看见人就像青蛙一样跳到井里去了。"

"啊,我明白了。"

"明白了什么？傻孩子，水下游乐场的事别对同学讲。"

"他们说不定比我还清楚。"

"那也不要去讲。"

我走进教室，教室里头没有老师，同学们都在画画。我的同桌小山对我说，我其实不用来上学了，没人管的。现在老师们都不到课堂上来了，学生来了就自学。我说那么我也来自学吧。小山听了我的话盯着我看了一会，冷笑一声，说："你就试试看吧。"这时我才注意到我的同学们手里拿着笔，什么也没画，他们全都在倾听外面的响动。隔一会儿就有一些人走出去，然后又有另外一些人回到教室，就像轮流值班一样。我觉得好奇，就也想跟着一拨人出去，却被小山拉住了。小山咬牙切齿地说："你找死啊。"于是我不敢动。我注意到回来的同学一个个脸色发青，腿子像在抽筋。他们看见什么了啊？我问坐在后面的茅叶他看见什么了，茅叶说："同看见了鬼差不多。"我心里想，既然这么可怕，同学们干吗还迫不及待地要去看呢？瞧他们那副急煎煎的样子！他们还为谁该先出去发生争执呢。同桌小山不让我出教室显然是轻视我，因为我这么久没来上课，不知内情。

后排的玻璃窗那里有个人影晃动了一下又不见了，是马老师！我冲出去，我要去找马老师。我追到操场边上才追上他，他走得真快。

"马老师，我的同学们在干什么啊？"

"没什么了不得的事，不过就是那口井往外冒水罢了。真没想到，水都溢出井口了。"

"一口井？！"我说，吃惊得脑袋里轰轰响。

"是啊,就在食堂后面。你可不要走拢去看,那里头有可怕的东西。"

我撇下他就往食堂那边跑,一路上,我的脑子里翻腾着种种不可思议的画面。不知怎么,我预感到这件事同水下游乐场之类的事有关。妈妈说过她将水娃推到一口井里头去了……而且是她催我来上学的!

远远地就看见那里围了四个同学。走到面前,发现他们全在簌簌发抖,说不出话来。井里隔一会就冒一股水出来,周围积成了一个大水洼。我走近看了看,然后气愤地对他们说:

"你们都害怕些什么啊?"

我逼问一个叫小苗的女孩说:"你到底看到了什么?"

"那里头……那里头尽是死人啊,像活着一样,我都认得的人,可又死了。他们……"

她话没说完就发狂地跑,其他人也跟着跑。

我绕过水洼,从另一边接近井台。马老师也过来了。我俩脱了鞋走上井台瞧了一瞧,并没有看到什么东西。然后马老师问我怕不怕死,我说怕,马老师说那就好。我不知道他说的"那就好"指的是什么。当井口又一次冒水时,马老师就掉眼泪了,他说他儿子在井里。"说走就走了,根本不怕死!"马老师的话里头充满了怨恨。我想,怪不得马老师对水下游乐场那么大的兴趣啊,说不定他羡慕自己的儿子?

"我上课的时候,同你们讲的全是关于水下的事情,为什么你不认真听呢?"

我翻着白眼用劲回忆,记不清马老师说过些什么,因为那时我在下面做小动作。只记得有一次我被他逮住了，他让我回答："井大还是湖大？"我说当然是湖大，到湖里去还要坐船嘛。当时他显出痛心疾首的样子，认为我学得太差，还用教鞭打了我的手板。现在我看见他抹眼泪的样子，心里就有点明白了。我也想哭，我就拉住马老师的双手，嚷嚷道："马老师，我答得出您的问题了，井大！井大！井比什么都大！因为所有的人全在底下！"

但是马老师已经听不到我的声音了，他进入了恍惚之中，井水淹没了他的双脚，他一动不动地站在那里，杨树上的那只乌鸦对他使劲叫他也没反应。我呢，当然站在干地上，我可不想弄湿鞋子和衣裳，因为还得上课呢。我突然发现马老师两只手各抓着一条鲫鱼，是娄伯家见过的那种绿色鲫鱼。难道他一伸手就可以捉到鱼？我怎么没看见水里头有鱼呢？马老师将鱼儿拿到鼻子跟前嗅了嗅，又将它们扔回井里去了，那鱼儿居然还向上蹦出几尺高呢。马老师像梦游人一样下了井台，往教室那边走。我因为担心他，就跟在他后面。

他进了我们教室，在讲台上坐下，举起一只右手，大声说：

"鱼。"

"鱼。"全班同学齐声说。

我看见每一个人的眼神里都充满了渴望，这时我才感到我的确是学得太差了。

他举起左手大声说：

"山。"

"山。"全班同学齐声说。

只有我没开口，虽然没人望我一眼，我还是坐立不安。

马老师说完这两个字之后，就丢下我们走掉了。

我的同桌小山哭起来了，接着教室里一片哭声，其间又夹杂了"马老师，马老师"的喊声，就好像马老师是去赴死一样。也许他真的是去赴死？

窗子外面站着妈妈，一副慌乱的样子，头发也乱糟糟的。她向我打手势，伸出三个指头，我不明白她的含义。我走出教室，看见她脚下的篮子里放着三条一尺多长的鲫鱼，已经死了，鱼儿背上都是那种微微的绿色。

"阿良，这是我在扔水娃的那口井里捉的，现在我要将它们放生。你带我去井边吧，我不认得路呢。"

"这几条鱼不是已经死了吗？看眼珠就知道。"

"胡说八道，它们才死不了呢。当年你被抱回家来时……"

她突然感到自己说漏了嘴，就铁青着脸沉默了。看见她的表情，我也不敢问她，我心里害怕。想起最近的一系列事，我感到一个谜的谜底正在徐徐揭开。十几年来，是妈妈养育了我，她从哪里捡到我的呢？从一口井中吗？也许现在是我回到那种地方去的时候了？我依稀有种记忆：小时候她为我洗头，将我的脑袋按在水盆里让我在水下呼吸。我们到了食堂后面的井台边，妈妈走上井台看了几眼，将鱼儿扔进去，然后哭丧着脸对我说："这口井是刚刚开始冒水的，原来我还以为是口枯井呢。刚才我看见你的老师在里头，他到过我们家，我认得。"我凑上去看，却并没有看到。井水静静的，正在往下沉，每沉下去一段就有嗡嗡声发出，像是什么动物在鸣咽。妈妈催我快离开，说要不然等下水冒出来跑都跑不及。于是我就同她下了井台。校园里的氛围很紧张,到处是鬼鬼祟祟的男孩,他们结伴而行,也许在搞什么活动吧。妈妈指着一个小个子的光头对我说,那小孩走失过一次,后来还是娄伯救了他呢。

我们走到学校门口时,我看见地上已经湿了,很多光屁股的男孩在操场的水洼里头乱跳乱叫,那些孩子都在五到六岁之间,不是这个学校的。

我以为妈妈会回家,但是她说近期她不回家了,要去处理好一些事。

"你刚才也看见了,那里的情况那么紧急,我怎么能不管?"她满心忧虑地说。

我想,"那里"指的是水下吧?她怎么去管呢?她太喜欢夸口了吧。现在她到马老师家里去了,她是去报告噩耗,还是去报告喜讯?

我无精打采地在街上溜达,打算等天一黑还是去娄伯家里。我经过瓷器店时,爹爹从里头出来了,他抱着一个细口大瓷瓶。我问他买这个干什么,他说养鱼。

"你妈老是要养特种鱼,必须用这种瓶来养。你知道吗,她的鱼不需要氧气,要是全密封的鱼缸就更好了,这一种也可以凑合吧。"

他又告诉我说,他把哥哥的收音机扔到井里去了。"那种勾人魂魄的东西放在家里是祸害。"他抱着瓷瓶匆匆往家里赶,我预感到家里出事了。这一来,我更不愿意回去了。街边有两个小孩在地上打弹子,其中一个很面熟的光着屁股。我蹲下去,想加入他们的游戏,但他们对我很警惕,不同我玩。这时我想起来,这个光屁股的男孩刚才不是在学校的操场上玩水吗？他到底是谁家的孩子啊？光屁股朝我瞪了一眼，那双青蛙眼吓了我一大跳。另外那个孩子对我说：

"他呀，只能赢，不能输的！你走开吧。"

"水娃！"我喊他，同时心里就升起一股手足之情。

他向我翻出大大的眼白，显然对我很反感。我只好离他们远一点，但我还是不甘心地看着他们。另外那个孩子又说："叫你走开你就要走开，不然你的脑袋就要开花。"

他说完这句话我的后脑勺就挨了他的弹子，剧痛使得我流出了眼泪。我抱着脑袋恐惧地离开他们，没走多远小腿上又挨了一弹子。这一弹子使得我跌倒在地，抱着小腿喊了起来。过了好一会我才平静下来。我面前站了一个人，抬头一看，是马老师。一看见马老师我的腿就不痛了。

"马老师，您不是在井里吗？怎么到这里来了？"我冲口而出道。

"我爬上来了，你看我的头发还是湿的呢。我再不上来，你妈妈放下的三条鱼就会把我咬得皮肉和骨头分家。真是个厉害女人！"

他用一把木梳梳着他稀稀拉拉的头发，显得容光焕发，像换了个人一样。

"这是什么？"他举起左手问我。

"山！"我喊道，只觉得力气又回到了我身上。

"这呢？"他举起右手。

"鱼！"

121

马老师很满意，多褶的长眼笑得像开了菊花。我问他刚才那两个小鬼到哪里去了，他说早就跑了。

"碰上我这种潜水好手，他们那点小伎俩可就不够喽。阿良，你同我学潜水吗？"

我使劲点头，脸都涨红了。

"你要吃得苦，还要不怕死。"

"我从哪里下水呢？"

"我们到娄伯那里去，坐在那些蝴蝶中间，潜水就开始了。"

"多么奇怪！"

我和马老师又下贫民窟了。我们经过那些破草棚时，听到许多棚屋里都传出小孩唱童谣的歌声。那些歌声特别清晰，所有的小孩唱的都是同一首歌，歌词里提到槐树、白花，还有对妈妈的思念。末尾的一句是："蝴蝶、蝴蝶，杀人的蝴蝶！"有一个小孩从一间屋里探出头来，我蓦地停住了脚步——他就是水娃！那一身黑衣服，还有鼓出的青蛙眼，同坐在我家柴堆上的那一个一模一样。他立刻把门关上了。马老师催我快走，说不然就来不及了。我们就小跑起来。

娄伯家里静悄悄的，娄大妈不在了。过了好一会，我的眼睛适应了屋里的黑暗之后，我才看见娄伯躺在屋角的地上。他赤裸着上半身，全身停满了蝴蝶，尤其是眼窝里，一个眼窝里有五六只，翅膀一动一动的像在吸吮。我凑近去，看得更清楚了。它们翅膀上的红色圆点都好像微微地突起，里头有汁液一样，难道是毒汁？它们真是"杀人的蝴蝶"吗？我推了推娄伯的肩头，竟然像石膏一样硬而冷。

"我们来晚了。"马老师说。

"他死了?"

"不,他睡着了。这些小东西将他催眠了。都是娄大妈搞的鬼,她那么远赶了来,我就知道她来者不善。她以后要以此地为家了。"

马老师和我走到荒地,我们穿过那片菜土一直往北走,天阴沉沉的,我听见脚底下有流水声。荒地里一只蝴蝶也没有,只有些蚊子在飞。马老师要我注意脚下,说下面是一个"湖"。我们走到刺蓬那里时,马老师说:"你看,她就在那里。"

我看见娄大妈坐在刺蓬边的石头上,她身边有一个小孩在地上玩呢。马老师招呼我和他一道蹲在乱草里头。我问马老师那小孩是谁,马老师说是蟹西。"那么蟹西是水娃吗?"我又问。"谁知道呢?"马老师满脸的迷惘。

娄大妈弯下腰拾起一个彩色的编织袋,她将袋口放开,蝴蝶就源源不断地从里头飞出来,飞向天空,形成一朵蘑菇云。她的编织袋就像是一个魔袋,里头居然可以装那么多的蝴蝶。那小孩欢喜地跳着,叫着。

"她在老家的职业是养蝎子,培养蝴蝶品种只是副业。"马老师说。

我立刻想起了娄伯的"三角花园"里头的巨型蝴蝶,看来那也是娄大妈培育的。

这时奇迹发生了,天上的那朵蘑菇云垂下一根线,娄大妈举起编织袋,蝴蝶们就顺着那根线落进袋口,这个过程大约有十分钟。蘑菇云消失得一干二净。娄大妈将编织袋扔在刺蓬里,仰身躺在石头上。

"她需要做梦。"马老师说。

可是蟹西不让她入睡,他老在旁边用脚踢她。这时娄大妈就发出像狼嗥一样的可怕的声音,她大概焦虑得发疯了。

马老师笑着捅了捅我,说:"她是做不成梦的,因为有这个捣蛋鬼嘛。阿良啊,其实你妈妈也做不成梦。因为有你啊。女人做梦,小孩捣乱,男人的魂魄在阴间。"

我觉得他最后这句话是在背书,马老师大概读过很多奇怪的书。

蟹西居然从地下捡了块石头去敲娄大妈的头盖骨,娄大妈发出吓人的吼声,像野人一样,几里外都听得见。接着那刺蓬里头钻出来好几个长相一样的小孩。马老师对我说"快跑",我们就跑了起来,一直跑回娄伯家才停住脚。我问马老师干吗要跑。

"傻瓜,那凹地里涨水了,你还没看见。一会儿工夫,他们都变成鱼了,你妈妈也在那里面,你没见她坐在石头后面吗?"

"我们也可以变成鱼啊,您不是要教我潜水吗?"

"你没有鳃。"他笑起来,"没有鳃是不能变成鱼的。"

"您也没有啊。"

"我是有的。你来摸摸看。"

他让我摸他耳后的头发里面,我的手触到一个硬东西,像是一只角。我心里嘀咕,这就是鳃啊。我小的时候妈妈叫我帮她梳头,从来也没有梳到这个东西。

娄伯已经躺到行军床上去了,他身上那些蝴蝶不见了,我们听见他在呻吟。

"蝴蝶，蝴蝶。"马老师拍着手说。

"蝴蝶，蝴蝶。"我兴奋地回应，脸都红了。

马老师夸奖我聪明。他说娄伯正梦见在水底下同吃人鱼恶战，他要我自己过去摸摸娄伯耳后，看看那里有没有鳃。我照他说的做了，可是却没摸到什么异样的东西。马老师就说，娄伯的鳃已经嵌到脑袋里头去了，所以他特别痛苦。

我一抬头，看见巨型蝴蝶从窗口飞进来了，有一面钟那么大，在黑暗中绕屋里兜圈子，翅膀沙沙地扇动着。马老师叫我闭上眼，停止呼吸。我说怎么能停止呼吸？他就呵斥我。我试着憋了一下气，大约有两分钟吧。我睁开眼时，马老师不在了，屋里伸手不见五指，听见娄伯在骂人，他还用一根棍子打在壁上，打得啪啪作响。

"娄伯啊。"我喊道。

"她不让我去，把我困在这屋里，我偏要去。我就从这里去，天一黑，这里就有了通道。"

流水声居然在屋里的地底下响起来了。我战战兢兢地等待着。会不会裂开一个大口，将我们都吞进去？娄伯用手摸了摸我的额头，问我记不记得小时候见过的一个女人，他说那女人蒙着面，身段有些臃肿。我说见倒是没见过，但我常梦见一个长相类似的女人。

"你就是她抱来的。"他叹了口气，说。

"像我妈妈把水娃抱到家里来一样吗？"

"差不多吧。那可是十五年前的事了。"

我暗暗决定，明年清明节，全家去湖区挂坟时，我一定要跟着去。这场骗局玩得太久了，我都快成真正的傻瓜了。

"娄伯，你干吗老用棍子捣墙壁啊?"

"我的脑袋痛啊，马老师没告诉你吗？那个东西在我脑袋里头作怪，我只有待在水底下它才不痛。你听到水响了吧？"

他越来越急切了，暴怒地一顿乱打，我吓得紧紧地抱住头。后来他含糊地喊了一句什么就冲出去了。

流水声变成了轰响，我被淹没了，但我身上并没有湿。我浮动着，不由自主地就游起蛙泳来，我感觉不到呼吸的障碍。的确，我的脚离了地，黑黑的水波推着我，水里头有一些游来游去的动物，我触到了它们，但看不见。这时我才记起了马老师的话和我来这里的初衷。原来这就是潜水啊，多么容易！我用手臂在水中划着，我很想捉住一个动物，抱在怀里。但这些小家伙溜溜滑滑的，怎么也抓不住。为什么我身上的衣服不湿呢？莫非有层保护膜把我同外面隔开了？如果隔开了，我怎么又在水中，还可以游泳呢？这些事我实在是想不清楚。不知游了多远，我看见了嵌在他脑壳里头的"鳃"，那东西像一只小山羊刚刚长出的角。

"娄伯，娄伯。"我叫他，但我的声音听不见。

我不由自主地摸了摸自己耳后，那儿并没有鳃。是不是我的鳃也同娄伯一样，是长在脑袋里头的呢？但是我的脑袋一次都没有痛过呢。娄伯那钻石一般的脑袋一点一点，他显然在对我说话，不过我听不到他的声音。这时我看到旁边又有一点光亮在流动，啊，是妈妈！妈妈游过去了，怀里好像抱了个小孩。娄伯伸出手要抓我，我突然害怕了，就往旁边躲闪。他生气了，猛摇他的脑袋,于是我听见了"啪、啪"的声音。是他在水中放电,而我触电了,一动也不能动了。

我不知道我失去知觉有多长时间,是水娃将我叫醒的——在学校那口井的井台上。水娃叫我快走,因为水又从井底涨上来了。

"这可是淹得死人的水!"他竖起一个指头警告说。

他还是那一身黑衣黑裤。我一边走一边问他从哪里来。

"你已经知道了嘛。"

到了街上他就要同我分手,我看见他的同伴,那光屁股的、长得同他一模一样的小孩在厕所那里等他。我突然想起一件事,这就是我自己是不是也长得同这个水娃很相像呢?我已经很久没照镜子了,等回家我要好好照一照。也许水娃不是一个人,而是很多人,这些小孩分散在贫民窟啦,水井里啦这些地方,他们都是些身世不清楚的孩子。如果人不去注意,就好像他们不存在一样,我不是十多年里头一次也没注意到他们吗?

快到家时,我看见哥哥从屋里冲出来,发了狂似的猛跑。

爹爹高举着那只收音机小匣子,往地下一砸,口里发狠地说:"看你跑到哪里去!"

我弯下腰捡起砸坏了的小匣子,听见播音员用变了调的声音说:

"水下温度零摄氏度,部分湖面有冰冻。"

原载于《花城》2006年第2期

茅街的长延和他姑妈的通信

姑妈：

　　昨天接到您的信，您要我谈谈家里的情况。可是您已经离开家乡二十多年了，这里发生了那么多事，还有些事是我没出生就发生了的，我到底从哪里谈起呢？您一定知道，在我们茅街，每过不久就有变化，人和事都会变得认不出来。我虽年纪不大，也常觉得自己跟不上形势呢。看来您其实很熟悉我的情况，可能有人告诉了您。是的，我现在是一个人住，自从父母十年前去东边后，我就一直住在他们留下的房子里面。当时他们对我说"去一阵子"，我怎么也想不到"一阵子"成了十年，而且还要持续下去。

　　那么先说说我的近况吧。他们走了没多久我就没上学了，因为要吃饭啊。那时住在马路对面的潘奶奶将我带到火柴厂的车间，帮我找了一份糊火柴盒的工作，每月五块钱。我在火柴厂一直干到现在。现在我成了厂里年纪最小的保安人员，我每天夜里去厂区巡逻，工资是八块钱了。我们这些保安人员没有正式武器，一人发一根木棒。厂里让我们成天练臂力，这样的话，用木棒就可以将来厂里盗窃物资的小偷打死。但是哪里有贼呢？我从来也没碰到过，也许我们的敌人就是那些工人吧，我看上面领导就是这样想的。车间里的那些人一个个骨瘦如柴，下陷的双眼冒火。他们做夜班时，我就在车间外转来转去的，我心里又激动又害怕，时常将木棒掉在了地上，自己被那响声吓得直冒冷汗。不，他们并不偷厂里的木材，也不偷其他任何东西，他们很规矩呢。日复一日，我们这些心怀鬼胎的保安人员还是在巡逻，同那些工人较量。较量什么呢？我在屋里挂起一个沙袋，是厂里发给我的，我每天在那上头练拳击。现在，我身上已经有点肌肉了，不过我还是常将木棒掉在地上。我总觉得，如果有一个贼从车间里冲出来，我一定打不死他，很可能，他倒会捡起木棒将我打死！有一回巡逻时，我碰见领导了，那人是个高个子，比我高两个头，起先我以为他是贼，就紧握木棒等他走拢来。他停在冬青树的阴影里头，就像消失了一样。我怕得不行，憋着一口气往那树枝里头打了一棒。领导"哎哟"一声就出来了。领导立在月光下，口气冷冷地问我多大了，我说十七岁，他懊恼地一跺脚就走了。后来好多天里，我都等着他们来开除我。然而却没有。还是打住吧，我的近况一点意思也没有。我想说点别的。

我一直想离开茅街到外面去生活，哪怕是到城里的西边去也行，听说那边住着做苦力的人们，吃饭不成问题。说起来，茅街应该算一个好地方，像我这样一个没人管的小孩，在那些年头里竟可以靠自己活下来，自食其力，这一点很了不起。我听说这个地区的口号是："决不饿死一个人。"父母走的时候我才九岁多，潘奶奶马上到家里来找我，将我领到火柴厂去干活，那里一日三餐都有人管。后来我就学会了做饭，我的工资虽少，生活是不成问题的。那么为什么要出去呢？姑妈，当年您也是从这里离开的，我觉得，您离开的时候心里一定有过矛盾，一定是想了又想才下决心。即使您不在此地了，心里还是挂记着这里，对吗？爸爸和妈妈离开的那天早上，两个人还坐在厨房里的矮凳上剥豌豆呢。我还记得妈妈说，下午就回来炒豌豆吃。她是对爸爸说的，我在门口偶然听到的。

我要离开茅街，可能是因为这里的生活太阴沉了吧。除了火柴厂的那些事以外，待在家里心里也不那么踏实。到底哪里不踏实呢，我也说不明白。比如说现在吧，是中午，我刚刚起床，就听见盲人金过来了。他坐在我家门前的石阶上帮人算命，他的顾客是一名妇女，哭哭啼啼的，一定要金帮她算出自己哪一天会死。女人的声音很陌生，大概不是本地人。金的话含含糊糊的，听不清楚。那女人走的时候不太满意，还质问金："你到底是真瞎还是装瞎？"刚才我醒来时本来心情是不错的，因为外面天气晴朗，不冷也不热，我准备到街道图书馆去打发这个下午的。可是这个盲人，把我搞得一点好心情都没有了。金不该坐在我的门口拉生意。还有那女人也怪得很，近乎无理取闹，脑子里还有种奴役别人的思想。我打开门，却并没有看见金坐在台阶上，我又向街道的两头张望，也没有看见人影。刚才这一出戏到底是怎么回事呢？姑妈您能告诉我吗？

因为长年做夜班，我的睡眠不是很好，我总是想那些奇奇怪怪的事。我曾作过这样一个设想：我在雨天里在这个地区漫游，所碰见的全是很久以前就离开了这里的人，我每遇见一个人，就要冲他（她）喊一句："你带回你的雨衣了吗？"我还作过另外一种设想：沉默的茅街人全都变得爱说话了。夜里我出门去上班时，到处一片嘈杂，一些窗口甚至传出口号声，喊的是一百多年前流行的口号。我本来就神经质，现在越想这些荒诞无稽的事就越害怕。如果茅街地区的人不是这样沉默，如果那些熟人碰见我就打招呼，也许情况要好得多。事实却是，几乎所有的人走路时都低着头，遮着脸。同我打招呼的只有潘奶奶、白茅、刘工等少数几个人。不打招呼也罢了，有时又有意外发生。有一回大晴天的，那人撑着伞，遮着自己的半个身子朝我走来，已经走过去了，却又忽然站住，口里喊出话来："长延，你这小子，连伞都不打一把啊！"待我要转身向他走拢去时，他又连忙急走，甩开我。这个人是造纸厂的传达，家就在西区，家里赤贫，满屋子都是莲子壳，他老婆带着三个小孩破莲子为生。就因为这种怪举动，我的心情被这些人搞得很沮丧。我觉得自己在这个地区很引人注目，要不他们怎么总同我为难呢？我既不招他们，也不惹他们，他们却时不时来那么一句讽刺，不是说我骄傲，就是暗示我要检点自己。我去问他们呢，又问不出个什么来，因为他们太涣散了，说过的话马上就忘了。也有几个被我逼不过的，居然破口大骂，说我这种追究是"不自量"。

我只好暂时放弃追究，坐进图书馆。我读的是那些侦探小说，也读推理小说。我读书很入迷，但思路从来跟不上那些作者，因为我爱走神，我很少将一个故事从头到尾弄明白，我想这一方面是自己的能力问题，另一方面是因为我喜欢那种迷迷糊糊、朦朦胧胧的恐怖感。经常，我的整个下午就沉浸在那种凶杀的氛围之中。从图书馆里出来，便听见很多人在地底下喊话，于是疾走，可走到哪里都听见那些个声音。图书馆里的老阿姨总是注意侦探小说的最新出版消息，然后设法买了来，等我去借。多年来她同我之间心存默契。那一天图书馆要关门了，我起身准备离开，季阿姨（她姓季）招呼我到她那边去。她弯下腰，从书架的最底下拿出一个纸盒，盒子里有一张手制的贺卡，上面喷了香水，画着一只我说不上名字的鸟。那是色彩极为淡雅的水彩画，季阿姨说这是我妈妈寄给她的，我听了很吃惊。我的父母是做小食品生意的商贩，以前他们在家里时每天都是早出晚归，辛苦而忙碌，我从未见过她画画。季阿姨又从贺卡里头抽出一张照片，说照片上的年轻女人是我妈妈。我很生气，觉得她在开我的玩笑，一扭身就要走。她一把捉住我的手臂，口里"长延，长延"地叫个不停，就好像要将我从梦中叫醒一样。我站在柜台边等她说话，没想到她也生气了，将贺卡和照片扔在地上用脚踩住，说我"思想老化，不可救药"。好久以来我一直后悔没有仔细看看那张照片，回忆也回忆不起来了，隐约地觉得那是一位眼神很特别的、风情万种的年轻女性。当然不会是母亲，母亲怎么那么年轻呢？我还是去图书馆，季阿姨用一种冷嘲的口气向我报告："又来新书了啊。"我感到她在心底热烈地期待我做出回应，可是她到底要我回应什么呢？我当然不敢再提那张被踩坏了的照片，我太软弱了。我低着头，将整个身心埋在那本书里头，可仍然感觉得到老阿姨在我身边。

这个地区有一些怪事，姑妈您也许知道也许不知道，我愿意在这里写出来，让您同我分享。在我去上班的路上有一条又窄又长的胡同，胡同的两边是高高的围墙，一个门都没有。白天里，胡同里总是有一些行人来来往往，可是到我半夜去厂里值班时情形就完全不同了。没有人这是可以想见的，连那些野狗也不往这里来，这都没有什么。最令我苦恼的是这种事常发生——我会失去对自己身体的感觉，仅凭意念机械地迈动脚步。那种时候，我总是充满了惶恐地想："怎么会是这样呢？怎么会是这样呢？"我的左手在摆动，但是我的右手贴着身躯一动也不动，我的挎包快要从肩头滑下来了。我的脚踩在水泥路上，但一点声响都不发出。我就这样走啊走啊，惶恐不安地一直走到胡同口，然后我耳朵里"嗡"的一声响，感觉就恢复了。白天里，我一想到这事就不舒服，可是又没有办法，我必须经过这条路，没有第二条路可以通到火柴厂。有时，为了避免不愉快的事发生，我一进胡同就飞跑起来。开始这一招似乎见效了，过后却又并没有见效。因为我的速度会不由自主地慢下来，不管我如何努力也没有用，接下来我又变成那种僵尸——这发生过好几次，比不努力更糟，因为有人在墙头唤我，我却无法抬起我的头去看。啊，我多么盼望一个人出现在胡同里啊，哪怕一条野狗也行。可是却没有。当我轻飘飘地在胡同里移动之际，我的脑子并没有完全麻木，相反，有时它还活跃地工作起来了。我记得在那种时候，父母的面容清晰地出现过。本来我差不多将他们都忘光了。在我的想象里头，他俩总是一前一后在一条独木桥上走过来又走过去。妈妈的样子并不像图书馆里的那张照片上那么年轻，也不是很老，爸爸戴着一顶大草帽，脸上有汗。我白天里特意去过几次胡同，我用皮鞋的后跟敲打着路面，想要窥破天机。我的确在墙头发现过人影，不过当我看见那人时，他正在飞身往下跳。围墙那边是一个废弃的车站，里头尽是报废的长途汽车，当年父母就是坐那种车离开的。当然，那人爬围墙只不过是为了抄近路，他不会是夜里对我讲话的人。人们都在匆匆赶路，他们当中有城里的也有外乡人，一看他们的脸就知道他们没有任何心事。就说这个背着渔网的老何吧，他是去小河里捞鱼的，他的脚步稳实有力，眉宇间透着精明。这样的人怎么会有心事呢？

除了胡同里的怪事之外，火锅店也是一个我害怕去的地方，幸亏我用不着常去那里。文家火锅是一大间半地下室，里头总是蒸汽弥漫，挤着不少茅街地区的人们。人的脸都看不清楚。有一回，我懒得做饭，就去那里吃火锅。我来到火锅店的外面，从窗口看见那些人在来来回回地走，不时爆发出笑声。我刚跨进一只脚，就有好几双手同时拉住我，而我脚下是一块活板，于是我就掉下去了。我摔得几乎晕了过去，过了好一会才听见人们在讲话。他们将我扶到座位上坐下，有人捅了捅我的后背，说："我是你的叔公啊。"这下面更黑，蒸汽更浓，头顶上的那些灯根本照不到人身上。到处影影绰绰的，我只感到里头很挤，很热，再就是吃火锅的人多得不得了。叔公将装调料的碗放在我面前，用一双长筷子夹了一些肉片放到我碗里。我既看不见他，也看不清火锅和桌上的碗,只是低下头,傻乎乎地吃着。一个刺耳的声音在耳边响起:"民以食为天啊!"还有人在质问:"他为什么一个人到这里来?"我旁边自称是叔公的人就替我回答,说我是偶然掉下来的,下不为例。那人还不放过,又问叔公我对自己的前途是如何计划的,叔公就笑起来,说:"小伙子还太嫩。"我很懊恼,也被激怒了,冲着那人发出声音的处所挥出一拳。我练过沙袋,这一拳的力量大概不小,因为对方"哎哟"了一声就沉默了。我感觉我打在他脸上了,不过也许不是脸上,而是别的什么地方,我说不清。叔公说我闯祸了,必须马上逃走,因为过一会警察就会来。可是我一站起身来要走,他又用双手捉住我的肩膀将我压下去,说不能乱动。还说当年我父亲就是一个乱说乱动、不计后果的人,搞得只好中年离乡背井。我听见人们纷纷离座,一会儿屋里就空了,只剩下我同叔公,还有倒在脚下的那个人。后来大概是警察进来了,摆弄着那些手铐,他们好像有不少人。叔公说:"这就好了,这是正常程序。"我坐在那里等,心里很焦急,那些人却像没事一样聊起天来,一边还"哧溜哧溜"地吃火锅,不时又摆弄一下手铐,似乎在提醒我。我不清楚他们到底有多少人,好像坐满了一桌子,连对面的桌子上也坐满了。莫非来了一屋子警察?我问叔公,叔公就说:"好呀,好呀,这一来真相就要大白了。"

我很想知道被我打倒的那个人究竟怎么样了,他有没有生命危险。可是那一天里后来发生的事变得更为暧昧了。我只记得我在位子上坐了很久,大腿都坐麻了;头发也被不断腾起的蒸汽弄得湿漉漉的,那些人却一点也没有要离开的样子,吃个没完没了。叔公凑到我耳边告诉我说，他将"尸体"悄悄弄走了，对我不利的证据已经消失了，他藏尸体的地方任何人都找不到。我听了他的话松了口气。接下去情形并不乐观。叔公一步也不让我离开，说如果这时离开就会出事。我汗如雨下，热得受不了，就说："要是有条毛巾擦擦就好了。"旁边的警察听到后立刻回应我说，隔壁的盥洗室就可以洗脸。他拉着我穿过人群往右边走，我像盲人一样迈步，穿过那些桌子，最后随他来到一间更暗的小房间，我从气味上判断那也许是一间锅炉房。这个警察要我伸出双手来，他把我的手铐在窗户的铁栏杆上头，说："你就在这里洗脸吧。"然后他就离开了。门一关，小房里热得没法呼吸，手又被铐着，我觉得自己要死了。我于昏迷中听见叔公在问："他待了有多长时间了？"那人回答说五个小时。我听了心里一惊，挣扎着醒了过来。我口里喊出莫名其妙的一句话："叔公，我爸爸是从这里出走的吗？"叔公哈哈一笑，对那人说："我看他啊，全都明白了。"于是他俩过来将我的手铐松开。叔公要我用力跺一下脚，我跺了一下，又踩着了活板，整个人都掉下去了。我以为自己这下掉进了地狱，睁眼一看却是茅街的人行道。火柴厂的厂长和潘奶奶正站在拐角那里说话呢，我赶紧猫着腰窜进一条小胡同，拐了几个弯回到了家里。

　　姑妈，您不会以为我在编故事哄您吧，我才没有那个闲心呢。再说，有这样的必要吗？您已经离开二十多年了，您走的时候我还没出生，现在您在另一个城市里生活，我完全用不着编故事来讨好您，是吗？我之所以告诉您这些，是因为您问了我，而我，一写起来就没个完了。这里这么阴沉，我就是想要找人诉说也找不到一个人。本来我都已经差不多绝望了，就在这时候我收到了您的信，这真是个奇迹。奇迹发生的那天下午，我从图书馆走回来，沉浸在日本推理小说的阴郁氛围中，一点都不想回到现实中来。您的信就像天外来客一样待在这张大桌子上，是邮递员从窗口扔进来的——我没有邮箱，因为没人给我写信。您在那封信里告诉了我您现在的情况，您还说起离家前茅街的情况，我当然知道您是我姑妈，因为我从小就听我爸爸反复说起过他的这个姐姐。我记得那时候他很为您感到骄傲，他说您是"女中豪杰"。姑妈，您说到从前的茅街马路上跑着牛车，妇女们都坐在门口纳鞋底，我闭上眼用力想象，怎么也想不出那种情形。那是什么样的一个城市？现在真是一点痕迹都看不到了啊！现在城里既没有牛车也没有马车，只有运煤的货车，弄得满街全是煤屑。

今天就写到这里，再见。

长延

长延：

我的孩子，我那么喜欢读你写的信！

姑妈读着你的信的时候，心里总在想，这是怎样的一个孩子呢？你的爸爸（我叫他逢枝）从前是个郁郁寡欢的人，你妈妈也是同类型的人。我在茅街的时候，逢枝的性情还没有后来那么暴烈，我从未见他发作过。逢枝和你妈都没有固定的工作，逢枝的工作就是每天去大河边捞鱼，捞了那些小鱼在市场上卖，卖不完的做火焙鱼。他这个工作虽然收入不稳定，但他很喜欢。在你出生前，他一直以捞鱼为生，你妈妈则一边打理家务，一边做些鞋底卖。我嘛，在茅街教那些孩子，就住在学校里。

有一天，逢枝进了我的屋，他一言不发，低着头坐在桌边想心事，看上去脸色有些苍白。我预感到有事情发生了，但我要等他自己讲出来，我熟悉他的性情。那一天有些意外，他一直没说话，后来又站起来默默地离开了。过了一段时候，我就听说他放弃他做了十几年的捞鱼的营生，进火柴厂烧锅炉去了。当时我很吃惊，我到你们家去询问他。他对此事的回答是："因为寂寞啊。"他这句话让我一下子就看到了他十多年的生活的底蕴，我无话可说。可是逢枝却激动起来，开始唠唠叨叨地对我讲述河边的风景。他讲的无非是些老生常谈，朝霞呀，落日呀，鱼鹰呀，帆船呀，轮渡呀等等，完全没有意思的事。也就是说，除了我之外，没人听得出他要讲什么。我当然听出来了，我就问他，从空气清新的河边转移到灰腾腾的锅炉房工作，习不习惯？他回答说，他必须同人在一起，否则那些风景就要将他彻底压垮。长延你看，你爸爸就是这样一个人。多少年过去了，现在我只要听到汽笛声，就会想起你爸爸向我描述过的那些河边的风景。

逢枝虽说在火柴厂工作，可是他并不同厂里的人交往。这并没有什么值得大惊小怪的，因为茅街的人大都是这种风度。不过逢枝又有些同茅街人不一样的地方，否则，他也就不会脱离做了十多年的营生，选择那样一个工作了。他对我说他这样做的结果是"感觉好多了"。

长延,我给你写信并不是专门要来讲你爸爸的事的,再说,他已不在茅街,说也没用。你就是找遍了河边,也找不到他从前捞鱼的那个地方了,因为那个地方早就消失了,现在成了货运码头。那么我要讲什么呢?让我想想看,我有点老糊涂了。对了,刚才我是想要向你说明,隔了这么多年,为什么我要向你打听家乡的情况,可是我一提笔就离题,因为往事一幕幕在眼前出现,弄得我有点激动。如你所知,我现在住在大城市里头,过着退休的生活。我觉得我这一生快要走完了——我比你爸爸大二十岁。近来我常去附近的一个公园,同那里花圃的一位老园丁聊一聊茅街的往事,因为他也是从茅街出来的。老园丁有两个儿子,他同他们相处得不好,所以他独自住在花圃的破工房里。他侍弄花草的时候,我就站在他旁边同他讲话。当我同他的谈话越来越深入的时候,被我尘封了二十多年的记忆就全部打开了。这一段时间我一直生活在茅街的氛围里,根本摆脱不出来。我开始搜索自己的记忆,于是我忽然想起了你,一个没有见过面的侄儿,我们文氏家族的继承人。逢枝离开茅街的那一天给我来过一封信,信里提到了你,他显然为你担心,可他又写道:"顾不了那么多了。"这正是他为人的风格。虽然你父母杳无音信,我却凭直觉感到,你还在茅街,在渐渐成长起来。我也知道茅街的那个口号:"决不饿死一个人。"大概当年逢枝也是抱着这样的信心离开的吧。前天我和老园丁站在夕阳里头,我对他说起茅街的牛车在大马路上来来往往的情形,说起那些神情专注的车夫。当时老园丁正在做一个盆景,他听了我的话手就开始颤抖,后来又说他感到冷，就撇下我进屋去了。他一走开，我心里感到特别空，我在花园里走了一圈后，发现连自己的腿都变得不像自己的了。我害怕回到家里去，可又不得不回去。幸好，一出公园的门，我就恢复了常态。

长延，你从我上面写的这些，已经弄清了我为什么念念不忘茅街吗？这真是一件说不清的事。我写信的此刻，我耳边还响着牛车驶过的隆隆响声呢。车上坐的多半是小伙子，偶尔也会有一位姑娘。那是什么样的农村姑娘呢？在打霜的早晨，我在晨曦里头看清过她的面庞，那种坚毅的神情令我永生难忘。长延，我正在想，也许你也已经有了那种表情吧。那时的学校没有电铃，上课和下课都是由工友用锤子敲那块挂在梁上的铜。傍晚时分，只要他一发出下课的信号，牛车就从我们这里隆隆进城了。有多少次，我因为百感交集而眼前发黑。实际上啊，姑妈也是因为心里寂寞才离开茅街的呢，长延能理解吗？这二十多年里，我忙忙碌碌的，故意将那些事撇在一边不去想它们，我是有意不去主动同你父母联系的呢。

从我住的房子望出去，也有一条河，河里驶着轮渡船，我坐在家里一天到晚都可以听到汽笛声。有时我忽发奇想，就会到轮渡去等船。我做出要接人的样子，等了一船人，又等一船人，还伸长了脖子在人群里头辨认着。有一回我看见一个长得很像逢枝的青年。我心里想，这是不是长延呢？他一开口说话我就知道不是，因为他是东边的口音，长延，你大概会想，我既然这么挂记你，为什么不去一趟茅街，将你接到自己身边来呢？我不能这样做，孩子。有两个理由。一来我已经是风烛残年，无法对另一个人的前途负责；二来你是文氏家族在茅街唯一的继承人，我不能破坏逢枝的安排，也不愿失去自己的梦乡。要是你离开茅街，我、逢枝，还有你妈妈，我们不就成了孤魂了吗？那么我为什么又要去轮渡码头呢？只能说是我相信奇遇吧。我夜里不大睡得着觉，坐在高楼的房子里面，我总是看到很远的地方有个男孩朝我走来，他走到河边时，要搭轮渡的人太多了，他怎么挤也挤不上去，只好坐在地上哭泣。我在空空的房子里大声说："你不要哭，我来接你了。"我这样说过好多次。

　　长延，你说你常去图书馆看侦探小说，这事姑妈听了别提多高兴了！图书馆的季阿姨，先前我在茅街小学时，她在那里做杂役。她很善于揣测别人的心思，至于她拿出的照片，也许是你妈妈，也许是另一个女人，你不要太在意。已经这么多年了，你一定从那些书籍里头看出门道来了，这里头也有季阿姨的功劳，你说是吗？我猜，从一开始就是她把你引到图书馆去的，对吗？你瞧，在茅街，有那么多的人在暗中关怀着你。或许你根本就不想离开那里，或许我上面写的那些想法都是过时了的。起先我写信给你是有顾虑的，我担心我们没法沟通。现在我大大放心了，你写来的每一句话我都深深懂得。看来，除了血缘关系之外，这同你读的那些书也有直接关系。我真想再听一次季阿姨敲钟的声音啊。当然这并不是说我想回去，从我离开那里以后，我一次也没想过要回去。我一想起逢枝的那一次发作就胆战心惊，哪里还会有回乡的念头呢？

　　长延，你有空的时候，到河边遛一遛，说不定会发现你爸爸从前的某些踪迹呢。一个人，只要他在一个地方真正生活过，总会留下某些痕迹的，哪怕那个地方已经被改造得面目全非了也是如此，你有这个兴趣和耐心吗？我想会有的吧，你是逢枝的孩子嘛。

姑妈

姑妈：

读了您给我的两封信之后，我对我的生活有了些信心。我以前也隐隐约约地感到有些人在暗中帮助我，现在经过您的提醒，这件事变得明确起来了。

那一年父母离家后，我一下子变成了孤儿。他们走的时候在抽屉里放了些钱，但并不多，也许是暗示我，叫我尽快地自食其力。当然那个时候我并不懂得这种暗示。我本来就对去学校很厌恶，他们一走我就不上学了。我每天用那些钱买食品，有时还买书。钱很快就花完了。那天早上醒来时，我心里充满恐惧。当然，家中还有一个铜盆，有一座坏了的老式挂钟，一些旧衣服等等，都可以卖到废品站去。可是这又能维持多久呢？我起床后就拿着铜盆去废品站，我认识那个姓冬的老头。冬老头举着我送去的铜盆看了又看，半天没作声。后来他问我："这个盆子，你是要卖一元钱呢，还是要卖五元钱？"我听不懂他的话，就一声不吭。于是他又问了一遍。我鼓起勇气回答说五元钱。他眉开眼笑，说："那我就给你一元钱吧。"我委屈地拿了一元钱往家里走，越想越害怕，就蹲在路边哭起来了。就是那个时候潘奶奶看到了我。她问我为什么哭,我就哭得更厉害了。潘奶奶说她知道我为什么哭了,还说她有办法,让我跟她走。这一走就走到了火柴厂。我进车间时,只听见里头一片嘈杂,满满一屋子人,我低着头不敢看他们。潘奶奶将我安顿在长长的案板前坐下,她自己就帮我办手续去了。那一天发生的事,我至今历历在目。我此刻回忆这事是因为我突然想起了冬老头这个人,想起了他对我的问话。我的前途也许就是那一刻决定的。谁知道呢,说不定是他同潘奶奶商量过了?如我告诉过您的那样,后来我就不为吃饭的问题发愁了,我甚至每个月还剩下一点点钱去租书来看呢。冬老头现在还在废品站,后来我又去找他卖过几次家里的旧东西,他不再占我的便宜,反而很大方,大方到了荒唐的地步。比如一双旧胶鞋,他给我的钱可以买一双新的了。"年轻人,来日方长嘛。"他总是这么说。

昨天下了一天的毛毛雨,到了傍晚天晴了。我想起了您的嘱咐,就带上手电往河边走去。我穿过那个货运码头,沿着大堤下面杂草丛生的小路往南走。风在耳边呼呼地吹,天很快黑下来了,我只好亮起手电照路。一路上,我想的都是如何避免我的胶鞋踩到泥泞里头,根本顾不上想别的。我深一脚浅一脚,弄得满头大汗,最后终于走到了麻石阶梯那里。我在阶梯上坐下来擦汗,风变得柔和起来,码头的灯光静静地发出黄色的光。有人从石梯上下来了,晃着手电,他也是下去找东西的吗?我让到一边等他过去,他却紧挨着我坐下来。他是码头货运工人,穿着粗帆布工作服。他一坐下来就说那些厌世的话。"总是这些一模一样的晚霞啊。"他的哀叹就像呻吟,他一动,骨头就发出爆裂的声音。我就对他说，他其实很喜欢他的工作，会要一直做下去。他听了我的话就吃惊地同我隔开一点，说："小鬼头，你心里想些什么？"然后他就站起来，小心翼翼地下到河里去。我看见他穿过深深的杂草到了水里，我再要看就看不清了，他消失在黑暗中——也许是消失在水中了。这个人的古怪举动感染了我，我害怕自己也会做出和他相同的举动，就连忙起身往上爬。整整一个晚上，我的思绪都被河边的事占据了。姑妈，当您说要我到河边去看看时，是抱着一种什么样的期望呢？我使您失望了吧？那位坐在我身边的码头工人，我感到他的裹在帆布里头的身躯很有力量，想想看，他可以让自己的骨头发声。而我，不论如何尝试也不能成功，我的骨头比他苍老得多，骨质疏松。啊，我开始胡说了，谁知道他是不是一桩案子里头的杀人犯呢？他消失在河水里的举动莫非是做给我看的？

　　我经常想这件事：世界在人的眼里，是原来的样子呢，还是面目全非了呢？我的记忆力是很好的，我记得我两岁时的一些事。那时茅街到处有槟榔卖，我吵着要吃，妈妈就给我买了。我手里拿着两只槟榔站在屋前看人点花炮，有一个小姑娘跑来，一把就抢走了我的槟榔。我没哭，只是疑惑：槟榔刚刚还在，现在怎么就没有了呢？好多年了，在茅街根本再看不到槟榔的影子，那些卖槟榔的小摊子也早就改卖别的东西了。我却记得毛巾店的阿喜婶婶卖过槟榔。我去她那里买毛巾，装作无意中向她说起："从前的槟榔摊子生意真兴隆啊！"没想到她瞪了我一眼，将毛巾从柜台上拿走，不卖给我了。不久就有流言传到我耳中，她说我是"一个找麻烦的人"。这件事给我留下了深深的惆怅。

还有一件事就是老鼠的到来。我小的时候从未见过老鼠，那时家里的剩饭剩菜都放在灶台上，第二天还可以吃。父母出走之后，我就发现了老鼠。那之前我只在书上读到过。它们一共有两只，都上了年纪，我把它们叫作鼠爸爸和鼠妈妈。再后来我又发现连街上都跑着老鼠，还发生了老鼠咬伤婴儿的事。最开始出现的那两只上了年纪的老鼠，它们是从哪里迁徙过来的呢？它们的原居住地发生了什么事呢？它们是随着大队伍过来的，还是单独过来的？为了观察它们，我故意将剩菜放在灶台上。我多次见过它们吃东西的样子，它们从地板上跑过的神态，可是我还是不能破解它们的迁徙之谜。还有一种可能就是根本没有什么迁徙，它们原来生活在地底下，现在在地面露头了。厨房里的灶台边有一个洞，它们总是一前一后从那个洞里钻出来。家里空空荡荡的，显然是没有它们的窝。对于老鼠们来说，这个世界是什么样的呢？

　　姑妈，我心里有一个空洞，我说不上来那是怎么回事。我在河边走的时候，那种感觉就会上来，我就像掉进一个洞里去了一样，所有围绕我的事物全都化解了，无影无踪了。下半夜，我在厂里值夜班，我走到大门口，居然看见资华均厂长坐在门口石狮子的底座上。"长延啊，"他开口说，"有情况吗？""报告厂长，一切正常。"我做了个敬礼的姿势，资厂长笑起来，说："我怎么觉得这里黑乎乎的一片呢？"我告诉资厂长说，是因为大树的枝叶太浓密，将车间里的灯光挡住了。人们都在车间里，机器也是开着的。他侧耳细听了一会儿，又古怪地笑起来，说："我看那里面没有人。这种夜晚令人揪心啊。"我不自在地站在资厂长面前，似乎听懂了他的话，又似乎没听懂。我紧紧地握着手里那根木棒，生怕它从我手里掉下去。那一刻啊，世界真的从我身边消失了。不知过了多久，资厂长的声音才从遥远的地方传来："长延，你不要乱下结论啊。"我抬起头，看见他在灯光下走远了的身影。天亮前，我感到自己化成了幽灵，我在厂区游荡，所有那些事和人都同我毫无关联，我手里的木棒也成了多余的东西。我看到另外两个手持木棒的保安从我对面走来，他们好像看不见我，冲着我过来，我连忙闪到路旁。直到我写信的此刻，我还在想，这是怎么回事？他们真的看不见我吗？我用木棒猛敲水泥地，可那两个人连头都没回！姑妈，我对您说的这种事发生过不止一次呢。资厂长来过我家里，他一进来就将门关上，很亲密地问我，是不是已经对火柴厂的工作适应了。那一回我看着他的脸，拿不定主意要如何回答，心想，莫非是暗示我可以换工作？或者是要辞退我？如果是要辞退我，那可不符合"决不饿死一个人"的茅街原则啊。我已经工作了这么多年，怎么还来问是否适应呢？说老实话，我在这个世上最害怕的人就是资厂长，每次他对我提问我都答不上来，因为他问问题的出发点和任何人都不一样。我想起来了，他就像站在那个空洞里对我提问，他的思维将我也揽进了那个洞。我不记得我说了几句什么样的无意义的话，纯粹是敷衍他。他却显出满意的样子，说我"有超出自己年龄的老练"。这世上最怪的人也是资厂长，谁会像他那样来谈话呢？我观察过别的工人，我觉得他们都有明确的生活态度，但那也许只是表面的吧，对这种事，我心里越来越没有底了。我总是想一些生计之外的事，真的，我从不考虑自己的生计。

或许正因为茅街"决不饿死一个人",我才会这么年轻就这么老练?据我的观察,这里的年轻人都很老练,就连小孩都是如此。隔壁的韦宝才九岁,就已经学会了将双手背在背后,做出心事重重的样子在人行道上散步。我对他说:"小韦宝,你吃饭了吗?"他盯我一眼,傲慢地仰起小脸回答:"我有工作,顾不上吃饭。"好像是,茅街的人们之间并不对这种情况大惊小怪,他们心照不宣,共同的秘密滋养了他们内心的高傲。那么我呢?我心里并不高傲,也没有秘密,只有对我周围这个世界的困惑,我算不算一个真正的茅街人呢?也许算,也许不算吧,我这样想。

有一件事我要问您:您工作过的那所小学在哪里呢?我曾按您的指示去过那里,那里现在是茅街最大的旅馆的所在地。没有人知道关于小学的事。上了年纪的清洁女工对我说,小学是有的,不过是她爷爷那一辈人的事了。那个时候的茅街还是一片水稻田,一位富商在稻田边上建起了一所小学,方圆几十里的小孩都来此地读书。老女人说话时像盲人一样仰着脸,翻着白眼。当时我产生了一种奇异的联想,我仿佛看见她灵魂出窍,飞到了穿长衫的时代。我还去问了图书馆的季阿姨,我提到小学那块当作钟来敲的黄铜。季阿姨只是一味地笑,不回答我的问题。有时她又做出天真的神态反问我:"你怎么知道这些事的啊?"她说她本人一点儿也不知道,也没听说过。她在旅馆里工作了好多年,后来茅街地区建了这个图书馆,她就调到这边来工作了。她还说她很喜欢听我讲小学的事。"那就像我青年时代的梦想呢!"她说。姑妈,我很气恼,因为他们都不愿证实您说过的话。茅街的人总是这么暧昧,这么曲里拐弯,内心阴暗。不管怎样，我是相信您的，我喜欢您说的那种情境，我觉得那是真实的，而他们，全都在掩饰什么，在说谎。有一天傍晚，我坐在家里的桌子旁边，一下子就看到了您的小学的办公室。办公室是一长排的平房，最前面那一间的墙外就挂着那块黄铜，有一个面目模糊的男子在敲那块铜。虽然我听不到响声，但他每敲一下，那些喜鹊就乱窜乱飞，然后又落在了原地。我想，那一定是您的小学的办公室，因为我隐隐约约地听到了孩子们的吵闹声。大院里头为什么会有那么多的喜鹊呢？当我努力想辨认一下时，眼前的这幅风景就乱成一团了。我去还书的时候，季阿姨突然对我说："梦想成真的事是存在的。"我回答她说："我看您是将真事变成梦想了呢。"她听了一点都不觉得我是讽刺她，反而笑得一脸的皱褶都漾开了，连声说："真聪明，真聪明。"

　　自从您老人家给我写信之后，我就开始注意起一些事情来了。这些事我以前也发现过，产生过疑问，但从来也没有弄清过。每天中午十二时准，那位算命的盲人就要经过我家。他背着二胡，不用棍子探路，低着头往前直闯。听潘奶奶说，盲人金原来是火柴厂的一个会计，后来因为争强好胜被人戳瞎了双眼，只好去学算命。可是他算命的技艺不高，生意也不好，不过饭还是有得吃。看来他对这一带是很熟悉的，所以不用棍子探路也知道什么地方有什么障碍，在什么地方转弯。盲人金总是坐在小吃店外面的雨篷下给人算命，他的顾客都是外地人，因为茅街人不太相信他。那么十二点他从我门前经过时，他是到哪里去呢？不少人看见他行走在郊区的小路上。由于兴趣不大，没人追随过他。写到这里，我就犹豫起来了。因为我的这次行动并没有发现什么机密，也似乎没有什么可记录的。仅仅只是因为我心底有种隐隐的不安，我才在这里将它写下来。是啊，我到了郊区农场，我看见盲人金在塘边的青石板上坐下来，脱下肮脏的鞋袜，将一双苍白的、略显浮肿的脚伸到水中。那些蚂蟥立刻游拢来了。它们吸血时，盲人金垂着头，好像睡着了一样。我不眨眼地看着那些蚂蟥，心情很沉重，有种窒息感。盲人金突然开口说："长延，你不要难过。"原来他知道我站在他身后呢，怎么回事呢？即使他的眼睛看得见，他脑后也并未长眼睛啊。这时他已经开始穿袜子了，他的脚已消了肿，显得很瘦，发青。我不等他站起来就偷偷跑开了，我感到没来由的羞愧。我问自己：这到底是一种什么样的好奇心呢？姑妈，您认识盲人金吗？您知道关于他争强好胜的那回事吗？他的眼是真瞎吗？我知道我的好奇心有点卑鄙，可还是禁不住说出来了。潘奶奶将盲人金去郊区农场的事称之为"处理个人问题"。我问她个人问题是指什么，她说就是同婚姻相似的那种问题。盲人金是个鳏夫。有什么问题会同婚姻相似呢？潘奶奶真会卖关子啊。我写了这些，自己并没有发现什么线索，我也不知道心里有种什么企图，只是那种不安又一次平息下去了。他还是天天从我门前经过，不断激起我内心的羞愧。

当我决心将一件事忘掉时，那件事反而如同拦路虎一样出现了。我说的是资厂长，他又来家里询问我是否已对自己的工作适应了。我如实地回答他说："有时也很难。"资厂长说，厂里发生了失窃事件，正在追究保安的责任。我说在我值班期间并没有出现任何问题。"当然，失窃发生在白天，你是值夜班的，那个小伙子为表明自己清白居然砍断了手指。"他想了想又说:"保安这一行不好做,谁能保证灾难不落到自己身上?"资厂长一直在翻东西,就好像这是他自己家里一样。他打开大柜从里头找出我们家的户口簿,仔细地查阅了好一会,然后皱着眉头对我说:"长延啊长延,你快二十岁了吧?"由于弄不清资厂长的真实意图,我心里惶恐得要命。他是不是来找碴的,要辞退我呢?他站在窗前,将我家那张发黄的全家照举到眼前,嘿嘿地笑着,笑得我背上出冷汗。后来他将我们的照片放进他的公文包,说了一句"长延你这小子!"就离开了。我满心沮丧,将被他翻乱的东西整理好。有一件瓷器,是一个花瓶,我没注意到它已经破了,将它收进柜里去的时候,裂口割破了我的手掌,血如泉涌。我用碘酒倒在伤口上消毒,又撕了一件旧衬衫来包扎,我将伤口包了又包,血还在不断渗出来。这意外的情况令我害怕了。我又撕了件旧衬衫,血还在渗出,怎么回事呢?地上扔了一堆浸了血的布条,我看一眼头就发晕。我就这样不断地剪布条,换布条,一直到剪完第三件衬衫,血才止住。这时我已经头晕得站都站不起来了。我捧着受伤的左手半躺在床上,天渐渐黑下来了。既然我一时半刻出不了门,也就不可能托别人去厂里请假,那么我可能要旷工了。这时资厂长说过的那句话就又在耳边响起来:"谁能保证灾难不落到自己身上?"尽管害怕,我还是昏昏沉沉地睡着了。啊,那一夜啊,不堪回首!我听到家里所有的瓷器和玻璃用具都在碎裂,开开灯,便看见地板也裂开了口,那只公鼠和那只母鼠跳了出来,穿过房间,从窗口窜出去了。剧痛中,听见资厂长在窗口那里说话:"长延啊,这屋里的每一样东西,你都试着用过了吗？你要轮流将它们使用一下，因为它们身上都有历史啊……"我听到他的声音，但我看不到他的人。第二天我去上班，谁也没提我旷工的事，也没人询问我的伤势。现在伤口已经长好，不过我一想起我流过的那些血就不寒而栗，这事对我的影响太深了。

有时候，我坐在家里，于静默中竟会被自己心中怪异的念头吓得惊跳起来。潘奶奶有一个叫福娃的小孙子，他总在街上用水枪袭击我，弄得我一身都是水。我在冥想中将小家伙带到河边教他游泳，然后又将他推向深水区看他挣扎。这样的想象居然持续了多年，如今那小家伙已经长大了，也不再玩水枪了。今天，他来我家借一把伞。他拿着伞，讨好地笑着对我说："长延哥，我最怕水了，一做梦就在水里挣扎呢。"他的话如同在我头顶炸响了一个霹雳。我用昏暗的眼光看着窗外的街道，一下子感觉到了那些建筑物上面的年轮和沧桑。在那边，盲人金从农场回来了，他坐在潘奶奶家门前的台阶上拉二胡，他拉的是欢快的调子。最近他瘦得厉害，盲眼深深下陷，头发如乱草。街上行人川流不息，不知为什么很多人都提着鸟笼子，一会儿鸟叫的声音就盖过了二胡的声音。我看见盲人金灰溜溜地站起来回家了。这同样的风景我已看了这么多年了，还是没有看透它。用"门外汉"这个词来形容我是很恰当的。不是就连福娃这样的小孩，也能毫不费力地看穿我的那点心思吗？人流变稀了，我听见潘奶奶在屋里骂福娃，好像还用棍子打他，他双手抱头从房里冲出来，边跑边喊："我要跳到河里去淹死！"他从我身边跑过去时我叫了他一声，可是我的视线被一只鸟笼挡住了，鸟笼里头有一只凶狠的鹦鹉，它用尖厉的声音冲我大叫："福娃！"我吓得倒退几步，浑身发抖。将鸟笼高高举起的是一位老者，那人看着眼熟，像是妈妈那边的亲戚。"这只鹦鹉送给你吧。"他说，朝我逼近。"不，不……"我退到屋里，将门关上，又将窗帘也放下了。

　　姑妈，姑妈，您说说看，到底是什么东西在向我逼近呢？我，一个名叫长延的小伙子，茅街的居民，我害怕些什么呢？我住在父母留给我的房子里，我有职业，身体也没有病，可有的时候，我为某些说不清的事忧心如焚，到了精神恍惚的程度。夜晚降临时，我走街串巷，想对整个茅街地区进行一次搜寻。我在街道上和巷子里头遇见各式各样的行人，有的是本地人，有的是外地人，都低着头在匆匆赶路。我在电线杆下面停住脚，隔一会儿就有一个人进入我所在的光圈，我看见他们苍白的侧脸，可是看不见他们的表情。路边的房子里住着我认识的那些人，窗口透出黄色的灯光。偶尔也会有某个人打开门，向外面张望一下，就像是往外面发信号一样。我来到西边大马路的尽头，这里建起了一座六层的高楼，据说是政府部门的办公楼。办公楼里黑洞洞的，没有人上夜班。大门旁的传达室小屋里亮着灯，那位干瘦的老头戴着老花镜，在教他孙子写字。孙子伏在桌上，很不耐烦的神气，写两个字又回头看一看他。老人抬眼从花镜上方看见了我，热情地招呼说："是长延吗？请进！"我走进狭小的房子，他让我坐在值班的床铺上。他自如地对我说起他的事来，就像我是他的家人。实际上我同他并不熟，只知道他姓汪。他说他对这个雇用他的部门没有信心。当他口里吐出"没有信心"这几个字之际，我觉得很滑稽。这真是一个怪老头。在我的想象中,"政府"是一个很遥远的机构,同我们百姓是隔离开来的。"那么,您如何看待这栋楼里进行的工作呢?"我问他道。"行尸走肉。"他不屑地撇嘴,不愿细说了。我意识到这不是一位一般的传达老头,我脑海里浮现出"奸细"两个字。大概在城里,这一类的人就如同厚厚的松针下面隐藏的菌类一样。他们是垂死的机构的副产品,身负着类似"解说人"的义务。我想问他几个问题,可是那小孙子发怒了,将写字本摔到地上,还居然跳起来打了爷爷一个耳光。这事令我大大的迷惑不解。老头居然捂着脸,显出窘迫的表情,口中嗫嚅着:"啊,我又多嘴了嘛。"我待不住了,就起身出门。走出没多远回身一看,那爷儿俩仍在灯光下,一个伏在桌上写,一个站在后面指点,显得十分和谐。刚才到底发生过什么呢?

姑妈,我越写心里越乱了,今天就到这里吧。

长延

长延:

你的信让姑妈这颗衰老的心又恢复了活力!当你如实地描写你周围的环境时,我便透过你朴实的文字看到了往日的风景。怎么说呢,我相信,已经有过的东西总会从沉渣里慢慢渗出来的吧。人还在,那些事就不会消失,人是这个世界里的奇迹,对吗?好多年了,我想着茅街的风景,我想不清楚,因为在大城市里人的脑子总是浑浊的。我依稀看到一条短短的街道,像蚕一样在一团雾里头蠕动，这便是全部。我悲痛地问自己：我的那些喜鹊都到哪里去了呢？还有高坡上的那所小学，孩子们的吵闹声要传到两里路之外？这些年里头，也有茅街的熟人到我这里来过，他们全都守口如瓶，一点情况都不向我透露。我不能确定他们这样做的用意，是怕我伤心呢，还是故意要让我伤心？

我将你的信读了又读（现在已经有五封了），让时光悄悄地溜走，这种感觉真好！姑妈老了，连白日梦都很少做了，但姑妈并不甘心，她还在等，等某种信号从空中传来。后来就有人带来了你的地址。那是一个阴天，有个小姑娘在我家门外跳绳，绳子一下一下打在木门上。后来老乡就推门进来了。老乡是位大嫂，因为长途跋涉脸色很难看。我并没有问她，倒是她在问我。她喝了我给她泡的香片茶之后，目光就变得犀利了，她看出了我的空虚。"您在那边难道一个亲人也没有吗？"她似乎是在责怪我。我迟疑了一下，说出了你的名字，不过我已经忘记了你的地址。我拿出笔，她以粗大的字迹写下了你的街道和门牌号码，还咕噜了一句："贵人多健忘嘛。"这位大嫂以前是个洗衣工，靠帮别人洗衣洗被子为生。每天上午，茅街的某个地方都会响起她的收衣服的吆喝声，那时我们小学是她的一个很大的顾客群呢。就是这么一个不起眼的人，成了我生活中的指路人。你看，这事我记得这么清楚，这是因为她说话的口气太特殊了，她走了好几天我还在想这个问题："谁是我的亲人呢？"我一下子感到，虽然从血缘上说你只不过是我的侄儿，但远远不止如此。我们家只有你一个人留在茅街了，并且你已经长大了，这个人是来告诉我这件事的。我没有见过你，你出生后，逢枝来过一封短信，后来我就再也没得到过你的消息了。我不感到唐突，在我一生中，我多次看到婴儿在黑暗中长大。那位大嫂走后，我就开始酝酿给你的信了。那封信我写了又撕，撕了又写。为什么呢？是这样，孩子，我一拿起笔，脑子就乱了，不，也不是乱了，而是，怎么说呢，脑子里一片空白。你这个没见过面的小侄儿，就像一道符咒，消除了我脑海里的所有的词语。我曾是一名能说会道的老师，也很会写文章。可是突然，你的事情像长城一样挡在我的眼前，将我的视野局限在自己的脚下了。长延，你不会认为我在夸大其词吧，姑妈说的都是真话。整整六个星期，我被架在半空，那条裹在雾里头的蚕始终不现身。茅街，它是姑妈的心头之痛啊。二十多年里头，它一直是若隐若现的，大嫂来过之后，我和它的距离一下子拉近了，可是我却更看不见它了。这就是我不知道要如何给侄儿写信的原因，我不知道我究竟该把你当陌生人呢，还是当一个没见过面的亲人，我也不知道要不要在信里提起从前的茅街——它肯定已经不存在了。后来我挣扎着写出了那封语无伦次的信，你接到信之后一定很迷惑，很不满吧？

毕竟，你是我们家的骨血。我此刻对那位大嫂心里充满了感激。我想，她也是你的看护人之一。你瞧，你在多么宜人的环境中长大！茅街虽阴暗，但黑夜里有那么多的手伸出来扶助你，所以你才能成长为今天这个样子吧。我收到你的回信之后心里的一块石头就落了地。那以后我在与你的通信中吃惊地发现，消逝了的东西正在一点一点地复活。正确地说是，那些东西一直潜伏在黑暗里，而如今，只要我们写信，它们就都被带出来了。

比如你说的图书馆的古怪的季阿姨，你要是不说她的话，她就只是一个小学的杂役。我看了你的描述之后再回忆起这位阿姨，便深深地感觉到了她性情中那种莫测的东西。现在她在我的记忆里头不再是飘荡不定的影子，她成了一条细长的、可追索的通道，虽然我不能确定这条通道是用来干什么的。那时我丢下她一去不回头了，所以她才变成影子。我说过所有有过的事都不会消失，这个看法在她身上得到验证了。这样一个谜一样的女人，当然会喜欢那种日本推理小说。但我想，日本人的那种清晰推理还不能给她带来满足吧，因为不满足，她会一本接一本地读下去，欧洲的啦，美国的啦，俄国的啦，恨不得将全世界的这种小说都读完，你说是吗？

眼下我生活在一个工业大城市里，我周围到处是高耸入云的烟囱。当烟囱一齐冒烟时，这个城市就变得朦朦胧胧的，不真实了。有二十多年了，我一直在烟雾中飘来飘去的。我常想，Z城这个地方对于老年人来说真是理想的安居之地啊。那时在茅街，我是怎样萌发了出走的念头的呢？说来你也许不理解，我之所以要离开，是因为那块当钟来敲的铜。日复一日，那种原始风情的、令人遐想联翩的上课下课的信号居然可以逼得人要发疯。那一天我站在坡上，当放学的"钟声"响起来时，我便看到在人口稠密的居住区当中有一个黑洞，黑洞的形状呈铁锅形，上面宽下面窄。"钟声"每敲一下，黑洞便抖动一下，"钟声"停下来，黑洞就消失了。我所立足的，是整个茅街地区的制高点，所以那种画面分外清晰。当时我腿一软，坐在地上。我听见孩子们在吵闹着走出校门，听见班主任们在维持路队秩序，但这一切都仿佛发生在遥远的地方。新梅老师发现了我，她将我扶起来，我却对她说："赶快安装电铃吧，赶快。"第二天便安装了电铃。电铃声响起来的时候，我感到自己的生活步入了老年阶段，于是产生了出走的念头。我当然不是不喜欢茅街，我只是不喜欢那种被黑洞吞噬的感觉，我要生活在一个相对安全的地方。后来我又想过：学校为什么会建在那种高地之上呢？决策人就找不到更好的地方作为校址了吗？我已经告诉过你，那种悬置的感觉好久以后还在折磨着我。我不喜欢住在高地，我愿意隐没在人群和房屋里头，所以我选择了这座烟雾飘飘的城市。我啊，几乎是以欢快的心情离开茅街的呢。直到今天，茅街仍然是我的一切，而Z城等于零。这并不是说我要回茅街，我用不着回去，我只要在此地等待就可以了。那边会传来消息。近年来，这种消息越来越频繁地传来，于是我收到了长延的信。也许，这是对我长久的思念的犒劳，也许这里头还隐藏了更深的不祥之兆，就如同我当年看见黑洞一样？我猜不透，我唯一能够确定的是，你的信激活了我，让我老年的生活完全变了样。现在是烟囱吐烟的时刻了，我起身关窗，将尘埃挡在外面，我看见奔跑的人们那歪斜的身影，可我心里想的是你旷工的事。我想，长延正在经历我当年逃避的那些事呢。

长延，这就像抽丝剥茧，一层一层地将往事揭开来了，对吗？你老说："这里这么阴沉。"你写的那些事却是我渴望的呢。我年轻的时候啊，可远远没有你自由。那时还没有城市，只有一条叫茅街的小马路，家家都去河里挑水吃。姑妈每天的工作是挑五担水，要是完不成，你奶奶就要大发雷霆，将我视为宝贝的绣花绷子扔出屋外。每次我从青石阶那里下到河边,就看见那些老男人立在水中,露出上半身。他们有时是七八个,有时竟有十来个。他们在干什么呢?既不是洗澡也不是纳凉,就只是立在水中发呆。他们是我不愿去河里挑水的最大原因。我终于将这事告诉你爷爷,你爷爷说:"那些人是心里发烧才到河里去站着的。"于是下一次我去河边时,就硬着头皮仔细观察他们。我心里想,既然这些人都不是茅街人,他们只能是那艘大船上的船员。后来我又想,他们也不会是船员,因为船员总要离开,而他们日日立在水中,到冬天才消失。并且这些人虽上了年纪,长相都很相像,一律的小胡子白头发,双颊沉陷,愁眉苦脸。他们是一个母亲生的吗?水里头有老人站立的事困扰了我好几年。终于有一回,我忍不住透露给了我的同伴舒鸟。舒鸟也是天天要帮家里挑水,但她听了我讲的事却瞪大眼睛说不出话来。"有这样的事吗?"她迟疑地说,"我没有看见过。"那一刻,我是多么的愤怒!我抛下她掉头走开了。那个时候我想不通,人为什么愿意生活在谎言中呢?虽然爷爷奶奶从不说谎,但我还是难以同他们交流。你爷爷说话太精辟,太深思熟虑了,往往我还没开口就感到自己的幼稚可笑,你奶奶呢,总是在家里骂人,我同她关系不好。

　　后来我和舒鸟在那条小街上散步,我们多次商讨过逃跑的事,连行头都准备好了。然而就在我们即将付诸实施的那天夜里,你爷爷和奶奶双双煤气中毒,再也没有醒过来。你想,我们房子一下子空了那么多,只剩下我和你爸爸了,我还能跑到哪里去呢?他们的去世并没有给我带来自由,后来我又挑了好几年河水,直到用上自来水为止。那几年,我总在河里那些老人当中辨认,看有没有爷爷,我认为他们全都是经过了化装的。长延,你瞧,从前的茅街多么小,多么单调乏味。街上的邻居全是熟人,每个人的一举一动都在别人眼里,腻味得不行。父母死后我和逢枝的压力就大起来了,因为整条街都传着一种流言,说我俩是凶手呢。他们说:"两个上了年纪的人,再蠢也不会把门窗关得死死的睡在房里。"他们的话有道理。那么,到底发生了什么呢?我不知道,逢枝也不知道。流言打消了我逃跑的愿望,我心里只想着在人们的眼皮底下装几年好人,让茅街的人忘记我和逢枝。逢枝总要我给他讲述那些站在河里的老人,我就想起来带他去看看。那时已经用上自来水了,河边也正在修码头。我们到了那里,可什么也没看到。风那么大,刮得我们站都站不稳,风将修建码头的水泥刮上天,又落到我们头上,我们灰头土脸地回到了家。你爸爸猜测说,那种事是只能独自一个人才看得到的。上次我叫你去码头,你说你去了,并告诉我你的经过。我对你写的那些情况很熟悉,你说的那个码头工人,也许就是当年立在河里的老人的孙子,所以他径直就走到河里去了。这些人都熟悉水性嘛。我老觉得,是因为我看见了河里的那些老人,茅街的人才把我和逢枝看作凶手的。两桩事之间必定有联系。

我最讨厌去河里挑水。可是不挑水就没水喝没水用,父母那么老了,总不能让他们去挑吧。逢枝就更指望不上了,那时还是个三四岁的毛毛虫呢。河里的那些老人改变了我对这个世界的看法。我当时认为,整天站在水里是一件毫无意义的事,而且他们那种失魂落魄的样子也让人起疑心。如果是遭了难,就应该是一个人站在那里为要不要投河而犹豫不决。可他们那么多人，既不投河也不上岸，只是让人觉得滑稽而已。世上怎么会有这样一些人，过着这样一种生活呢？太阳落山时他们就上岸了，他们老迈的身体从我旁边走过，浑身散发着河水的腥味，有几个还因为爬那阶梯太费力而发出呻吟。长延，我知道你已经看不到当年的景象了，现在那里已经是码头了嘛。在夜深人静之际，老人们的孙儿们会不会梦到前辈做过的那些事呢？也许还会有人去寻找当年事件的蛛丝马迹吧？有的人不用找，因为那种事就在他们心里，比如你碰见的码头工人就是这样。我住在这个大工业的地方，当烟囱吐烟时，我就想起了清亮的河水、阳光、风，还有河里的老人。真想回到那个时代去啊。这里也有河，可这算什么河呢，发出恶臭的黑水熏得人要捂着鼻子走。长延，姑妈爱看你的信。

姑妈

姑妈：

我昨天满了二十岁。我在图书馆里待了一个下午，让那本推理小说把我的脑子弄得稀乱。那是我所愿意的，每一次我都故意不让自己跟着作者的逻辑走。为什么我要这样读书呢？是因为我不相信作者对事物的解释吗？从图书馆里出来，我有些精神恍惚，有些莫名的担忧的情绪。我正低着头走，黄馆长（她是图书馆馆长）过来了。"长延，你出生的时候，我就在旁边呢。"

这位花白头发的老太太说完就看着我，对我很不满意的样子。我羞愧地说："啊，谢谢您，您老人家还记得我的生日。"她笑了笑，说："你不要低估了自己。"有人在叫她，她就抛下我走开去了。我虽然同这位馆长认识，但并没有同她谈过话，我们平时只是点头之交而已。这样看起来，图书馆里头的这些事成了推理小说了。我是什么时候开始去图书馆的呢？啊，那是好多年以前的事了。那时我总在外面游荡，街上的小孩常来欺负我，将我打哭了。那一天我正靠着一根电杆哭泣，季阿姨过来了，她拉着我往图书馆走，边走边说："你要学习，不学习就受人欺。"当时我觉得她的话很奇怪。不过我很感激她，因为她让我舒舒服服地坐在桌旁，递给我一本书名为《孤魂鬼影》的小书。我立刻被里头的凶杀故事吸引住了，看得忘记了一切！那天下午，光线渐渐暗淡下来，室内的电灯打开了，读者都走光了，只有我一个人坐在桌旁，季阿姨好像也回去了。我突然意识到那么大的阅览室里头只有我一个人，而室外的走廊里更是黑得不开灯就什么都看不见。我去推门，推了几下都推不开。我的全身都抖起来了。"季阿姨！"我的声音那么尖，那么陌生。"长延害怕吗？"是季阿姨在说话，她从书架之间探出上半身，她的脸是蓝色的。她干吗要躲在那里？是谁从外面把门锁上了？我感到毛骨悚然，连话也不敢同她说了。当时我的样子一定特别傻，季阿姨口里发出奇怪的声音，像猫儿叫春一般，于是我全身的血都凝住了，我快要失去知觉。不知过了多久才听到她用正常的声音说："门没锁，你应该向内拉。"我机械地走过去，轻轻一拉就拉开了门，这时我看到走廊里都亮起了灯，我和她一前一后走出去。我心里想,她是故意吓唬我吗?她却说:"刚才你那副样子太好笑了。"原来她刚才是在笑!后来的年头里我又听到过她笑,她的笑声一点都不像猫叫春,而是很正常。不过我很快适应了图书馆里头的氛围,再也没有产生过恐惧情绪。尽管如此,我还是感觉得到那种地方是有秘密的。尤其是那几个老阿姨,她们会趁我们这些读者不注意的时候交头接耳一下,然后又立刻分开,板着脸坐在柜台后面。有一天我进去的时候,听见管理员棉阿姨在柜台后面嘀咕:"他来一天不来一天,把这里当消遣的地方。"我听了她的话很困惑,难道我必须天天来吗?难道来这里不是消遣?不是来消遣是来干什么呢?那一天我坐在桌旁心里七上八下的,脑子里却分外灵光。有好几回我都仿佛就要确定故事里的凶手了,但到关键时刻思路又消散了。我看见棉阿姨朝我投来不屑的目光,于是就脸红了。我觉得自己真是个无用的傻瓜。这里的读者都是茅街的居民,大部分是老头老太太,闲着无事的那些人。不知怎么的,我感到自己在他们当中很孤立。年纪越大我越感到这一点。这些沉默的读者,同管理员们是心存默契的。他们读书时小心翼翼,决不让我看到他们在读什么书,就好像那是天大的秘密一样。仅仅有一次,我在姜老头去还书时瞥见了他读的那本书的书名:《古代造纸技术》。我想,他读的那本书令人遐想联翩。第二天我也去借那本书,棉阿姨板着脸说,那本书刚被借走了。我一看阅读室里头并没有姜老头,就问谁借走了。棉阿姨尖刻地提高了嗓音,说:"你管得真宽啊!"我闹了个大红脸,因为那些人都不解地瞪眼看我。我拿着推理小说走到我那个固定的座位坐下,仍然忍不住要猜测：此刻是谁在读那本造纸的书呢？难道有人在同姜老头轮流读一本书吗？我越是觉得《古代造纸技术》这本书令我神往，越是借不到这本书。我坐在那里疑神疑鬼的，连自己手里的那本书也看不进去了。直到好久以后，我在路上碰见季阿姨，她才仿佛是无意中谈到这件事。她对我说："长延啊，有些书不是你可以看的。你干吗去关心古人的事呢？你应该关心眼下这个时代嘛。"她的话特别刺耳，什么时代啊，我住在茅街，活动范围狭小，我一点也感觉不到她所说的时代。姑妈，您瞧，我一激动就将图书馆里的事写了这么大一篇，其实这算什么事呢？什么事也没有！

但是季阿姨说的关于时代的话留在我的记忆里了。我一想到她的话就不自在，我开始盲目地去留意她暗示的时代风气，我要像蚕蛾一样咬破裹住我的茧。那时我还是个青少年，我也想追求时尚呢。对了，姑妈，当您描述那些站在河里的老人时，我便想到这件事了，也许那就是你们那个时候的时尚？在水天一色的风景里，倔头倔脑地立在那里，摒除常人赋予他们的那种意义？我不知道对不对。图书馆里的管理员们，还有那些老读者，他们都是遵循时尚行事吧，火柴厂的那些厂长啦，工人们啦，全是这样。从他们的身上隐隐地透出这个时代的秘密。但是我说不出，也理不清这秘密到底是什么。住在我隔壁的是火柴厂的单身工人小狼。小狼的房子是两间狭小的平房，没有阁楼的那种，据说也是他父母留给他的。在我眼里，他可以称得上是时尚的代表。他排斥我这个不合时宜的人，很少到我家里来。他是一个有着明确的生活目的的人——也许茅街的人都这样。前不久他敲门后进屋来了,他阴沉着脸,问我能不能帮他一个忙。他说他有严重心脏病,睡觉时总做爬坡的梦,好几次掉下去了,在那种黑地方,叫喊也没人回答他,如果我能关注一下他的动静,在他掉下去时到他家把他叫醒,他会很感激我的。他说着就给了我他的房门钥匙。我吃惊地盯着小狼消瘦的脸,想象着他所遭受的苦难,很想表达一点对他的同情。他说完就走了。他也是同我一样做晚班,所以白天里我就老竖起耳朵倾听他屋里的动静。星期三,我终于听到他的叫喊了,他叫的不是"救命",而是"爹爹"。我打开门冲进去,看见他拥着被子坐在床上,眼睛一动不动地瞪着一个地方。"小狼!小狼!"我喊道。他没有动,他的一只手在周围划来划去的,看来他还在梦里呢。我用力摇他,他终于醒了,抱歉似的说:"你来了?"他要我把钥匙还给他,然后说我可以走了。我很沮丧,因为他的心灵之门刚刚打开一点又对我关上了。回到家里,我极力地想象着他在地牢里爬来爬去的情形,直想得太阳穴发痛。他并不需要帮助,他只是要促使我注意他的境况。说起来,茅街人又有谁是需要帮助的呢?这种独立性大概也是时尚之一吧。我的听觉变得敏锐起来,我听见他一声声叫"爹爹",听见他在床上踢打,折腾,于是我自己也激动起来。他的日子不多了吗?因为这个,他才更需要别人的关注?我在街上遇见他,看见他脸上的大黑眼圈了,我暗暗感叹:"生不如死啊。"我的关注对他有什么用?他怎么这么在乎?

  为了倾听时代的脉搏,我开始注意那些在车间里做夜班的工人。说老实话,我以前虽然是从他们里头出来的,但我很少去关注他们。当我提了棍子进入车间转悠时,我感到没有人欢迎我。他们默默地关了机器,警惕地瞪着我,就好像我是去搞破坏的一样。我感到他们并不把我看作他们的保安,而是看作他们的敌人。或许,他们想要偷材料,他们误认为我是去监视他们的。其实,他们真要偷材料的话,我才不管呢,厂里不是常丢东西吗,还不是这些家贼干的好事。我记得资厂长嘱咐我的那句话:"绝对不能同工人闹对立。"我走进五车间时,他们正在笑,我一出现他们就收住笑,一齐将目光投向我。小狼用埋怨的口气说:"要你关注的事你不管,不要你管的事你又来自找麻烦。你啊,总改不了。"我只好匆匆地从后门走出去了。我落寞地站在冬青树的阴影里头,回想着刚才的事。工厂的生活就在我的身边,我为什么这么不合时宜呢?当初厂里安排我做保安,是有意将我从人群里抽出来,变成一条丧家狗吗?那一天在厂部办公室,资厂长叫我穿上保安服装,还叫我在他眼前转了一圈,然后说:"很像个人样了嘛。"明明衣服和裤子都长出一大截,他却说:"正合适。"对于这个在厂区走来走去的工作,一开始我还有点新鲜感,后来就变成例行公事了。像我这种保安,胆子很小,手里只有一根木棒,心眼儿也很粗,究竟能否起保安作用是很可疑的。然而领导们似乎一点都不看重我的业绩,他们只看重我的工作态度。我听见有人在我背后说话。"他又情绪低落了。"是小狼的声音,他从窗口探了一下头又缩回去了,车间里又响起一阵哄笑。我突然意识到"关注"总是相互的,他们要我关注他们时,他们就正在关注我;如果我要摆脱他们的关注,我就必须忘记他们。我从冬青树的阴影里头走出来,一直走到厂门口,在石狮子的底座上坐下来,可是我看见右边的石狮子底座上也坐了一个人,是保安队长长安。长安平时很少过问我的工作,他是个不苟言笑的人,家里有八十岁的老爹。他见我坐下之后,突然开口了:"长延啊,你对如何开展保安工作有什么意见?"我吓了一跳,以为要出事,就语无伦次地回答:"我?我不知道。我算什么?不知道。""你急什么呢,"他说,"不过摸摸底罢了。工作照样做。"过了好久,我偷偷看他,看见他在抽烟,沉思。我轻轻起身,绕到传达室后面,然后又进了传达室。

是上班时间,传达室里头冷清清的。回姨坐在桌旁一边看报纸一边打瞌睡。我进去时她看了我一眼,并没有抬起头来。我乖乖地坐在靠门口的一张椅子上面看报纸。我们看的都是刊名叫作《新潮流》的那份报,上面尽是奇闻逸事,听说是资厂长要求订的。我刚刚看到一个故事中间,回姨就说话了,回姨问我想不想念姑妈。我张口看着她,吃惊得话都说不出来了。"你那姑妈,死的时候还很年轻呢。"她又说,"你父亲悲伤过度才离开茅街的。""胡说!"我提高嗓门,一下子涨红了脸。她见我不相信她的话,就轻蔑地撇了撇嘴,继续读她的报纸。她读了没几行就脑袋"咚"的一声掉在桌子上,打起鼾来了。我闻到河里的泥腥味,这里离河很远,怎么会有那种味呢?莫非她在做河的梦?传达室里也坐不安了,我想回家,可是还没到下班时间。我欠起身,看见队长长安居然回家去了,他那摇摇摆摆的身影消失在黑暗中。我正要迈步,回姨醒来了。"长延啊,你可不要和你姑妈学。""你不要污蔑我姑妈!""怎么会呢?我从前同她是要好的姐妹啊。只是我不赞成她罢了。""不赞成什么？""生活态度吧。"她拉开桌子下面的抽屉，在里头翻找了一下，抽出一张照片来让我看，她说那是姑妈。照片上有两位年轻女人，一位当然就是回姨，另一位——啊，我的心跳到了口里！那另一位正是我在季阿姨那里见过的、她称作我妈妈的女人。是的，两张照片上的人是一个人，我完全记起来了。我家里有姑妈的好多照片，同这个人完全不相像，因为这个人是瓜子脸，而姑妈您是圆脸，这个人是单眼皮，姑妈您是大眼睛、双眼皮。"她是谁？"我冷冷地问，只想赶快离开。"你姑妈。还能有假吗？她对我说她要彻底从这个世界上消失，她说了这话后没几天就消失了。""她没死，我还同她通信呢。""你说的这种情况是完全有可能的，每个人都有信念，你让我想想看。"她的目光涣散了。我连忙走到了外面。天还没亮，我感到冷，就加快了脚步。我想，刚才的事是不是茅街的一种时尚呢？姑妈，茅街的很多人都有您的照片吗？您从前真的是瓜子脸、单眼皮吗？您，能不能寄一张您现在的照片给我？我希望这样我就可以去反驳她们了，我真想反驳她们啊。

               长延

长延：

  你要姑妈给你寄上一张照片，可是姑妈很久都没照过相了——自从我从家乡出来就再也没照过。我在镜子里头看见自己的脸，这张脸惨不忍睹。我不是说自己老，因为我已经老了，我是说我完全变成另外一个人了，同我从前的样子毫无相像之处，生活把我从前那张脸毁掉了。所以对不起，你没法反驳你那些阿姨了。为什么一定要反驳别人呢？她们手里的照片应该是我本人吧。我从前尝试过，我这同一张脸的确可以照出完全不同的样子来呢。不要纠缠这件事了，还是来说你的事吧。

你向我描述的你厂里的情况，我一点都不感到陌生，从前我住在高坡上的时候，我的学生们就住在下面厂区的宿舍里，那时火柴厂是茅街唯一的大厂。我经常做家访，我到学生家里去的时候，那些家长对我的态度也很暧昧。他们好像盼望我去，但又小心谨慎，生怕透露了他们生活中的秘密。大多数人长吁短叹，对孩子的前途感到担忧。"校长，您说这孩子将来能干点什么呢？也只好进火柴厂工作了。"他们这样对我说。我心里觉得真奇怪，既然孩子的前途是如此明确，火柴厂也不是什么不好的选择，他们干吗还要担忧？有的家长仿佛是无意似的谈起河，我还以为他们会说到站在河里的那些老人呢，可是他们没有，他们只是希望我"千万不要将孩子带到河边去"。本来家长对孩子感到担忧是正常的，可像他们那样忧心忡忡，无事烦恼，我实在不能理解。是不是他们故意做出那副样子，以使我感到肩上的重担？火柴厂的工人的心态，实在太难理解了。然而每一个人在我走出他们家门时都松了一口气，我由此想到也许他们并不想要我去，他们心里没有什么问题要我解答，他们对孩子也是很有把握的。他们同我谈话，其实在解答我生活中的疑问呢。一名家长在我出门时对我说："您今天收获不小吧。"另一名家长则说："我们这些当家长的，总是乐意效劳的。"他们的话令我羞愧，走出好远，我的脸还发烧呢。今天看了你的信我就明白了，多年以前的风俗仍然在茅街完整地保持着。

长延，我同你一样感觉到茅街的人们有一个秘密世界，你爸爸也是这样感觉的。有时候，我会反过来想，作为单个的茅街人，他们会不会也同我们有一样的看法呢？并且单就我和逄枝来说，虽然我们之间从前无话不谈，可是我们也常有那种瞬间，那就是在交谈的中间蓦然停住，看见对方灵魂里的无底黑洞。这也是我同逄枝终究各奔前程的原因。当然，在某个方面，我们家的人总是"心有灵犀一点通"的，对吗？不然的话，我们这种通信也就实现不了了。你想想看，两个从未谋过面的人，居然可以在通信中滔滔不绝地交流思想和情感，这种事是常有的吗？然而我无端地相信，在茅街，心灵的交流是普遍的，只不过难以觉察罢了。比如你说的盲人金，我完全可以想象他同他的顾客之间那种妙不可言的交流。他一定有一个相对固定的顾客群，他们不仅维持了他的生计，也维持了他的活力。有时候，眼睛看不见真是一种福气呢。茅街的人，怎么说呢，他们身上有种天分，对看不见的东西的感受的天分，这大概就是你所说的那种社会时尚吧。他们的天分演变成了时尚，对吗？如果不是同长延通信，姑妈同那种东西已经完全隔绝了，真有种久违了的感觉呢。现在我住在Z城，这里的时尚是什么呢？我不知道，因为除了那位老园丁，我没同任何人有过深入交往。这里的人的面目全都是隐藏的，他们穿着厚厚的风衣，领子竖起，只有嗡嗡的声音传到你的耳朵里——一种听起来有点像哭泣的声音。昨天下午居然在旧书店遇到了园丁。奇怪的是，我和他都在寻找同一种历史记录书籍——关于东部河流的变迁方面的。我发现园丁一出了公园就不像个样子了,他的背佝偻得很厉害,眼睛也看不见,居然绊倒了一把椅子,摔了一跤。我叫他的名字,他过了好久才认出我来。"哈,"他说,"您也对河流感兴趣啊,河是人类生活的命脉啊。"我觉得他这种老生常谈很不中听,就微微皱了皱眉,于是他就知趣地闭了嘴。我马上后悔了,他可不是一个擅长那种老生常谈的人,我为什么不听他讲完呢?我真是神经过敏啊。我们没有找到我们要的书,只好悻悻地出门,我们一出门就分道扬镳了。我真后悔!我的思维已形成某种该死的定式,那上面结了一层硬壳,它妨碍着我对任何事物的深入。现在园丁大概也缩到他的衣服里面去了,我好不容易才同他建立起来的友谊也被我毁掉了。那个时候我同他站在花圃当中谈话,他看上去多么硬朗啊!那么,什么是老生常谈,什么不是呢?我闭上眼,将"河是人类生活的命脉"这句话琢磨了半天,越想越觉得自己的浅陋。他所说的,正是我当年挑水时的奇遇啊,我怎么全忘了呢?

浓烟涌进来了,我又要关窗子了,这里的烟真呛人。

细想起来,Z城的二十多年并没有在我记忆里留下多少痕迹。真是这样吗?我到这里来之后还是当小学校长,不过我很少做家访了。一般是学生的家长到学校里来。他们就是那些裹在风衣里头的人,有的人还戴着墨镜,风衣的领子一律高高竖起,即使来到学校办公室也不放下来。他们来自各式各样的大工厂,男男女女都生着一双粗糙有力的手。其他的特征我就说不出来了,因为我不愿意同他们交谈,这些人总是用方言对我说话,我一句也听不懂。有些日子，家长们坐了一屋子，他们毫不客气地抽起烟来，那种牌子的烟我从未见过，居然和烟囱里冒出的烟是一个味道。在那种场合，我必须向他们通报某些事务，于是我就将视线停留在半空自说自话。长延，你一定看出来了吧，我还活在茅街那个青年时代的梦里，二十多年里头一直如此。那个梦覆盖着我的全部的生活。然而每次当我静下心来忆旧时，它又消失了，我被物质包裹着，物质刺痛了我皮肤里的神经末梢。

我还没来得及在此地建立起任何有效的联系，就已经到了退休的年龄。刚刚退休的那些日子，我成了真正的游魂。有一个星期的时间，我在大马路上走来走去，因为我害怕进入人群，也害怕待在家里，这两种情境都令我发狂，而人流不断的马路上正好是一个缓冲的中间地带。一个星期过去了，住在我的公寓房楼下的，名叫李奇的女子敲门进来了。她是一个憔悴的女人，才三十多岁脸上就失去了血色，看上去蜡黄蜡黄的，一双大眼总是水汪汪的，要掉泪似的。"我是来同您做伴的。"她似乎不好意思地笑了笑，告诉我说她也不是本地出生的，多年前经人介绍来这里做汽车售票员，没想到一场意外使她丧失了工作能力，现在她是靠很少的救济金生活。因为她可以说普通话，那天我就同她聊了好一阵。我问她是哪里人，她说她的家乡是海里的一个小岛。"我们那个岛只有三平方公里，是大海里的一只摇篮。"仅仅这一句话就让我在心里确定了，她具有和我同类型的思乡情结。住在这种烟蒙蒙的工业城市里头，谁能不思乡呢？她又问我的家乡是不是也在海里，我说我的家乡是在高坡上。"那是高坡上的一只铃铛。"我说了这句话就笑起来，几天来的那种阴郁情绪立刻淡化了。但是我高兴得太早了，李奇告诉我，她就要离开Z城回家乡了，她的肺病已到了晚期，她要死在她的岛上。她说这些话的时候显得犹豫不决，她好像很舍不得这座烟城，还不时问我："到底哪里是我的故乡？"我想象着她胸膛里那千疮百孔的肺叶，对她的态度大为不解。"这里的空气毁掉了你的肺，你难道不记恨吗？"她说她当然记恨，可是她如果回到岛上，就一定会想念此地。"我的灵魂里狼烟遍布。"她说。没过几天她就走了，她的事情给我留下了长久的思索，也使我从马路上回到了家里。在那些失眠的夜里，我站在窗前，我的目光投到很远的黑暗处，脑海里则反复思索这个问题：李奇体内那奄奄一息的肺叶，还能否适应海岛上的新鲜空气呢？

　　长延啊，姑妈给你讲李奇的事，是想告诉你：不要离开茅街。姑妈老了，无所谓了，你还是一个青年，我读着你的信就能听到你那怦怦的心跳。所以啊，一个人的青年时代就该在家乡度过，否则很容易因悲伤而致命。比如李奇，据我观察，她不是因车祸而丧失工作能力的，她是自己垮掉的，她太脆弱了。从表面看，茅街是个小地方，而且你也已经对这个地区的人们个个脸熟了，可是当你的人生经验使你深入到这个地区的内部时，你的看法就完全改变了。这用不着我来提醒你，你的信里头已经说得够多了。我那时为孩子们编过一首儿歌："茅街，茅街，美丽的太阳升起来。"现在你要是去问那些三十来岁的人，他们一定还会唱。学校虽然消失得无影无踪了，儿歌是不会消失的。这些日子我常想，长延是我命里的福星，很少有人到了老年还会有我这样的运气的。对我来说，每次收到你的信都是一个节日，我将它们翻来覆去地看了又看，我心底的黑暗处便会悄悄地打开一张门。如果不读你的信，我恐怕至今还不知道那里有一张门呢。门里头有些什么？长延已经知道了，对吧？

姑妈

姑妈：

　　我的信能给姑妈带来幸福，真是太好了啊，我从未想到我这个人还会对别人有什么用呢。父母刚离开时，我以为自己是孤零零的一个人了。可是在后来的年头里，我逐渐发现并不是这么回事，应该说我又孤立又不孤立，所有的生活中的决定都要由自己做出，不过却又有无数双眼睛将我的所作所为看在眼里。那些人究竟是要保护我呢，还是要将我逼到绝路上去呢，我至今也没弄清过。有一点是毫无疑问的——我在茅街绝对不孤立，不仅不孤立，有时还觉得自己像牵了线的木偶呢。在这个世界里，人和人之间的关系真是奇妙无穷啊。就比如我和您，一开始这种关系真像是无中生有。毕竟，我从未见过您。现在我们通过信件交流情感，就好像从来就生活在一起的亲人，甚至远远超过了一般的亲人，这是怎么回事呢？生活中的确有很多事弄不明白，比如我去河边时只看见河水，您却看见了那么多的老人站在河里。

　　您说的关于门的事我是知道的。冬天的日子里，外面刮着北风，我一个人坐在家中时，我听到过那扇门打开的声音。我用力向自己的里面看，不知道是那里太黑了还是我的眼力太弱了，我没有看到它。我的确感到那门里头的东西，是我从未见过的、最最可怕的东西。如果不是姑妈提出来，我是不敢说出这种话来的。写信真好啊，一写信就什么都敢说了。

每一天，我都想冲破某种无形的阻力看清一些东西。看清什么呢？是那种秘密的、说不出的东西吧。我总是碰壁的。您编的那首儿歌我是知道的，我听见盲人金唱过，说实话，他唱出了我的情感。昨天我穿过那条狭长的胡同去上班时，路灯坏了，我只好摸黑前行。不知为什么，我一下子觉得脚底下不是平时熟悉的水泥路，而是一层又薄又脆的、泥土结成的硬壳。如果我将它踩塌了的话，就会掉下去。我小心翼翼地迈步，还是不停地听到令我胆战心惊的碎裂声。那一段路我是足足走了一个小时。我到厂门口时，资厂长从石狮子后面背着双手走出来，严肃地质问我为什么迟到这么久。我说我在来的路上遇到了麻烦。他要我不用上班了，就坐在厂门口好好想一想。我在狮子的底座上坐下来后，资厂长就甩下我走掉了。我在那里坐了一会儿，感到寂寞难耐，就站起来想到传达室去看看。可是传达室的门关得紧紧的，里头也没开灯。怎么回事呢？难道厂里今天停工了吗？细细地听，却又还可以听到机器的响声。我轻轻地将传达室的门一推，门就开了。里面传来回姨的声音："你怎么就搞不清你自己的定位呢，长延？"她在暗处，我在亮处，她看得见我，我看不见她。她要我站在外面同她说话，不要进去。我听到她翻报纸的声音，还有她吓唬老鼠的声音，另外，还有她同里面一个什么人说话的声音。"回姨，您同谁说话？"我问。她说没有谁，只不过她在自言自语罢了。"长年累月从报纸上读到那些可怕的事，再不自言自语，我可要疯掉了。"我想，我怎么没读到她说的那些事呢？那份报纸是一份有名的风格轻松的休闲读物啊。她的声音又在黑暗里响了起来："市政府旁边要建游乐园了，这不是找死吗？"她的逻辑实在奇怪。我问她建游乐园有什么不好，她就反问我见过飞象没有。我说见过，市中心的公园里就有那种游戏，很安全，并没有出过事故。"你这样认为？"她冷笑了一声，"如今还有什么事是很安全的？就连你来的路上……"她不说下去了，我感到自己背上出冷汗了。后来我就稀里糊涂地回家了，我经过那条胡同时并没有发现什么异样。我虽然回到了家里，心里还是一直忐忑不安，他们会不会将我算作旷工呢？以前有一个人仅仅旷工一天就被开除了，后来那个人只好戴上墨镜装成盲人替人算命，听说生意还不错，盲人金都搞不过他。我估计自己是学不会算命的，那么，总会有别的事可以维持生活吧，茅街是饿不死人的。这样一想，我心里又坦然了。这是发生在昨夜的事，姑妈，您猜猜看，接下去会怎么样呢？很可能我就像回姨说的，是那种还没搞清自己的定位的人。我优柔寡断，把任何事都搞得异常复杂。也许昨夜那条胡同里并没有出现事故，只不过是因为我自己胆怯，就在那里磨蹭了一个多小时。一般人在那种情形下都会飞奔着逃离，是什么东西吸住了我的脚步，使我身陷沼泽呢？现在无论怎么回忆，也想不出来了。最搞不清的还是回姨的心思，她是看透了我的胆怯，就故意将事情说得更可怕吗？好像也不是。我常有这样的体会，当脚步踩在地面上时，会突然感到地面在游移，不过那都是些短暂的瞬间，像昨夜那种真正的沉沦还是第一次。然而那也不能叫沉沦，我并没有掉下去，就只是地面从我脚下碎裂、消失，我的行动不能随心所欲而已。却又不是步步踏空，总好像有点什么东西在那里支撑。

姑妈，当我闭上眼想象您为这个家庭挑水的模样时，我受到很大的震动。我确实是另外一代人了。没有谁要我对他们负责，即使我手持木棒在厂里巡逻，我也并没有什么责任心，那时我心里担忧的是自己的性命。在您那个时候，一家人就像一个人，在我这个时候，一方面全茅街人都像一个人，另一方面又各顾各。您瞧我在胡说八道了呢。有时候，我觉得自己生活得很孤独，有时候呢，又觉得自己的一举一动都牵动着别人的心。您说到的名叫李奇的那位女子，我真羡慕她。她可以完完全全地脱离开自己的出生地，然后在遥远的异乡去梦见它，就像姑妈您所做的一样。而最后，她又回去了。人的一生中有这么一次不就很满足了吗？在我看来，她的病体也是很值得我羡慕的，她太有激情了，才得那种病。同她相比，我是行尸走肉，连地壳都在我脚下碎裂，我狼狈不堪，从未有过头脑真正清爽的时候。昨天在胡同里，如果我真能沉下去，沉到下面的黑暗里头，那我也会得到一点满足。可是啊，我沉不下去。没人会告诉我一生中应该做些什么，只是不断地有人来警告我说，这个不能做啊，那个不能做啊，等等。姑妈您说的李奇，这个人是一个真人吗？我现在对于她的事浮想联翩！您啊，就像给我指出了一条新的生活道路呢。当然，我并不是说我也要跑到您的城市里去，我是说，人是完全可以过另一种生活的。您明白我说的是什么吗？在一种生活里,过着另一种生活,我是这个意思。我要是能像李奇那样一不做,二不休就好了。昨天的事弄得我很惶惑,现在我倒真希望厂里开除我了,我很想像盲人金那样整天游游荡荡!但是我又凭经验感到,这个厂是不会开除我的,它只是要威吓我。您很快就可以看到结果了。我不会唱歌,让我怪腔怪调地唱一下吧:"美丽的太阳,从茅街升起,它的光辉,驱散了乌云。"

  姑妈,我忘了告诉您,有一个人来同我谈起过您的学校。这是一位白胡子老人,从前在学校做杂役的,他现在住在地底下——也就是大饭店地下室最下面那一层。他一早就来敲我的门,告诉我他姓卫,是从前的茅街小学的工人。"我是看着你长大的啊。"他一坐下来就发感慨,"你说,如今哪里还能找到我们小学的遗址呢?没法找。"我明白了,他从地底下走出来,找到我家里,只是为了来谈您的学校。他心里认定这事可以同我谈。我告诉他我已经去找过了,没找到。"我就知道你要去找的,好多人都要找。"他又说,"如今的时代啊,是一个找的时代嘛。"他后来又问我他的家人有没有来过我这里。他的家人是贩卖医疗器械的商人,怎么会到我这里来呢?我一说他就放了心。他说他的家人也在找茅街小学的遗址,所以他要躲着他们。他说着就在我房里走了一圈,似乎要检查屋里是不是藏着什么人。出门的时候他才说要我当天晚些时候去他那里,给我看一样东西,那样东西定会叫我目瞪口呆。后来我从饭店下到地下室二层,那走廊里开着灯,地上尽是一堆一堆的动物内脏,恶臭熏得我头发晕。我敲了好几个房间的门,都没人回应。最后卫爷从走廊尽头那里过来了,他领着我走进他的家,然后反手将门闩好。他房里也开了灯，我看见一些破家具，不过一张八仙桌倒是十分完好的，桌上摊着一张巨大的、手工绘制的地图。他说："这是我画的。"我心里暗暗为他的才艺惊叹，茅街真是人才济济啊。他用粗短的指头指着那上面的一个五角星，说："这就是小学校长办公室。"看来我的预感是对的，果然是从前的小学的地图啊。除了教室、操场、教师办公、宿舍等外，他还绘出了周边相连接的地区。不过那些地区都是些陌生的名字和建筑，我从未听说过。我坐在桌旁看了好久好久，最后，我抬起头来问："小学的位置究竟在哪里呢？"卫爷一拍大腿说："妙就妙在这里啊，你要多看，才会知道。"我又看了几眼，头就昏起来了，还恶心，因为我又闻到了外面那些动物内脏的恶臭。他见我不看了，就很得意，说："我就知道你看不下去嘛。"我站起来告别，他拉开门，一股强风呛得我连连咳嗽。穿过那条过道时，我头昏眼花，不断踩在那一堆堆又软又滑的东西上头，好几次恶心地叫了出来。当我终于从那该死的地底下钻出来时，我往饭店大门的台阶上一坐，连连出粗气，背上都湿透了。听到有人在身边说："这又是一个往卫爷那下面跑的家伙，卫爷的家是这个饭店的一道风景呢。"我一抬头，看见讲话的人已经走开了，好像是个外地客。我虽然诧异，因为恶心得厉害，也没有力气去追问了。现在回想起这桩事，想起卫爷选定我去看他绘制的小学地图的用心，感到这里头的线索比那些侦探小说还要复杂。那么大、那么漂亮的四层楼的饭店，每天餐厅里都要出垃圾，为什么将动物的内脏往地下室扔呢？姑妈，您能帮我解开这个谜吗？如果不能，您能告诉我卫爷从前是怎样的一个人吗？我到过了他那里，看过了地图，可什么都看不懂，也看不下去，这件事对我的打击太大了，想想看他对我有多么鄙夷！

李奇后来怎么样了呢？姑妈，您一定要关注她的下落啊。

长延

长延：

你说的那个卫爷，姑妈从前是很熟悉的。他啊，并不是茅街小学的工人，只不过是一名游手好闲的流浪汉。白天里，他在茅街游游荡荡，到面馆里去吃人家的剩面。到了夜里，他就爬围墙跳进我们小学，他要到教室里去休息。如果我们不让他进去，他就打破窗子钻进去。后来我们就不管他了，让他在课桌上睡觉。反正他又不偷学校的东西，到了天亮他就走了，而且他还是有家庭的人。他的家人都知道他睡在学校里，所以在外面见了我脸上都显出愧疚的神色。有一天夜里轮到我值班，当时是凌晨了，我忽然听到狼嗥，茅街怎么会有狼呢？一定是从城里动物园里跑出来的。我拿着手电走到围墙那里，居然看见这个卫爷骑在墙头，伸长了脖子朝天号叫。于是我用手电照着他，大声地责备了他。而他，从墙头慢慢下来，蹲在墙根，一声不响地用双手抱住了头。当时我不想使他太难堪，就离开了他。从那一天以后卫爷就没在小学出现了，我听他的家人说，他感到自己无脸见人，已经去城西打工了。从你描写的情况看来，他大概是在那家饭店打工。我能告诉你的就是这些，你是个成年人了,自己判断吧。这世上有很多人以自己的古怪行为默默地教育着我们,对吗?

有一件愉快的事要告诉你,这就是我和园丁之间又恢复了友谊和默契。那一天,也许是因为实在没地方可去,我又走进了公园。我像从前一样避开那些游人,绕到公园后面的花圃那里。一进花圃我就看见老头坐在石凳上发呆,可能是因为淡季到来,他无事可做吧。他的面前摆着几盆快要凋零的龙菊。我走到他跟前,他才发现了我,站起来,对我说:"又有茅街的新消息吗?"我很吃惊,他是如何知道我和长延之间的联系的呢?他说是从我脸上看出来的,因为"茅街的人,任何事都写在脸上"。接下来我们没有谈起茅街,我们谈的是我们的眼病的问题。在我们的城市,由于工业污染,失明率是全国最高的,差不多每五个人里头就有一个盲人,白内障这种眼病在城市里肆虐。我和老园丁也染上了这种眼疾。我和他都对这事耿耿于怀,因为失明就意味生活不能自理,唯一的出路是去那种低档次的养老院待着。那种地方我去过几次,园丁也去过几次,我们都对那里头的异味印象深刻,感到那种地方无异于地狱。"还是盲人金好啊。"园丁冷不防冒出这一句。我立刻回想起你信中说的那些情况,从心底和他产生共鸣。毫无疑问,我们在这个烟雾缭绕,走路都怕撞着别人的地方,绝对不可能像金那样大摇大摆,连个拐杖也不带就外出走个十几里路。作为一名盲人住在人来人往的Z城,最好是待在家里不要出门。可是不出门的话就不可能维持生活,因为我们请不起保姆。经过这样一对比,我们都觉得盲人金简直就是生活在天堂里,而那个天堂,就是我们已经回不去了的家乡。究竟什么原因使我们回不去了呢，我们说不出来。我分析了一番我的眼疾，他也分析了一番他的，暗淡的前景让我们身上发冷，可是友谊的恢复又使我们暗暗感到欣慰。这时我们被一阵喧哗的人声吸引住了。在苗圃对面的草坪上，一队盲人由工作人员领着在散步呢。他们就像儿时游戏中的情景，每个人都牵着前面那个人的衣服后摆，一大长串人在缓缓移动。他们大声谈话，脸上的表情是那样欢乐，使人联想到平时他们是多么难得见到外面的阳光。突然见到这些兴致勃勃的盲人，给了我和园丁心理上很大的冲击，我和他迅速地交换了一下目光就告别了。他往南走，我往北走。我走几步又回头看一下，欢声笑语一浪接一浪地传过来，盲人们情绪高昂，对生活充满了热烈的向往。我从未见过这座烟城里的人们有这种精神面貌，这是怎么回事呢？这个时候天空浓烟滚滚，我的视线模糊了。我走了好远，还可以听到盲人们的喧哗，他们在那里笑啊，唱啊，完全不在乎将他们遮蔽的烟雾，哪怕他们可以闻得到。

  这些天，当我为自己的白内障感到忧心忡忡之时，我其实正在不知不觉地融入Z城的风俗。这么多年了，怎么可能不融入此地呢？即使你想要不，你的心也会背叛你的大脑。我从镜子里看到，有一块胬肉正在向瞳孔方向生长，魔鬼已经露出了他的角，时候不多了。长延啊，过不了多久，姑妈就不能同你写信了。姑妈今生享受不到盲人金的那种待遇了，在这里的福利院里，姑妈将同众多的盲人一道静静地隐没在黑暗之中。但前景并不那么可悲，他人的存在将会给予我勇气。说不定有一天，盲人金也会从天而降，来到我们福利院的老人当中呢。长延啊，茅街是个长寿之乡，那里的生活在我看来几乎是停滞的，变化的只不过是一些鸡毛蒜皮的小事。你将成熟起来，生儿育女，在那里扎下根，成为我们家族的代表。我说得对吗？从你的第一封信，姑妈就看出你的个性同漂流无关，因为你身上有很多看不见的须根，那些须根正在努力地钻入你脚下的泥土，使你同茅街连为一体。再过好多好多年，你也会来到这座烟城的，不过不是来居住，你会来看看姑妈的墓，我知道你会。

　　长延，你不知道你的信对姑妈的鼓舞是多么的大！以后我到了养老院，我将在漫长的时光里不断回味你告诉我的那些茅街的新故事，这些故事会成为我对抗黑暗的武器。啊，我的眼睛痛起来了，我快要写不下去了。我的心在隐隐激动着，我面前的镜子里头的脸成了模糊的一片，莫非我在暗中盼望我未来生活中的转折？长延啊，不论我们在哪里，经历什么样的转折，我们都会觉得有意思，你说对吗？这是因为我们看出了，这个世界完全不是它表面的那种样子，我们看到了极其有趣的事情！我们不幸的家族赋予了我们这种超级眼力，同时也就赋予了我们一种幸运。即使我的眼瞎了也无大碍，我还是可以辨认、辨认，直到最后。长延，你又去过码头那里了吗？

姑妈

原载于《现代小说》(《清明》增刊) 2006 年第 2 期

矿区的维克

维克坐在光秃秃的山上,这是他的山,他爱坐多久就坐多久。他要在这里等里沙来,他想同她一块玩那种蒙上眼从笔陡的山上往下冲的游戏。他们还要喊那种英雄的口号。通常里沙并不到来,因为风雪阻塞了她来这里的那条小路。山上的气候很奇怪,一年四季都是明朗的晴天。山下却总是下雪,里沙住的那个村子就叫"雪村"。里沙不是那个村子里的人,她是偶然走到那里的,然后就住下了,在村里帮别人带小孩。可是在维克眼里,她自己还是个孩子呢。

维克感到身子下面的山在抖动。每当他静静地观看彩霞之时,山就会抖动起来,就好像被什么事感动了一样。一些沙石从他脚那里掉下去,连回声都听不到。他坐的地方有一边是悬崖。维克想,万一自己也莫名其妙地感动起来,一头栽下去,那可不得了。于是他贴着地挪动身体,离那悬崖远一点。"山啊山。"

他万分感慨地对彩霞说道,彩霞就放出两朵金花。

太阳已经偏西了,远处那些像一只只乌龟一样蛰伏在大地上的村庄先后升起了炊烟。维克站了起来,他必须赶在太阳落山之前下去,因为天一黑,山就会发怒,那时人不要说在山里走,就连站都站不住呢。维克的家就在山下。在他的想象中,山从来不休息,每天夜里都在咆哮怒吼。有好几次,他梦见山倒下来了,他被埋在泥石流里头。他走得不快,因为地势太陡。一只鹰在他头顶盘旋,随时准备朝他扑下来,所以他的脚步也不能停。维克有点气恼,他又白等了一天。他想,也许里沙不是被风雪阻住了,而是怕苦吧。他们的游戏又冒险又艰苦,时常手掌磨破,血从肺里头涌出来呢。那种游戏他和她总共只玩过两次,其中一次两人都腾空了一会儿,像鸟儿一样。维克在心里问自己:其实他独自一人也可以做这个游戏,为什么一定要等里沙呢?想到这里他眼前就出现了里沙的笑靥,于是不由得心旌摇摇。他抵御不了她的魔力,如果她不在场,再好玩的游戏也提不起兴致啊。

维克进屋前,看见豹在屋旁的沟里探了探头,它踩得那些冰碴发出响声。维克立刻将房门反闩了,心里怦怦直跳。他摸索着要去找油灯时,油灯忽然就亮了,是里沙点亮的。里沙穿着格子呢裙,居然赤着一双脚。她说豹在身后追,她把鞋跑脱了。她坐在那把木椅里头,赤脚缩在裙子里面。维克要到厨房里去煮土豆,但是土豆已经煮好了,正在桌上冒热气呢。他坐在小木床边,吃了一个土豆;里沙坐在椅子里头,也吃了一个土豆。里沙说:

"我要走了,那家人家的孩子一定弄得屋子里全是屎尿。"

"外面有豹子呢。"

"我听见它走远了。要是半路遇上,就让它吃了我吧。我后悔了,刚才不该害怕的。"

她开了门就在黑暗中飞跑起来,她的赤脚在雪地里几乎没有弄出什么响声。

维克小心翼翼地闩好门。油灯被风吹灭了,房间的后面,靠厨房门那里,有一双绿眼在闪光。啊,是那只豹!维克闭上眼,等待它扑上来。但是它没有。又等了一会儿,维克的脑海里才解冻。他想,是里沙离开之际故意将它放进来的吗?他记起她刚才将门开得很大,油灯就是那时被吹灭的。豹一动不动,维克的腿发软,没办法去点灯。他也不敢离开,怕激怒了它。再说冰天雪地的,他能到哪里去呢?

维克就地蹲下来,地上很冷,可他感觉不到冷。为了恢复知觉,他在自己右手的虎口那里咬了一口,叫出了声。豹还是一动不动。维克心存侥幸地挪动右脚,想着要爬到门口。他这个念头刚一冒出来,豹就朝他靠拢了几步。他闭上眼,等着事情发生。但等了又等,那件事还是没发生。睁眼一看,豹又退到了原地。经历了这一回合后,他冷静了好多,他又想起了里沙的奇怪之处。看来她来了很长时间了,今天她为什么不上山呢?是因为豹吗?维克是在夏天里认识里沙的,她比维克小很多,当时背着一个更小的女孩,小娃娃一哭,她就将她放在井沿,让她的两条腿从井口垂下去,做出要推她下井的样子,于是小娃娃就住口了。维克问她从哪里来,她说她是掉队的,原先跟着大队人马往西边去，后来睡了一觉醒来就一个人都不在了，她信步乱走，走到了雪村，雪村的人把她留下来带小孩。她说起话来很机警，额头上有皱纹。她的两只手很小，动作快得像蜥蜴。维克完完全全被她迷住了。

不知过了多久，维克靠着墙快睡着了的时候，豹从他面前走过，走到门那里，顶开门出去了。维克呼出一口长气，他可不愿在家里养一只豹！

上了床之后，维克听见屋子外面很不安静，有那么多的小孩哭啊叫啊的。他觉得太不可思议了，因为他的家是独屋，离最近的村子都有五里路，在有农活时他就到那个村子里去帮工。他的房子在废弃的大矿井边上，矿井坍塌好几年了，死尸当时全挖出来抬走了，怎么会有小孩子来这种地方呢？但那些声音就是小孩子发出的，仿佛一群一群地从矿井的黑洞里跑出来。维克起身到窗口去看，看见月光下有大团的枯叶在旋转，那只豹从容不迫地立在旋涡中。明天是个大晴天，豹的面目看得清清楚楚，维克隐隐约约感到它长得像里沙，到底什么地方长得像呢？但却没看到小孩子们，也没听到哭叫了。维克重又回到床上，他翻身的时候，床猛地抖了两下，又是山在抖！煤矿是通到山里头去的。维克又开始想象大群孩子从那黑洞里哭喊着冲出来的情形，不知怎么，里沙也在他们当中。坍塌之际山是否发过抖呢？维克看见过被挖出来的那些人，他们就像活着一样，大部分人并没有身体损伤，脸上的表情也很安详。有多少次，维克也想去挖煤，但是他在父亲临死前发过誓，要永远脱离矿工这个群体。他想不出父亲为什么要他发这种誓，他觉得他对自己的职业很着迷，几天不下井就坐立不安，还给他带回过穿山甲呢。煤矿出事之后，这个从前热热闹闹的地方就变成了孤魂野鬼的萦绕之地。维克没有地方可去，只能住在父亲留给他的房子里面。

天蒙蒙亮时维克梦见了父亲。父亲手里拿着豆油灯来照他，忧虑地说："维克维克，这座房子还能支撑多久呢？我一点把握都没有啊。你看那根横梁已经断了。"维克想哭，又想安慰父亲，一瞬间竟也感到前途暗淡，死路一条。正在这时他醒了。光线一点一点地射进屋里，他心头的阴霾也一点一点地消散了。他记起今天还得去皇村淘猪栏，就赶紧起来了。他的目光将屋子里迅速地扫了一遍，一点都没找到豹的痕迹。

远远地廖齐就招呼维克：

"小老弟，你还往那边去啊，不要命了吗？你看，大火已经烧到村尾了，村里早没人了。"

维克看见了烟柱。烟为什么会聚成这么整齐的一根粗柱呢？好像通到天上去了一样。

他的脚步停不住，还是往村里走。廖齐在他身后骂出一连串的脏话，他居然说他是"贼"。维克不知道他为什么这么害怕他去村里。

到了皇村他才发现，人们并没有逃走，大家都聚拢在一块空地上，在浓烟中缩作一团。维克刚才从外面看到的烟柱就是从这里聚集起来的。他听见一片咳嗽声，咳得撕心裂肺的，但却没有人被呛得倒下。维克放眼望去，看见所有的房屋都被烧得只剩下了砖墙，不时有一只狗从里头蹿出来狂吠着。他避开滚滚浓烟，否则的话他会因窒息而死。他抬眼看到了人群中有几个抱在怀里的婴儿，那些婴儿居然还在吃奶呢。维克想，皇村的人的这种高超本领是怎么训练出来的呢？这些人平时一点都不坚强，还多愁善感，连男人都害怕走夜路，说话也细声细气的。可是忽然，大难临头之时这些人都显出了本性。明明他们可以跑开，却没有人跑，人人都站在那里接受烟的洗礼。以前向里沙说起皇村的男人们，他总是用那种讥笑的口吻，现在看来大错特错了。

维克垂头丧气地转身回家，看来这里没他的事了。走了没几步又碰见廖齐，他狠狠地说：

"待不住就想走啊？内幕被你看了去了，他们不会放过你的。"

维克没有回屋里去。他想，既然今天不干活，那还不如上山去呢，屋里太冷了，捡的那些块煤也烧完了。虽然住在煤矿边，但挖煤越来越难了。矿井口早就被封住，周边的地方挖下去很少有煤。近来他是靠烧柴度日。

他爬山时老是听见鸽子叫，一共有两只，也许是一老一少。这光秃秃的山上居然有鸽子。爬到半山腰坐下来休息，便看见皇村升起的烟柱。那里已经烧完了，没东西可烧了，怎么还有这么粗大的烟柱呢？他想起那些人，再一次感到他们绝不是无目的地聚在那里的。那么，他看见的"内幕"到底是什么样的内幕呢？维克脑海里出现了那些土色的脸和直勾勾的目光，他们即使在咳嗽的时候也直勾勾地看着他。这些他平时很熟的人为什么不说话？父亲以前老说，鸽子一叫就有喜事来，维克从来没听懂过这句话，因为在他印象中，鸽子倒是常在窗外叫，但家里从未有过喜事。再说喜事是什么事？他遇见里沙算喜事吗？现在是四只鸽子了，不知道它们躲在哪里叫，在这明晃晃的阳光下，周围应该是什么东西都藏不住的啊。他又记起了烟雾中的那些婴儿，越想越觉得皇村人看不透。

维克最后一次同父亲来这山上是在三年前。"以后这里就是你的地盘了。"父亲说，大约感到自己不会久留人世了。维克问父亲，为什么别人不来山上，父亲说因为山上闹鬼。可是维克一次也没见到过鬼，或许他们夜里才出现，维克和父亲夜里是不上山的。父亲在世的时候，山是不发抖的，那时父子俩面对着亮晶晶的云天，维克总是大喊大叫。后来里沙来了，就是那次两人往下面冲去时，山抖了起来，而他们就自然而然地腾空了。那种激动使得维克夜不能寐，他在黎明前入梦之际感到了山的疼痛。后来他又无意中发现了裂口，裂口在山的阴面，有一米宽、两米深，底下全是混合着泥沙的煤。几年来，裂口一直在变宽，加深，现在已有两米宽，深度更是不见底了。里沙很好奇，趴在裂口的边缘一连好几个小时一动不动地朝下面看，后来还扔石头测深度。

维克坐在那块石头上休息时，有一只老鸽子落在他的脚前。它就像从虚空中变出来的一样，因为事先根本看不见它的踪影。这只鸽子的毛居然带一点棕色，细细一看，原来是被火烧过。那么它是从皇村飞来的吗？鸽子跳到他脚上，用力啄他的鞋带，一会儿鞋带就松了。后来它又飞到他的肩头，低沉地叫了两声。维克觉得它有一个沉痛的故事要传达给他。维克用手抚摸了一下它身上烧焦的羽毛,结果他的手接触的那块地方,羽毛纷纷脱落了,露出里头的肉。他吓得不敢动它。再看皇村,那烟柱已经在天庭里溃散了,空地上的人们也不见了,维克想,这些人会在什么地方过夜呢?回忆起他们对他的排斥,维克心里隐隐作痛。

维克弯下腰系鞋带时,鸽子轻轻地啄他的后颈脖,一下一下地啄。后来他站起来时头就晕起来了,是那种眩晕,天和山绕着他旋转,他仰身倒下,像被钉在了地上一样。他听到远远的地方有谁在叫他的名字,那声音很熟,可就是想不起是谁。

眩晕总算消失了,他爬起来,看见地上有一堆烧焦的鸽子羽毛。它飞到哪里去了呢?维克想象鸽子用嘴扯光身上的羽毛的情景,不由得起鸡皮疙瘩。离他五十米远的刺蓬里躲着皇村的放牛娃,刚才难道是他在叫他的名字?维克像喝醉了一样跌跌撞撞地朝放牛娃走过去,可那孩子见他拢来了便跑开,躲到大石头后面。

"彼夏!彼夏!"维克喊道。

迎接他的是掷过来的泥沙,他差点眯了眼。先前,放牛娃从未来过他的领地,任何人都未来过,只除了里沙。维克将彼夏看作一个入侵者,他对他充满了恼怒。可是彼夏忽然大大方方地朝他走过来了,他怀里抱着那只没有羽毛的鸽子,那样子显得很怪异。

"你干吗来这里?"维克冲他吼道。

"我每天都来的,我夜里来。"彼夏天真地说,"夜里有很多鸽子。这一只天亮了还逗留在这里,它的眼睛就瞎了。"

"它的眼瞎了吗?我看见它的眼好好的嘛。"

"我不是说这个。我是说,天一亮,它就看不见一些东西了。在夜里,有很多奇怪的东西。"

"彼夏,你的牛呢?"

"我的牛,它们离开我了。"他的声音几乎带哭腔。

维克听不懂他的话。牛怎么会离开他呢?那是村里的牛,交给他放的,一共有三头,都是黄牛。难道它们发起疯来跑掉了?维克又想道,他的爹爹和他都弄错了,以为这山是他们自己的,却原来还有个小孩天天光顾。

老鸽子从彼夏怀里挣脱出来,跳到地上,然后摇摇晃晃地跳上那块大石头,钻进一个洞里消失了。维克凑近去看,却又根本没看到有什么洞。

"它回到夜里去了。"彼夏有点高兴了,"我找我的牛去。"

彼夏下山走得很快。维克看着他那瘦小的身影,心里感到有什么东西崩溃了。也许他父亲知道这个小孩来过山上,故意不告诉他,让他自己去发现个中的奥秘?如果说山上夜里闹鬼,彼夏又怎么一点都不害怕呢?

有一段时间,维克很想在山上找到煤。裂口里头的煤因为泥沙太多没法烧,他又发现过几个浅洞,里头也有煤,但质量更差,即使挖进去也是同样的货色。后来里沙对他说,在山上找煤简直就是痴心妄想。维克问她为什么是痴心妄想,她说不应该问她,应该去问他的爷爷那一辈人。维克想,他从小就住在矿区,连爷爷的面都没见过,听说早就死了,而他爹爹在世时矿区的人都没超过五十岁,他能问谁呢?里沙这么有把握地讲出这些话，同她的年龄太不相称了。他第一次带她来山上时，她高兴得又唱又跳的，把自己的头巾都弄丢了，但她一点都不可惜。"维克，我们逃吧。"她说，维克不知道她说的逃是逃开什么东西，逃到哪里去。里沙说话总是这样没头没脑。比如她自己的身世，她就总是说不清楚，一会儿说自己是南方人，一会儿又说是北方山里人。只有一点她是肯定的，那就是她是"掉队的"。她感到自己的队伍已经走到了天涯海角，她再也无法归队了。

"维克——"

是彼夏，他又回来了。他爬得满头大汗，那只脱了毛的老鸽子又到了他怀里。

彼夏爬上那块石头，将老鸽子放进去，它又消失在里头了。

"它老要出来，我只好又爬一趟。唉，它怎么这样呢？"

彼夏作古正经的样子令维克感到好笑。

"彼夏，你夜间在这里看见什么了呢？"

"啊，太多了，我都没法说。"彼夏坐在石头上沉思起来，"鸽子黑压压地飞来，满天都是，每个人都高兴得在那里尖叫呢。"

"每个人？谁？"

"太多了，没法说。再说我也没去仔细看他们，反正老的少的都有。"

"有我父亲吗？"

"你父亲？让我想一想，事情太多了，我记不住。不，我忘记了。你怎么还不走？我要走了。"

维克下到山脚下才碰见里沙。里沙头上裹着一条黑头巾，站在他回家必经的路上。维克感到她已经哭泣过了，他问她是怎么回事。她说她带的娃娃掉下去了，所以她逃到了他这里。但是她又要走了，去赶她的队伍。

"你不知道你的队伍在哪里啊。"维克忧虑地说。

"反正我得走啊。"她说，"我一停下，耳边就响起那娃娃的哭叫。那一刻啊，井底的回声将我的脑袋都震晕了。我可不能停下。"

维克想问她为什么要将娃娃放在井沿，可是看见她那苦恼至极的样子，就没有问，只是要她路上小心点，因为这一带有豹。她说"我现在不怕豹子了"这句话时眼里闪出光芒，脸上的晦气一扫而光。她眨了眨眼，又想起一件事来告诉维克。

"我到雪村以前，还在另外一个村子里待过，那村子离这里很远，那一回我带的是一个男孩。"

"然后你就将他推下去了，对吗？"维克替她说完。

"你怎么知道的？"她的脸上变了色。

"不，我不知道，我只不过是随便猜测一下罢了。"

"啊，你知道，你全知道了。"

里沙的脸一下子布满了皱纹，像个小老太婆一样。

她离开的时候显得那样孤苦伶仃，她那双破靴子在雪地里发出"嚓、嚓、嚓"的响声，风从后面将她的粗呢裙掀起来，好像要将她扑倒在地一样。但是维克知道，这个小姑娘具有铁一般的意志，她不但可以走到邻县，还可以走到天涯海角。

那天夜里，维克没点灯，因为没油了。他吃了两个冷土豆，他的柴烧完了。外面正在下雪，北风一阵紧似一阵，就像到了世界末日一样。维克想念起那只豹来。豹很久都没出现了，要是豹在这里的话，里沙会不会也出现？里沙和豹之间是有联系的，也许他们早就是老朋友了。有人在敲门，是安德大叔，安德大叔带着手电，一进屋就将屋里的每个角落照了一遍。

"您照什么呢，安德大叔？"

"你爹爹在井下的时候同我说过，下雪天时会有奇怪的动物来家里。"

"是那只豹吗？"

"你是说豹啊，小家伙！"他笑起来，"不，不是豹，豹只是一个影子，我们在井下时，它也老跟着我们。我说的是地上没有的那种动物。"

"那它从哪里来？"

"从山上的裂口里头爬上来。你瞧，我全告诉你了。"

安德大叔挤上了床，他说他要同维克一起睡。他俩靠着床头倾听着，隔一会儿安德大叔就起身，用手电将那些黑角落照一遍，然后报告说："还没来。"维克听到屋外有动物踩着沟里的薄冰走过。维克想，门关得死死的，他怎么期待屋里会冒出动物来呢？他将心里的疑问说了出来，安德大叔就告诉他说，这种动物是属于室内的。

"屋里也会有裂口出现吗？"

"到处都会有裂口。它们来了又去了，自由自在。在井下，你爹爹和我像狗一样追随它们散发出来的气味，但是我们一次都没有见到过它们。"

维克迷迷糊糊地睡着了。但是安德大叔却起来得越来越频繁了，他一起来维克就醒来一会，听见他在黑暗中紧张地喘气。到后来维克都有些不以为然了，因为他并没感觉到屋里有什么异样。后来是一声巨响将维克彻底惊醒了，维克看见那只大柜压在安德大叔身上。外面天已经亮了。

"安德大叔！安德大叔！"

"我、我压着它了啊……"

安德大叔喘着气，手指头抠着泥地。维克用全力将那只破旧的大柜推开，想扶他坐起来。但是安德大叔不愿起来，他似乎护着地上的一个什么东西，他的脸上显出陶醉的神情，目光迷离。

"安德大叔，您怀里是什么啊？"

"嘘，别出声！"

过了一会儿，安德大叔若无其事地坐起来了，维克看见他怀里什么也没有。

"你以为你看得见它啊。"安德大叔笑起来，"连我都……你看这柜子早不倒，迟不倒，我在床上，听见它在地上磨牙，我朝它扑过去，柜子就倒下了。"

"维克，"安德大叔慈祥地说，"你到院子里去挖点煤来吧。"

维克带上锄头和箢箕往外走，他心里纳闷：安德大叔怎么认定院子里有煤呢？

他在结了薄冰的地上东挖一锄头，西挖一锄头，当然没挖到煤。他也有点着急，因为没法做饭了啊。他听见了鸽子叫，他顺着那叫声找去，就看见了榆树下面的裂口。裂口有一尺宽、半尺深，下面是黑色的煤。他的心欢快地跳起来，他连忙挖下去，挖满了一筐箕。他直起腰来，心里想，原来他的家是一个聚宝盆啊，这都是上等的煤呢。

维克推开门，发现安德大叔已经走了。多么奇怪啊，他是从哪里出去的呢？

块煤在炉子里轻轻地炸响着，他看着蓝色的火苗蹿上来，忽然想哭。"爹爹，爹爹。"他轻轻地喊了两声。他回转身，注意到弄倒的大柜已被安德大叔摆回了原来的位置。

早上他吃土豆和水煮花生。他一边吃一边侧耳细听，因为外面的沟里总不安静，鸟呀兽呀的都喜欢从那里出入。今天的煤特别经得烧，热力也很大。以往维克总是在矿区找煤，有时也去山脚下乱挖，怎么也没想到煤就在自己家的地盘上。他当然不相信安德大叔有魔法，他不相信任何魔法。那么又怎样解释鸽子消失在岩石上头的事呢？

里沙在融雪的时候回来过一次。里沙长高了，衣服在她身上显得又短又旧，她脚下穿着一双男人的跑鞋。里沙不肯进维克的家门，说自己已经不习惯待在屋子里头了。她靠着那棵老榆树站着，包袱放在脚边，说话的声音又急又飘忽。有时她的声音忽然低下去，几乎听不见了，维克仅仅看见她的嘴唇在动，那厚厚的嘴唇干得结了一层壳。

她追上了她的队伍。在队伍里的那些天给她的感觉就像在不见天日的深渊中行走。黑暗中总有人冷不防地吹起哨子来，使原本紧张的心弦绷得更紧。有人坚持不下去自杀了，尸体横在路上，大家从他身上踩过去，车子也从他身上碾过去，里沙看见了迸裂的脑浆。大约在第六天或第七天,她预感到自己也撑不下去了。当时他们在荒原上露营,夜半时分,里沙感到有一阵强烈的骚动从队伍的前方传递过来。她听到了周围含糊的谈话声,大意是说前面的人遭遇了狮子群的袭击,狮子的数量很多,很饥饿,正在捕食他们的同伴,而且很快就要危及他们自己了。"跑,跑,跑……"有人在不停地重复这个字。但没有人跑,所有的人都坚守在原地。里沙想,为什么他们不烧几堆篝火呢?要那样的话,狮子也许不敢过来了。她从包袱里掏出火柴,想点燃一小堆草屑和树枝。但她立刻就听到了严厉的呵斥声,有人冲过来打了她两个耳光,力气之大使她扑到了地上,一下子耳朵都聋了。

这两个耳光使她从此清醒了好多。她第一次对自己在队伍中的地位产生了怀疑。看着身边这些熟悉却又疏远的面孔,她开始不安了。有一天,马倌来同她谈话了。

"里沙小姑娘,你有心事吗?"马倌捻着下巴底下的白胡子问她。

"狮子吃掉了好多人。它们追着我们吃,会把我们吃光。"

里沙说出心里憋了很久的话,几乎要啜泣起来。

马倌的脸变得阴沉了。他皱着眉头沉默了好一气,才吐出一句话:

"这是个问题。"他停顿了一下,又说,"你要好好想一想。"

里沙想了一整天,到傍晚时,她又一次掉队了。她是有意掉队的,她藏在树丛里看着队伍浩浩荡荡地走向了远方。她甚至看到了狮王的身影,那身影从地平线上升起,显得那么巨大、威严。想到自己为找队伍吃过的那些苦头，里沙对自己的举动感到惊讶。

后来，她居然凭模糊的记忆找到来路，回到了雪村。雪村的人们已经忘掉了她的过失，他们太健忘了，连她是谁都忘掉了。现在他们不需要人带小孩了，因为村里没有小孩了。里沙仍然保持在户外露宿的习惯，白天里就去磨坊干活，和磨坊工人一块吃饭。

"维克，那只豹还来过吗？"

"没有，你走了之后就没来过了。是你养着它的吗？"

"我觉得是它养着我呢。"

维克感到她说话怪怪的。他问她愿不愿意去山上，她说不，因为站在高处就会看见她的队伍，那是她现在所受不了的事。说到这里，她忽然伸出粗糙得像树皮一样的右手在维克的前额上抚摸了一下。维克心神激荡起来。

她盯着自己的手掌看了一阵，说：

"安德大叔来过了吧？"

维克吃惊地点了点头。里沙告诉他说，安德大叔是队伍里的人，可是他不时地开小差离开队伍，最终又回到队伍里去。因为他属于队伍。"我可不属于那里。"里沙悲伤地说，"我以后也不会再去了。可是安德大叔，他是个了不起的人。"于是维克记起安德大叔要他到院子里挖煤的事。他想告诉里沙他现在有烧不完的煤了，但又觉得这种生活琐事她不会想听。

里沙离开之际，维克那枯涸的心里又有很多东西生长起来了。他沿着屋前的土沟仔细地观察，发现了那只豹的隐隐约约的脚印。看来它一直在这周围没有离去。

他陪着里沙走了一段路，在路上他羞怯地告诉她说：

"我有煤烧了。"

"好，你守在这里吧，我还会来看你的。"

维克坐在路边的石头上看着里沙往前走。里沙没有顺着大路走，却拐进了田野。她脚步不稳，摇摇晃晃地走，待维克要看个清楚时，她的身影却忽然消失了。田野里光秃秃的，她到哪里去了呢？掉进了某个裂口吗？

他坐不住了，起身走到田野里去仔细察看。他在残雪和乱草上头看见了豹的脚印，那脚印旁伴随着跑鞋的鞋印。豹的脚印一直通往前方，但里沙的鞋印只有短短的一段。维克没有在田野里找到裂口。他也没等到那只豹回转来。他却等来了皇村的廖齐。

"这些日子我们成了废墟里头的孤魂野鬼了。"廖齐说。

维克这才记起皇村的火灾，他已经好久不去村里了，人们告诉他没活可干。他不明白他们为什么不重建家园，却愿意待在断壁残垣里头，用油布搭起一些简易的棚子度日。这使他进一步怀疑：也许是他们自己放火烧了村子？

廖齐指着豹的脚印对维克说：

"我认识这家伙。"

他总是令维克不自在，现在更是如此。维克想，这个人知道的事太多了。维克很害怕他会谈论起里沙来，可是他没有，他对那跑鞋鞋印视而不见。

"廖齐，你快活吗？"

"维克,你是个傻瓜!"廖齐恼怒地停住了脚步,似乎有话要对他说,但终究没说出来。他继续弯腰研究豹的脚印。

雪天里的太阳虽然扎眼,但一点热度都没有,维克冷得簌簌发抖。他打量着赤脚踩在雪地上的廖齐,心里想,他才同那些豹啊,狼啊是一类的呢。他挺不下去了,想回家去,可是廖齐不让,廖齐说他要查出这只豹的去向,维克应该陪着他。

"这同你今后的生活有关系。"他皱着眉头说。

维克颤抖着嘴唇说不出话来。有一点清鼻涕在鼻孔下面结冰了。他机械地在寒风中迈动脚步,觉得自己很快会冻僵了。维克不明白自己为什么要听这个人调遣,他完全可以走开,跑回家去嘛,他同他之间又没有什么契约!或许就因为那一点点好奇心?

豹的脚印还在向前延伸,廖齐却停下来,说他"心里已经有数了"。维克松了一口气,以为这下他该回去了。不料他点燃一根烟,蹲在地上抽起来。他摆手叫维克走开。

维克一路小跑回到家。他立刻生起炉子来烤火。他回想起对廖齐的印象。好多年以来,这个人就像野人一样在外面荡来荡去,很少进屋。而他是有家的,他的家在村尾,是一间小土砖房,房门终年锁着,维克从未见他进去过。维克又想起里沙,她现在也不肯进屋了。是不是只要在外面游荡,就感觉不到寒冷了呢?维克不能断定廖齐对他失望了还是没失望,他心里暗暗期望是后者,他隐隐地感到,自己今后的生活其实也同这个人有关系,要不这个人怎么总对自己不满意呢?

下午他到裂口那里去取煤时又听见了鸽子叫,不是一只,而是一群。接下来传来的不是喜讯,却是廖齐的死讯。皇村的老袁说他"被啃得只剩下了一副骨头架子"。维克眼前立刻出现了豹的形象,原来豹是真正要吃人的啊。他心里涌出无限的后怕。

"上午还是一个人,还帮我挑了一担砖,下午就成了骨头架子。"

老袁摇着头,好像心里无论如何接受不了这样的事实。

维克想,不是他自己要等那只豹的吗?他知道豹是要吃人的还等,是不是心存侥幸呢?无论如何,除了他自己,外人是不可能再弄清这种事了。老袁站在门口说这种事,目光却不时注视着屋内,他心里想的和口里说的完全是两回事。维克听着他诉说,不知道他对自己有些什么样的期望。他想要自己去收尸吗?还是仅仅只是心情忧郁才来诉说?他想从他家里发现什么呢?那只豹?

老袁临走时扔下一句话:

"这种事情是不会完结的。"

维克听得脊骨发冷。不会完结又怎么样呢?他曾和那野物待过一夜,即使是再来一次,只要他不被"啃得只剩下了一副骨头架子",他还会心存侥幸的。维克知道有一点是肯定的,他绝对不会像廖齐那样去等。对他来说,碰上了就碰上了,只能硬着头皮挺过去。

鸽子又在院子里叫起来了,此起彼伏,汇成大合唱,还有种急迫的意味。"啪嗒"一声,有一只掉在泥泞之中,扇动的翅膀将污水溅开来。一会儿工夫,它身上的热力就将周围的残雪全部化掉了。维克看见鸽子伤在胸部,也许是被气枪击中。他刚弯下腰想去帮助它,它就头一歪,一动不动了。这时老袁扛着气枪从屋后走出来。

"这叫'在虚空中狩猎',因为谁也看不到这些小家伙藏在什么地方。"他得意地说。

"你不会用枪来射我吧?"维克胆战心惊地说。

"不,我只射那些看不见的东西。"

他捡起鸽子离开了。院子里一时变得很寂静,但不知怎么,维克觉得小东西们还在周围,也许它们目睹了同伴的死亡,处于悲痛之中呢。维克不由自主地有些悲痛。有好多次了,他将那只老鸽子看作父亲。后来他又见过它,脱落的羽毛全长出来了,新羽毛几乎是黑色的,但维克还是认得出它。维克将脸转向太阳时,它就稳稳地落在他的肩头。维克不知道它是从哪里飞来的。维克想起爹爹下井的那些日子,那不也像消失了一样吗?他和另外那些家属在上面等啊等的,然后黑鬼们突然冒出来了。维克很想随吊车下去看看,但是爹爹不准。关于那下面的情形,他倒是经常说起,不过他的话含含糊糊的,维克就是想破了脑袋也想不出他工作的地方究竟是什么样子。爹爹说,人一到下面就成了幽灵,挖呀,推车呀对他们来说并不是难事,几乎连汗都不出。怕的是爆炸,一爆炸就会有坍塌,然后人就被隔离在一个一个的小洞穴里头了。维克问那些洞穴是什么样的,爹爹回答说他自己也不知道,因为一动也不能动。那么他是如何被解救出来的呢?"不用解救,我自己就会出来。"他说。

维克从井里打上水来时,山又抖了一下,一股热力从他的脚心往上冲。他挑着那担水进了屋,将水倒进缸里,一边干活一边警觉地倾听。他隐隐约约地担心老袁会朝他开枪。一个可以射中看不见的鸽子的人，还有什么东西是他射不中的呢？

开始他以为是风，后来才听出来是老袁在叫他。他果然一直在他房子周围转悠。

"我在这里！"维克打开门说。

老袁朝天放了一枪，又有一只鸽子掉下来，正掉在他头上，鲜血溅得他满脸都是。维克看了害怕极了，他觉得这个人已经发疯了。他退到屋里，将门闩上，仍然止不住簌簌发抖。但是老袁还不放过他，他在窗户外面大声说：

"我是皇村的老袁，我正在寻找杀害同胞的元凶，请你协助我的工作。"

维克想，老袁说话怎么像在作报告。难道那些鸽子会是杀害廖齐的凶手吗？他回忆起老鸽子停在他肩头时给予他的温馨感觉，还有父亲的话："鸽子一叫，就会有喜事来临。"很显然，老袁是一名血腥的杀手。然而在皇村的时候，维克眼中的老袁不仅不是杀手，反而是个窝囊废。维克记得当他走在路上时，就连小孩都敢用石块扔他，而他，也从不生气。他总是一副哀求别人的模样。是廖齐的死刺激了他，他才变成这样了吗？还有他那种射击的本领，多么可怕！

"元凶就在你屋里，请你打开门来。"

维克知道他指的是豹，他吓得匍匐在地，身子紧紧贴着地面。

他后来终于离开了，他把气枪扔在院子里，拎着那两只死鸽子走的。维克尾随了他一段路，看见他没回皇村，消失在相反方向的河边了。

雪融了好久，春天却并没有到来，又一场雪降下来了，这是很反常的。维克想念着里沙，就鼓起勇气去雪村了。他戴着斗笠，穿着蓑衣，在雪花飘飘之中深一脚浅一脚地行走。雪村在山坳里，离得并不远，前年维克还去过，是去找里沙。

他是下午到达山下的，那时北风刮得正紧。多么奇怪啊，雪村竟然找不到了。维克绕着那座锯齿形的、有好几个尖峰的山走了又走，始终没有发现雪村的踪影。不要说村落了，就连一间小屋都没有发现。寂静之中，他听到什么巨大的动物在沉重地喘气，那动物离得很近，他却看不见。维克不打算找下去了，因为他害怕了。再说这地方光秃秃的一览无余，也没什么可寻找的。

他正要回去时，听到了里沙细弱的呼唤，她在叫他。那声音是从上面来的，维克一抬头，看见女孩坐在树干分权的地方，那树光溜溜的，表面还结了冰。她飞身往下一跳，落在厚厚的雪层上面。维克看见她的脸有些发灰。那不是因为冷，是因为内心某种阴暗情绪所致。

"你在那里等人吗？"维克问她时心存着希望。

"不，不是。我总是在树上休息的。你也看见了，我能到哪里去呢？"

里沙说话时嘴角出现好几道竖纹，这使她看上去像中年妇人。

"雪村到哪里去了呢？"维克问。

"缩进山肚里去了。像风卷落叶，整整一个村子都进去了。我以前不相信这种事，可是早上睁眼一看，只有我一个人在这里了。哈哈!"

里沙说要带他去看裂缝,她像鸟儿一样在雪地里跳着前行,维克在旁边看呆了,因为她脚上像装有弹簧一样,将她弹得老高,落在远远的前方。维克为了跟上她跑得气喘吁吁。

他们到了后山。里沙停下来了,她沉着脸,闷闷不乐地往雪地上一坐,破罐子破摔的样子。维克问她怎么了,她说裂缝已经自动合上了,她没有料到,她还以为随时可以自由进出呢。雪在她身下融化,将她的裙子全弄湿了,她一点也不在乎。

"你走吧,维克。天一黑可就麻烦了。"

"就会被啃得只剩下一副骨头架子吗?"

里沙不说话,脸上显出很厌倦的神情。维克只好离开她。

维克顶着北风往回走,走了没多远,心里觉得委屈,就回转身去张望。风卷走地上大团的雪向前方冲去,山已经消失了,模糊不清的视野中有一个细小的黑点,那是里沙。里沙到底要干什么呢?一大堆雪落在维克身上,齐腰将他埋在了雪里头,他脱了蓑衣和斗笠,费了好大的力气猛地一滚才滚出来。此地果然不能久留了,他连忙匆匆赶路。

当他边走边思考关于村子是如何消失的问题时,就会有童年时代关于矿工们的记忆涌现出来。那些人的手掌是多么粗糙啊,在他脸上抚摸之际发出嚓嚓的响声,有时竟会将他的脸锉出小小的血口子。但是同漫长绝望的等待比较起来,汇合就如狂欢的节日!等待的夜晚,他总是伏在一个叫雷切尔的老头的背上睡着了。雷切尔瘦得皮包骨头,但他的背却很宽,很平,维克一伏在那上面就昏昏欲睡。

他想起里沙杀小孩的事。雪村人为什么没有报复她呢？还是现在的这种遗弃本身就是报复？恐怕里沙从来就不能"自由进出"，而是被永久性地遗弃吧。他想不出她是如何维持生活的，即使是鸟儿，也得吃东西。看来里沙并不是生活在那棵树上。那么，她还有一个栖身之地吗？维克又一次转身凝视那些鬼牙一般的山峰，只觉得让他眩晕的那种颤抖从心脏区域荡漾开来。不，他不能停留了。

安德大叔站在矿区的报亭那里。雪已经停了，但他的狗皮帽子上落满了雪，眉毛也是白的。他搓着手，欢快的目光落在维克身上。

"小斑鸠回来了。有什么伤心事吗？"

维克发出一声啜泣。

安德大叔耸了耸眉毛，将双手重重地放在他肩上，说：

"这个矿是你父亲留给你的。你愿意今天夜里随我下去看看吗？"

维克点了点头。安德大叔若有所思地目送着他回家的背影。

维克进了房，一只奇怪的鸟儿始终在窗户那儿尖厉地叫着，令他脑子里不断产生恐怖影像。打开窗子，却又根本没见到它。难道里沙出事了吗？他生好了炉子，将水壶放上去，又洗好了土豆，那只怪鸟还在叫。他还听到它撞在玻璃上的声音。

"维克哥哥！维克哥哥！"

是小尼桑，手里拿着油瓶，一脸惊恐。

"妈妈叫我出来打油，可是这里有一只豹，我怎么办？你看，它就在这里！"

他说话时指着自己的胸口。维克迷惑极了。

"到底在哪里？"

"在这里面，我都快被它吞进肚子里了。啊，维克哥哥！维克哥哥！"

他发出窒息的喊声，翻着白眼倒在维克的房里，手里的油瓶掉在了地上。

维克的脑子里浮出一句话："也许裂口在人的身体里面。"他摸摸小尼桑的胸口，那里瘪瘪的，再摸摸他的肚子，也是瘪瘪的。这个小孩就像一只泄了气的皮球一样，他简直怀疑衣服里面的身体已经不存在了。

有人在窗户外面，是尼桑的妈妈，一个有一张鸟脸的年轻女人。

"尼桑的病有两年了，没关系的。"她说话时那张脸一动不动。

过了一会儿她才进来。她从手中的提篮里拿出一根鞭子，朝儿子脸上用力抽了一鞭。小尼桑揉着眼坐起来了。他朝身旁看了看，看见了油瓶，立刻将它抓在手里。

"妈妈我跌倒了。"他一边站起来一边抱歉地说。

女人目送儿子走出房子。然后她掉转脸来打量维克的家。

"维克的家真简陋啊。"她说，"这把椅子还是我当年坐过的呢，你还记得吗？那一天我同你一块儿在矿井上等人，你把你的椅子让给我坐了。"

女人说话时一只手老在眼前挥来挥去的，像在驱赶蚊虫一样。维克注意到外面的怪鸟已经不叫了，莫非这个女人就是那只鸟？维克越看越觉得她的鼻子像一只鸟嘴。女人发现他在盯着她的脸看，就做了个鬼脸，说：

"你老爹的名字是叫维加，对吧？"

维克点了点头。

"他没有死，他还在那底下呢。有次我路过矿井，就看见他出来了。他说鞋破了，求我给他弄双新鞋。我当然不敢帮他，这种事一沾上就没个完。你知道我提这个篮子来干什么吗？"

维克说不知道。

女人跳起来用手在空中一抓，抓住了一只鸟儿。维克看见是一只乳鸽，已经死了，伤口在胸口上。女人立刻将它放进有盖的篮子里。她转过身，指着窗玻璃上的一个细小的洞说：

"有人以干这个为职业。"

维克问，难道她不怕老袁来找她算账？

女人笑起来，说老袁哪里搞得清自己射没射中，他总是举枪乱射的。刚一说完她又跳起来，又抓到了一只死鸽。她将死鸽子放进去之后就着急地问维克他家里有没有后门，然后就一溜烟从后门跑掉了。

女人前脚出门，老袁这边后脚就进来了。老袁将气枪往地上一扔，口中连说了好几个"真丢人啊"。然后他就用双手抱住了头。

"我这个猎人，连打两枪什么都没打着，你说我还有什么脸活在这世上？"

维克很讨厌老袁，暗暗幸灾乐祸。他心里想，老袁被气死了更好，这样他就用不着提心吊胆了。维克一看见他拿着气枪心里就发抖，因为他不是一般的猎人，他是"虚空中的狩猎者"。

很久以来，维克就发现了自己周围有一个虚空世界，他看见一些动物在那里出入，这些动物他有的害怕有的喜爱。但不论害怕还是喜爱，他对它们都早已不再大惊小怪了。就比如刚才外面那只怪鸟，他也觉得自己可以同它和平相处。可是现在却来了"虚空中的狩猎者"，他恐怕要永远绕着自己转了，谁又能保证他不会错杀了自己呢？他不是从来都不瞄准吗？

老袁坐在维克家里就不走了。他长吁短叹，说些悲观厌世的话，他还逼维克拿父亲的相片给他看。他将相片拿到手之后，就对着相片哭起来，一边哭一边诉，还将鼻涕眼泪擦在相片上。他含含糊糊地提到一只大鸟，提到坑道里的各种走兽。在维克听来，矿井底下虽然黑得没有一丝光，却是个封闭的动物园，人待在坑道里，空中尽是动物的喘息声，或鸟类扇动翅膀的声音。维克想，看来那个时候，老袁根本就不搞狩猎的勾当。这个心地残忍的人，居然对他死去的父亲有这么深的感情。

老袁哭完之后，就将那张相片丢在地上，还假装无意似的走过去在相片上踩了一脚。

维克心痛地弯下腰捡起那张发黄的相片，质问老袁为什么这么干。

"啊，对不起，我太不小心了。不过你还留着相片干什么呢？你爹爹要是知道了，会生气的。来，把相片交给我，我帮你处理了。"

维克将相片死死地护在胸前，两眼射出疯狂的光芒。

"哈，你要打架，你这小家伙……"

他走开了，走到灶边，揭开锅，抓了一个冷土豆吃起来。

维克松弛下来，坐到了床上。他趁老袁不注意将相片藏在枕头底下。但是老袁像脑后生了眼睛一样，立刻觉察到了。他说："维克啊维克，你不要挖空心思藏那些东西了。你要是知道你母亲的事的话，早就把那相片扔掉了。你没听到你爹爹提过你母亲吧？他不会提，怕她不高兴啊。你母亲那种人，再也不会有了。我们算什么？渣滓，一伸手就可以抓到一把的渣滓。只有她，消失得无影无踪。当年我和你爹坐在坑道里，周围一片漆黑，我们都在想念她。可是想啊想啊，什么也想不起来，我俩连她长什么模样都忘了。"

老袁说着说着就躺到床上去了，他让维克把窗帘拉上，说自己要做梦。

"我要梦见你母亲。"他轻轻地说。

维克想，原来他到这里来就是为了这件事啊。维克从未见过母亲，也没听到别人提起过。当他问爹爹时，爹爹就说这种事不能问，一问他他就会丧失生活的勇气。"不是这么多年都过来了吗？"爹爹说这句话时很没有把握的样子，就像一个小孩找不到回家的路了。维克因为心疼爹爹，后来就不问他这个问题了。爹爹临死前用狂乱的目光在屋里四处寻找，维克那时不明白他要找谁，现在忽然明白了。好多年里头，维克都想不通这个问题：人怎么能像母亲那样消失得这么彻底呢？他企图从自己家里，或从人群里发现一点线索，但是没有，他从来没找到过她生活过的蛛丝马迹。而现在，一个大男人躺到他的床上要梦见母亲，这是不是说，任何人都只能同她在梦中相见呢？

维克坐在昏暗中刨芋头，他不去想母亲的事，因为无从想起，他在想念里沙。

老袁却睡不着，他在床上翻来覆去的，还骂人。

"你骂谁？"

"骂老袁呢，这家伙挡在我的路上，可是我看不见他。"

"要拿气枪来吗？"

"哈，你这个小孩，真聪明。不了，气枪也没用，我知道没用。"

老袁一连翻了几个身之后突然不出声了。维克欠起身看了看，看见他将脸朝下埋在被子里头，他的睡姿这么奇怪，像要使自己窒息一样。维克到门后去拿他的气枪，他刚一拿到手，枪就发出一声响，子弹大概射到了天花板上。

老袁起先激动地从床上跳了起来，但很快又垂头丧气地抱住了头。

"我反正是没希望的人了，你为什么还要骗我呢？"

他的目光里饱含怨恨，后来又转化成仇恨。维克的腿发抖了。

但是老袁并没有把维克怎么样，他从地上捡起气枪，抱在怀里，像抱一个婴儿一样，然后弓着背出去了。他出门之后不久，维克又听到闷闷的两声枪响，维克想，老袁要死了。

春天终于来了。那些动物显得很狂躁，整夜整夜地在维克屋外的沟里来来去去。维克从窗户往外看，看见一只幼狼蹲在院子中间练嗓子。它叫得犹犹豫豫的，却很恐怖。小狼叫完后鸽子们就杂乱无章地叫起来了，鸽子们好像要同小狼对抗似的，叫声不屈不挠。小狼先是侧耳倾听了一会儿，大约对叫声从何而来感到不解,然后就孤零零地跑开了。

维克睡不着,白天里在皇村发生的事困扰着他。起先是他和大家一起到坡边的一个洞里去挖煤,忙忙碌碌地挖了一气,挖出来的尽是那些次煤——烧起来火力不行的那种。终于,维克忍不住说道:"我家院子里有好煤,满院子都是。"他说话的声音很小,可是却像一个炸雷,人群里立刻议论开了。维克没听清他们说些什么,只觉得这些人都很愤怒,他们瞪眼怒视他,像要吃了他一样。不知过了多久,旁边的罗德爷爷推了他一把,呵斥道:"还不快跑!"维克撒腿跑开了,一直跑到大路上才停下来。他感到特别纳闷,为什么皇村的人会生他的气呢?难道他的话伤害了他们的自尊吗?要是这样,他还能不能去皇村干活呢?要是不能,他该靠什么为生呢?维克记得挖煤的人里头有个小个子,是他看着眼生的人,这个人特别爱挤对他。当时他在维克身后对旁边的人说维克是"懒骨头",不愿干活。实际上,他院子里还真的到处都是煤,几天前,他发现屋前的台阶下,刨开那层薄薄的表土,全是上等煤。这样看起来,父亲是有意将房子建在煤层上面了。当天夜里他还做了个梦,梦见自己睡在火山口上,火山突然爆发了,村人都往他身上泼水。可那点水有什么用呢?他们都被火热的岩浆吞没了。

月光下出现了一个人影,那人慢慢走拢来了。这个人的面部怎么也看不清。他站在维克门口,迟疑了一会儿才敲门,一共敲两下。维克开了门,他默默地进屋,坐在那张椅子上。虽然点着灯,维克还是看不清他的面貌,那张脸总被阴影遮蔽着。这个人呼吸的声音很粗,也许他一直在喘息。他刚才奔跑过了吗?

"我冷……"他终于开口说道。

维克将床上的被子披在他身上,他一身哆嗦着,仍然说冷,要维克帮他将被子裹紧一点儿。维克忙乎了好一阵,他才说可以了。

"大叔,您原先是矿上的人吗?"

"维克,你这个小坏蛋,你忘记我了。我手背上长了一只鸟蛋,你摸摸。"

维克摸了一下他的右手,虎口处果然有一个鸽子蛋大小的突起。

"现在你想起来我是谁了吧?我那时抱着你游历过很多地方,我一停下来你就哭,我只好继续走。没有母亲的小孩真可怜啊。"

维克感到一股熟悉的气息从对方身上散发出来,将自己整个包围了。他差点要喊他"爹爹",可心里又知道这个人不是自己的父亲。他是谁呢?一个过去时代里走出来的幽魂?

"维克,你爹爹让你今后不要做矿工吗?"

"是的。"

"为什么你不违反一下他的规定呢?你试着违反一下看看。那下面是很好玩的。"

维克被他的话吓坏了。他究竟是人还是鬼?

门外有人在焦急地喊维克,维克三番五次开门出来,却没有见到有人。

"你不要去看了,你见不到他的。"那人说,"其实他在那里喊你喊了好多年了。"

"他是谁？"

那人没有回答维克，他艰难地站起来，任由身上的被子落在地上，然后叫维克拿火柴给他。维克递给他一盒火柴，他拿了就出去了。

在屋前的台阶下，维克白天里刨开地面取煤的地方，那人划一根火柴就将煤点燃了，蓝色的明火升腾起来，那么纯净，一丝烟都没有。维克看得发呆了。他又走到院子里维克取煤的另一个地方，将那里也点燃了。他站在火边烤自己的背。

"大叔，大叔，您将我的煤都烧完了啊！"维克喊道。

"傻孩子，这种煤烧不完的，只会越烧越多。"

维克想走近台阶下的这堆火，但巨大的热浪逼得他往后退了好几步。那热浪就像是从地底下翻滚而出似的。维克注意到，那人点火后，院子里就变得寂静无声了。也许所有的动物全被吓跑了吧。维克站在门口观察这两堆颇为壮观的蓝火，他感到自己对父亲的思念比任何时候都要强烈。他想，爹爹早就知道这里的煤在地表，而且挖都挖不完，为什么他不告诉别人？如果可以露天采煤，那还有什么必要开矿井呢？也可能起先他并不知道，是后来才知道的。那么，这个人是不是一开始就知道？他是爹爹的好朋友吗？那人脱光了上衣，裸着身子在烤，惬意得直哼哼。

里沙出现在那条沟里，维克发现她又长高了好多，她的身旁有一条巨蟒，它正爬进一个洞里去。里沙看见了院子里的蓝火，她赞赏地朝维克点头。她也在观察那人，表情显得很紧张。维克想，整整一个冬天里沙都在野外度过的吗？

那人朝空中击了两下掌，两堆火顷刻间就灭了。他穿上衣服，提起脚下的旅行袋离开了。里沙死死地盯着他的背影,直到他消失。

"里沙,刚才我在屋里,有一个人总在外面叫我,打开门来呢,又见不到人。"

"那个人应该是从山上下来的吧。"里沙犹豫了一下又说,"刚才点火的是我的叔叔,没想到他还活着,我亲眼看到他从悬崖上掉下去的,还有他的马。"

"我看不清他的脸。"

"他也许没有脸了,从那种地方掉下去的啊。"

"你是什么意思?一个人怎么能没有脸呢?"

"维克,你相信我吧,有这样的人。"

里沙的额头上出现一堆皱纹,她在沉思。维克渴望里沙离开那条沟到他家里来,但女孩倔强地站在沟里不动。他看见她的方格裙上有了几个破洞,她的旧靴子前面也开了口,而那条巨蟒又从洞口探出头来了——不过是另外一个洞。

"照理说,没有脸也应该可以看得清。可是他,我怎么也看不清。"

"嗯——这是个问题。"里沙说,"他是那种正在消失的人吧,他的脸快要消失了。他也是从队伍里头流落出来的,不过他不愿意像我这样定居在一个地方。我叔叔有更高的理想。"

说话间,里沙的脸也像她叔叔那样变得模糊了。她转过身,朝那条土沟的另一头走出去。维克想,里沙的心还系在她从前的队伍里,她同那边有许多秘密的联系,不论她住在世界的哪个角落里,这种联系绝不会减少的。里沙会不会也在某一天失去自己的脸呢？刚才维克注意到了她脸上的皱纹。

　　有了上等的好煤，维克的家里总是暖洋洋的了。炉子上煮着土豆和玉米，蒸汽快乐地升腾着。维克坐在食物的香气里，听着那些动物在外面发情，有一些幽暗的小门便在他心灵的深处洞开了。爹爹在世时，有段时间，身后总是跟着一个一只眼的老妪，爹爹让维克叫她乌里奶奶。乌里奶奶从来不进维克的家门，她和爹爹站在门口商量事情，有时长谈达半个小时。但是有一天，维克半夜被惊醒，看见乌里奶奶进屋来了。老妪手里拿着鞭子，逼他爹爹用头去撞墙，一下一下地撞得咚咚直响。她总是不满意，鞭子高高举起，重重地落在爹爹身上。后来爹爹终于"哎呀"一声，昏倒在地。这时老妪又试探地给了他一鞭，见他不动弹了，这才出门走了。因为瞌睡，维克对那天夜里的事总是记不真切。他问过爹爹，爹爹矢口否认，只是告诉维克乌里奶奶是长年住在矿井坑道边的小洞里的。"她可是矿工们的福星。"还有一件事，屋外的土沟是爹爹挖出来的。沟有一人深，沟的出口那里是一个斜坡。他说挖沟是为了防火灾，可维克想不出这样一条沟怎么可以防火灾。即使房子着了火，也没有人会跑到沟里去啊。爹爹去世之后，沟没起到防火的作用，沟里的动物却多起来了。什么动物都往里头钻，非常热闹。一天傍晚，维克在院子里挖煤，他一抬头，看见乌里奶奶站在沟里注视着他，他扔了锄头往那边跑，可是乌里奶奶硬是从他眼前消失了。那一次，维克认为自己是看花了眼。后来乌里奶奶又出现过几次，每次总是待维克一走近就消失了。到了夜里，野兽们叫起来时，乌里奶奶嘶哑的叫声也会夹在里头，她叫的是爹爹的名字"维加"。维克想,乌里奶奶应该早就去世了,可她还是放心不下爹爹啊。被封死的矿井装了三道铁门,维克某一天的半夜里站在院子里时,听见那些铁门被砸出巨大的响声,似乎有一些人要从里头出来。很可能他自己看见的是老太太的魂魄,她站在父亲挖出的深沟里头,为的是随时可以抽身而退吧。看来父亲挖出这么一条长沟,为的是将生活中的另一面呈现在儿子眼前啊。维克仅有一次穿过那条沟走下斜坡,他的脚一踏出去就摔倒了,有一股巨大的引力将他往下拽,他几乎是不省人事地滚到了坡底,好久好久才醒过来,维克想不通:为什么里沙,还有那些动物可以从沟里出入自如呢?里沙站在那里头,就好像站在安全堡垒之中一样。那条巨蟒维克从未见过,可能是新近来到沟里安家的。曾经有些夜晚,维克觉得自己是住在世界的中心,觉得自己同外面那个世界的那种隐秘的联系全是爹爹在世时就安排好了的。那时,他甚至可以看见自己死后的那张脸,看见雨中的灰鸽。爹爹昏迷前对他说的一句话是:"维克啊,不要下矿井。"他明知矿井已经封掉了,为什么还要这样说呢?

维克拉出五屉柜最下面的那个抽屉,找出那面小镜子。本来镜子是挂在墙上的,因为夜里发出反光令他害怕,他便将它收起来了。他站的角度使他可以从镜子里头看见窗口,停在窗口的是"那人",仍是一张模糊的脸。

"大叔,您又回来了啊。"

他将脑袋伸进窗户,声音嘶哑地说:

"维克,我忘了一件事。我应该让你摸摸我的脸的,这样你今后再遇见我就会认得出了。来,你过来,把手伸出来。"

维克摸到的是近似沙粒的一大片东西。

"我的脸原来不是这样的。我的脸是好多年里头慢慢变成了这个样子。这对我来说很方便。"

他似乎很满意,转过身离开了窗口,走出院子去了。维克连忙去看那面镜子,镜子里头的"那人"却正在爬山,爬的就是维克的山。维克拿镜子的手动了一下,里面的人的形象就消失了,代之以蒙了灰的窗玻璃。他想,或许这个人一直在周围游荡。他是要找煤吗?维克记起刚才他将院子里的两堆小火点燃时,有一个皇村的老头在远远地观看。那老头一定会去告诉皇村的人,这样他们就会知道自己没有撒谎了。皇村是他长期以来打工的村子,也是他生活的来源。维克不愿另谋生路,他知道在这个世界上活着不容易。一想起皇村的人,维克就惶惑不安。那个老头会不会率领大家来他这里挖煤,把他的房子都挖垮呢?

果然有一个皇村的人出现了,离得远远的站着。接着又一个。现在是五个了。他们要干什么呢?他们好像不打算过来,只是在那边观看他的院子。维克鼓起勇气朝他们走过去。

"彼夏,你们来了啊。"

放牛娃老派地背着双手,向他的同胞使了个眼色,说:

"我们都看见了,你那里有煤。"

"是的,彼夏。可是你们不会挖到我的房子吧?"维克担忧地问。

五个人一齐发出哄然大笑。他们当中的老袁郑重地对维克说:

"维克,我梦见你母亲了。你母亲到过这里好多次了,可是即使在梦里,我也没法看见她。维克,鸽子就是她养的啊。"

他一说完,其他四人就齐声附和道:

"是啊!"

维克想起父亲说的"鸽子一叫,就会有喜事来临"的话。那么喜事到底是什么,要如何去感觉呢?维克从生出来到现在,好像从来也没感觉到母亲在自己的身边。他对这个老袁非要梦见他母亲的做法感到很困惑。难道只因为一个人可以消失得无影无踪,这就成了去追寻她的理由吗?再说母亲已经死去多年了,当然是无影无踪了啊。谁也没看见她养鸽子,就这么武断地说鸽子是她的。为了什么呢?维克沉思之际,那些人都对他怒目而视。他同他们的目光相遇,感到很没趣,就悻悻地转身回家。他一转身,他们当中就有个人对他说:

"你只要坐在家里,土豆和玉米就会滚到你锅里。"

维克听了这句嘲弄的话,满脸涨得通红,他的脚步也迟疑了,他不知道要往哪里走才好。于是身后又是一阵哄然大笑。

慌乱中,他下到了那条沟里。他一进沟里鸽子就叫起来了,有成百上千只,把他的头都叫晕了。他不知所措地站在黑暗中,口里居然喊出"妈妈,妈妈"来了。身边洞壁的泥沙在往下掉,是那条巨蟒要从比它身体小的洞里出来。鸽子叫声停下来时,维克热得要命,他估计一定是皇村的人在他院子里燃起了熊熊大火。他很想去看一看,但热浪扑来,他汗如雨下,只能往斜坡那边退下去。这一次他没有滚下去,他是坐在斜坡上溜下去的。当他溜到坡底时,便看见大火已经烧掉了他的屋顶,只剩下砖墙立在原地。冲天的火十分明净,几乎没有烟。维克想起了皇村的火灾，莫非皇村下面也是巨大的露天煤矿？是皇村人点燃了那种令人窒息的劣质煤，烧掉他们自己的房屋，产生出那种通天的烟柱的吗？以前他就觉得这些皇村人很贪婪。不管是想要什么东西就要搞到手，否则不罢休。他们烧掉房子，是想得到什么呢？当维克继续想下去时，便被自己的问题吓坏了：爹爹和皇村的人，是有意将房屋建在地下火山之上；还是房子一建起来，地下就变成了煤的火山？

维克坐在坡下等那火小下去，他可不想这个时候上去同那几个人见面，他也想不通，他们怎么可以这样来欺侮一个孤儿呢？他感到又茫然又疲倦，就晒着太阳睡着了。蒙眬中有人叫他，是彼夏，彼夏对他说："你妈妈来了。"维克顺着他指的方向看去，看见一棵垂柳，被风吹得扬起来的细枝快发芽了。"妈妈在哪里？""在火里头。她来过，又走了。谁叫你躲在沟里呢，你没见到她真可惜。"彼夏还说，妈妈在柳树下面站了好久，说她要给维克一点东西。她左等右等等不来维克，就失望地离开了。

"她不能不走吗？"维克问。

"不行啊。再说春天来了嘛。"彼夏老到地摇头。

他俩一道回到家里。家里还是原来的样子，只不过没有了屋顶。再看看地上，全是那种乌黑的上等煤。彼夏在弯着腰细看那些煤，一边看一边发出惊叹。

"维克，你会搬走吗？"彼夏终于直起身来问。

"为什么？皇村的人不都住在原来的家里吗？我要把屋顶修好。"

"你从来不知道你家里有煤吧？"

"我怎么知道呢？爹爹他……啊，我感到耻辱。"

彼夏恶毒地笑起来。他坐进那把太师椅里头，将两条腿盘起来，他的样子让维克想起里沙。这样不同的两个人怎么会有相同的坐相呢？维克想，这个该死的家伙就像一个法官，他要来审判他了。在皇村时，他一直以为他是个普通放牛娃呢。那一次在山上遇见他，他抱着那只掉了毛的鸽子时，维克甚至觉得他很可怜。其实他自己才是一个什么都不知道的可怜虫呢。他想到要问彼夏一件事。

"彼夏，这些煤会在夜里忽然燃烧起来吗？"

"哈哈，你害怕了吧？你可不要乱想啊。这种事，想也没用。"

维克沮丧地沿着墙踱步，那些煤在脚下发出"吱吱"的响声。没有了屋顶，房里到处都是风，维克感到会有什么不好的事要发生了。是什么事呢？放牛娃大概知道，但他决不会告诉自己，他是个刁钻古怪的小孩。

"你可以躲到沟里去。"彼夏向他建议。

维克的脑海里一下子变得敞亮了：原来爹爹挖出这条沟，是为了给他维克做这个用的啊！试想半夜三更突然烧起来，他不是只有往那里面跑吗？还有沟里的野兽，它们之所以到沟里来，是因为这里有煤吗？煤对它们来说有什么样的吸引力呢？

彼夏坐到天黑才离开。维克看出他在等什么人，但那个人始终没来，所以他走的时候很失望。维克给自己做了晚饭，吃过，便将门闩好，将灯也吹灭，坐下来静候。

他等了好久，最后歪在椅子上睡着了。醒来时他想，他和彼夏等的是同一个人，或同一件事吗？他这样想的时候，便看见油灯的火苗摇曳起来,像是有一股风,又像是有鸟儿飞进来了。一会儿他就听到了扇动翅膀的声音,但鸟儿仍然看不见。

"第二坑道那边发生了暴乱,这些鸽子都是从那里飞出来的。"彼夏在窗口那里大声说。

他一跳就进来了。维克这才记起窗户已经烧没了。

"我没有走得很远,我就在附近溜达,所以听到了那场地下暴乱。一个女人的声音始终在那里头尖叫,可能她是想让她的叫声传到你这里吧。"

维克一点声音都没听到,连风都不发出声音。彼夏指着跳动的灯火对他说:

"你看,鸽子都疯了。"

"彼夏,是不是末日来临了呢?"维克声音颤抖地问。

"是啊。不过我俩都死不了。"

维克仰面看见了天上的星星,一小股湿润的暖风拂着他的脸,外面春意正悄然而至呢。

"或许我俩可以跑,跑得远远的。"

"跑到哪里去呢?我们是煤矿的小孩,我们祖祖辈辈都是这里的。"彼夏说话时用双手支着下巴,显出入迷的表情,"维克,你忘了,这里有烧不完的煤啊。"

那一夜,维克和彼夏相对而坐,彼夏坐在椅子里,维克坐在床上。他们之间的油灯很快就灭了,维克看着面前的黑影,突然觉得彼夏根本不是一个少年,也许他以前总是装成少年的模样吧,他一定有五十来岁了。中途彼夏出去了一次,说是去小便。他回来时身后跟着一个女子。那女子坐在椅子上,彼夏就坐在她旁边的地上了。维克一边起身一边要彼夏坐到床上来，他一站起来，地面就猛地一抖，他一个趔趄跌倒在地。那女子说："啊呀！"维克觉得她的声音有点熟。

女人很不安，老说要走，彼夏挽留不了她，只好由她走了。彼夏说她是来挖煤的，她见到大火之后就改变了主意，要在这附近找地方住下来了。

"她年年都来这里。原先她也是矿区的，后来嫁出去了。她忘不了这个地方。"

彼夏的声音在黑暗里头完全改变了，变得极为忧伤，维克的心同他贴紧了。某一个夏天的事出现在维克的脑海里。当时彼夏在河里戏水，维克在岸边叫了他一声，他一下子就沉下去了。周围一个人都没有，维克慌了，因为自己不会水。不知怎么，他也没有想到去叫人来救他，当时他的脑子完全一片空白。他就在原地等啊等，等了一个小时，然后惶惑不安地回家了。夜里他噩梦连连。好几天以后，他大吃一惊地看见了彼夏，彼夏没对这事作任何解释。此刻，维克听着他那忧伤的嗓音，突然明白了那时不明白的事。

"谁又忘得了这个地方呢？看看这些煤吧。"他的声音里有一种哭腔，"所以她才回来啊。她是从那条沟里过来的，因为外面的大火把路封死了嘛。"

"火？哪里有火？火不是已经熄了吗？"维克迷惑地问。

"我们在里面，就看不见火。外面的人要进来可不容易啊。可是像她这样的，非要进来不可，真难为她了。"

后半夜，脚下的煤层发出一种奇特的响声，彼夏说这是燃烧时的响声。

"难道你就不热吗？"他的话里带有谴责的意味。

维克一点也不感到热，他想，彼夏此刻的世界是什么样的呢？他又想起了里沙，里沙此刻身处什么样的世界里呢？他踩了踩脚下的煤，那些煤立刻回应似的发出更大的响声，不像燃烧，倒像很多瓷瓦在破碎，锋利，有威胁。维克害怕地缩回了脚，让它们悬在床边，彼夏要他试着下来走一走。于是维克一咬牙站了起来。

他看见了火。火没有颜色没有光，也没有边界，感觉不到热力，只有那些细小的响声充斥于屋内。他说不出他是怎么看见火的，但他就是看见了。火从锅台那里蔓延开来，一会儿就占领了整个屋子。维克想，也许火本就在屋里的，也许火是一轮又一轮进屋，然后又出去的。他小心翼翼地走到门边，打开门，看见有一颗星星落下来了。那只豹从沟里钻出来，接着又有一只，两只，三只……后来一大群豹聚集在院子里了，维克看见它们逍遥自在地走在燃烧的火里头，一只只都显出傲慢的风度。而维克自己，居然一点也不害怕这些食肉动物了，他甚至想摸一摸那些美丽的皮毛，月光下，那些花纹是多么迷人啊。屋子里面，彼夏在抱怨，说自己全身都被汗水湿透了。彼夏的声音又尖又细。维克转身走进屋内，却看不到彼夏的身影了。他似乎在墙角说话，待维克摸到那里，却摸了一手空。维克将灯点燃，彼夏就责备他不该浪费灯油。但是他在哪里呢？他真的看得见他的母亲吗？他又讲话了。

"我出了这么多汗，我的身体就化掉了。维克，维克，你就一点汗都不出吗？"

一个女孩的声音在炉灶那里说同样的话，她说：

"维克啊，难道你就不热吗？"

维克吓了一跳，因为那是里沙在说话。他扑向炉灶，又扑了一个空。接着就听到彼夏在责备他的鲁莽。

火在"嚓嚓嚓"地响，但火不能照亮。维克踩一踩脚下的煤，就听到父亲从上方的星空里发话了。父亲说：

"维克啊，你可别捅我的腰，我有腰肌劳损。"

父亲的声音苍老而沉痛，维克的眼泪夺眶而出。维克坐在床边哭了一会儿，起身过去打开门。

门外的院子里仍然聚集着那一大群豹，那条巨蟒在它们之间穿行，数不清的灰鸽停留在那棵老树上和地上。从那条沟里，鸽子还在源源不断飞出来。维克想，是这燃烧的火将动物们吸引过来的吗？他将目光投向远方，看见大队人马走在那条路上，他们是往矿井那边走，矿井已废弃多年了，他们去那里干什么呢？看他们的穿着，既不像雪村的穷人，也不像皇村的工匠们。莫非这就是里沙从前所在的"队伍"？维克转身朝屋里喊：

"里沙！里沙！你的队伍过来啦！"

但屋里一片寂静，只有火的声音在回答他。也许里沙和彼夏都已经离开了。

维克走到院子里头，他想穿过这些豹子去追那队人马，可是父亲又在上方发话了。

"维克啊，你要留在此地照顾我的东西啊。"

维克便迟疑地停住了脚步。

那条巨蟒威风地绕院子爬完一圈之后,又回那条沟里去了。有几只豹向维克靠拢,维克伸手抚摸它们那缎子般的皮毛,那些皮毛就在他手掌下面放电,细小的电火花使他的手掌变得十分灼热。山又抖起来了,不过这一次十分轻柔,仿佛满含爱意,维克的双脚像踩在浮动的波涛之上,他一边胁下搂一只豹,眼里噙着感恩的泪花。

春天快过完的时候,里沙从悬崖上坠下去了。维克同她一起爬山时,山显得十分平静,没有风,鸽子也不叫,到处盛开着一丛一丛的野黄菊花。维克想说服里沙不要坐在那么危险的位置上,可她根本不听。有一只灰鸽落在了她的肩头,维克认出了这只脱过毛的老鸽子,心里十分惊讶。然而里沙坐的位置实在太险了,所以山轻轻一抖,她就顺势溜下去了。她说了一声"啊呀"。在维克听来,她的声音并不那么惊慌,倒好像有种期盼的成分在里面。老鸽子立刻腾空飞起,飞远了。维克欠身往下看,看见里沙的格子裙被风鼓起来了,而她本人则双臂张开着,然后她就消失了。维克下山时,鸽子叫得比以往任何时候都厉害,的确有种欢乐的意味。

悬崖并不高,下面是一条浅浅的山泉往山下流去。一连好多天,维克都在那山泉里头转来转去的,可还是一无所获。他也去过雪村,大雪融化之后,那个贫穷的村子又恢复了原样。头上包着土黄色头巾的农妇对维克说:"里沙到了夜里就出来帮我们看孩子。白天里家家都很忙,所以谁也没注意到她待在哪里。"维克决心在雪村过一夜,他钻进小学的教室,潜伏在里头。

天一黑，整个村庄一片死寂，没有任何一家点灯。维克斗胆敲了两家的门，却都没得到任何回应。他想，那农妇一定骗了他。为了什么呢？

天快亮了他才回家，那时他已将村里所有的隐秘角落全搜索了好几遍。他穿过油菜地到大路上去时，一个影子拦住了他，是"那人"。

"我冷。"他说，"你抱抱我吧。"

因为他很高，维克就去抱他的腰，可他抱了一个空。"那人"没有身体。

"没有母亲的孩子真可怜。"他又说，"你走吧，我不拦你了。"

维克撒腿便跑，他的胸腔在奔跑中蒸腾出热力，双眼一下子变得十分锐利。老远地，他就看见了自家门外的那些豹，它们那美丽的皮毛在渐渐亮起来的光线里幻化成各式花纹。维克感到自己离它们很近，实际上，他还要跑两里多路才能到家呢。风中有许多声音在喊他："维克……维克……"他的脚离了地，因为起伏的大地在将他一下一下往空中送。这时天已经完全亮了，他看见地上到处都是黑亮黑亮的煤，而他自己像皮球一样落一下地又腾空，落一下地又腾空，就这样飞进了自家院子。豹们立刻将他围起来了，空中充满了健康的皮毛的气味。回想起先前他那么害怕这种动物，维克笑出了声。

屋里的炉子上煮着土豆，火势很旺，难道里沙来过了吗？

灶台上用木勺压着一张字条，是里沙留的，她写道：

维克，我到井下去了，不回来了，你不要来，你找不到入口的。

维克想，一定是里沙的队伍进到了井下。那支幻影一般的队伍，什么地方去不了呢？他将煮好的土豆从灶上端下来，封好了煤火，用扫帚将房里仔细地扫了一遍，又将床上和家具上面的灰打掉，然后在桌边坐下来吃土豆。这时"那人"模糊的面孔又出现在窗口了，维克招呼他进来吃饭。他没有动，只是苦恼地说：

"我没有嘴，怎么能吃土豆呢？"

听了他的这句话，维克便感到，自己是多么幸运啊！他走近窗户那里朝下一看，看见两只金钱豹正在啃"那人"的两条小腿，啃得鲜血淋漓的，维克口里的土豆"哇"的一声吐到了地上。他镇定了一下之后才想起来，这个人是没有实体的，所以刚才这一幕只不过是幻觉罢了。于是他放松下来，问他痛不痛。

"我是知道痛的，但我已经感觉不到痛了。自从我儿子死了之后，我就感觉不到痛了。你想好今后的日子怎么过了吗？"

维克回答说想好了。他想的是：明天就开始盖屋顶，找彼夏来帮忙。

"那人"高兴地点了点头，伸出一只瘦长的手，似乎想同维克握手，然后想了想又缩回去了。维克目送他从容地穿过豹群，消失在院门外。

院里的地上留下了一行血迹。

原载于《长城》2006 年第 5 期

保安

乡下的日子真难过。总是那老一套。一年到头，农活催着赶着我，不像我干农活，倒像农活做我。习惯了的劳作，可以预料的结果，种瓜得瓜，种豆得豆，插下水稻是为了将来打谷子……实在是荒唐，难以忍受。这几天下雨了，老母亲又在家里唠叨着叫我去种红薯。唉，她又怎么知道我的苦呢？两年前我跟随邻村那伙人去城里打过一次工，是在一家餐馆做后厨。我不小心引发了火灾，就连夜赶路坐车逃回了家。那一回我就像从阎王殿里逃出来了一样，不知有多么后怕。后来同乡告诉我，其实并没有多大的事，因为餐馆保了火险。我心里想，对他们来说也许不是大事，可我几乎被那种事吓破了胆！我一个身无分文的乡下佬，出了那种事，只有逃跑。现在，已经没有人愿意介绍我去城里工作了，我却又开始想念起那个城市来。尤其是那些在夜雾中闪闪烁烁的霓虹灯，对于我有种勾魂的吸引力！深夜，当最后的客人也已经散去，我坐在台阶上抽一支烟的时候，那种激情就膨胀起来。我觉得我已经不再是我，那个叫简元的乡下青年，我成了这个城市的阴魂，我在朝那些五颜六色的光点飞奔。后来呢，就发生了失火的事，我的故事结束得太早了。

乡村的寂静和夜间的黑暗一点都不适合我，自从我看见城市的第一天，我就深深地感到了，只有它那里才是我终生的归宿。那么为什么要跑呢？大不了被餐馆老板赶走，再去找别的工作，或者被抓去坐几天牢。确实不用那么害怕。我不知道为什么跑回了家。那一天我的老母亲还有点高兴，说："城里本来不是我们的久留之地。"她这句话像针一样扎在我的心上。此刻她又在说种红薯，她是那种固执得要命的人，心里有了一个念头就要不停地说。

"妈妈，我要进城了。"我向她宣布。

"是吗？就凭你这个样子？"她停下手中的针线活，锐利地扫我一眼。

"那我就走了。"我的语气也很硬。

我傍晚住进一家小旅馆，第二天一清早就去"保姆市场"。所谓保姆市场，就是马路边搭的一个棚，可以让乡下来的农民在那里等待雇主。求职者大部分是妇女，年轻的老的都有。也有不少男人，他们希望去工地做小工，或做大楼清扫工作之类。我就夹在这些男人当中。等了一会儿，来保姆市场的人越来越多，慢慢在马路上排出了很长的队伍，一直排到十字路口那里去了。雇主实在是太少了，整整一上午，只来了两个建筑工地的包工头。

他们是开着小卡车来的,都是冲进人群当中,胡乱抓了四五个身强力壮的汉子,带上车就开走了。我身体远不如那些人强壮,自然就没被选上。

我蹲在地上,开始后悔两年前逃跑的举动。当时要是不跑,现在好歹也有份事做。而且我的那些同伴,都是因为我逃跑这件事而不理我了。因为我一跑,他们就承担了责任,他们说我是懦夫。我又想,我要是个女的就好了,因为雇主大都是来找女保姆的,多半很快谈好了条件和工资,就一块离开了。我朝外一望,看见队伍已经不存在了,只是棚子里头还有不少的人,而且大部分是男的。唉,男的找工作怎么这么难呢?又快到下午了,希望越来越小,我的情绪像被泼了一瓢冷水,我居然打起冷噤来了。不行,我得去吃点东西。

我走进保姆市场旁边的粉铺,要了一大碗酸辣粉,埋头吃起来。我的吃相一定很难看,因为老板正盯着我看呢。我抱歉地朝他笑了笑,脸红了。

"我的一个外甥开了家首饰店,你去那里做保安怎么样?"

我突然听见这句话的时候,还没有反应得过来。我傻乎乎地张嘴看着这个半老头。

"做保安,就是保卫铺子。你干不干啊?"

"干!"

我就这样成了"彩虹"首饰店的保安。这是一家开在繁华地段的金银首饰店,据说有两百多年历史了,现在的年轻老板是第六代。

啊，玻璃柜里头用丝绒盒子装着的那些宝贝，我该如何来形容它们？很显然，我这个乡下佬找不到恰当的词语来形容它们。那么美、那么昂贵的东西在我的眼里却有些怪异。我从来不能久久地凝视一枚钻戒，一串珍珠项链，一只玉手镯。我只要看它们一眼，就会心潮澎湃，继而就会感到难堪，于是不得不马上掉转目光。我不知道我为什么会有这样的感觉。

我的工作是手执一根电棒站在店堂的角落里，隔一阵又到店堂各处巡回一圈。这家店里还有另外五个人做同样的工作。我们做轮班，每班三个人。工资是每月六百元，比在餐馆要低，不过我不在乎。我只要待在城市就好，其他的事不愿意去想。住的地方当然也很糟，六个人住一间房，上下铺，房里拥挤得只剩下一条窄窄的过道。第一天晚上，我脱下工作服，躺在上铺时，心里真是无比轻松。我万万没想到自己求职的过程是如此顺利，这么快就成了一名保安，就像老天在照应我一样。我闭上眼，脑海里全是那些珠宝首饰在旋转，首饰当中有一个黑影，也许那个黑影就是没见过面的老板吧。

我们的队长姓金，是一位小个子的白脸汉子，十分严肃，左眼有点斜视。在厅堂后面的小房间里，他告诉我电棒的使用方法。他冷不防朝我肩头一击，我立刻就瘫倒在地了。他站在我的上方，咬牙切齿地说："到这里来工作的人就得知道我的厉害！"我本来痛得龇牙咧嘴的，听了他这句话吃惊得差点都忘了疼痛。可他接着又说："你放心，我今后不会管你的事了。"他说完就走开了。金队长就睡在我的下铺，他睡觉一点声响都没有。我起夜回来开了一下灯，看见这个人平躺在被子下面，紧紧地咬着牙关，额头上冒着汗珠。我躺下之后好久还在倾听，但仍没听到他发出任何响声。保安队的其他几个人睡觉也十分安静，连鼾都不打。我很少见到这么安静的人们，他们就像鱼儿一样。

我当保安的第二天，我母亲打电话来找我，她在电话里告诉我说，她自己将那些红薯全部种下去了，还说想来看我。我当然拒绝了她。她来这里干什么呢？再说我一点都不希望将我的过去带到这个新环境来。妈妈在电话里头迟疑了一下，说："你好自为之吧，家里的事有我就行了。"看来她又以为我来城里是短期行为。别人家的母亲都不像她这么固执。

我们的店堂很大，分三部分：左、中、右。我被分配守卫右边的店堂。我这边的陈列柜里主要出售纯金项链和钻石项链，都是些最昂贵的、我不敢凝视的首饰。店里生意很好，往来的顾客很多。在水晶吊灯柔和的光线里，人们都自觉地压低了声音说话。几天之后，我就能够集中注意力窃听到顾客的只言片语了，尽管他们说话的声音很小。这是金队长分配给我的一项工作，他说我们必须严密监视店堂里的每一种动向。来买首饰的一般是情侣、夫妇、小姐，有时也有单个的男子，我偷偷仔细打量这些人，发现他们的表情都很严肃，严肃里面又有种掩饰着的紧张。也许，他们是为了掩饰心里的紧张而假装严肃。穿着入时的小姐在彩色大理石地面上迈着僵硬的步子；一对夫妇在门口犹豫不决，不知他们是要进来呢还是要出去；一对情侣目光迷茫地伏在陈列柜上，好像已经忘了他们正在选购；新进来的两名女子脸色苍白得可怕，像乡下常说起的女鬼……打量着这些人，我的神经自然就紧紧地绷起来了，我时时刻刻感到要出事。至于顾客的只言片语，我更是猜不透他们的意思。其中有这样的一些：

"这粒红宝石里面有血，你注意到了吗，宝贝？"

"呸，我还见过血更多的。你不要以为……"

"什么时候展出南非钻石？"

"我看你是自投罗网……"

"老板呢？老板在哪里？哼！"

"你闻到那种气味了吗？我们今天没白来，宝贝。"

"店里的珠宝首饰都是真货，全城独此一家。"

我一点都不能理解这些怪话，但我又不敢凑得太近去听个究竟。所以在我当班之际，我就总被一种奇异的欲望骚扰着，使得我有时想窃笑，有时又想大声吼一句话出来。但我必须拼命压制，像他们一样做出那种严肃的样子，这是我的工作所要求的。

我来这家"彩虹"首饰店已经好多天了，但我还一次都没有见过老板的面。这里的店员一个个面色苍白，表情同那些顾客很相似。我是不敢拿这种问题去问他们的。我很少同他们讲话，下班时见了面也仅仅只是打个招呼。有一天，我问了金队长。

"简元啊简元，我早提醒过你不要管自己分外的事，你怎么就不开窍呢？这是非常危险的。你注意到昨天傍晚店堂里飞进来的蝙蝠没有？那就是老板！"

"老板是蝙蝠？"我懵懵懂懂地问。

"呸！那是老板的探子，你要小心。"

我站在店堂后面的楼梯那里值班，我的头顶是职员办公室，那两间办公室里有时会传出抑制着的、拖长了的哭声，哭声有男也有女，在我听来十分阴惨。但是从楼上下来的职员都是衣冠楚楚，头发梳得一丝不苟，目光清明，一点都不像刚哭过的样子。那么是谁在哭？我因此很不喜欢站在楼梯那里，可金队长说我必须站在那里，说是可以更好地应付突发事件。

　　好多天过去了都没有突发事件，我的日子过得很平静。下班后的夜里，我走出首饰店（我们都住在店堂后面的那间房里），来到旁边那座"金银大厦"的小小广场上。我很喜欢在那里观察夜间的城市。这些黑黝黝的影子，这些五颜六色的亮光，它们是多么合我的心意，多么亲切啊。我点上一支烟，心里有种飘荡的感觉，太舒服了。母亲当然是不能理解这一切的，不过我听说她是在城市里长大的，好像是我小的时候舅舅告诉我的，她自己对这一点守口如瓶。我漫步走到停车场的那一头，看见车里头钻出来身穿黑色风衣的男人和女人，他们快步走进"金银大厦"。我躲进阴影里，隔得远远地观察他们。这些人，他们绝对不会注意到有一个人在黑暗里观察他们，这件事本身就让我感到激动。不知为什么，自从见到这个城市之后，我就产生了一种"充当见证人"的冲动。起先我并不知道这是这样的一种冲动，是过去的一年多里在乡下的苦思苦想使我弄清了这一点，但我仍不知道自己为什么一定要充当见证人。我爱这座城市，它里面的一切都对我有种无声的挑逗。在乡下，当一天的劳作结束，我坐在灶屋门口点上一支自己卷的烟卷时，黑暗已经笼罩了大地。我抽一口烟，城市就会在我脑海中出现。那种时候我甚至会浑身颤抖。

　　从小广场回来就要经过我们的铺面。从外面看，店堂里总是那样金碧辉煌,而那里头的人们的表情总是那样讳莫如深。同金银首饰结缘的人们是种什么样的心境?一位很年轻的小姐挑了一枚最昂贵的钻戒,她应该高兴才是。可是她将戒指戴好,举到空中去看的时候,为什么满脸显出那样的恐怖?难道她不是为了自己的爱好而精心挑选吗?也许就因为看不懂,我才对周围发生的一切有这么大的兴趣吧。在首饰店的生活让我深深地感到,我其实根本就不懂这个城市。

寝室是从边门进去,长长的走廊里没有灯,只能摸黑走。我经过走廊时,老觉得会有人用电棒将我打倒,我甚至都听到了那个人呼吸的声音,他紧跟着我。我在走廊尽头踩着了某人放在地上的搪瓷脸盆,里头还有漱口杯,那一阵乱响令我差点晕了过去。我听到寝室里传出恶骂。

当我硬着头皮进门时,看见大个子刘正在昏暗的灯光下聚精会神地做一个纸风轮,他头都没抬,可见对我的鄙视。这个阴沉的大个子和我同做一班,我对他感到害怕。有时我会产生这样的想法,那就是我也许不会被抢劫犯干掉,却会死在这个心狠手辣的同事手中。我不清楚自己为什么要用"心狠手辣"来形容他,但这就是他给我的感觉。

"老刘,我把你的脸盆拿进来了。"我胆怯地说。

他还是没抬头,这是他对我的一贯态度。

我拿了自己的洗漱用具去浴室,我在浴室里听到了让我魂飞魄散的新闻。有一位小伙子,刚走出店堂就被人用他新买的金项链勒死了,是 14 K 的,很粗的金项链。这事是昨天发生的,还没破案。金队长在淋浴喷头下说起这件事时,我听到他在笑。

金队长出去了，我一个人在浴室里。热水又停了，当龙头里面那股冰冷的水流到我后颈上时，我不由自主地怪叫了一声。我想起金队长刚才说的那句话："我们做保安的，迟早得同杀手会面。"他说的是会面，而不是搏斗。实际情况究竟会是怎样呢？

有天夜里，我在上铺翻来覆去地睡不着，但是金队长和同室的那几个人都在自己的床上悄无声息的。到了下半夜，我为一种好奇心所折磨，实在忍耐不住，就轻轻地下了床，来到外面。我从那个过道横穿过去，来到店堂后面的玻璃门那里。这张门被职员们从店堂里面锁上了。我看见那里头亮堂堂的。陈列柜里的金银珠宝闪耀出不正常的光芒，像在燃烧一样。值班的大个子刘过来了，他不知为什么赤裸着上半身。我看到他走到一个陈列柜前，揭开盖子，将那里面的项链一串一串地拿出来，套在自己的脖子上。我在玻璃门后面羡慕地看着，心里想，大个子刘看起来多么英俊啊。他戴着项链在店堂里走了一圈，回到那个陈列柜，又将项链一串一串地放回了原处。这时我才想起：为什么首饰柜竟然没有被锁起来？如果这时从外面进来一伙强盗，抢劫起来该是多么的方便！大个子刘正在穿衣服，他穿好上衣就在角落里的那张椅子上打起瞌睡来。

黎明前我睡得特别死，直到上班的电铃声将我吵醒。我出门时看见大个子刘紧闭着眼睛躺在他的下铺，他的额头上缠着纱布，纱布上有一大块触目惊心的血迹。当时我就腿一软，差点跪到地上去了。我在心里对自己说："简元简元，你真是个软骨头，你怎么能做保安？"

可我还是在做保安，我是个伪保安，白吃饭的角色。我就餐时总觉得很惭愧,所以尽量少吃。保安队的人背后给我取了个小名叫"姑娘",他们以为我不知道,其实我偷听到了。

我已经说过,我在"彩虹"的生活是既紧张、恐惧,又充满了好奇心和激情的。总之我过得很充实。最近母亲又来过一次电话,她好像对我的离乡已经适应了,甚至还鼓励我好好干。她还说不久就要来城里给我送做烟卷的烟草。"乡下的夜里多么黑啊。"她最后在电话里发出这样的叹息。母亲真是老了啊,她是如何熬过那漫漫长夜的呢?母亲希望我怜悯她吗?既然乡下夜间的空虚和黑暗比死还难受,我又怎么能回去呢?

城市的夜可就完全不一样了。我的心在跃跃欲试,我盼着夜间的值班。白天里,我偷偷盯着大个子刘看,设想他额头上的创伤的来源。金队长发现了我在打量大个子刘,就对我说:"那可是老板给他额头上留下的纪念。"我不解地问他,杀手怎么会是老板?这时他就不耐烦了,说我"真啰唆"。

终于轮到我值夜班了。睡在我对面下铺的黑老李悄悄地来找我商量,希望我将值夜班的机会让给他,因为他的老父来城里看病了,他要陪他。他说话时恳切地、眼巴巴地看着我。我本来都差点答应他了,可我说出来的是这样一番话:

"不行啊,黑老李!我也有我的苦处呢,我失眠,睡不着觉,我同很多人同居一室时就会这样。我一直盼着值夜班,这样就可以白天睡觉了。白天寝室里没人了,我才能安心睡。这些天来,我总打瞌睡。"

黑老李憎恶地看了我一眼,走开去了。他的目光使我明白了,他刚才那番话是骗我的。他想值夜班的原因是不是同我一样呢？吃饭的时候金队长告诉我说，刚才店里来了一位特殊的顾客，是一位百万富翁。这人身患重病，奄奄一息，可还是强撑着让人将他用担架抬到店里，买了那枚镶着南非钻石的美丽的项链。金队长一边说一边翻白眼，似乎心里充满了怨恨情绪。

同事们都对我没有好脸色，是因为我要值夜班吗？下午我去店堂里遛了一圈，感到那里的氛围比往日更紧张。有一位穿黑大衣的男子推开大门，在门口那里站了几秒钟又出去了。他是坐轿车来的。天气已经暖和了，可是这个人却穿着大衣，戴着呢帽和墨镜。他会不会是老板？可是老板应该不会像他这样独来独往吧。谁知道呢？

我必须在值班前小睡一下，我躺下来，盖上被子，这时我听到一种骚扰的声音在窗外响个不停。是蝙蝠还是什么怪鸟？如果是鸟，声音就不会这样均匀吧。我忍无可忍了，就开了灯。啊，原来是大个子刘做的风轮！风轮从窗口伸出去，外面的风不停，风轮也就不停。我继续睡，然而这风轮使我情绪恶劣了，我老觉得自己会坠入一口锅底塘被淹死，浑水一波一波漫过我的头顶。我没能睡着，我在心里憎恨着大个子刘，也担忧着，我怕夜班时要出事。

我起床去值班时怕弄醒别人，就没开灯。我从上铺下来时忽然听见黑老李在对面说话。

"简元这小子做好准备了吗？夜长梦多啊。"

他那种语调让我心跳。我扶着墙在走廊里前行，我先摸到水房里洗了一把冷水脸才去上班。我用钥匙打开店堂门，明亮的光线刺得我睁不开眼。

中心店堂后面，报警器的旁边是我的岗位。我坐在那里，三个店堂都可以看到。我检查过了，门锁得好好的，陈列柜也锁得好好的，那些昂贵的宝贝都很安全。然而竟然就有一个人在我眼皮底下进来了，是从左边店堂进来的。他的样子一点都不像个强盗，他是个可怜的乡下人，一身破衣服，赤着脚，腋下夹一个彩色编织袋。我打量了一下门，还是锁得好好的，他是如何进来的呢？

"嗨！"我大喝一声，亮出电棒。

这个人立刻双手抱头蹲在地上。

"你是怎么进来的？"

"我、我是跟着您进来的啊。我是您的老乡二苗啊。"

他说话时还是抱着头，他的话令我倒抽了一口冷气。怎么回事？我的老乡？我进来时将他也带进来了？见鬼，天要塌下来了，这种事我是不可能摆脱干系的！我太倒霉了！我仔细打量了一下他，唉，这家伙还真是二苗，他是我们邻村的一个二流子，游手好闲的败类。我算完了。

"你马上给我滚。从后门走。"我压低了声音说。

"我不。我要死在这里。"他抬起头来不卑不亢地说。

"死在这里？怎么死？"

"由您帮忙，就用这些项链。"

他居然站起来，到陈列柜那里指指点点，兴奋得脸都红了。"您瞧，就用这一串，上面嵌了大宝石的这串。"

我听见他轻轻地拨弄了几下，柜门就开了。他弯下腰去拿里面的东西。我飞快地举起电棒朝他头部用力一击，他立刻倒下了，四肢抽搐，口吐白沫。难道我将他打死了吗？但我并不想要他死啊。我有点恶心，又有点无聊。我当然不会去按报警器，我要等到早上大家来上班了，再和众人一块将这家伙弄出店堂。我将陈列柜的柜门锁好，用脚拨了拨地上的二苗，又用手在他鼻孔那里探了探，我觉得他已经死了。我回到报警器那边坐下，紧张地思考着早上大家来的时候我应该如何应对。我不是没有考虑过这样的情况，但我脑海里出现的是凶悍的强盗，血光之灾，还有我们老板那样的神秘人物。谁会料到出现的却是家乡的这个二流子，这个手无缚鸡之力，一击就倒地见阎王的软蛋？真是无聊死了，我甚至对生活的意义都产生了怀疑。真的，我到底在这里干什么？一阵空虚袭来，我突然感到极度的困倦，我站起来想挣脱睡魔的袭击，但我又软绵绵地倒下了。我居然睡着了。真见鬼啊。

我醒来时看见大家围着我，我身上湿透了。有两个人手中拿着桶子，原来他们在用冷水泼我。见我醒过来了，金队长就一把将我拉起来，让我坐在椅子上。我听到大个子刘幸灾乐祸地说：

"这种人嘛，可以用，也可以不用。"

莫非他是暗示要开除我？我向厅堂里扫了一眼，发现我的老乡已经不见了，多半是被这些人抬走。金队长在挥着手对这些人说起"保安的职责和义务"，他的语气很激奋，但我怎么也抓不住他的意思。后来大个子刘和黑老李就将我搀进寝室，扔到我的上铺。这时我才彻底清醒过来。

躺在寝室里，没有任何人来干扰，我可以集中注意力想事了。现在首先要弄清二苗的去向。假如他死了，被他们弄走了，在大家眼里我也许是清白的；要是他没死，向人乱说一气，我在"彩虹"的工作也许就丢了。我确立了这一点之后，就焦急地盼望有人来寝室，我好向他打听，因为我还是软绵绵的下不了床。但是整整一上午都没人进来。到了中午，有人给我送饭来了，是黑老李。

"店里都好好的吧？"我竭力做出自然的样子问他。

"唔。"他含糊地说，若有所思地盯着窗外的纸风轮。

"那么，你们一定吃了一惊。"

"什么？"他仿佛从梦里惊醒一样瞪着眼看着我，"你是说值班打瞌睡？这不算什么，经常有的事。"

我稍稍放下心来。他的口气那么轻描淡写，他说的情况是真实的吗？也许大家根本就没看到二苗，他早就溜走了，他在首饰店熟门熟路的，绝对不止来过一次。吃过饭之后，我的体力有所恢复。我打算装得若无其事的样子去店堂里走一圈。

我走进昏暗的过道时，有人扯了扯我的衣袖，我立刻反应过来了——是他！

"你得赶快滚，不然我真的要你的命。"我从牙缝里挤出这句话。

他立刻松了手，结结巴巴地说：

"我没地方去了啊。乡下夜里那么黑，我害怕……我，我在这里躲了好久了。我捡你们的剩饭吃。"

我加快脚步走出过道，进了店堂，将他甩在阴暗的地方。

大家都在按部就班地做生意，谁也没注意到我。我走了一圈又一圈，最后终于放下心来。我想到这个问题：大个子刘额头上的伤是怎么回事？还有，从他的态度来看，他是希望我被赶走的，我可得小心这个人。这时"经理"（我想象中的）又站在店门口了，他推门进来后也没脱那件深色大衣，就在门边上那样站着。我注意到店员也好，顾客也好，全都变成了化石一样一动不动。有一位小姐举着项链的手始终举在半空；另一位先生始终弯着腰做出系鞋带的姿势；离我不远处还有一位老太太始终张嘴望着空中，大概说什么话还没说完。大约站了十秒钟，"经理"就出去了，人们才又活动起来。轿车开走时发出很刺耳的鸣笛声，我面前那两名店员都哭丧着脸。

我走到人来人往的街上，想去小广场散散步。

小广场上挤满了汽车，根本就没有我可以散步的地方。白天里从汽车里出来的人们一点都不像夜里那些穿黑风衣的鬼影般的人，这些人都穿着工作制服，一看就是一些普通职员，他们都在"金银大厦"上班。还有些是顾客，来这里办事的。真奇怪，有人在叫我的名字。回头一看是守车的老头，他让我去他的小屋里听电话。我并不认识他，这是怎么回事？我隐隐地激动起来。

"是简元吗？"电话里一个陌生的男声问。

"我就是。请问——"

"是简元吗？嗯，我确定一下。"他挂了电话。

我本想问问守车的老头，可是他垂着头，很不高兴的样子，我只好走开了。我怀疑有人就在附近盯我的梢。打电话的人是我不熟悉的北方口音，他显得很暴躁，很没有礼貌。他是不是确定了我在这里，以后好随时来捉拿我？可能我昨天夜里的错误还是被记了账吧。

　　我离开小广场汇入人行道上的人流，我眼前闪过一样熟悉的东西——牌照尾数为"357"的轿车。那是我心目中的老板的轿车啊。我向里面一看，看见穿皮背心的老板倒在方向盘上，大量的血流到他的脖子上。窗玻璃上有一个弹孔。我想喊，我又不敢。我鼓起勇气再仔细一看，哦，这是个空车嘛，玻璃上哪里有什么弹孔啊，我神经出毛病了。后面的行人将我一把挤到路旁，我差点摔了一跤。我定了定神，联想起刚才的电话，一时吓坏了，赶紧往"彩虹"跑，我跑到店门口，并没有马上进去，而是侦察了一番，确定里头没有异常情况才从边门溜进寝室。

　　我躺在铺上，记起金队长对我说过的话，他要我不要管不属于自己分内的事，我做到了吗？我的心在胸膛里跳，我很激动，更多的是好奇和害怕。我轻轻地说："'彩虹'啊'彩虹'，我会消失在你里头吗？"

　　那天店里余下的时光很平静，生意照常做。晚饭我是同大家一块吃的，吃饭时大家都看着自己的碗里，气氛有点紧张。我更紧张，因为害怕二苗突然钻出来为难我。我必须想出对策。还好，那家伙没有钻出来，我正要离开餐桌时，金队长拍拍我的背说："你今夜不用值班了。"我心里一沉，看着他。不料他又说："因为店里有情况，所以放你一天假。"

　　我松了一口气，没有问他店里有什么情况，他不让我管分外的事嘛。

我居然得到一天假期，这还是我来"彩虹"后的第一次呢。我决定夜里去小广场看看那个打电话的家伙会不会出现。本来我也可以不去，但是我太想去了。夜晚的霓虹灯，潜行的动物一般的轿车，黑乌鸦一般的男男女女……我甚至想，打电话的那人也许是同我一样的外地人，我和他都在"金银大厦"周围游荡。他为什么一定要对我的行踪加以确定？想不通。

我快到小广场时，居然又看到了那辆"357"小轿车，我如同见了鬼一般地绕开它向广场跑去。守车的老头又在叫我了，他向我招手。我再次拿起话筒，里面传来那个不再陌生的声音，他说他在汽车里头等我，我愿意什么时候去就什么时候去。他的最后一句话是："即使是打谷的时候再来也不会晚。"那么他也是个农民。当然，很可能是冒充农民，同我闹着玩的。我出来时一再回忆他的话，我的天，他说在汽车里头等我，莫非那汽车就是"357"？多么可怕的事啊，世上怎么会有这种巧合？不，不是巧合，简直就是预先为我设计的一个陷阱！我抬头看天，感到那苍天黑压压的，就连霓虹灯都丧失了它们的色彩，变成了一些苍白的小点。广场上，一辆接一辆的小车鱼贯而入，排起了方阵。今夜大厦里有盛大的活动吗？很多年以前在乡下，夜里因为虎啸，我、父亲还有母亲都起了床，我们坐在黑屋里倾听，我们不敢点灯。我还记得父亲叹了口气，说："要是和那老人家见面，说说话就好了。"他说的是虎。他认定那是一只年迈的虎。父亲患了绝症，白天总是手持一本线装古书看了又看，沉浸在书中的世界里。那时我甚至有点羡慕他，因为他不用干活了，可以成天瞎想。乡下的活真是干不完啊，可以让人疯掉！

他和母亲原来不是农民，是怎么跑到乡下去的，我至今不知道，也没有任何人愿意告诉我。我看着黑沉沉的天，就想起了虎啸那一夜的黑暗，对了，打电话的那个人的声音就有点像虎!

"金银大厦"的大门在很高的台阶上面。穿着黑风衣的人们都在不声不响地爬台阶。我心一动，就跟着这些人进去了。一进门人流就将我带进了一个大厅。我进了大厅之后，发现周围的人全消失了。厅里很昏暗，只有稀稀拉拉的几盏顶灯，脚下的木地板打了蜡，非常光滑。我心里害怕，就想回转身退出去。当我退到大门口的走廊那里时，我又很后悔，于是又想进去了。我再次进到大厅里时，灯突然黑了，我感到有人向我走来，我的眼睛因为还没适应黑暗，一点都看不见这个人。他在离我不远的地方站住了。

"红薯刚栽下去你就来了啊。"他说。

我定睛用力朝那个方向看，什么都没看到。一会儿灯又亮了，大厅里进来了几个穿黑风衣的人，他们跑过大厅，到了窗户那里，一个个伸长了脖子向外看。我也跑过去看。奇怪，我站立的地方并不高，但我的视野那么宽广，整个城市尽收眼底，至少我的感觉如此。不知为什么，到处都是警车，满眼都是一闪一闪的红蓝光。报警器的声音怪叫着，我觉得自己就要崩溃了，连忙离开窗台。一离开窗台，厅内仍然是那种寂静。这几个人都像中了魔一样，一动不动地趴在窗台上。又有一个人进来了，是守车的老头，他打手势要我到他面前去。

"你还待在这里啊，太不像话了。你是不能待在这里的。"

他说。

我默默地同他走出去。走到台阶那里，守车的老头停下来了，他向我讨一支烟，我给了他我自制的烟卷。他点上火，猛吸了一口，说："过瘾。"

"您也是农民吗？"我问他。

"是啊。这种烟多年没吸过了。'金银广场'的夜晚，总是让我想念故乡。我离开那里三十年了，一想到乡下那些麦子，我就禁不住老泪纵横。"

"想过回去没有呢？"

"回去？不不，我不是这个意思。我干吗要回去？你呢？你想回去吗？当然不想，对吧？瞧你在这里有多么惬意，总有人惦记着你，给你打电话。如果在乡下，谁会惦记你？没有人。"

他指着马路上飞驰的红点，又对我说：

"他们把他抓走了。不过没关系，过几天就出来了。"

"谁？"

"还会有谁，给你打电话的人啊。"

我们下台阶时，他又回过头对我说，时常，他很想从这台阶上一头栽下去呢。他还说，在这样的地方翻几个跟头落到水泥地上，就是死了也值得。他这番话说得我眼皮一跳一跳的，我生怕脚下踏空了。

回到寝室里已是深夜。我不敢开灯，轻轻地爬到铺上躺下来。我的头一接触枕头就听到窗外那只风轮发出的声音。我记得我从外面进来的时候天上一点风都没有刮，现在却忽然起了大风。我越听越诧异，风轮不像是纸做的，倒像木制的，一个劲地狂转。

我担心自己的脑袋都要被卷进去。只要我一闭眼,这种忧虑就高涨起来,于是我就不敢闭眼了。

黎明前我忍无可忍,往那边的上铺爬过去,我非将那风轮取下来不可。睡在上铺的老昆咕噜了一句什么,翻过去又睡着了。但是我没有找到那只风轮,而且当我将上半身伸向窗外时,我感觉到的是平和的夜,一丝风都没有。我正要往回爬,却听到老昆悄声对我说:"你找死啊,爬来爬去的,一失足就会掉下深渊。你看我们这些睡在悬崖上的人,谁敢动一动……"

我重又躺下了,心里恍然大悟:怪不得这些同事睡得这么安静啊。我再次闭上眼,眼前出现了深蓝的天,天上一弯新月。风轮"呼!呼!"的声音很快变成了虎啸,那只虎叫了又叫,我不禁记起父亲说过的话,这位老人家(虎)是不是要同我说话?那么,我应该通过什么途径同它见面?入梦前我见到了悬崖,我们那一排人像咸鱼一样一动不动地躺在那上面。

上午,所有的人都出去了,二苗在门口探头探脑的。我一看见这家伙心里就一沉,我感到因为这个人,我早晚会出事的。同时我又想不通,这个二流子连珠宝都不感兴趣,到底想要什么?他是因为怯懦而不敢偷呢,还是那些珠宝首饰对他来说完全没有诱惑力?

"你找我吗,二苗?"

"我才不找您呢,我是来看看的。你们的生活真堕落,你看,被子叠得乱七八糟啊。怎么可以这样。"

这家伙在胡说八道了,我要警告他一下。我说:

"你今后可不许到店堂里去啊。我要在这里长期干,不想丢掉工作。"

"怎么会丢工作，我在帮助您嘛。"

他说这话时眼里闪着真诚的光芒，我吃了一惊。

"我真的是想帮您的忙，都是家乡人嘛，我看您也需要我帮忙。这些天，我摸清了一些情况。"

我沉着脸，叫他赶快离开首饰店。我说如果他还不走的话，我就要请保安队长来捉拿他，这是我的职责。

二苗离开的时候皱着眉，很仇恨的样子。我感到过不了多久他又会出现，天知道他是如何钻进来的，难道墙上有缝？我又看到了大个子刘的纸风轮，洁白的、蜡纸做的风轮在阳光里欢快地转动着，使我心中升起美妙的憧憬。我的这些沉默的同事，他们守口如瓶，日复一日地生活在另一个世界里，但是他们夜里睡得那么安稳——在悬崖上安稳地休息！从前在乡下的那些夜里，我是多么害怕，我害怕得都快要绝望了。来城里这些日子，我从阴沉里头发现了我生活中的希望，这个希望就有点像眼前的这只风轮……

又到值班的时候了。有了前天的事，我不那么喜欢值班了。但这是我的工作，同喜不喜欢没关系。我先巡视了店堂，留心着让所有的门都从里面闩好，然后我就在报警器旁边坐下来了。我没有瞌睡，还有点亢奋。我听到外面在下雨，心里想，总算不用种红薯了。现在这个工作就是再不好也远比种红薯要好。下半夜时，二苗来了，他在大门外哀哀地祈求我让他进来，我当然不为所动。我一边斥责他一边在心里感到迷惑不解——这个二流子究竟要什么？也许一切都不是那么简单。他大睁那双血红的眼睛凝视着陈列柜里的首饰，他的全身因渴望而颤抖。我记得从前在乡下，他的眼皮总耷拉着，走路拖着脚步，头也很少抬起来。白天里大部分时间他都坐在一棵酸枣树下面打瞌睡。我们仅仅对峙了几分钟，他就泄了气，转身消失在雨里头。不知为什么，我心里有点歉疚。我们是老乡，同命运的难民，难道不是吗？这家伙到底是如何盯上我所在的这个首饰店的？下次见面时我一定要向他问个清楚。

一个炸雷打下来，灯全黑了，报警器叫起来了。这是我完全没有料到的情况，我该怎么办？一贯胆小的我现在腿都软了，我必须用手扶着墙才能勉强站立。很快就会有人来了，必须将门打开。我心里一急，居然绊倒在地，爬都爬不起来，我感到自己完蛋了。黑暗中有一个影子从天花板上降下来了，我听见陈列柜被打开，首饰被拿出的声音。我喊叫，但我的声音完全被报警器的声音淹没了。不知过了多久我才恢复了四肢的功能，勉强站立起来，这时报警器的鸣叫已经停止了。多么奇怪，他们都没到店里来，难道他们都睡得那么死？

朦胧中看见那人已经到了我面前。

"我是您的老乡啊。"他说。

"你是谁？"

我本能地举起电棒，同时就闻到金银花的香味。也不知道是不是那熟悉的香味令我全身战栗。我的电棒掉到了地上。我一边咬牙诅咒自己一边弯腰去捡。那人阻止了我。他将一大把项链套到我的脖子上，再次说：

"我是您的老乡啊,您父亲的老朋友的儿子……"

他推了我一把,我磕磕绊绊地冲出好远。多么黑啊,我脖子上的宝物如同毒蛇一样将我缠得紧紧的,我的呼吸很困难。他又过来了,他的声音我以前从未听到过。

"您做一做深呼吸吧,做一做就习惯了。"

见鬼,我居然要听强盗的指挥了。我真是个饭桶。但我不知不觉地就做起深呼吸来,这一招真灵,我呼吸顺畅了。他踢过来一把椅子叫我坐下,我糊里糊涂地就坐下了,我的手臂软绵绵地下垂着。我对这个人说:

"这下我要坐牢了,也许是死罪。"

他笑起来,说:

"您别想得太多。您不是对您脖子上的这些宝物垂涎已久吗?"

"根本不是,我才不想要……它们弄得我呼吸困难。"

"那我就帮您取下来吧。"

项链一从脖子上拿走我就轻松了。我听到他将它们扔进了陈列柜。

"人人都觊觎宝贝。'彩虹'首饰店是这个城市的心脏。"

我问他他到底是谁,从哪里来。他说他是谁并不重要,他一直住在这个城市,对我家情况很了解。那一天,我刚到保姆市场他就发现了我,然后他就设法将我弄到首饰店来工作了。

他一边说话一边将电棒交到我的手里。这时我已经恢复了,我抡起电棒就朝他头部打下去。他一动都没动,我听到他在安慰我:

"您不要害怕,我保证您不会有事的。要知道我的地位类似于那些江洋大盗。我现在要走了。"

他从大门走出去了,我没听见他开门的声音。我追到大门那里,门还是关得死死的,外面已经停了雨,街上所有的霓虹灯都灭了。一辆警车呼啸而至,红蓝光乱闪仿佛预示着一桩血案。警车停在马路对面,后来又有第二辆、第三辆,看来同我们首饰店无关。不知为什么,我对这种氛围厌倦了。人世间的这种虚张声势到底是为了一个什么目的?大不了也就是一死吧。想到这里,我就将大门打开了。不是说人人都觊觎我们店吗?让他们来抢好了。

"您不可以这样做的。您到底想干什么?"

原来是"江洋大盗"又回来了。他一把将我推进店里,他力气真大,我重重地摔在地上,也许骨头受了伤……多么黑啊,就同乡下一样。

早上交班的时候我已经衣冠楚楚地坐在报警器旁边了。金队长的脸像纸一样白,垂着一双眼睛。

"队长,夜里多么静啊,您说是吗?"

"这种百年老店总是这样的,算是特有的风范吧。"

我本来还想对金队长说一说"江洋大盗"的事。可是他双臂在胸前交叉,靠着墙坐在那里睡着了。他的这种形象同一位名店的保安太不相称了。我用身体遮住他,为他感到害臊。不过我老站在这里也不行啊,这算怎么回事呢?于是我心一硬,撇下这个玩忽职守的家伙回寝室去了。这个过去了的夜晚对于他来说意味着什么呢?他居然累成了这个样子!

黑老李正躺在铺上看一本画册。他对我说：

"'金银大厦'的守车老头来找过你了，说有人给你打电话。"

"他是不是说了要我去接电话？"我担心起来。

"没说，你以为有人给你打电话就都要去接啊？"

他抬头看了我一眼，那目光十分恶毒，我的心一沉。昨天夜里，这里一定发生过什么事了，当时报警器响了那么久，就是住在一里外的居民也应该听得到，为什么没有人来帮我呢？

我躺在上铺，可以看得到他手中的那本画册。我发现他面对的是空白的纸张，白晃晃的，就如同大个子刘做风轮的蜡纸一样。他一页接一页地缓慢地翻动着，也不知从那上面看到了什么。

"你认识叫二苗的老乡吗？"他又开口了。

"认识啊。他来这里了吗？"

"嗯，这个人继承了巨额遗产。可是他现在丧失了活下去的意志，你说怎么办？现在队长交给我的任务就是盯住他，不让他死在店里。你说怎么办？"

"我不知道。"

多么奇怪啊，平时我们保安之间从不交谈，更不要说讨论了，这个黑老李，今天是怎么回事？我很想将夜间的事同他讲一讲，可还是忍住了，我怕出事。黑老李像中了魔一样从他的铺位上爬起来，站在窄窄的过道里开始哭泣了。他说这个工作他干不了，也不想干了。他的理由是："当一个人铁了心要将这里当成自己的墓穴时，你怎么斗得过他？你怎么斗得过他？"

他在两排铺位间的过道里踱过来踱过去，揪着自己的头发，不时又发呆地看着空中,说自己"真想同他一块完蛋"。

"黑老李,你是不是因为我是二苗的老乡,想要我帮你?"我不安地说。

"帮我?不!"他惊慌地挥了挥手,"我可不要你帮我,你在说什么梦话啊,帮我!呸,胡说八道!"

他出去了。现在轮到我焦虑了。继承了巨额遗产的二苗,为什么要选择首饰店来结束自己的生命啊?是不是因为穷了一辈子,就要死在珠宝堆里面?我记起"江洋大盗"的话,他说我们这里是城市的心脏。那么也许是,他想死在心脏里头,心脏不答应他。我不能理解这个从前的二流子的情绪,从前在村里活得那么滋润,一旦发迹了就要寻死,真见鬼。他继承的财产在哪里?会不会就是这个首饰店?我想到这里时突然脑子里一片空白。

本来我应该睡觉,但我一点都睡不着。"彩虹"真是个中了魔的地方!看来,当初我在保姆市场旁边的粉铺里吃粉,那个介绍我来这里工作的人早就知道我的底细。我第一次进城失败以后,度过了暗无天日的日子。莫非"彩虹"就是接纳我这种人的地方?金队长,大个子刘,黑老李,不露面的老板,二苗,"江洋大盗"……我将这些人的举动想了又想。老昆说,他们夜夜睡在悬崖边上呢。这就是说,同他们比起来,我这一点小焦虑算不了什么。想想早晨金队长的那副模样吧,多么惨!我决定,下一次遇见二苗的时候,一定要同他好好谈一谈家乡,也谈一谈城市,从他那里获取一些情报,免得像现在这样被蒙在鼓里。我隐隐约约地觉得,这个店同我的父亲是有关系的。啊,母亲好些天没来电话了,她大概习惯一个人独处了。她同这个城市是种什么关系?为什么她心甘情愿地隐没在乡下的黑暗里?我的太阳穴一跳一跳的,我感到没有一件小事是偶然的、没来由的,但我又解不开那些结。

一连好几天都没有看到二苗,而黑老李,也再没有流露出那种伤感的情绪。他虽然仍然是铁青着一副脸,但显得很镇静。他见了我就点一下头算是招呼,已经忘记了先前的失态。既然金队长给他安排的工作是盯住二苗,他也就不用在店堂内值班了。我看见他时常站在店门外,好像他在检查过往的车辆一样。我凑近看却又发现并不是这么回事,他只是对开车来店里的人感兴趣。我想去告诉他说,二苗根本不会开车,但想了想又忍住没去说。

那辆"357"又来了,戴墨镜的那个人,也就是"老板",朝黑老李挥了一下手。一眨眼工夫黑老李就钻进了车内。我回想起上一次看到的车内的情景,吓得就往店里躲。我穿过店堂往后面走,我老是觉得身后会响起剧烈的爆炸声。我看到几名职员匆匆地从二楼下来了,他们看上去就像丧家狗一样。这时金队长拦住我,冷冷地打量了我一番,说:

"简元,你想干什么?"

"我,我想家了,就出来走走。"我一张口自己就吓了一跳。

"这里啊,到处都有你的家乡人。这不是什么好事。"

他的话令我背脊骨发冷,我也变得像丧家狗一样了。我的眼睛望着地上,等着他发作。但他走开了。我溜回了寝室。

我推开寝室门，看见黑老李已经坐在那里了。他看起来一副不想理我的样子，我也就一声不响地上了自己的铺位。我想，"老板"将黑老李叫到车里面，一定是有事要吩咐他。我来了这么久，"老板"还一次都没叫过我呢。

"你都看见了，可不要去乱说啊。"他突然开腔了。

"那个人是老板吗？"

"对，他就是新老板，你的老乡二苗。今天我同他协商过了。我又熬过了今天，这就是我的工作。"

我听了这个消息头都晕了。身板挺得笔直，穿黑大衣的老板竟然是家乡的二流子！

"那……他提到我了吗？"我问。

"提到一次。他说在'彩虹'，你是一只候鸟。"

和黑老李谈话时，我从窗口望出去，看见广场守车的老头站在马路对面朝我挥手，看来又有人给我打电话了。真是盯住不放啊。

我拿起电话来，居然是母亲。母亲的声音一反常态地欢快，说起即将到来的会面。她还说她现在也想通了，比过去疏懒了好多，田里菜土里的事也随便了，想做就做一下，不想做就不做。我问她为什么打电话到这里，她就说她在村委会，村委会的电话今天只能通到这里。刚才电话一通，守车的老头就答应帮她去叫我，所以她就特别高兴。最后她告诉我，现在她的心态特别好，感到生活有意义了。

我也为母亲感到高兴。但我还是不明白为什么村委会的电话只能通到广场来。广场这位老头是我们家的亲戚吗？城乡的关系真是复杂啊。我和母亲说话时，他就在一旁听着，完全不顾及什么礼貌。我接完电话后，他又问我要一支烟。

他猛吸一口，闭上眼，又像上次那样说："过瘾。"

"真想插上翅膀飞回去啊。"

"去哪里？"

"你这孩子，明知故问。去哪里？当然是去乡下，回老家。"

"大伯这么想回乡下！我刚好相反……我……"

"我的家乡在西北。如果能再听一次狼嚎，死了也心甘啊。"

他说话时，我眼前便出现了西北的大草原，还有成群的狼。我立刻想到我的父亲最喜欢听的是虎啸。

"这座金银大厦啊，是过去的幽灵聚集的地方。本来你是不能待在里头的，可是我心一软，就放你进去了。你这个孩子啊。"

他抽了我自制的农家烟之后，仿佛变成脾气柔和的老头了。他因为伤感而不停地眨眼，鼻子也皱了起来。我坐在房里打量那几件简陋的陈设，我看见门旁边放了一副高跷，是很高的高跷。他告诉我这是他从家乡带来的，他本人从前是高跷表演者。在这个地方，先前他时常在半夜踩着高跷在小广场走，那时，城市在他眼中变成了平原，那些小汽车则变成了一个个小土包。后来就有人告发了他，说他妨碍交通。他感到很诧异，因为他出来踩高跷时那么晚了，那些小车里根本就没有人，怎么说他妨碍交通呢？他受到了警告，从此不能再享受这项游戏了。他唯一能做的，就是坐在房里抚摸着这两只高跷，梦想平原。

"那么大叔，您打算什么时候回去？"

"我也就说一说罢了，怎么会真的回去，那不是自找没趣吗？

这里有学不完的东西,我的脑子现在又还算是很清楚的,我每天都要学习。要是回到乡下,除了踩高跷,我还能干什么?我就会退化成一个白痴啊!"

我没料到他会说出这样一番话来。我幻想这个简易屋顶正在被掀掉,我和老头并肩站在高跷上面,我们在大马路中间尽兴表演。外面有车来了,他起身出去,我跟在他身后。我看着他那衰老的摇摇晃晃的身躯,在心里给他取了个绰号,叫"草原狼"。那是那辆"357",驾驶员却是黑老李,而且车内只有他一人。

老头钻进车内,车子响亮地鸣笛,然后呼啸着开上了大马路,一眨眼工夫就不见了。我打量着无人管理的停车场,觉得这里一切都按部就班,并没有乱套。他真是一条老奸巨猾的草原狼,这个城市就是由许许多多这样的人建起来的啊。瞧这些不言不语匆匆走过的职员们,像我这样的乡下人根本就无法看透他们,我对他们最多只能了解一点皮毛。

我回想起老头的那些话,觉得他真是个了不起的人。他应了那句俗话:"做到老,学到老。"那么我,我从乡下来到险恶的城里,我是来干什么的呢?当然是来学习的啊。这样一想,我内心的焦虑就释然了,我隐隐约约地从我的生活中看出了一条路,这条路也许不通到任何地方,它只是供我行走的。而且它也不总是显露,大部分时间消失得无影无踪。

有一件事很奇怪,那就是大部分人都有自己所想念的人或事,就如守车老头这样,可是我却没有。我有时不知不觉地想起乡下,想起父亲和母亲,不过我的情绪和守车老头完全不同,我一点都不想返回去重新经历一遍。是的,我憎恨我从前的生活,但愿自己永远不要返回。其实,守车老头也害怕真的返回啊。我站在人流如织的人行道旁,我看着人们行走的身影,心里想,他们都告别了自己的过去吗?瞧,老昆笑盈盈地过来了,真是难得的笑容啊。今天天气晴朗,蓝天白云,报刊亭的顶上居然停了一只白鸽。

"简元啊,白天里,我们这些保安都是无家可归的游魂啊。"他说,"夜里就不同了,还是夜里好,睡在悬崖上也比白天好过,你说呢?"

"唔,我还没有想过呢,我夜里很紧张。"

"紧张,当然紧张。那才是生活。我想抽一支你的烟。"

我将烟递给他,他也像守车老头那样狠狠地吸了一口。他吸了烟之后就变成了一脸苦相,眼里透出迷惘。他神情恍惚地走开了,也许,他把我完全忘记了。他们都想抽我的家乡烟,是为了减轻心里的痛苦还是加重它?我并不觉得自己是无家可归的游魂,在城里比在乡下有更多的归宿感。毕竟,在这里我心里怀着某种说不清的希望,也可以说是期待吧。在乡下,一切都按规定发生,窒息得令人发疯。

店里如同往常一样阴沉沉的。有一位小姐不知为什么尖叫起来了,金队长连忙跑了过去。女孩将宝石项链从脖子上取下,浑身颤抖地拎在手中,连话都说不出了。金队长从她手中接过项链,放进陈列柜里。当时周围一个人也没有,那些顾客谁也不关注这事。女孩坐在椅子上面对那面方镜,半张着口,好像被注射了麻醉药一样僵住了。金队长回过头来看见我也在,就很不高兴地瞪了我一眼。我连忙离开。我走到后门那里回过头来,却看见金队长正举着那串宝石项链,帮女孩套在脖子上。真是人心叵测啊。

寝室里已经有人在我那个上铺躺下了,他连鞋也没脱,手里举着风轮,一口气接一口气地将风轮吹得转动起来。这是二苗,他又成了村里的二流子。

"你到底要我干什么呢,二苗?我是想在'彩虹'好好干的,这里很适合我,我一来就知道了这个。有人说你成了'彩虹'的老板,你可别逼我离开啊!"

二苗放下风轮,显出忧郁的表情,闷闷不乐地说:

"我才是被逼着离开的那个人呢!从来到这里那天开始,我就不知道我是谁了。您能清楚地告诉我吗?"

我当然不能。他也不像是要等我回答他。他从我铺上下来,顺手拿了金队长铺上一块吃剩的面包,边吃边往外走去。他走到门口想起了什么,又停下来大声叹道:

"我这个人死路一条啊!"

他走了之后,我躺在那里将他的事又想了想。他已是这里的老板了,金队长他们不让他死在这里,这又是接受了谁的命令呢?一个不知道自己是谁的人就是他这种样子吗?真可怕啊。我顺手拿起风轮来吹了吹,风轮已经不能转动了,是被二苗弄坏的。父亲的一句话闪现在我的脑海里。那是在田里割稻子的时候,暴虐的太阳照在身上,周围的一切都像着了火,父亲说:"做人就要做二苗这样的人。"当时那家伙正躺在梧桐树下的阴凉里头,口里嚼着草茎。这件事我早忘了,现在又想起来了。先前,我还以为我进城谋生的举动是自己的独立举动呢!对于命运冥冥之中的安排，我又知道些什么呢？二苗是不同的，这种人生来是干大事的，他也许暂时不知道自己是谁，可他知道自己在干什么。我从他的表情、他的动作上看出了这一点。家乡啊家乡！此刻，一贯沉睡着的、家乡深夜的那些影子，在我里面活动起来了，它们同我在城里遭遇的这些影子混同起来，无法区分了。我在乡下住了二十多年，我一贯以为那个环境里头没有任何大的变化，很少新鲜事物出现。这会不会是我的偏见？又回到那个老问题：我的父母是为了什么从城里搬到乡下去的？

交班的时候，那颗南非钻石还好好地躺在丝绒盒子里，柜门也锁得好好的。到了我下班的时候钻石就不见了。整个保安队都被隔离审查。据说这个案子的特点是"里应外合"。他们对我的隔离方式很奇怪，不是将我关在一间小房子里面，而是将我关在店里的顶层楼的平台上，我在那上面可以自由活动。我是第一次上这个屋顶平台，平时通到这里的门总是被锁住的。平台很宽广，可以做篮球场了，四周还有矮墙围着。在这种地方要自杀的话真是轻而易举，看来"彩虹"的负责人一点都不担心我会自杀。说到我自己，当然更不会担心了，又不是我干的，我干吗要自杀？现在气候温暖，他们还给了我一床体操垫，可以在这里舒舒服服地睡觉。饭有人送来，虽不那么准时，也还能吃饱。

我已经做了长期打算。我计划每天绕平台跑五十个圈，锻炼好身体，等待调查结束。白天里，有一个人进来过，他说是来找我随便聊聊，又说店里并没有怀疑我，要我不要多心。这个人我不认识。我们站在矮墙那里，我等他提问。等了好久，他却说起另外一桩发生在绸布店的案子。他说马路对面那家"怡和"绸布店的案子很离奇，有人在深夜将十几麻袋现金扔在店堂中央了，不知是不是销赃。于是很长时间内都人心惶惶。

"这种事，比抢劫还可怕。"这位长脸的长者说，"简元啊，你怎么办？"

"难道会怀疑我吗？"

"我不是这个意思。我是说，你在露天怎么度过夜晚啊？"

"我喜欢城市的夜晚，这里很好，难道不是吗？"

"嗯，这我就放心了。"

他并没有向我提问就离开了，他离开后守卫人员又将铁门锁上了。

我开始跑圈子。清风拂面，真是心旷神怡啊。五十圈下来，有点出汗了，心里很痛快。刚才这个人是来干什么的？我走到矮墙那里，向外探出身子，看见金队长和老昆还有小柴，他们三个人一块从店里走出去了。这就是说，他们的隔离审查已经结束了。可我还被关在这里，因为钻石是在我当班的时候丢的啊。听刚才那老者的口气，我还得在这里关好长时间呢。这上面有一个很小的厕所，但没有洗澡的地方。其实想通了也没关系，野人就不洗澡嘛。

躺在海绵垫子上头，黑暗降临了。在城市里面看星星，觉得它们离自己的生活很近，甚至参与了自己的生活，于是产生一种亲切感。乡下就不同了，它们离得那么远，那么冷淡，我很少注意它们。我就这样看着银河，心里一阵一阵地感动着。

也许在别人看来我是身陷囹圄了，可我为什么一点都不懊恼，也不痛苦和绝望？我是有所期待的，我期待着什么呢？星星都出来了，我真是惬意啊，我的脑海里面全是这些闪闪烁烁的光点。我开始模模糊糊地思考"彩虹"，思考我的离奇的命运。我并不是个善于思考的人，所以我很快就睡着了。

夜里被"抓贼啊"的声音吵醒，我站起来朝下面看，于是又看到了红蓝光乱闪的警车。又是停在对面的"怡和"绸布店门口。很多人在那里忙乱，跑进跑出。我将目光移开去，移向那些浮在黑夜里的霓虹灯，我看到那些彩灯在有节奏地跳舞，那些建筑大楼的阴影变得更浓了，好像要开口说话一样。我想，如果发生了新的案子，会不会连带着把我们店里这个案也破了呢？不对，"怡和"不是来过好几次警车了吗？谁知道是不是像老者说的那种情况，我总觉得他们像闹着玩的。"怡和"也是百年老店，这种店……

啊，那门口居然亮起了一盏探照灯！搞什么名堂啊。人们的脸都在雪亮的灯光里变形了。那不是我们店里的保安小柴吗？他怎么被吊起来了啊。他被从脖子那里吊在大树上，他那细高个的身体更加细长了。难道他死了？他就是钻石失窃案的"内线"吗？我吓得不敢看下去了。

下半夜比较难以入睡。看来形势发生了转折。他们抓到了小柴的罪证，也许我就要得以解脱了。我并不高兴。我不明白，既然警察也在场，怎么可以将小柴吊到大树上吊死？这些暴徒怎么可以这么干？小柴是从高原贫困地区来的，连字都不识几个的、很憨厚的青年，实在难以想象他会卷进钻石案。我印象中他是一个乐观的人，对金钱没有兴趣，可这种事真是很难说的。既然案子还未定就可以将他吊死，那么将来有一天也许会轮到我？

有人在下面喊我的名字，是小柴！那么被吊的不是他。他的声音和平时不一样，他喊道："简元——我是小柴！简元——我是……"我又听见有人开铁门的锁，一会儿那个人就过来了，他说他是来给我送夜宵的。他们怎么对我这么客气？夜宵是两个煮鸡蛋，我坐在那里吃得很香，那人在我上头很满意地说：

"你这种态度很好，你很有前途。"

我鼓起勇气问他：

"怎么可以将小柴吊在树上呢？案子还没结啊。"

"你以为是人家吊他？是他自己吊自己！他要表明心迹，就吊上去了，我觉得这个小孩太走极端了，世上的路多的是，哪里用得着去死啊。"

"他死了吗？"

"你又犯老毛病了，坐在这里好好地反省你的错误吧。"

他说的是"错误"，而不是罪恶。

那人离开了好久，小柴还在一声接一声地叫我。他有时在大街上叫，有时又在商店后面的小巷子里叫，他的声音像被什么东西蒙着。我真想用棉花塞住我的耳朵啊。尽管这样，我的心情还是不错的。我看到了一件不好的事，不过那事并不危及我，我会慢慢将它忘记。刚才我又吃了好东西——那些霓虹灯还在跳舞吗？我就在小柴的呼唤声中睡着了。

我醒来时感到很温暖，原来是出太阳了。

我回想着夜里看到的情况，得出了结论，那就是他们都获得自由了，只有我还被关在这上面。我又到矮墙那里朝下看，我没有看到一点夜间活动的痕迹。街上照旧是车水马龙。绸布店和"彩虹"都还没开门，对面那棵大槐树上也没有吊着什么绳子。我看着"怡和"那贴了红色瓷砖的东面墙，阳光正照着它，那景象既温暖又洋溢着活力，真看不出这个老店经历了夜间的阴沉变故。我的父母，从前会不会是这种店里的店员？

我又绕平台跑了五十个圈，我一点都没有消沉的感觉，只是有点遗憾，因为没有烟抽了。我的烟瘾不大，也就不觉得特别难受。

吃完了早饭，我就到矮墙那里去观察城市，今天天气特别好，视线可以到达很远的地方，那些地方就是城市的边缘。我第一次看清了我们城市，它呈不规则形状，边缘像犬齿。如果不是住在那里，而仅仅只从高空观看的话，边缘的形状实在难看。想不通城市的建设怎么可以这样不做规划，随心所欲。可是那只是边缘，不上楼顶，我永远看不到。城市的内部对我来说依然是很有吸引力的。这一幢一幢的建筑物，远非只是遮风避雨之处的乡下的小屋，它们是人的智慧的奇迹，它们的内部是用来隐藏各种阴谋的。它们那巨大的阴影在夜间一伸一缩，在我看来不像痛苦，倒像沉醉。啊，我想起来了，它们就像我的老乡二苗！这位当年的穷光蛋，今日的名店老板，你能说得清他到底是痛苦还是沉醉吗？城市一共有六七条大街，每一条大街都有很多分岔的小街，车辆如同捉迷藏似的在街上穿行。我盯住一辆红色的轿车，可是它轻松地拐了几个弯就从我视野里消失了。我又盯住另一辆灰色的，同样的情形又发生了。也许在城里还有一些我看不见的隐秘的道路。人们说这是一个繁华的旅游小城市，住在城里的大部分是旅游者，本市市民并不多。我来了这么久，还没有真正接触到一个本地人，也许他们大部分都成了司机？我在大街上听到过出租车司机吵骂的声音，有男也有女。只有本地人才能像他们这样开着车在城里神出鬼没啊。我们这条街上有好几家百年老店，大概其他那几条街也有吧。不知为什么，我一想到"百年老店"这几个字，就有一股阴沉的气浪在我体内涌动。比如街口的"大东门酒楼"，每次我在晚上经过那明亮的大堂，那表面的热闹总给我一种杯弓蛇影的印象。这是百年老店啊，是死者开创的店子嘛。我虽然不信鬼，但我一直感到每个这样的店子里都有某种信息，某种谜，那是从前留下来的，它们在店堂里回荡着。瞧，阳光晒着那酒楼的飞檐了，但那下部仍然隐藏在另一幢高楼的阴影中，那幢高楼是市政府，我还没进去过。哈，我看到"357"开回来了。车门打开，先出来的是二苗，然后是黑老李。二苗的双臂被绳子绑着，穿着乡下人的衣服。他俩一前一后走进"彩虹"。也许在下面，一切都恢复了正常？二苗不是一直在演那种苦戏吗？他们将我隔离在这上面，肯定是有用意的，他们在等我觉醒吗？

太阳厉害起来了，我躲进厕所和铁门之间的阴影里，坐在垫子上面注意地倾听。顶楼上是寂静的，人们都将我这个人忘记了，他们自己在那下面紧张地生活。有个东西飞上来了，是一只蝙蝠，它重重地砸在地上，大概受了伤。金队长说，蝙蝠就是老板的探子。他指的是从前的老板还是现在的老板？从前的老板是怎么死的，二苗又是怎么到乡下去的？为什么"江洋大盗"一眼就认出了我？从我们那个村里出来的人身上都有记号吗？我想到"记号"这两个字就发抖了，真恐怖！也许，那是一种我们村里人没法意识到的特征，一种遗传下来的模样。只有二苗这样的特殊人物才会意识得到。我透过铁门的花格死死地盯着那只蝙蝠，我看见它动起来了。它又可以飞了，它向上飞了一圈，又砸在地上。多么倔强的小东西！它带来的是什么信息？

一直到了傍晚，小东西才从窗口飞走。又一天过去了。还有一件事，那送饭的上来时踩着了蝙蝠，我心里一紧，同时就听到了令我很不舒服的笑声。这个人板着脸，那么，是被踩的蝙蝠在笑？它没死，居然还能爬，这个怪物确实能发出小孩子的笑声！金队长的话是有由来的，夜里那笑声又响起过一次，不过不是在楼梯走廊里，而是在厕所里。我去厕所里查看，我打开那盏灯，一大群蛾子从那扇窄窗户飞出去了。奇怪的是，听了两次之后，回忆起来这声音就不那么令我不舒服了。小孩咯咯的笑声，这就是蝙蝠给我这个被隔离的人带来的信息！这种踩不死的小东西，金队长早就见过它们了。生活中那条模糊的小路又出现在我眼前，这一次，比以往都要清晰，我甚至瞥见了小路旁的野麻叶、山菊花。

我在楼顶看见了守车的老头。他站在绸布店门口，面向我们店里，踮着脚在那里挥手。过了一会儿，黑老李到了他面前，他们一块向广场走去。我想黑老李一定也是去接电话的。打电话的是个什么样的人？我们都得听他的将令吗？我不知道我还要被隔离多久，我忍不住就问了那送饭的中年人。

"他们没和您说吗?"他反问我。

"没有。没有任何人同我说。主任让我到楼顶去'活动活动筋骨',于是我就上来了。然后您就关上了铁门。"

"我关铁门,因为这是我的职责,我并不知道里面有人。"

"那么,是谁让您给我送饭?"我大吃一惊。

"谁也没叫我送。是我后来发现您在里头,我以为您是那种孤独症患者,躲在这个地方,我心里同情您才来给您送饭的。这事阴差阳错,是主任要隔离审查您吗?我听说失窃的项链早就找到了,您还躲在这里干吗?"

"我、我在这里……"我结结巴巴地说,"思、思考我的生活道路。"

"您真是个时髦的人。您快下去吧,以后不会有人给您送饭了。"

"可是那天夜里您给我送来夜宵时,还叫我反省自己的错误啊。"

"那不是我。一定是我忘记锁铁门,就有人钻进来了。这个店里对您感兴趣的人不少呢,看来一定是这样。"

于是我回到了寝室,我首先好好地洗了个澡,将身上这些天的晦气都洗掉。我躺在铺上时,小柴进来了,这小孩的目光游移,像在幻觉之中。他坐在他的下铺上折那些花花绿绿的纸烟盒。

"小柴,你到过屋顶平台吗?"我问他。

"去过啊。"

"好不好玩?"

"什么好不好玩,你当我是小娃娃啊。那里是另外一种地方,和下面不同,反正我不习惯待在那里。"

小柴也躺下了,一躺下就睡着了,真是个无忧无虑的孩子。我呢,当然不能睡,我等金队长回来给我安排工作呢。但是我等不到他了。晚些时候回来的老昆告诉我说,金队长已经"投案自首"了,现在由他来担任保安队长了。

"如果我是他,也许就不投案自首了。"老昆说话时在沉思,"其实待在哪里也都是一辈子,他一定是不耐烦了。队里少了一个人,我就只好把我侄儿叫来了,这小子不安心工作。"

那位侄儿现在就睡在我这张铺的下铺。他同沉默的金队长完全不一样,口里总是在发出莫名其妙的声音,像是有人在追赶他,又像是要吓走什么动物。老昆告诉我说,他刚从乡下来,心里紧张得很,时间长了就会习惯城市的生活。侄儿的小名叫"毛蛋"。老昆在他的铺上说着话就激动起来,坐起身将脸朝着我讲下去,觉也不睡了。这叔侄俩都在发出声音,平时安静的屋里显得热闹多了。老昆说自己责任重大,不过他一点都不想担这个责任。他是个不想担任何责任的人,现在是因为金队长不耐烦了,就把担子推给他。他不打算进这个圈套,他将还是像往日一样,只做一名队员。我问他我明天是不是做上午班,他回答说:"你爱做什么班就做什么班。"他还说黑老李早就这样干了,没人给他分配工作,他到处乱走,不也好得很吗。

老昆说话时,侄儿毛蛋在下面发出一声令人发怵的尖叫。老昆大声斥责了他,他喉咙里的声音就放低了,但还在叽里咕

噜不停。这时黑老李摸黑进屋了。他一边脱衣一边嚷嚷:

"精疲力竭!精疲力竭!"

我心里想,是不是金队长一走,这些人的性情就都改变了呢?老昆问黑老李今天有没有收获。黑老李哈哈大笑,说:"一无所获啊。"

这时小柴也醒来了,他也在那边提高了嗓门说话,他说:

"'彩虹'的日子真是度日如年!"

小柴说了这句话以后,老昆就开始指责他。老昆说他工作上吊儿郎当,像猴子一样爬到树上荡秋千。虽说荡秋千也是一项工作,但他完全没必要搞得那么张扬,他的活动也不会受到全世界的关注。小柴反唇相讥,说老昆不像个长辈,更不像个保安队长,安排起工作来就像乱指使人,一下要他往东,一下要他往西。老昆呢,听了小柴的话不但不生气,还暗笑。这时大个子刘也摸黑进来了,他高声说道:"罢工啦!"看来他是在店堂里值夜班,从那里跑回来的。黑暗中,寝室里吵吵闹闹的,谁也没有睡意。我还看到有两个人溜出去了,大概是毛蛋和小柴,他们肆无忌惮地用脚踢门。我回忆起先前这里的寂静,大惑不解。我就问老昆:

"睡在悬崖边的日子结束了吗?"

"总得让身体里头的能量释放出来啊。"老昆回答说。

黑老李和大个子刘在商量什么事,意见一致之后他俩就穿好衣服一道外出了。室内只剩下我和老昆。

"这两位很有紧迫感啊。"老昆说,"现在大家都成了夜猫子,到处窜,还管他什么悬崖不悬崖的——思想都解放了!"

"都不睡觉了吗？"

"人生苦短嘛。就是我，这一阵也在尽量少睡呢，哈！"

我突然很想同这个老昆谈心。我向他说起在店里值班时同"江洋大盗"邂逅的事。老昆听了之后叹道："那种人就是'城市之魂'啊，你能同他见面算你有运气。我们这里这些夜猫子在外面窜，有时就会有'江洋大盗'这样的人在暗中保护他们。听说老板已经放弃了财产，现在是一个看不见的董事会在管理这个店，会不会同'江洋大盗'有关？"他的声音小了下去，我知道他并不是睡着了，而是沉入到自己那深邃的思想里头去了。于是我放弃了同他交流的企图。

我想起他所说的"人生苦短"的话，就再也睡不着了。我穿好衣服，摸索着来到外面，我看到"彩虹"的店堂大门敞开着，里面一个人都没有。我想，难道我的同事们现在已经自由到了这种程度了吗？我走进店里视察了一番。那些首饰都静静地待在它们该待的地方，表面看起来没有一点异样。忽然，我听到二楼有脚步声。我抬头看了一会，没看到有人。我又上楼去看。我推开办公室的门，看见守车老头和黑老李坐在里头，守车老头正在接电话。黑老李将我带到文件柜后面的角落里，轻声对我说："你可不要大惊小怪啊，我们已经打进核心部门好些日子了。"我回想起他和二苗在一起的那些行为，觉得正是这么回事。守车老头在对着话筒喊："冲过去！冲啊！有什么可商量的……这些寄生虫！"

黑老李将我推到门外，"砰"的一声关上了门。我将耳朵贴到门上去听，听见里头翻箱倒柜的声音，还有黑老李喊"救命"

的声音，他大概被什么东西扼住了脖子。我试着推了推门，没想到门被猛力向外推开了。黑老李铁青着脸站在那里，声音嘶哑地说：

"你找死啊？"

我被推倒在地，连滚带爬地离开，因为我看见他举起了电棒。

我来到街上，穿过马路到了"怡和"绸布店外面。绸布店里黑洞洞的，也许根本就没人值班。我再看"彩虹"，发现"彩虹"店堂里的灯全黑了。一片黑暗之中，那些高建筑物上的霓虹灯就变得格外生动了，这些五彩缤纷的小星星又开始了那种特殊的舞蹈。我站在那里看呆了。

"你要是喜欢过这种日子，你的母亲也就了却了一番心愿。"

是守车老头在说话，这回是他给了我一支烟，正是我家乡的那种烟。他说我母亲在我被审查时来过了，将烟草都放在了他那里。有一大包呢。

"真是个慈祥的老太太啊。她热爱乡村生活！"

我抽着烟，心里一阵感动。他让我马上同他一块去拿烟草。

在他的小屋里，我又看到了那副高跷。我问他怎么认识我的母亲的，他说："你母亲是'金银大厦'的清洁工啊。"

他抱着那副高跷坐在那里，满脸都是沉醉。

我站在小屋门口，看着大厦黑乎乎的阴影，在心里面惊讶着。我夹着那包烟草往那高高的台阶走去。已是下半夜了，守车老头已经熄了灯睡觉了，我坐在台阶上看霓虹灯，一边看一边设想多年前母亲在这里做清洁工的情景。听人说这座大厦是城里最古老的建筑，刚刚有城市时就有了它。母亲大概是在这样森严的地方工作过，才变得如此能够适应寂寞的生活的吧。

广场上出现了一个细长的怪物，它朝我这边过来了，越来越近。我猛地明白过来：是老头在踩高跷！我朝他跑去。不知怎么搞的，我始终到不了他面前。也就是说，我始终碰不到那两只高跷的木腿。我一抬头，看见他浮在空中，他的身体正处在高跷的那个高度。木腿是怎么回事？他又转身往停车场那边走去了，他的身影悬在那些汽车上面。我跑过去，他却又不见了，再一看，他出现在西边朦胧的光线中。他快速地移动着，显得特别潇洒。我不再追他，我为他感到欣慰，他终于回到了他的草原，难道不是吗？

天都快亮了，寝室里还是空空的，只有老昆一个人睁着眼躺在那里，他还沉浸在自己的思想里头不能自拔，我进去时他动都没动。

"要不要抽烟？"我问他。

他还是没有动。我脱掉衣服躺下来时，却听到他在说：

"我从来没见过这么陡峭的山崖。"

"那么你见过广场上踩高跷的人吗？"

"嗯，见过的。有时候，一副高跷也能暂时解决问题。"

接着我们俩都沉默了。我没有睡着，我的思想在神游，很快进入了城市那些阴暗之处，凭记忆仔细地辨认着那条路。每当我发现一些迹象，心里就感到振奋。不过这种辨认是没有把握的，因为我很快就坠入了混沌之中，除了一些星星点点的霓虹灯以外，什么都看不见了。

我被吵醒时已经是中午了。黑老李和毛蛋在叫我去吃饭。餐桌上，我感到我们六个人各自都有心事。后来我听见汽车在鸣喇叭，黑老李饭也没吃完就跑出去了。接着小柴和毛蛋也跑出去了。大个子刘和老昆显得神色不安，也没吃完就放下筷子走了。我站起来时看见碗柜边有团黑影动了动，是二苗！

二苗眼睑浮肿，摇摇晃晃地走过来吃我们的剩饭。

"二苗，大家都说你已经是我们老板了啊。"

"是这样。可是转换身份太困难，我转不过来啊。"

我觉得他在说谎，昨天我还看见他穿戴齐整、昂首阔步地走进店堂嘛。他干吗说谎？也许他总在幻觉中出不来？他的饭量很大，将我们的剩饭剩菜全部吃完了。他看上去分明一副乡巴佬模样。

"二苗，你在'彩虹'不快活吗？"

"谁说的？"他涨红了脸，"胡说八道嘛！我们这里'庙小妖风大'啊！"

我又觉得他这句话很像老板的口气了，也许这些日子他已经操练出来了。

在他的身旁放着一个皮箱，我问他皮箱里头是什么，他让我自己打开看。我一打开便看见了黑色的高档大衣，帽子，还有墨镜和手套。再回过头来看他，他正掩住嘴笑呢。他对我说："你看我，多累啊。你走吧，不要盯着我，你盯着我，我还怎么为你服务？"

"你在为我服务吗？"

"是啊，你看我的身体都累坏了。你快走！"

我昏头昏脑地走到外面，太阳光刺得我睁不开眼，我面前的人影都变成了一支支跳跃的火苗，我身上大量地出汗。我连忙伸手扶住商店的墙，稳住自己的身体。我听见黑老李和小柴他们在说话，他们说："快跑，快跑……"然后就响起他们跑掉的脚步声。这时二苗的哭喊声在大门那里响起：

"我这个冤大头被他们遗弃了啊！"

我软绵绵地往地上坐去。警车的怪叫声淹没了二苗的哭声。我什么都看不见，我大概中暑了。不知过了多久，我感到身上的水分全都随着汗排出去了，我清醒过来。一个人朝我弯下身来，手里拿着一杯水，他是警察。

我贪婪地喝光了那杯水。他口里咕噜道：

"空城计啊，这种店子……"

我扶墙站起来，问他：

"请问您说什么？"

"我说你们在设陷阱！"他恶狠狠地说，用手指着店门，"那里头的阴风可以吹断人的腿！谁敢进去？呸呸！"

他跺了几下脚，上了警车，车子一溜烟开走了。整条街忽然变得不正常的寂静，街上一辆车都没有，只有几个行人。我走进"彩虹"，店堂里还是有好几个年轻顾客在认真挑选首饰，他们的动作很像木偶。我听见他们在说话，那些话我都听不懂，但我觉得他们内心很惊恐。既然这里这么可怕，他们为什么还要来？他们是外地人，都穿着礼服，像是来参加婚礼一样。这是一件很滑稽的事，来这里的顾客总是穿着正式的礼服。买首饰对于他们来说是人生中比什么都重要的大事吗？我再打量店员和收银员，发现他们的动作同样僵硬。

我走到我往常值班的那个角落里坐下来。刚一落座，报警器就响起来了，我感到我的血在血管里凝固了。那东西响了又响，我的脑袋像要炸了一样。我用目光朝厅堂里扫视了一遍，一切都很正常。顾客又多了一些，他们都在选购，一边小声地讨论，他们的动作也变得柔和了。那么，没有人听到报警器发出的声音吗？但我实在是难以忍受这种怪声的刺激，我起身离开了营业大厅，穿过那条过道回寝室。也许，我太古板了。值什么班呢？老昆不是说"爱上什么班就上什么班"吗？这就是说不上也可以嘛。

但是寝室的门被从里面闩上了，怎么推也推不开，我还听到老昆在里头恶骂。怎么办？外面那么热，我害怕再一次中暑，我只能待在室内。幸亏过道里有一只小板凳，我就在这里坐下休息吧。这时虽然依旧听得到报警器的怪叫，毕竟比起厅堂里来好多了。我朝小板凳走去，却有一个蒙面人先于我坐在那上面了。凭那熟悉的动作我立刻认出他是"江洋大盗"，我停住了脚步，紧贴墙站立。

"这里的情况很好。"他说，"您尝试过踩高跷了吗？太阳一落山，您就去广场吧。站在高跷上，您会看到全世界的人们都在拥向我们这个旅游胜地。形势的发展越来越激动人心了。"

"可是报警器是怎么回事？我一直在出冷汗呢。"

他扑哧一笑，说："您真是敏感啊。"然后他转过身去朝营业厅的方向喊了一句什么，我没听清。那吓人的怪叫渐渐地平息下来了。我的神经总算松弛下来。我眨了眨眼，啊，他已经走掉了，只留下空空的板凳。

  我终于能够坐下来休息了。我将背部靠着墙，闭上眼对自己说："一切都很好，我今天夜里要去踩高跷。"我说了这话之后就有了睡意，于是就睡着了。一开始，我还依稀听到自己的鼾声呢，我实在太亢奋了。中途我不断醒来，有一个人老在耳边哀求，要我给他一支家乡的烟。当我用力一睁眼时，他就不见了；我一闭眼，他又哀求，还来扯我的袖子。我不耐烦了，扶着墙站起来。寝室的门开着呢，这下好了，我可以睡觉了。

  老昆严严实实地裹着毛巾毯睡在上铺。

  "老昆！老昆！"我喊道。

  "不要喊……会掉下去的……"他的声音细细的。

  他又变成那个忧虑重重的老昆了。我爬上我的铺，躺下来，两眼瞪着天花板。怎么回事呢，老昆的情绪传染了我。在这大白天，我们两个男人都裹着毯子，心惊胆战地睡在悬崖上。我记得从前，他是可以在悬崖上安睡的，如今一切都乱套了。金队长为什么要离开我们？他在这里的时候，一切都静静的，他用铁的秩序禁锢着我们。这位老昆什么都不管，他极端自私，哪能同金队长比。看到他这么紧张，我心里又有种快意，觉得他活该。既然当了队长，又什么都不管，什么责任都不负，这样做自己能有安全感吗？可是什么叫安全感呢？我只能说，先前我们无声无息地躺在这里时，我们是有某种安全感的。

  老昆似乎叫了一声。是他在叫吗？我无法确定，也有可能是我的幻觉。我闭上眼，我的身体在发热，某种紧迫的事物在逼迫着我。

"不要动……"他又在说,他的声音里有警告的意味。

但是我的一边身子被压得麻木了,我必须翻身,一不做二不休吧。我翻身了,弄出了很大的响声。逼迫着我的那个黑影隐退了。我坐起身问老昆:

"我该去上班吗?"

他也坐起来了,迷惑地看着窗外,说:

"你当然要去工作。"

"上夜班还是白班呢?"

"随你的便。"

我气呼呼地穿好衣走出去。我要去顶楼上看看。

给我送过饭的那人坐在铁门的旁边。他脸上有着和老昆同样的表情,他也沉浸在自己那深邃的思想之中。我的到来干扰了他,他用责备的眼神望着我,等我开口。我感到十分窘迫。

"我可以到平台上去吗?"

"您确定您要去吗?"他反问道,"经理在平台上呢。"

他开了锁,不动声色地站到一旁让我进去。

啊,二苗居然踩着一副那么高的高跷!我看着他就头晕,等会儿他怎么下来啊。太阳已经落山了,他在那里走来走去的,木脚"笃、笃、笃"地响。他走到我这边来了,他没有看见我,因为他没有朝下看。他的技术真好!

我本来是想到这里来思考生活中的问题的,结果成了二苗表演的观众。

"二苗!二苗!"我激动地叫喊。

那个人也站在铁门那里观看,他对我的激动很不以为然。

二苗显然是听到了我在叫他，他停了一停，又继续走，走过来，走过去。铁门响了一下，是守车的老头进来了，他凑到我的耳边悄悄地说：

"我听说这里有表演就来了。草原上的那些狼啊，据说都快绝迹了。你看，人在半空时什么都不怕，那种时候才真正感到是行走在家乡的土地上。"

二苗的一个动作令我不解。他提起一只木腿，朝着矮墙外面的虚空探了探，然后又收回来了，我差点失去控制地叫出来。老头也很紧张，不过是另外一种紧张，他在等什么事发生。铁门又响了，这回是黑老李和毛蛋。这两个人像贼一样眼珠子乱转。黑老李说："哈——哈！这种表演，很刺激。"他们俩紧紧贴着铁门旁的墙，那样子像在发抖。

我对守车老头说，我也想表演。他抽着我给他的烟，将我全身打量了一番，轻蔑地说道：

"你？你怎么行？"

我感到自己受到了很大的侮辱，脸都红了。我一抬头，看见寝室里另外三个人也来了。他们五个人靠墙站成一排，都在发抖。他们当中的小柴大概一身发软，都坐到地上去了。

守车老头走过来，将我拉到矮墙边上，他指着下面街上的一个黑影对我说：

"你看，那就是你说的'江洋大盗'！"

他的话音一落，那黑影就飞上了"怡和"的屋檐。我听到那些琉璃瓦一阵乱响。在我的右边，二苗那长长的高跷跨入了虚空，他栽下去了。

然而那下面没有他的尸体。整条街都是空空荡荡的，通红的夕阳照着路面，有种坟场的味道。

"他到哪里去了啊？"我转过脸问老头。

老头伸出手问我要烟，我又给了他一支。我们抽完一支烟后，周围就变暗了。我发现我的同事都不见了，他们什么时候离开的呢？

"简元啊，我知道你想了解二苗的身世。"

他靠近我，我俩都将上半身伏在矮墙上。霓虹灯先后亮起来了，空空的街道开进来一辆车，车子停在路当中，响起刺耳的喇叭声。

他说二苗并不是"彩虹"前经理的儿子，老经理从未结过婚，也没有儿子，他是个工作狂，生活中连女人都没有。有一天，二苗到城里来闲逛，逛了一圈后来到"彩虹"，不知怎么同金队长打起来了。金队长用电棒将他击倒在地，而他呢，就躺在店堂中央不起来了。这个时候老经理从二楼走下来，看见了身穿农民衣服的二苗。那一瞬间，老人的目光同地下这个人的目光肯定发生了接触。老经理说："抬走。"几个保安就将赖在地上的二苗抬到了经理的车内，然后老经理就同二苗一起离开了。到他们再出现在"彩虹"时，二苗已经是穿风衣、戴墨镜的城里人了。然而也不尽然，因为人们常常看到他光着头，穿着农民衣服，像贼一样神出鬼没。

所有的人都肯定地说，二苗同老经理并无血缘关系。他之所以成了"彩虹"的继承人，只是因为他同老人"投缘"。

守车老头的声音渐渐低了下去，他还在继续说，但他说话的语言我已经听不懂了。那既不是北方话，也不是南方口音，倒像是外国话，不，也不是外国话，像一种最土最土的方言。霓虹灯又开始跳舞了，我们这栋楼也随着霓虹灯的舞蹈轻轻摇晃。

"你看，你看！"他说，他的话又听得懂了。

他拉着我离开矮墙，我什么都看不见了。他还在要我看。

有人在铁门那里叫我，居然是母亲！我立刻开始担忧：母亲夜里睡在哪里呢？她找到了旅馆吗？

"一清早，我坐上长途汽车就来了！"她兴奋地说，"你不要担心，我住在金银大厦，那里有我的房间，我的房间在地下室，从地面数下去第四层，那里是清洁工待的地方……"

我的天，从地面下去四层，那么深的地窖啊。

母亲沉默了。更奇怪的是，她和守车老头一下子就从我身边消失了。我很快就听到了他们在下面一层楼说话的声音，我竭力追赶他们，但我赶不上，他们走得太快，楼梯间太黑。待我追到有电灯的那层楼，他们的谈话声已经听不到了。

我下到一楼的过道里时，看见保安队的队员们全都站在那里。

"简元，我们都为你捏着一把汗啊！"老昆声音颤抖，昏暗的灯光下，可以看到他的头上肿出一个大包。再看其他几个人，都垂头丧气的。

"保安工作是有危险的，你想通了吗？"他亲切地问我。

"我、我想得通……"我迟疑地说，"再说，你们大家不都在干这个吗？为什么我要害怕……"

"我们大家在这里，那是因为我们是宣过誓的！"他严肃地说，"你没宣过誓，所以你是自由的，想走就可以走。"

"啊，我不想走，这里很适合我！"

他刚刚绷起的脸松了下来，显出和蔼的样子，说：

"这就对了。你这样想很好！"

其他几个人也活跃起来，纷纷说："简元很好……"

我不太理解老昆这番话的含义，但是我感到我和他们大家之间有个什么问题已经解决了。他们拥着我回寝室，亲切地在我身上拍着，就好像我们大家已经成了亲兄弟一样。老昆告诉我，我母亲已经回乡下去了，坐夜班车回去的。她看到我在这里的情况后很放心，走的时候很愉快。

夜里，在我们寝室里，我也加入了大伙的谈话。我们躺在那里说啊，说啊，每个人都在说自己的家乡。于是进城后的第一次，我也产生了那种思乡的遐想。我告诉大家我的家乡在山林间，山里野兽出没，虎啸彻夜不息。当我说话时，我也清清楚楚地看见了悬崖。

原载于《花城》2009年第4期

煤的秘密

一

我们这里是林区，地下到处都是煤。我们守着这大笔财富，生活却实在过得清苦——整个春天吃不上米饭，只能喝番薯汤，我们连番薯皮都要吃掉。周围这几个大的村庄都是这样的。但一说起煤，每个人脸上都会大放光彩。

家里烧饭烧到半途，母亲高声叫唤起来：

"二保啊，去后面撮点煤来！"

她不说"挖"，说"撮"，因为用不着挖。

我挑着箩筐，拿着小耙子去了坡边。那坡是一座煤坡，大家都在那里取煤。

每家都是地灶，灶眼特别大，像脸盆那么大。既然生活在煤山下，烧起火来就特别有气势。冬天夜里我们都不点灯，将火烧得旺旺的，整个房里都照得红彤彤、亮堂堂。坐在火边的宽凳上多惬意，可惜饥肠辘辘，就啃一点烤萝卜片充饥。我和妹妹青香特别喜欢朝那变幻万端的火眼里看，那么多令人振奋的景象，可比万花筒好看多了。青香瞌睡沉沉地问我，要是煤山全部烧起来了，我们跑不跑？没等我想出回答的话，她就在宽凳上睡着了。而我，为这巨大的问题所震惊，以小孩子的脑力努力思考问题的种种解决办法。

我们大家并没有"苦熬"的感觉。想一想，应该是因为煤。那么多的煤，随便烧，取之不尽，用之不竭！我们还能不满足吗？听说那几个大城市里每年冬天都要冻死一些人。那可怕的传说使得我们每个人用夹衣裹紧自己瘪瘪的肚子——我们冬天没有棉衣穿，只有一件夹衣。

"有了煤，这日子就过得下去了。"爹爹半闭着眼说，吐了一口烟。

我，青香，还有木香都一声不响，我们暗暗地消化着他的这句话，想象着"日子过不下去"的那种惨状。

过了一会儿，木香告诉我说，有两个外乡人为争煤打起来了，他们用独轮车推走了两大筐。这可是爆炸性的消息啊，他们为什么要争？这里遍地是煤啊。

我们开始深思这件事。多少年都已经过去了，我们从未见到外乡人到我们这里来拖煤，是一种什么东西在保护着此地的物产？我们太嫩，想不通这种问题。但思考令我们的性情变得深沉了。木香表示，如果下次有外乡人来，她就要去同他们攀谈。

木香比我大两岁,她应该是具有那种勇气的。

有一天下午我和木香进山了,我们去采那种上等的块煤,那种烧起来特别有劲道的货色。即使是优质块煤,方圆百十里的人们也知道,它们是采不完的,因为它们实在是太多了,好几座山都遍布着它们,刨去一点点表皮就露出来了,没人说得出是怎么回事。听说外省有开采煤矿的矿井,但我们从未见过。在我们这里,整座山全是煤,你需要时去挑回来就是,打矿井不是多此一举吗?

我和木香来到熟悉的处所,就开始将亮闪闪的块煤往箩筐里扔。扔到有大半筐时,木香停下来朝我做了一个手势,说:

"二保,你听到了吗?"

我什么都没听到。可她说外乡人又来了。

我将四周看了又看,没有发现任何人的影子。于是我低下头继续选煤。

然而我肩膀上被人拍了一下。他们这么快就到了面前,像从天上降下来的一样!他们是两个矮小结实的汉子,一人一辆独轮车。其中一位自我介绍说他们来自湖区,他们那里最缺的就是煤。

"我们将煤运到附近的镇上,那里停着一辆卡车。"

另一位年纪大一点的这样告诉我和木香,他好像满腹心事。

"你们怎么不多来一些人运煤?"木香问他们。

听了木香的问题,两人都刺耳地笑起来,露出黑牙齿。

"山区的人,考虑问题同我们太不一样了。"年轻一点的那位说。

"会打起来，打死人，对吧？"木香进一步问道。

"算你猜对了。"年纪轻一点的那位严肃地说。

两个汉子交换了一下眼光，推着空车飞快地离开了。

这是怎么回事呢？木香后悔不迭，反反复复地说：

"我真是个没脑子的人啊，我不应该说出那种事……"

我们走一走，歇一歇，将两担块煤挑回了家。爹爹笑逐颜开，说：

"我还担心你们出事呢，差点要去山里接你们了。外乡人没欺负你们吧？"

"没有啊！"我和木香异口同声地说。

"他们两个人相互打，打破了头，他们运走了满满一卡车煤！"

我和木香听了后心里都在想，那是肯定的，冬天快来了啊。我俩会意地笑了笑。木香的笑却像苦笑，大概她还在后悔自己当时的多嘴。在我们本地，没人会愿意将老乡之间的不和泄露出去，可能湖区的人也是一样吧。

晚间，我们坐在灶边烤萝卜片吃，看那艳丽的块煤变换着色彩。我突然听到木香在嘀咕："打起来，会不会打死人？"我的姐姐心事真重啊。

妈妈从炉膛底下拨出一只大番薯，我和青香欢呼起来。但木香不为所动，她好像中了邪似的。妈妈悄悄地对我们说，木香说不定在想出嫁的事了呢。然而我觉得一点都不像那种事，因为木香告诉过我，她两次见到的是不同的外乡人。她只是对家乡以外的事有好奇心罢了，她是那种喜欢对所有的事都要深思熟虑，弄个水落石出的女孩，我认为她在家乡人当中出类拔萃。

火苗欢快地跳跃着，我眼前老是浮现出那两个外乡人的样子，他们太特殊了。我甚至想，他们也许是强盗一类的家伙，是来我们的煤山点火的。青香不是也担心煤山会烧起来吗？这是不是某种预兆？不过此刻青香正在啃番薯，一副蠢样子，她会有什么预兆呢？

青香又睡着了。木香瞪着一双大眼注视着灶眼，我知道她的念头离不开外乡人和煤山。她在苦思苦想，我觉得她在想一些恐怖而又诱人的事。

夜渐深了，爹爹停止了抽烟，叹了一口气，说：

"女大爹难当啊。"

他起身去了里屋。

青香受了惊吓一般，一蹦就起来了，她跌跌撞撞地往自己的卧室走去。

木香轻轻地笑，她站起来留火。我同她像两个密谋者一样，不时会意地点点头。我决心追随我姐姐，因为我也为同样的事所吸引，但我还不清楚那是什么事。我只知道，追随木香就会接近那种事。火已经留好了，只剩下一个洞眼蹿出蓝色的火苗，像要对我们讲述块煤的故事一样。我听到了木香在心里叹息："这些煤啊。"我将她的叹息说了出来。

黑暗中，我发现她的头部消失了，她的身体移向门外。

"二保，我先去睡了。"她的声音在外面堂屋里轻轻响起。

我一点瞌睡都没有，就站在堂屋里，看着地上的月光发愣。突然听到爹爹在我背后讲话，吓了我一跳。

"你们都大了，都可以自行其是了。"爹爹的声音有点怪。

他是什么意思呢？是赌气吗？也不像。

"爹爹，我们的煤，挖得完吗？"我小心谨慎地问。

"怎么可能呢？"他责备地说，"族谱上说我们有四十代人住在这里了，旁边那几个村子历史更长。可是据我爷爷说，这煤山还长高了。煤是挖不完的，等你成年了就知道这一点了。"

他突然打了一个哈欠，说要睡觉了，就进去了。

我看见水缸旁边蹲着一个黑影。他站起来了，啊，是那外乡人！是年纪老一点的那一位。他走拢来。

"二保啊，"他说，他的口气就好像是我的亲戚一样，"今天我本应跟卡车一起回去的，我却留下来了。不知怎么我就是想留在你们村里。"

"您是想同煤待在一块，对吧？"我说。

"这是一个原因吧。另外一个原因是厌烦了同人打架，我怕死。"

"您不怕饥饿吗？"我自作聪明地问。

"我当然怕饥饿。会到什么程度呢？"他凑近我诚恳地问道。

"会到——会到想死的程度。"

"真的吗？"他一把抓住我的肩头。

他的口里喷出老年人的气味，我厌恶地甩脱了他的手。

"二保啊，叫客人到我房里来吧！"爹爹在里屋喊我。

我领着老汉进了房，指给他爹爹卧室的那张门，他一声不响地进去了。

卧室里立刻响起了奇怪的谈话声，就像镇上那老式录音机在放怀旧的歌曲一样，时高时低的。那一夜，爹爹房里的说话声没有停息。我一轮一轮地醒来，梦中的大火烧得我四处逃命。青香老在我耳边说："我们跑不跑？我们跑不跑？……"到处都是人，我在烟雾中摸索着，希望看到木香的身影。可是她在哪里？

外乡人在我家里住下了。奇怪的是木香对他并没有兴趣，她在他面前冲来冲去的，从来不招呼他，就仿佛他不是一个人，更不是家里的客人。爹爹也不责怪木香的无礼，现在轮到爹爹心事重重了。

冬天来了，我们一家人围炉烤火时，尺叔（外乡人）就坐在最里面的暗处。我们时不时地听见他发出惬意的哼哼声，大概他的一生从未得到过这种高级享受吧。白天里他告诉过我，湖区的冬天，到处是冰，手脚和脸全冻烂。我记得他从未抱怨过肚子饿，而且他明显地比我们吃得少。莫非他需求小？真不可思议。

就在我们吱吱嘎嘎地啃萝卜片时，突然听到尺叔说话。

"这里真是一块风水宝地啊！"

"同你家乡相比，不是挺无聊的吗？"木香嘲弄地说。

"我嘛，已经忘记家乡的那些事了。有时我想回忆，怎么也回忆不起来。家乡成了影子，缩进一个黑洞里去了。有一件事我还记得，这就是那里的人都认为煤是很可怕的东西。所以他们才要跑到这里来掠夺啊。"

尺叔的声音在暗夜里格外清晰，也许是因为我们都在屏住气聆听吧。我被他的话震得脑袋发晕。他说完后没人接着他说，只有木香发出了一声冷笑。随后门吱呀一响，她到外面堂屋里去了。"二保，你这个呆鹅……"她一边说一边越走越远。这么冷的天，我的姐姐到哪里去了？

母亲坐着没有动。她知道木香的性情，这个女儿谁的话都不听。

外面起风了，风在山里呼叫。房里是多么温暖啊。沉默中，我知道了大家都同我一样的想法。这种天，围在火炉边才是正当的行动。即使我要追随姐姐，也得等到明天白天。唉，让她骂我呆鹅好了，她的骂是一种疼爱。只有她听得懂外乡人的话，我是听不懂的，有什么办法呢？当然，爹爹也听得懂。

夜越来越深，灶眼里的煤火越来越旺，房里的氛围就仿佛是有一件紧急的事要发生了一样。只有青香侧身躺在宽凳上打呼噜。

过了好久我们才听到木香回来的声音，她直接回她的卧房去了。尺叔瓮声瓮气地说："她出去看望他们去了。"爹爹点头附和他。我不知道尺叔所说的"他们"是谁，这种夜晚，外面怎么会有人？木香的秘密活动别人很难猜出来，我隐隐约约地感到同煤有关。那么，也许尺叔指的就是煤？

我是下午一个人上山的。夜里下了雪。我走到那些熟悉的地方，发现有些异样，那些取煤点变得显眼了，都是上等的优质煤露在外面，选都不用选，多么奇怪啊。它们是夜里涌出来的吗？还是姐姐对它们施了魔法？

白雪的世界里出现了一个红色的小点，越来越近了，是一位外乡姑娘，穿着红棉衣，她那双大手被冻得裂开了许多裂口。

"我要来亲眼看一看。"她说，"我在卡车上冻了一夜来到这里，就为亲眼看一看。凌晨两点钟那会儿我觉得自己快被冻死了。"

我向她指点着亮闪闪的块煤,她快乐地笑着,她的脸像桃子一样红艳艳的。

"那么,你也会像尺叔一样留在这里吗?"我问她。

"当然不。煤乡是我的梦,人怎么可以老停留在梦境里?啊,对不起,失礼了。你想想吧,我为了来见它们差点搭上了我的小命!哈!"

她说她要回去了。我有点着急,结结巴巴地对她说:

"你就要走吗?可是,可是你还没见过我们这里的人啊……"

"你们这里的人,不就是你这个样吗?"她嘲弄地说。

"不对,比如我姐姐,就不是我这个样,你一定要见见她。"

"我已经听人说起过她了。她是个包打听。"

女孩走远了,她是去镇上搭车回家。湖区的人真怪啊,从那么远的地方来,差点冻死,就为看一眼我们这里的煤。

当我将煤耙进箩筐时,我发现它们不再一律是优质煤了。差的和好的混在一起,我一边耙一边选,淘汰那些太差的。我心里的疑惑不断上升。刚才湖区的女孩快要到来时,这些煤是怎么回事?现在它们又变回去了,莫非它们像人一样爱虚荣?还有,这个女孩对我姐姐不感兴趣,有点鄙视地说她是"包打听"。大概湖区的人最不喜欢外面的人打听他们的情况。木香已经看出了这一点,不过她不死心,她要一钻到底,她就是这种性情。

我暗暗地认定这种局面是煤造成的。可是煤山一直在这里嘛。从我记事以来,我们小孩就在这里安安静静地成长,从未有过外乡人来扰乱我们的生活。可是姐姐,她是不同的……难道是木香引来了外乡人？我被自己这个阴森的念头吓了一大跳，天哪！我忽然又记起她的一些独特之处，比如她最喜欢用自己的赤脚将加了水的煤和黄泥捣匀，闭上眼踩呀踩的，动作那么柔和，还哼着山歌。还有就是她总是在水塘边看自己的倒影，好像要从那影子里找什么东西似的。

挑着煤踩着雪往家里走时，我发现这山里只有我一个人在走。这种天，别人是不会出来采煤的。我之所以出来了，是因为看到姐姐的眼神，心里就产生了某种预感。果然，我一进山就遇见了湖区的女孩。可是遇见了又怎么样呢？我连一丁点儿消息都没有从她那里打听到，她的嘴紧得很。她当然是从湖区来的，我一提尺叔，她就心领神会的样子。那些煤……

我决定不将遇到女孩的事告诉木香，这事太令人扫兴了。

我一进屋，尺叔就夸我了。

"了不起啊了不起！天寒地冻的，本可以在家里烤火，却惦记着家里的煤。山区的孩子就是吃苦耐劳。"

我发现他说话时居然同木香交换着会意的眼色，他什么时候同我姐姐结成同盟了？他俩不是一直互不买账吗？

"二保啊，你该没有后悔吧？"姐姐拍拍我的肩头，关切地问。

"没有啊。为什么事后悔？"我茫然地反问。

"你都知道嘛。"她肯定地说。

尺叔拍着双手喜气洋洋地说：

"这两姊妹在说黑话！真贴心！煤乡的人真朴素！"

但我一点都不高兴，我怀疑姐姐已经知道我同那怪女孩相遇的事了，说不定他们乍见过面。虽然我看见她往镇上跑，也许那是迷惑我,也许她实际上跑到了我家,还说了我的坏话。唉唉,我同姐姐的关系怎么成这个样了?是因为尺叔,还是因为煤?为什么爹爹要将尺叔老留在家里?我一边这样想一边在心里谴责自己的刻薄。我的这些念头太不符合煤乡的做人的标准了。

"你脸上脏兮兮的,洗脸去!"木香命令我。

我在厨房里洗脸时隐约听到这两个人在议论我。

"他还小……他看不出美莲的意图。"尺叔说。

"您这样认为?哼……"

我心里恨恨的,恨尺叔。可恰好此时青香在我背后说话了。

"尺叔真有趣,我舍不得让他走。"

"他要走吗?"我心里燃起希望。

"不会。爹爹说我们这里成了他的第二故乡了。"她傻乎乎地说。

"你不会是尺叔派来侦察我的探子吧?"我突然说。

"你说什么……你说什么呀……"她哭起来了。

我愤愤地走开去。

外面又下雪了,真冷啊!尺叔将屋里的火烧得很旺,火上在蒸番薯。尺叔很快就学会了烧火,而且他最关心这炉火。这一来木香就少了许多事,所以她现在老跑出去。我不知道她跑到哪些地方去了,似乎只有尺叔知道,可他从来不透露给我。

我并不稀罕外乡人,我只关注木香。在我眼里,木香是世界上最聪明的人,我要是能弄清她心里的一半念头就好了。很显然,现在她和尺叔都把我当小孩子,他们有事瞒着我。现在我越回忆那湖区的女孩,越觉得这些外乡人不怀好意。不知他们对我们的煤山做了什么手脚,使得煤发生了古怪的变化。如果我今天不去山里采煤,我还不知道它们会是那个样子。煤知道女孩从那么远赶来看它们了,才变成了优质煤吗?还有我的姐姐,她是跑出去看煤去了吗?

我爹爹在咳,我忽然觉得他也许会死。我有回听到他对母亲说:

"我不担心你们,在煤乡里,有什么可担心的呢?"

他固执地认为我们这里遍地是宝。可我并不相信。我们不是连饭都吃不饱吗?而且我们从未去过大城市,只是听一位老伯伯讲述过大城市的模样。我们走得最远的地方就是镇上,爹爹也如此。那位老伯伯告诉我们说,大城市的人天天吃肉,冬天被冻死的都是乞丐。我和青香听了他的话,都对大城市的生活感到害怕。我们觉得自己要是去了大城市,就只能当乞丐,绝不会成为吃肉的人。但木香并不害怕,她缠着那位老伯伯打听了很久。老伯伯在对我们讲述大城市的当年就去世了。

却原来那女孩的名字叫美莲。她倒是有个好名字,可她的性格太刁钻了。她来到我们这里,有什么样的意图呢?要木香才看得出,可木香又不愿告诉我。我去山里采煤,不就是为了帮她多干活,帮她打听信息吗?她却不领情!她用不着我的信息,她同美莲已经联系上了,全是尺叔在牵线。啊,爹爹在唤我!

"二保,今后你的性情要改。你要将一些事放开去。不然的话,即算在煤乡生活,也会越来越难。"爹爹说这话时眼睛看着别处。

"爹爹,您是想说,我会死吗?"

"你真聪明。你差不多和木香一样聪明。不过总有一天,青香会超过你俩。"

我回想起青香的傻样子，不由得笑起来。

"笑什么呢？"爹爹严肃地皱了皱眉头，"有的人的聪明从不外露。"

我沉默了。我记起我小的时候也咳，人们说我也有肺病。后来我的病好了。可是住在村尾的远林有次生我的气，就警告我说，肺病是好不了的，年纪大了时仍要发病的。那种警告我记在心里。什么时候我就算"年纪大了"呢？他说得太含糊，令我没法预防那种事。所以有的时候，我就将那种警告抛到了脑后。爹爹当然没有忘记，可他以前从来不说，就好像我没有病一样。我们家只有我遗传了爹爹的肺病，女孩们都很健康。不过我觉得木香也有病，她的病在心里。

"你妈最疼的就是你。你多干活吧，对你有好处。"他忽然又说。

我听不懂这种打哑谜似的谈话，情绪一下子变得暗淡了。

尺叔过来了，笑盈盈地对爹爹说：

"这位是个小英雄！这种天气，他敢一个人上山，要多大的勇气！"

爹爹听了他的夸奖很高兴，点着头，用下巴朝某个方向示意着什么。爹爹和尺叔谈论过我的病吗？

我们站在房里谈话时，木香探进脑袋，毫无表情地看了我一眼又缩回去了。

我真悲痛。

今年冬天的雪下得特别大。现在每家都在屋后的山坡上取煤了。只有我还念念不忘大山里的那些优质煤。当我提出要去大山里采煤时，木香就说她不批准我去。

"你是只呆鹅，去那种地方也不会让你变聪明。再说你已经去过一次了，给我惹了一堆麻烦。"

"那是什么样的麻烦？"我问道，心里存着希望。

"我不想说。那种事过去了之后就没人想说了。"

"可我知道是美莲惹你生气了，她是个坏女孩。"

"胡说八道！你不要自以为是了，会把事情搅得一团糟的。"

我心里的沮丧没法形容，我永远是个外人。就因为我有病。木香不让我去山里，倒并不是因为我有病。她很少怜惜我，我为此心里对她充满感激。啊，我多么想变得同她一样聪明啊！可那是妄想，我明明看不透发生在身边的这些事嘛。不过我心里无端地有种预感，只要天气变好，木香就会从家中出走。我觉得她的想法得到尺叔的赞同，她已经等得不耐烦了。她大概经常独自一人去大山里，她认为我太笨，不能理解那些煤，所以反对我去。唉，木香！她同那山上的煤，还有湖区的女孩，还有尺叔，他们之间是怎么回事？爹爹不是说，有了煤就过得下去了吗？他的女儿却每时每刻企图将自己置于危险之地。也许爹爹的话是嘲弄我们？我现在常感到房里太热，这都是尺叔的功劳。我已经同青香商量过"跑不跑"的问题，结论是死守在此地。

有一天雪停了，我看见木香独自出门，便悄悄地跟在她后面。

果然，她去了我们常去的大山——白山。我远远地看见她在绕着山腰走。

后来有一个小红点从小路的对面过来同她会合了。我激动起来：那是湖区女孩美莲啊！她俩站在那里看山顶，我躲在岩石后面看她们。忽然，她俩不见了。怎么回事？我奔过去寻找她们。

在她俩驻足的地方什么都没有，只有被雪覆盖着的煤和松树林。哈，我终于发现情况了！有一棵被雷电击倒的大松树的根部裂开了，朝裂口望进去，里面黑洞洞的。木香她们一定是进到里面去了。我小心翼翼地往里走，我感到自己是在走下坡路，那么这个洞是通到下面去的。洞里很温暖，前方还浮动着点点红色的火星。一会儿我就听到了木香的声音，不过她离得比较远。慢慢地就热起来了。

啊，那些火星增多了！我开始出汗，头发也变得湿漉漉的。我跑不跑？

"木香！"我绝望地喊道。

她回答了我，我听不清她说什么，显然她很愤怒，那愤怒是冲我来的。

我掉头往回走。但是因为什么都看不见，我弄不清我是在往哪里走。

多么热，这些煤烧起来了吗？它们发起怒来真凶恶，我要完蛋了。现在我已经看不到红色的火星，但我能真切地感到热浪朝我扑来。多么可怕，我应该离开，可我却在向它们跑去，我跑到它们里头去送死！我止不住自己的脚步。

"二保，现在向右拐吧。"木香冷静地说。

我出了树洞，站在雪地里，满脸都是湿的，不知是汗还是眼泪。

在我的前面,木香和美莲若无其事地边走边交谈。我赶上前去观察她俩,发现两个人都没出汗。怎么回事?那些煤优待她们吗?我真羞愧啊。

"你弟弟还太嫩。"美莲说,回过头来冲我一笑。

她这一笑就抹去了我心里的所有的委屈。我听见木香对美莲说我"需要锻炼"。

木香真是那样想的吗?可她为什么不批准我去大山里?或者,不批准其实就是批准,看看我的勇气有多大?走了一会儿木香和美莲就要分手了。木香在劝美莲快回家去,她说我们煤乡"其实并不安全"。美莲回答说她知道不安全,就因为这,才有刺激,要不她一轮又一轮往这里跑干吗?她说得木香笑了起来。这时美莲反而收起笑容,说她得去赶车了。她跑起来,一会儿就不见踪影了。

我问木香我们这里真的不安全吗?木香仰着脸想了好一会,说:

"我说的是我们自己。我们都会死。她如果留下来,她就不安全了。"

"你也会死吗?我以为只有我一个人会死呢。因为我有病。"我焦急地说。

"我也有病,你还不知道吧?如果我还在这里拖延的话,我非死不可。"

我不敢问木香她有什么病,我被这个消息弄得脑袋麻木了。那么,木香也要走了。她还在等一件事发生,那是同煤有关的事吗？那些煤，它们在地底下的活动可不像它们在炉子里的活动！

在离家不远的地方，木香命令我说：

"你先回去吧。"

天黑下来了，木香还没回来。我忍不住问爹爹：

"木香也有病吗？"

"她是思想病，她的思想有问题。"爹爹说。

"思想病会死吗？"

"可能吧。"

我担心她出问题，要去找她，却被爹爹喝住了。爹爹说现在她还不会有危险。"我担心的倒是你。"他又说，样子有点凶。

我一害怕，就不敢出去了。外面这么黑，我也找不到她。

爹爹早早地就轰大家去睡觉，地灶边只剩下他和尺叔。

我躺在卧房里，又听到了那种录音机里传来的声音，有声有色的。是爹和尺叔在谈话，可惜我一句都听不清。我疑惑地想，这个湖区来的老头是怎么成了我家的主心骨的？好像是，爹爹一直就在等他来！我在迷糊中听见木香进屋的开门声，一下子就被惊醒了。尺叔热情地同她寒暄，她回答了一句什么就哭了起来。接着是爹爹安慰她的声音，她提高嗓门和爹爹吵了几句。"我决不走老路！"她喊道。忽然，他们三个人的声音又变得和谐了，好像在商议什么事。我于是想到木香今夜的出行是他们三个人预谋的，两个老人对木香抱着很大的期望，但他们与木香在某些方面有意见分歧。

那一夜，我对我姐姐的崇敬达到了巅峰。她究竟是什么材料做成的？她能看见我所看不见的事物，并且她总是那么镇定，比村里所有的男孩都要镇定。然而她又胆大包天。我隐隐地感到也许因为木香如此与众不同，所以两个老人将自己实现不了的希望寄托在她身上了。她成了他俩的眼睛和耳朵，还有心灵。只有她，能够和大山里的那些煤打成一片。她，还加上湖区来的美莲，她俩已经去探过险了。真是两位天不怕地不怕的姑娘啊。而我，直到现在也没能想清昨天发生的事。我努力回忆那个被雷击而裂开的树洞，回忆我是怎么进去的，然后又遭遇了一些什么。但那一切回忆就像那个洞里一样黑，一点都猜不透它的含义。然后我就被木香救出来了。那种处境可是够可怕的，那些煤似乎在愤怒地燃烧。也许木香和美莲是去下面引火？是不是因为我发现了真情，木香才如此生气？然而她还是救了我，因为她是我的姐姐啊。我在睡去之前生出这样一个念头：可怕的不是这些煤，而是人对煤的看法。这个念头似乎让我安心了。我就在斑鸠的叫声中进入了深深的梦境。

第二天早上我醒来时，居然听到爹爹和尺叔还在地灶边大声说话。难道这两个人整整一夜都在谈话？多么可怕啊！

"这地方有了木香这丫头，我们的事业就后继有人了。"爹爹说。

老天爷，他竟然用了"事业"这个词！那是桩什么样的黑暗的事业？要用性命去打拼的事业吗？我脑海里出现了白茫茫的山，还有雪地里的细瘦的身影。我心中激情涌动，用力一滚就翻下了床。

当我揉着眼走到地灶那里时，却没看到爹爹和尺叔。灶里火已经熄了，他们夜间没有留火。没有生火的房里冷清清的。母亲悄无声息地进来了，她是来生火的。

"妈妈，爹爹和尺叔夜里在什么地方？"我问。

"两个老家伙溜到山上去看雪了。真有雅兴。"

"可我听到他俩一直在灶边谈话，谈了整整一夜。"

"有可能。"母亲笑起来，"这两个人神出鬼没。你爹说自己死过好多次了，可他还在家里！二保啊，我劝你不要过多地关注他们的事。"

"可我并不关注。"

"那你一夜不睡，听他们说话又是怎么回事？"

"我没有刻意去听。他们的声音太大，我睡睡醒醒的，就听到了。"我争辩道。

"你竟敢责备你爹爹的声音大。他是有病的人，随时会死。"

我愤愤地冲到了外面。我在堂屋里用冷水洗了脸，刷了牙，心情渐渐平静下来。这时我看见木香回来了，脸蛋冻得红艳艳的。

"二保，我要带你去钻树洞。"她宣布说。

我惊呆了。她这句话像一个响雷，我感到整个堂屋里都在发出回音。

二

青香这傻姑娘，又躺在灶边的宽凳上打起了猪婆鼾。刚才她还在同我说话，问我地下煤矿在这一带是如何分布的，做出害怕的样子问了又问。如果她真害怕的话，怎么会一转背就入梦了呢？这个狡猾的家伙，我得提防着她点。

"二保，你觉得你姐姐是去哪里了呢？"母亲问我。

她坐在灶边纳鞋底，一只手柔和地抽出麻线。我知道她并不为木香担心。她从来就没有为她担过心。

"大概是去湖区吧，"我随口说，"妈妈，你愿意她去哪里？"

"我愿意又有什么用呢？她才不会听我的。"

爹爹和尺叔都停止了抽烟，一言不发地坐着，不知道他们在想什么。

我忘不了那天下午的事。我和木香到了很深的下面，可能是煤矿的地下层。那里一点光线都没有，幸亏我们带了矿灯，矿灯是在镇上的旧货摊上买的。矿灯变得幽幽的，只能照到脚下一点点地方。用手一摸，就知道周围都是最上等的货色。但也不一定，也许只是红土层呢？矿灯微弱的光线照不出颜色。我其实带了打火机，但我不敢点燃，害怕这些煤像上次一样烧起来。我们已经来到了比上次深得多的地底下，如果它们燃烧起来，我们非死不可。木香要我坐下来休息。

"有病并不可怕，兴许还是好事呢。"她是说我。

她说着就捏了捏我的手，令我感到心神激荡。

突然，我捕捉到了单调均匀的挖掘声。木香说可能是湖区的美莲，也可能是她那里的某个汉子，因为"他们最喜欢同煤矿较劲，没事就挖来挖去"。

当我和木香屏住气倾听时，挖掘声却又停止了。

"木香，我们上去吧。"我声音颤抖地说。

"好。"

我姐姐镇定地站了起来,走在我前面。我多么佩服她啊!

她一会儿往左拐,一会儿往右拐,我几乎跟不上她。可是很快我们就看见那着火的煤层了。那么可怕!我被呛得发不出声。木香将我往旁边一推,独自朝那火海走去。我跌在黑乎乎的水沟里,动弹不得。有人在叫我。

"二保,你伸出手来啊,你这个怕死鬼!"

我朝前伸出一只手,那人一把抓住,用力一拽,我就到了外面的露天里。

原来是那矮小的湖区汉子。他显得更瘦、更憔悴了。

"你在干什么?"我问他。

"探险啊。"他茫然地说,"我们不像你姐熟门熟路,我们远道而来,可我们,也有好奇心。你说是不是?"

"可能吧。"我拿不定主意怎么回答他,"你发现了什么?"

"糟糕的就是什么也没发现!我只要一靠近那些煤,就被弹开了。比如刚才,我以为我已经死了呢,结果却跌在水沟里。"

"你不怕死,对吗?"

"对。可这里没有机会让人送死。我试过好多回了。煤的意图捉摸不透。"

他显然不想和我多说了,他往旁边一条岔路走掉了。我看见他的衣服下摆被烧焦了,他的头发也被烧坏了,散发出臭气。上次我和木香遇见他时,他还是个年轻的汉子,现在他已经显老了。这个家伙老在我们的煤山里转悠,是要找什么呢?或者什么都不找,只是像他说的,在试探煤矿的意图?湖区的人老奸巨猾,永远不讲真话。比如尺叔,我就从来不知道他话里的意思。

303

这个人一定在胡说八道,谁会故意去寻死呢?他居然知道我的名字!当然,是他们的人告诉他的……或者竟是木香告诉他的。他妒忌我姐姐,因为她可以在火里头穿来穿去,不受损伤。他们这伙人,究竟跑到这里来搞什么样的活动?他们都在湖区活得不耐烦了吗?他们现在已经不再来拉煤了,看来以前他们用卡车拉煤回去,并不是为了取暖。

我不敢把这事往深处想,一想就感到毛骨悚然。哈,木香出来了,她若无其事地在我前面走!我一叫她她就站住了,转过身来。

"有人要跟你捣乱,就是上次来的那个湖区人。"我说。

"我看见他了。他不算什么,尺叔才是真厉害。"木香若有所思地说。

"你真行。"我赞赏地说。

"那人在撒谎,"我又说,"他说他是来寻死的,又说他死不了。"

"这没什么稀奇。周围全是这种人,我慢慢地把他们弄清楚了。我问你,二保,你干吗要对这种事有这么大的兴趣?"

"因为、因为……因为我有病啊。"我结结巴巴地说,"再有就是,我想向你学,什么地方都敢钻去,火也烧不着你。"

木香笑起来,连声说:"胡说八道,胡说八道……"

我们很快就回到了家里。爹爹告诉木香说有一个外乡人来过了,魂不守舍的样子,说想借宿,爹爹没有同意。木香扬了扬眉毛,说了那湖区男子的特征,爹爹说就是他。

"尺叔当时在家吗?"我插嘴问道。

"小孩子别乱问!"爹爹瞪了我一眼。

我走到里屋,看见了尺叔。他正在摆弄那炉火,蓝色的火苗直往上蹿。我们刚才的对话大概他都听见了。他抬起头看着我说:

"你哪里像个有病的人啊,我看你的病全好了。"

我红了脸,想逃进自己房里去,可又被他叫住了。

"二保啊,我在夸你呢。你将来一定会像你姐一样有出息的。"

他说着就给我一根番薯条,我接过就啃起来,因为确实饿坏了。

春暖花开之后,煤的重要性就没有那么明显了。当然我还是一有机会就去那几个地方侦察,想发现点什么。一共有两次,我独自下到天然矿井里,但两次都一无所得。以前我和木香来时,我总看见火,闻到烟。可是当我独自下到那里时,周围静静的,既没有火也没有烟。我将矿灯高举,看见的不是优质煤,而是煤和泥土混在一起的那种东西。而且这个"井"并不深,走十几步就碰壁了。这令我怀疑:上次同木香来的是不是这个井?后来我就不下井了,改为到山里头转悠。

木香从家里消失后,尺叔就老念叨着要回湖区去了。我觉得他不是真的要走,他只说不做。因为并没有谁拦着他嘛。

除了尺叔,家里没人提起木香,也许我的父母对我姐姐很放心。

尺叔往往是在傍晚时分说起木香。那时大家围着八仙桌坐好,准备吃饭了,尺叔就会突然冒出一句:

"木香今晚会不会也吃豆角？我记得她最爱吃豆角。"

刚开始听到这种话时，妹妹青香总会哭起来。于是爹爹就铁青着脸，骂她是"扫把星"，还说她"把好事搅成了坏事"。被骂两次之后，尺叔还是说同样的话，但青香就不再哭了。我私下里问青香为什么要哭，她说她觉得姐姐已经死了。我又问她现在为什么不哭了，她说她又觉得姐姐还活着。我就暗自思忖：我这个妹妹同我姐姐一样复杂啊，可得提防着她。

"我现在为什么还不走？"尺叔看着我说，"我担心的是你。二保，你可要自爱自强！我在这里一天，就可以指导你一天，对吧？"

"你究竟担心我什么事？"我有点蛮横地问。

"当然并不是真的担心。老人的生活经验总是有用的。"

我气呼呼地回到自己房里。从我的窗口望出去，可以看见煤坡。远远望去，总觉得那黑乎乎的一片会是上等的好煤。当你走到跟前，又发现并不是那么一回事。我可不愿尺叔监视我。其实他在家里也并不跟着我转，他用不着盯我就知道我在想些什么。不知怎么，我盼望他提起木香，又有点害怕。毕竟，木香没有同我告别就走了。是不是因为木香走了，那些矿井就渐渐淤塞了？从前的天然矿井是怎么形成的？仅仅由于木香美莲这类人去探望，它就自动形成了吗？在我的夜里的想象中，这两位女孩同煤是友好的，煤矿欢迎她们。而那湖区的汉子和我，却是不受欢迎者。那人的衣服和头发不是被烧坏了吗？也可能是看到他被烧焦的头发和衣服，爹爹才不让他借宿的。啊，有人在窗口叫我！是美莲。

"二保,你愿意同我去放火吗?"她说。

"放火?"

"并不是真的放火,就是玩玩。"

我溜了出去,我听见尺叔在我背后说:"越是有病越要抓紧机会。"

黑暗中,美莲抓住了我的手,我们跑了起来。我有种腾空的感觉。会不会是飞到木香那里去?这个在煤乡神出鬼没的湖区女孩,怎么会想起来邀我的? 奇怪,我们所经过的,全然不是我熟悉的路。

"美莲美莲,我们是到木香那里去吗?"我喘着气问她。

"不要问! 你问不出来的。因为我不知道。"

她用力攥紧了一下我的手,她的手变成了又冷又硬的东西,我疼得叫了一声。

她似乎很懊恼,甩脱了我的手,停了下来。

我发觉我们已经在山坡上。美莲背对我站着,用打火机去点燃坡上的煤。我吃惊地看着,觉得她的想法太疯狂。她耐心耐烦地用小小的火苗在划圈子,划了一轮又一轮。我站在那里,腿发麻,心里对她失去兴趣了。

突然,一阵酷热的气流穿透了我的身体。我转过身来,发现整个煤坡变成了橘红色的水晶宫,奇怪的是那些火苗一动不动。我恐惧地叫喊:

"美莲! 美莲!"

但美莲不在,也许她到水晶宫里头去了。热辐射令我汗流浃背,我本能地往坡下跑去。到处都是火的水晶宫,除了我脚下这条窄窄的泥巴路。我跑得很累，我刚才上山反而轻松，就像是飞上来的一样。我听到尺叔在坡下喊话。

"美莲，你可要挺住啊！"

美莲在哪里？汗水滴到眼里，很痛。后来我干脆一头滚下了坡，落到一蓬青蒿上面。啊，这可是救命草，沁人心脾，消除燥热……

"二保，你真的长大了嘛。"尺叔在我耳边说。

我很狼狈地爬了起来。尺叔拍着我的背唠叨着：

"你瞧，你瞧，全发动起来了！这太好了！"

我回过头看山坡，只看见一片黑乎乎。美莲躲起来了吗？

尺叔好像听见了我的思想一样，回答说：

"她当然躲起来了。这里到处都能躲人，不像湖区一坦平洋。"

我很不情愿地跟随尺叔往家里走。我是多么羡慕美莲和木香啊！她们是真正的夜游神，神出鬼没，还可以将煤坡变成水晶宫。我羞愧地回忆起美莲的铁钳一般的大手。那双手不是已经向我显示了她的力量吗？我怎能同她比？

这几天"倒春寒"，天气又转冷了。寒冷的家里已经生好了火，尺叔让我换上干衣服坐在火边的宽凳上。

家里人都睡了，尺叔也显得睡眼蒙眬。

"我知道你的想法，不过现在还不到火候嘛。"他打着哈欠说道。

他开始封火了，他催我快去睡觉。催了两遍，见我没动，他就凑近我看着我的眼睛，说："你这个小家伙是怎么回事？想从家里出走吗？"

我点了点头。尺叔笑了，露出那颗断了半截的门牙。他做了个手势让我出去。

于是我糊里糊涂地又到了屋外。黑暗里有人同我借火。

我把打火机递给他。他是那湖区的矮子，烧焦的头发乱蓬蓬的，身上还是很臭。他猛抽了几口烟。"真冷啊。"他打着哆嗦说道，"你同我去避寒吗？"

我默默地跟着他走。后来我们钻进了一个茅棚子。我从来不知道村里有这样一个茅棚子，里面空空的。我凭狗叫的声音判断出这个茅棚是在村外。

"我搭的棚。"他自豪地说。

我点燃打火机将棚里扫视了一遍。就是一个草草搭成的空棚屋，我们没法坐下来，只能蹲在泥地上。糟糕的是屋里同屋外一样冷，甚至更冷，因为在外面还可以跑动来取暖。我为什么要蹲在这样一个棚子里受冷？还不如出去跑一跑呢。我站起来向外走。

"哪里去？"他伸手抓住了我的肩膀。

"我想去活动活动。到有煤的地方去找我姐姐。"

"你说我这里没有煤吗？"他提高了嗓门，好像要扑过来揍我一样。

我连忙蹲下，抱住头。我可不经揍。

"这就对了。"他的声音变柔和了，"你的脚下就是煤。不过啊，我们不能点燃它们，那样的话我们两人都得死。你的姐姐和美莲，你以为她们真的到了火里面吗？她们是在耍花招！我是老实人，不过我真羡慕她们。"

我一会儿站起一会儿蹲下,我的腿又冷又麻。

"我是个病人……"我试探性地抱怨。

"病人?好啊!我这个棚子就是专为病人搭的,因为我也是病人。"

"可我在这里没事干。"

"没事干?你真是胃口很大啊!你脚下就是煤矿,你说没事可干!"

我掏出打火机来,我想试试他的话有多大真实性。我刚一点燃打火机他就将我打倒了。他站在我上头,大概非常愤怒。

"你是一个阴险的家伙,你没有信念!"

他没收了我的打火机。但我想不通:点火有什么不好呢?美莲不是到处点火吗?

我把我的念头告诉他,他就教训我说:

"美莲是美莲,我们是我们。我辛辛苦苦搭了这个棚子,就是为了让你放火烧掉它吗?你有病,就可以为所欲为吗?给我起来!"

我爬起来,一身都在哆嗦,话也讲不出来了。

"我们可以想一想煤矿里的事。"他提议说。

可是我的大脑被冻僵了,什么都不能想。他站在那里一动不动,我只能勉强辨认他所在的位置。突然,我听到他在冷笑,那笑声令人毛骨悚然。难道他有精神病?但又不像。他好像是在同什么人较劲。他这一笑,倒让我的脑子活跃起来了,也没感到那么冷了。不知怎的,我有几分愿意同这个汉子待在草棚里了。

他止住了笑。其实我倒愿意他一直笑下去,那样的话我周身的血脉就会变得活跃。啊,这个人!有人在棚屋外叫我,居然是木香!

"二保,二保,我太高兴了!"她边说边拉住了我的手。

"你这些天到哪里去了?"我问她。

"我们到处点火。我,还有美莲。我去了一趟湖区!那里的风啊,几次将我吹倒在地。我现在理解这些湖区人了。比如棚子里这一位,就是个肇事者。"

"肇事者?"我喃喃地说。

"肇事者就是永不服输的那种人啊!"木香哈哈大笑。

木香告诉我说,这些天她一直在外面巡视,她将整个煤乡的煤矿分布情况都弄清楚了。现在她走到哪里,哪里的煤就会发出光芒,不过那不是真正的燃烧,只是种模拟。木香认为,煤对她做出这种反应,虽然令她兴奋,她却隐隐地感到了危险。她觉得自己只要一迈步,就踩在煤矿分布的脉络上。哪怕她到了湖区,只要一做梦就还是梦到原煤分布图。那种情形很恐怖。"煤可是地下的东西啊。"她说出这句话时神情很茫然。当时我们是在她的"窝"里,她有三个这样的窝,都是简陋的,别人遗弃的堆房,她稍加收拾后就利用起来了。每个窝里都放了一张木床,床上堆着看着眼生的厚被子。木香的生活能力是很强的,她从不亏待自己,这一点同那湖区的矮汉子形成了对照。我问她美莲是不是也同她住在一起,她摇摇头,反问我:"怎么可能?"于是我明白了,她们各干各的。不过她说是美莲将她带到湖区去的，她在那里没待几天，因为再待下去就会传染血吸虫。我从木香的谈话猜测到美莲也有几个窝，她俩的活动路线有时会交叉，每次重逢时两人都很激动，就好像今生再也见不到了似的。这是为什么呢？

木香在小小的煤炉上煮番薯汤给我喝。她要求我保护自己的身体，还要尽量照顾尺叔。她说尺叔是我们的家神，能量比爹爹大多了。我喝完一碗番薯汤就站起来告辞了。我看见我姐姐眼里噙着泪——她多么爱我这个弟弟！我一边离开一边想，我怎么能老黏着木香，我比她小不了多少，早就该出去闯荡了。

我刚一走出木香的窝，回头一看，那窝已经消失了。看来煤乡的生活里有很多阴森的事是我从前没注意到的，木香却一直就了解内情。唉，木香！刚才她心里认为今生再也见不到我了吗？当然这事不可能，可到底是什么在促使她这样想呢？

"哈，二保回来了！家里人都以为你不回来了呢。"尺叔笑眯眯地说。

"为什么？"我生气地问。

尺叔仔细地从头到脚打量我一遍，摇摇头，说：
"不为什么。"

"那你看我回来好呢还是像木香那样不回来好？"我不依不饶地问。

"都好。"尺叔说，又变得笑眯眯的，"煤乡的孩子成长起来真快。"

深夜里，有人发出凄厉的号叫，我觉得那声音像是湖区的矮汉子发出来的。

我听见尺叔起来了,走到那边房里,口里小声低语:"他这是怎么回事……"

那汉子怎么了?总不是闹着玩吧?他待在自己搭的棚子里,在清冷的黑暗里想一些关于煤的事,他应该是有超人的毅力的。我可做不到像他那样。可现在,他为什么不耐烦起来了?会不会他的棚屋着火了?他又叫了一次,尺叔更加不安。然后门一响,他出去了。

我连忙穿上衣往外走。

"二保,哪里去?"是母亲惊恐的声音。

"我找尺叔……"

"你不能去。外面变化很大,待在房里别动。"

煤油灯的那边,母亲的脸像鬼一样可怕。我突然回想起母亲很少吃东西,她是如何熬到今天的?什么样的力量在支撑着她?

"妈妈,我不出去了。您告诉我,外面发生了什么变化?"

"半边山都在烧。有人踩着了煤山的脉搏……我和你爹爹都不敢出去。"

"那么尺叔呢?"

"他去找那英雄去了。"

"谁是英雄?"

"你不是同他见过面了吗?尺叔还在家里夸你呢。"

我明白了。

当我躺回床上时,我感到无比孤独。当我有点认清尺叔的真面目时,他就迅速地从我家消失了。啊,尺叔!啊,湖区的矮汉子……我在黑暗中,他们在亮处。还有木香和美莲,她俩如愿以偿了吗?有人在摸我的脸呢。

"青香你捣什么鬼?"

"我担心你要发病。外面变化太大了。"她声音发抖。

"外面变成什么样了?"

"我不知道,什么都看不见。我只是想,肯定变化很大。"

我下了床,和青香一块蹲在桌子下面。青香又开始问那个"跑不跑"的老问题。

"往哪里跑?什么都看不见啊。"我忧虑地说。

"二保,你有病,我们应该守在家里。"她一本正经地说。

"好,就守在家里。"

"可是爹爹和妈妈已经跑了。"

"跑了吗?"

"嗯。"

蹲了一会儿我的脚就发麻了,我从桌子下面钻出来。青香也出来了。

"你为什么不同他们跑?"我问青香。

"因为他们将所有的番薯干都留给我和你了,你瞧!"

她将那个烘篮推到我面前。

"他们不回来了吗?"

"应该是这样。爹爹不是快死了吗?"青香哭了。

我最讨厌她哭,我觉得她每次哭起来就是在掩盖什么事。她到底在掩盖什么?她同父母有事瞒着我。莫非他们认为我也快死了才让我留下来?可我觉得我还不会死,还早着呢。我身体里头还没有发病的迹象。窗户下面有人走来走去，会是谁?

青香好像听到了我里面的发问，她说是"湖区的矮子"在那里走，另外还有他的几个同伙。因为他们驻扎在我们煤乡，煤乡就"完全变了"。她说着就停止了哭泣，走过来紧紧地抓住我的手，用肯定的语气强调："不能跑，外面变化太大了。"

我感觉到她很激动，她到底喜不喜欢外面的变化？我这个妹妹可比我复杂多了啊。她刚才的那场哭会不会是喜极而泣？我刚想到这里，她就凑到我耳边说："我爱上了一个人。我真该死，怎么会是他？"

"谁？"我吃了一惊。

"那矮子。有时我恨他，他弄得到处是火。可是呢，我又喜欢这种变化。我一直打算跟他跑。我到今天还没跑，是因为拿不准。"

"拿不准什么事？"我问她。

"拿不准他们是要改变煤山还是要毁掉煤山。"

她真是个想法多的小家伙。我将我在那矮子的棚屋里的遭遇告诉她，希望能打消她的一片痴情。她听完后便说她已打定主意了。

"二保啊，你还没有爱过。"

我听见她开了房门出去了。可她刚才还说外面变化太大，要守在家里呢。

我吃着番薯干，一边猜测着我妹妹的命运。那个凶恶的矮子同她在一块会是什么样？妹妹会不会被人利用？或许竟是她在利用他？他俩谁更狡猾？或者不相上下？我的妹妹也要去点火吗?唉,煤乡,为什么你要有两副面孔?如果湖区的人们永远不来,你就只有一副面孔吗?不过木香从小就与我不同,她不是因为湖区人来了才变成今天这个样子的,爹爹早就知道她的禀性。

一切全乱套了,也许这竟是某种希望。比如青香,就是寻找她的希望去了。从前她是没有这种机会的。从前的煤山,到了夜里就黑黝黝的,没人敢去攀登。我们连肚子都吃不饱,除了木香以外,家里人很少有痴心妄想。不过也难说,或许爹爹有,他最善于掩饰自己。说到木香,除非你要她死,她才会停止奇思异想。我还记得她有一年在大雪天里跑到了乌山那边。爹爹为了找她冻坏了两个脚指头。奇怪的是她自己安然无恙。她说她睡在雪洞里,那雪就化掉了。木香身上的热力有多么大!她说她是去找煤。乌山当然也有煤,可何必跑那么远?这里的煤山不也有煤吗?那时她才十四岁,我隐隐地感到,她是有能耐的女孩子。

外面的风停了。我抓了一把番薯干放进口袋,溜到了院子里。有个人背对着我站在那里,是那矮子。

月光下,他看到我就笑起来。

"二保兄弟,你也出来了吗?"

"青香在你那里吗?"我急躁地问他。

"她呀,过河拆桥的丫头,早就跑了!如果她不跑,我也养不活她。"

"可是她爱你啊。你就一点也不爱她?"

"不对,我也爱她,所以我怂恿她跑了嘛。我们追求一种久别重逢的爱情。不过她还太小,打不定主意。我爱的其实是你的姐姐。"

"木香？"

"是的，木香。她是我的死敌，但愿山火烧死她。"

听他说到木香，我便有点欣慰：木香拒绝了这个矮子，大约是因为她对他已经不再好奇了。我的姐姐真棒！他问我想去哪里，我没吱声，我可不想再去他的棚屋。此时我想见的人不是父母，却是尺叔。

"尺叔回湖区去了。"他冷淡地说。

然后我们就打起来了。先是他将我踢倒在地，咬牙切齿地称我为"叛徒"，诅咒我马上就死。"你休想出这个院门。"他气哼哼地说。我也不知哪来的力气，趁着他转身时一把抱住他在他背上猛咬了一口。我的牙齿还是很锋利的。我咬他的时候，听见屋后的煤坡发出炸裂声，还有一道一道的蓝光闪出来。

奇怪的是矮子并不恨我，他蹲下去，喃喃地念叨：

"你这小子，翅膀硬了吗？我看你可以呼风唤雨了。瞧这煤坡！你以前没遇到过这种反应吧？今非昔比了啊。木香骗了我，她说你是家里的小乖乖。"

我看见他的背上有一个阴影，大概是血涌出来了。

"对不起。"我惶惑地说。

"哈哈！不要对做过的事后悔嘛。注意那煤坡，它现在安静了。"

"你真的不让我走出院子？"

"这取决于你。"他阴郁地说，"你为什么不杀了我？"

"我不杀人。"我没有把握地说。

说话间煤坡又发出"砰"的一声响。他费力地站起来,挪着脚步,慢慢地走出了院子。我给了这个人重创,可这是如何发生的?难道不是他和湖区的一些人给煤乡带来了活力吗?他应该是我的朋友啊,想想我妹妹对他的神往吧。

我想到后面的煤坡去检查一下,我转到那条路上,发现路已被堵死了,煤堆得像小山一样高。天哪,这里新长出来的煤山!它是为谁长出来的?为我吗?我不敢这样想。我决心当作什么事也没发生过一样地过日子。于是我回到屋里,吃着薯干入睡了。这些离奇的事发生在半夜,离天亮还有段时间。

"二保,你还不起来吗?"木香在房里大叫。

房里不知为什么有很多烟,我睁不开眼。木香伸手来拉我,扶我走出房间。我问她烟是从哪里来的,她说是煤山的煤在燃烧——全是一些烟煤。我被熏得眼泪直流,但木香好像一点都不怕烟。这又是她令我佩服的地方。不知道她从什么时候练就这种本领的。

院子里浓烟滚滚,我都快窒息了。隐约听到木香在说要带我去一个地方。我没法开口问她,只是紧紧地抓着她的手。后来我就感到自己在走上坡路,烟也渐渐小了。我问木香眼前这座山怎么以前没见过?

"嘘,别说话。"她做了个手势。

她让我坐在一块石头上,说等会儿她来接我,然后她就拐进丛林里不见了。

我脑子里在紧张地思索,因为我想辨认出这个地方。但不论我朝哪个方向看,都是一点熟悉感都没有。这里离家并不远,难道是新长出来的一座山?可这些树都有些年头了,这条小路也是花费了一些人工的。我等啊等的,等得不耐烦了,木香在搞什么鬼?我捡起一块石头射向丛林,木香立刻出来了,气喘吁吁,身上全汗湿了。

"我去先前的矿井了。那是老爷爷的老爷爷挖下的。我想带一块漂亮的块煤出来给你看,可是又爆炸了,我差点命都没有了。"

她的秀目闪闪发光,我觉得她比谁都漂亮。

"这是什么山?"我问。

"就是我们常来的白山啊。这是后山,我们又是从通道过来的,所以离家这么近,所以你不认识它了。"

"通道?"我吃惊地说。

"就是通道,它总在那里。因为你受不了浓烟,我就带你走了通道。别人都不知道这个通道,它从前是被劣质煤堵死了的,后来……"

木香说不下去了,仿佛有什么东西堵在她喉咙里,她痛苦地咳了好久,咳不出。

"常年在煤堆里钻,我可能落下病了。"她说。

"我们都有病。"我安慰她。

木香仅仅消沉了几秒钟,马上又振奋起来了。她问我看见下面有什么东西没有,我回答说没看见,她要我用力看。我一用力,果然看见了一些东西在发光,发光的东西中还有个人影,那人影很熟悉。

"那是青香啊!"我叫了出来。

"不要叫,她在搞活动。她将它们召出来了。"木香微笑着说,"青香真是好样的,她超出了每个人的预料。"

木香催我快跑,说等一会儿就要冒烟了。我跟在她后面跑,几乎被落下,我真差劲。突然她将我用力一推,推进了她的一个"窝"。我倒在床上。木香关上了门窗,还拉上了窗帘,她说外面景色很壮观,但不能让我看,看了就会做噩梦。

"是青香在搞爆破吗?"

"嗯。她的身子会炸成两段。"木香冷淡地说。

"她会死?"

"死不了。这是无害的活动。"

我听见一共响了三声,我所躺的床都摇晃起来了。木香长长地叹出一口气,轻轻地说:"这下那矮子要对她刮目相看了。我纳闷:她一直守在家里,怎么忽然就变成这样了?倒是我这个姐姐比不上她,矮子看错人了。"

我把脑袋伸到窗帘外,看见到处晃着刺目的白光,很快我的眼睛就什么都看不见了。我赶紧将脑袋缩回来。我对木香说现在我明白了,青香在家里时,尺叔将同煤打交道的一些诀窍传授给她了,因三姊妹中她最灵活。木香连连点头,说正是这样,青香才是我们家的英才,她自己只不过是个陪衬。她还说爹爹这下可以放心了,他就等青香这一招呢。"我们的妹妹啊。"木香说。

有人从外面进来了,居然是爹爹。爹爹见了我,一点都不感到惊奇,镇定地向我点了点头,就扭过头去同木香说话。

"那东西准备好了吗?"他问。

"准备好了,就放在小学礼堂旁边。"木香阴沉地回答道。

爹爹从桌上抓了一样什么东西又出去了。

"你们说的是什么东西?"我问。

"是柏木棺材,妈妈要的,我请人定做了放在小学里。"

"妈妈不是好好的吗?她还留了薯片给我吃。为什么是妈妈?"我焦急地说。

"谁都有可能,可今天确实轮到了我们的妈妈。她很镇静,她说我们都长大了。"

外面又响起了一声爆炸声。我求木香告诉我妈妈在哪里,木香摇着头说,哪里都不在,妈妈已经化成了灰。

"二保你还不明白吗?"她责备地说,"第一轮爆炸时她就跳进去了,她迫不及待。当然有人在帮她……"

"是青香在帮她吗?"

"嗯。你总算开窍了。"

我打开房门,站在那里发呆。我想到煤的威力和诱惑,想到我们这奇怪的一家人的关系。天色有点阴沉,但并非要引起人们的坏情绪。一些严肃的问题来到我的头脑中,我开始用力回忆同煤有关的一些往事。看来今天的局面不是偶然的,我不是一个善于观察和思索的男孩,或许某种疾病妨碍了我。他们不是将薯片留给了我吗?当然是留给我一个人的,我是最晚觉悟的那一个。我也曾去外面到处乱跑,但终究没有看透某些事。我的妹妹比我早熟,是不是因为爱?

"以后家里就只剩你一个人了。"木香幽幽地说。

听了她的这句话,我不由自主地抬起脚往家里走去。我看见烟已经散了,煤乡又恢复了往日的模样:平静之中有点自足,又有点挑逗。但也许是假象。那么妈妈呢,她知道真相吗?在我的心里,煤乡并不是眼前的这副样子,她日夜不安,爆炸连着爆炸,使得天际晃动着辉煌的红光。

原载于《上海文学》2017 年第 2 期

在纯净的气流中蜕化

第一章

"请你谈一谈消失的白鸟吧。"无须的白脸人慢吞吞地说，一边将那杯温水递给劳，自己却独自抽着那根潮湿的、软绵绵的烟卷。有好几次，烟卷熄灭了，他又不厌其烦地用那种劣质火柴点燃。

"我记得，你说你的视觉曾多次出现影像的重叠，依我看，这正是那种征兆。我对白鸟消失的形式依然有很大的兴趣。"

劳将双手插在衣袋里，在白脸人面前踱来踱去，始终找不到那种令她满意的句子来说起那件事，最近这种情形反复出现。

她从烈日下跑进这所阴凉的房子，汗流满面，脑袋被拥挤着的幻觉涨得要炸开。她挥着手，喘着气，打算开始讲，突然一怔,感到了房间内死一般的寂静,以及真空给她的震惊感,种种幻觉随之烟消云散。仅仅有一次,她还来得及说出"白鸟"这两个字。当时声带的震动是十分奇特的,她听见那种要刺破耳膜的金属摩擦声,然而周围的空气纹丝不动。那种怪声十分迅速地消失了,白脸人做出一个宽容的笑脸,递给她一块毛巾擦脸上的汗。直到多次来这里之后,劳在这间房里的听觉才逐步正常。

白脸人的家里一定装有消音器,劳总是将脚步用力乱踏,但从未听见过"咚咚"的脚步声,这使她十分懊丧而又有某种好奇。一进这张门,她就发现自己丧失了说话的能力,除了那次说的"白鸟"那两个字。然而那是何等的恐怖,至今还心有余悸呢!私下里,她希望这个人自己能说出她的心事,她等了又等,一次又一次地跑进他的家门。可他似乎在拖延,又似乎有点心神涣散的样子。

现在听到他这种提示性的语言,劳的心里就如翻江倒海似的。他为什么不能干脆帮她说出来呢?她又为什么始终说不出来呢?白脸人没有注意到她的焦躁,或者他早就知道,只不过佯装不知罢了。他在这真空般的地方站立着,一脸模糊的表情。

一张没有上漆的梓木方桌,上面摆着一个塑料外壳的热水瓶,两只粗制的陶瓷杯。每次从水瓶里倒出的都是那种不冷不热的温水,有时从杯底还可以看见沉淀的水垢。白脸人全然不注意这些。他穿着油绿色的宽松的袍子,在屋子里轻轻地走动,即使不用消音器他也是无声无息的。当劳挣扎着想说什么的时候,他往往朝她做出一个鼓励的笑脸,从而使得她把说话的欲望彻底打消。

房子里面实在是太寂静了，如果贸然说出长篇大论来的话，肯定会有种大祸临头的感觉。

当然劳不会停止思索那件事，那永远是她的心头之患。她将那件事对外面的许多人都说过，想借说话的声音获得一点慰藉。只是喝过了白脸人的温水之后，她才渐渐地看出了端倪：一切都要独自承担。

白脸人很少开口。不抽烟的时候，就默默地立在屋当中一动不动，或来回地走动。从这死一般的寂静中，劳体验到一种轻松的虚无感。眼前偶尔也掠过那只似有若无的白鸟的影子，但一经白脸人说出，她立刻感到自己的虚伪：白鸟的影子此刻出现不过是某种企望的残余，她正慢慢地将这一类的东西从脑海里赶出去。很久以前她观察过蚕的蜕化过程，她觉得她和蚕相互间都感到羞耻。她如果是蚕的话，她愿意悄悄地变成蛾子。不过白脸人决不让劳感到羞耻，他太沉静了，劳根本觉察不到有躲开他的必要。但劳也不习惯于在他的房子里待上很久。每次劳跑到这里来，都是因为同一个问题：脑袋被幻觉和灰尘撑得快要裂开了。

劳的脑袋就像一个吸尘器，在地毯上来来回回地吸，用不了多长的时间里面就变得十分饱满。要是太阳一晒就更糟糕了，灰尘的小颗粒往外钻，将她的眼睛刺痛得流下泪来。

昨天离开了白脸人之后，她轻飘飘地站在自家的阳台上，无意中说出："白鸟的形象正好是弥留之际的意象嘛。"说完就为自己的发现兴奋起来，下决心下一次一定要把这句话向白脸人讲出来。

然而一迈进白脸人的家门,她又觉得根本没法开口了,甚至觉得开口讲话的意图都是十分多余的。白脸人实在是太沉静了。

他开玩笑地将劳跑到他这里来的举动称之为"净化"。在劳看起来这是很有道理的,因为她总是带着满脑袋的灰尘来这里嘛。从心里说,她很想与白脸人有某种约定,定一个时间来谈论那种事。最好是他一个人谈,她旁听,这样就可以领会得十分清楚,并且出现了恐怖的感觉也可以两人共同体会,就像渔网里的两条同样大小的鱼一样。白脸人不会不懂劳心里盼望的事。从他说出的片言只语来分析,他一点也不打算和她做同一条网中的鱼,他只是对于"白鸟消失的经过"还有很大的兴趣罢了。劳很快感到自己的奢望实在过高了。

大约五点钟的时候,夕阳总是从白脸人的家门口匆匆地经过,那短短的一瞬是那样地令人神往。这种时刻,劳的眼珠一动也不动,与白脸人一道伫立在门口,一寸一寸地在心里数着阳光移动的距离,直到眼前变为一片灰色。如果她在数数的时候蓦然回过头去,往往可以看见白脸人那木然空洞的表情。也许他对眼前的情景是一点感觉都没有,也许是早已习惯,劳看出来他与她一道伫立在门口只是出于礼貌而已。然而到了下一次,五点钟的时候,她事先就激动起来,仍然忍不住要到门口去数那阳光移动的距离,那种诱惑太强烈了,没有办法躲得开。

别的地方也有阳光和这种类似的门,但在别的地方,她感觉不到这种诱惑。这种诱惑大约是来自这个白脸无须的男人本身,和他周围近似真空的环境吧。但在劳的真实感觉里,这个人一点吸引力都不存在似的。他所有的一切,似乎只是由那塑料壳热水瓶里的温水,以及无味的、潮湿的烟卷,和周围的寂静来让人感到。有时他也开口说点什么,其实那种话说不说对劳全是一个样。他决不说那种令她惊奇的话,他深知她的心事,所以不想欺骗她。欺骗这种小孩的把戏他是不爱搞的。难道能设想这个身穿油绿色袍子的,脸上空空如也,走路毫无声响,抽着潮湿的、软绵绵的烟卷的人竟会开口说出什么骗人的话来?那是完全不可能的事。在劳的印象里他只不过是生性冷酷,寸步不让,但又彬彬有礼。劳总是对具有这种冷酷性格的人生出一种孩子般的依恋感。可惜这种人太少了,在她一生中有过两次吧,其中最彻底的要算是这个白脸无须的人了。

她是在他家门口看见他的,他是偶然站在那里的吧。当晚突然刮起台风来,路上黄尘滚滚,劳死命地往他的房子这边跑来,而他站在门口纹丝不动,朝她"嘿嘿"地干笑了两声。后来他俩将台风关在门外坐了下来,白脸人递给她一杯水垢味很重的温水,说:"你早就该来这里坐一坐了,何必等到台风刮起来才闯进来。我见你东闯西闯的,好像什么地方全去过了,就是没来过这里。"

那一天,他俩相对而坐,一直等到台风平静下去。分别时,白脸人看也不看她,只是轻轻地做了一个手势,仍旧抽他的烟。劳心里想,从今以后她便离不开他的房子了。

劳屡次感到他本来是于她无所谓的,只是那间房子里的一切于她有莫大的诱惑吧,不过这种事谁又能分得很清呢?的确,白脸人总是一副局外人的样子,似乎不是他拥有房子里面的一切,似乎他只是一个偶然的房客罢了。他是全不在乎身边之物的。劳想,他只在乎一件事,就是他脑子里的那根很长的思维的线。比如"白鸟消失的过程"就是那根线上面的一段,当然也可以说他连那根线也不在乎,那只是一种习惯,一种生来固有的东西罢了。那根线有时拉得很紧,像提琴上的弦,有时又松弛下来,完全不为他所理会了。

通过几次交往,劳发现她和白脸人之间从未有过实质性的对话,总是一个人说出片言只语,另一个人就等待对方做出进一步的表达,而那等待每次都免不了落空。在劳,是因为词不达意,力不从心;在白脸人,却是因为思维的方式生就如此。正好是这种落空前的期待继续了劳对于他的依恋,这便是他性格中最冷酷、最根本的东西吧。这是劳所期望于自己,而又很难坚持一贯的东西。

白脸人究竟是否真正等待过劳做出进一步的表达,劳也是很没有把握的,她只不过表面上这样感到罢了。也可以假定事实完全相反:白脸人根本没有期待劳,他连她所说的话也从未听清过。

又到了阳光晒在门槛那儿的时候了。这一次劳跪在地上,用一根竹签划出阳光的进程。她很用劲,在泥地上划出一道道很深的线。她这样做的时候,眼前就浮动着许多暗红的圆圈,一个套一个,形成一条长长的锁链。白脸人伫立在她身后,抽着烟,无味的烟雾从她脸颊旁边飘过。在很短的时间内,阳光就消逝了。从很远的地方传来一种极细弱的声音,像是两声鸟叫。

"几乎每个人都有不同程度的骚动。"白脸人说,又做出那种宽容的笑脸。

劳感到他的虚伪，便赌气地使尽全身气力用力一划，竹签"喳喳"地断裂了。她将竹签扔在地上，还在上面跺了两脚。白脸人凝视着她的举动，轻轻地吐出一个烟圈，又说："你总应该记得刮台风那天的事。"

劳抬起眼皮绝望地看着他，随后又垂下头去，陷入了满腹的心事。真的，这倒是很奇怪的事：那天外面刮那么大的台风，屋里却是反常地寂静。劳记得从那天以后，气候一直比较平和，而原来她总是被凶猛的台风追逐，死命地跑。会不会是自己的幻觉呢？她明明看见身后黄尘滚滚，风声恐怖，进屋之后将鞋子里的黄土倒在地上，有两小杯。后来她去洗脸，脸盆里的水全成了红色，眼睛也痛得睁不开。这些当然不是幻觉，而是铁的事实。这样看来，白脸人竟有呼风唤雨、主宰外界的本领了吗？在这个屋子里，无论劳如何聚精会神，一次也没听见过雨点落在屋顶，或风吹动窗帘的声音，外面总是阴天或多云的晴天，每天如此。还有一件事，难道他就不觉得乏味？只要劳抬起眼睛来看他，立刻觉察到"乏味"这一类词与他毫不相干。不是连他吐出的烟都是全然无味的吗？在他的生活里完全不存在一般人所理解的那种趣味。

不知不觉地，劳在这里待的时间越来越长了。她感到她体内有种惰性在抬头，其表现就是每次来了之后，就坐下发呆，一发呆竟会忘了时间。她觉得自己越来越放任自流了。并不是说，她就有什么急事要去干，可待在这房子里这种过于空洞的感觉使她隐隐地觉得害怕。终于有一天，白脸人仿佛是无意地对她说：

"什么时候住下来呀?"

住下来? 当然不,这就像陷入一个阴谋。再说她真的就没任何事干了吗? 他这样肯定吗?

"这样就免得在外面奔跑,装出很忙的样子了。那是你自己都不太相信的事。"

住下来? 像他一样穿上袍子,无声无息地在这间屋子里走动? 当然不! 为了报复他这种狂妄,劳故意一连三天没去他那里。那三天劳都在自家院子里疯狂地将小石块扔出围墙,搞得手臂都肿了起来。

到她再去的时候,她看出他毫不介意。劳就问他,他是否介意她来与不来? 他随随便便地瞟了她一眼,说:"那只是种表面现象罢了。你总不至于连这也不明白。"

劳当然明白,沮丧随之袭来。

白鸟仍然从她眼前飞过,炫目的感觉却不再产生了。她往往平静地、模模糊糊地看它们一眼,又掉转目光向着虚空出神了。

有很长时间,劳不再在风中奔跑。气候也像在附和她的想法似的,虽然时阴时晴,有时还下雨,风是不再刮了,最多偶尔有点微风。在温和的天气里,劳模糊地瞟见白鸟排成竖行,隐隐约约地从天边出现,然后一直向她飞来,在她身后绕一个圈子,又飞到她前面,最后又消失在天边。劳熟悉它们的路线,因为这条路线它们已重复过上百次。对于司空见惯的事,劳总是容易变得漠然,而劳的天性并不冷静,所以不喜欢从早到晚都在漠然中度过。这也是她仍然不愿在白脸人家里住下的根本原因。试想住在那种地方,除了赤裸裸的恐惧之外,她所要面对的不就是漠然吗？白脸人什么全看见了，他说这只是种表面现象。他说得对，劳越来越觉察到自己在装模作样了。怯懦的她，至今为止，仍然每次做出一个偶然拜访者的样子走进这个男人的家，进门后还往往客套地说一说外面的天气怎么样，有没有刮风之类。而白脸人从不曾应答过她的这种寒暄，因为他认为这些话"无关紧要"——像他某次告诉她的那样——也因为人总得披上某种伪装的皮，以免相互发觉内部那野蛮的真相。

"这一次我要离开得比较久。"劳踌躇地说道，同时就后悔起来，"到明溪去，那是一个没有人的野地方，山里。你可不要搬走，我随时会回来的。我不愿意回来时找不到你。"

"随你的便。你总爱将表面的事看得那么重要。是不是小题大做了呢？"白脸人吐出一连串的烟圈，还咳了一声嗽。

第二章

其实她哪里也没去，她躲在家里不出门，让所有的人都认为她去旅游了，她希望给别人这么一个印象。有时候，当心血来潮时，劳希望给别人这么一些印象，包括这个白脸无须的男子。她这样做的时候，又害怕他会看出端倪来，弄得自己十分狼狈。

所以这一次，她格外小心，连大门也上了锁。

有一次，她坐在里屋里，突然听见院子里有种喧闹的声音，伸出头一看，原来是十几只半人高的白鸟在走来走去，"嗷嗷"

地叫着、拍打着翅膀，弄得满院子灰尘。这奇特的景象使得劳热泪盈眶。

"它们终于来了。"她在心里悄悄地说，这时喉咙里就有什么东西壅塞起来，使她难过得想吐出来。

白鸟们大摇大摆地朝她走来，还在她的窗玻璃上用力啄了几下，像是敲门，又像是给她某种信号。劳呆呆地站在门口，脸色苍白，目不斜视。她没料到自己与它们会是这样相遇，正好是她孤单一人在家的时候。从前她也多次设想过相遇的场面，但那总是在人群中，在朋友和亲人当中，她总是扮演一个小女孩的角色，而且白鸟离得也不是这么近，远远地晃动一阵就消失了。白鸟还在扑打翅膀，窗玻璃和门上已蒙上了一层灰。劳听见什么人正在弄响大门上的锁，那响声越来越急切，还有点不耐烦的味道，是什么人呢？劳无法去开门，她的脚像是被钉子钉在原地了。她的脑子里迅速地掠过种种的可能性，其中也有最坏的设想。过了一阵，大门那儿的响声停下来了，一个人的脚步声渐渐远去。劳松了一口气，心里盘算着怎样将大门的锁加固一下。盘算完了又推翻自己的计划，认为那不过是种孩子气，而扮演小女孩的角色实在于她太不相宜了，她感到有重新审查自己的必要，这种审查还要赶在那个人下一次到来之前。这样看起来，门也可以不锁了。那个人当然不至于弄不开一把生锈的锁，他（她）之所以弄出那些响声，也是发给她的一个信号吧。

白鸟们这一次是在劳的院子里住下了。

从前，当她离得很远地观察这些鸟时，它们显得洁白、清秀、飘逸。现在它们来了，来到她眼前，她才知道这些鸟很脏，又不爱清洁。每天清早天刚亮它们就开始在院子里扑打、追逐，用大嘴啄窗户和门。它们那巨大的身躯专横地搞出惊天动地的响声，使劳一身簌簌发抖，无法自制。大门是不敢出了，谁又料得到会不会遭到袭击呢？劳不知怎么肯定地认为，白鸟们给她的警告就是不让她出门。万一它们永久住下呢？后果将不堪设想。看来她将自己关起来这一招真是大错特错了，竟然落得个这样的下场。也许的确，她这个人是太注重形式了。

白鸟们闹腾了十多天。有一天早上，劳因为夜里失眠，到早上迷迷糊糊地睡着了，一觉醒来已是第二天中午。她很快就发觉院子里异样地安静，静得让人不安。她用一只手掌挡住耀眼的阳光，快步走出房间，到了外面的走廊上。

十几只鸟儿一字儿排开，羽毛竖起，睁着凶恶的眼睛虎视眈眈地瞪着她。劳怪叫一声，疯了一般跑回房里，将房门闩好，瘫在地上坐了老半天才恢复过来。她用冷水洗了一个脸，整理了几下头发，安慰自己说："一切都要过去的。它们不会永久住下，厨房里的粮食吃完了它们就要飞走，否则只有饿死。"

而这十多天，她自己是靠吃什么为生呢？她记得昨天她吃了两个煎鸡蛋，是她自己用一个杯子在电炉子上煎的。其他的就记不清了，似乎是，她每天都吃一顿算一顿，大部分时间就没吃。现在她开始盼望那个人再次敲门了，不管是谁，最好砸开门冲进来。

一切都在他的预测之中。当初他为什么不说服她留下呢？如果留下，本质上不会有什么大的变化，形式上可就大不一样了。

说到底,劳是个注重形式的人,而且她需要和人交谈,一天只谈两三句那种不着边际的心里话就行了。她设想自己此刻正坐在白脸人的家里,喝着有水垢的温水,看着他吐出的无味的烟雾在屋当中缭绕。然后他讲了一句话,她听见了,却无话可答,陷入了沉思。那正是她所朝思暮想的形式!而她当时糊里糊涂地没看出来,现在经过一番周折,又清楚地意识到了,她要回到那里去。当那个人砸开门冲进来的时候,她将趁着混乱溜出家门,去他那里,向他诉说自己种种的后悔。

这些天里,她曾设想了这样一个场面,就是她奋力冲到院子里,白鸟们一齐扑上来,用尖利的长嘴将她啄成一团肉酱。假若她冲动起来,这种事会不会发生呢?这种形式是她最厌恶的。

这些鸟是越来越脏了,有几只已成了名副其实的灰鸟。看它们那满不在乎的样子,似乎是生性如此。劳迷迷糊糊地想道:它们在降临这个院子以前确实是清秀洁白,而又飘然若仙的,是这里的环境毁了它们,使它们面目全非了。这种鸟,本来只适合在天边飞一飞,让人看了舒服。现在因为不飞,又因为懒,有几只的羽毛已开始脱落,像人生了癞头疮一样,露出块块红肉,看了叫人害怕。每次在院子里追逐完毕,它们就朝着劳的窗户恶狠狠地怪叫几声,轮流用嘴在玻璃上啄几下,这已成了它们每天的必修课了。

劳还在痴心地等那敲门声响起,她甚至在大白天里做了一个梦:一只干净的白鸟(它们当中的一只吧)走到她面前蹲了下来,她就骑上它的背,它驮着她飞上天,飞到大海上空,然后猛力将她抛进了海水中,那海里巨浪滚滚。醒来后她揉了揉眼,很不好意思地笑了一阵,觉得自己太小市民化了,怎么竟会做出这种幼稚的梦来。由此又想到她这种等待的焦急心情是否也属于小市民的感情,白脸人将如何看待她在这个房子里所想的事。

敲门声终于又响起来了,劳心情激动地倾听着。门闩终于被那个狂怒的人捣烂,他(她)冲进来了。劳透过窗玻璃往外一看,原来那个人是她的女友。女友迈着细碎的步子朝房里走来,完全没注意到满院子的白鸟,这是怎么回事呢?

"为什么锁门呢?你这个人的举动太奇怪了,非锁不可吗?"女友直视着她的眼睛说。

"是有点奇怪,你到今天才看出来吗?"

"那边的一个人,托我告诉你,他等你去他家。怎么形容他呢?他脸上光光的。"

"我要去的。请你告诉他,就是这些鸟挡了我的路。"

"什么鸟啊?你的话越来越深奥了。你不该将自己锁在家中,这很不好。"女友茫然地朝外探了探头。

"原来你没看见它们!竟有这种事?它们就在你的眼前。这件事发生得很突然,像迅雷不及掩耳。请你告诉我的朋友,我一点儿也不习惯目前这种形式,不管实质上如何。这些鸟,太脏了,又凶猛异常,我无法理解它们,就是走近一点都胆战心惊。"

"你还是这样语出惊人,真是本性难改啊。我这就陪你走出去,你看怎样?"

她的提议使劳欣喜若狂。由于她的到来,一切都改变了。

一股活泼的东西注入了劳的体内，顿时使她的动作敏捷起来。

她俩走出房门，迎着那些虎视眈眈的白鸟走了过去。她什么都浑然不觉，劳却看见了一切，又因为这看见而生出了更多的勇气似的。走出大门时，劳听见有油蛉在石板路边叫，偶尔一回头，看见院子里的黄尘已滚出大门。

劳又到了这里。就仿佛是昨天才离开，这里什么动静也不曾有过。白脸人摇动着塑料壳的水瓶，劳听见水垢发出"叮叮"的响声。随后他倒了一杯发浑的温水给劳，劳默不作声地喝了下去。她内心有点负疚。听见火柴"咔嚓"一声，他又开始吸烟了。

"种种弥留之际的幻象都是错误的。"劳忽然说话了，自己也吓了一跳，想不出怎么一下子就有了这种命名的能力。劳对这类事一贯打不定主意的。"人可以忍受喧闹，忍受粗暴，忍受肮脏，却无法适应，何况也用不着一定要搞成那样……"

"任何事都可以习惯。"白脸人果断地打断劳，诧异地将一边脸颊抽动了几下，很快又一脸模糊了，"你现在已经用不着去纠缠那些表面形式了，你怎么还不明白。"

尽管劳对白脸人这种轻描淡写的语气感到愤恨，她还是暗暗庆幸自己能回到这里。她第一次深入肺腑地感到，这个地方能给予她最彻底的宁静。

她记得，她不认识这个人的时候，她从未感到自己的脑袋是一只吸尘器。她傻头傻脑地在那条路的拐角上跳舞，大声向过往的白鸟吹口哨，甚至还曾想象自己能够抓住其中的一只呢！就是在那种蒙昧的状态中，不知不觉地，她脑袋里的灰尘渐渐凝结、板密，成了一块块石头。

第三次走进这个人的家，站在屋角上，她分明听见小石头"嗒嗒嗒"地从她后脑勺那儿往下掉，她自己也被这奇迹般的响声弄得感动万分，几乎掉下了眼泪。石头掉完后，她忽然觉得异样的空虚，无所适从。而这个时候，白脸人吸着烟卷，司空见惯似的坐在那里等她问话。看起来，他对这类事见得够多了。由于等了很久劳还不开口（她这样觉得），白脸人就轻轻地告诉劳：她是立秋前的三天来到他家的，请记住这个日子（后来劳才想起来，她去他家时其实是冬天）。

"这就行了吗？"劳问道。

"这就行了。"

往回走的路上，劳觉得自己的脚步分外有力，到踏进大门时，劳已是信心十足了。她用锐利的目光扫过那一群鸟儿，她看出来它们对她的态度已发生了根本性的变化。现在它们悠然自得地在那边走来走去，梳理着自己的羽毛，显然已经对劳失去往日的威胁了。劳忽然从内心直觉地感到：这些鸟，原来是受白脸人的支配的！可他还装模作样地说："依然有很大的兴趣。"为什么呢？当然，这不可能是他的一个诡计，白鸟们是自己飞来的，白脸人不能，谁也不能呼风唤雨吧！可他却能预测！他全盘知道了一切。而从表面看去，就像这些鸟儿是受他支配一般。这就是他的兴趣所在吗？他是随便说说还是当真的？无论如何，劳一细想这事就觉得害怕。暂时看来，她的处境是得到改善了，稍往深处一想，总是前途茫茫。她天性爱舒适清洁，要习惯院子里现在这种脏乱的状况真是难上加难。

劳一边想一边紧紧地关上房门，免得尘灰涌进房里。既然鸟儿不再来啄她的窗子，她现在可以慢慢地来思考了。还是这个同样的院子，同样的砖砌的厨房，一株山枣树原先可笑地张牙舞爪，现在却被砍得只剩了树墩。几十年一晃而过，房子忽然换了主人，这可是她的父母始料未及的。年轻时她一贯认为，如果长时期地梦想一件事，那件事就会落到她的头上。这件事，她从一懂事就背着人偷偷地想，可整个青年时代，它从未变成现实，而在她快要认为不可能的时候，它忽然一下降临了，弄得她措手不及。她确实不清楚她应该怎样来对付自己这种新的境遇，没人知道，除了白脸人。可他又像对她丝毫没有帮助似的，只是暗示一下她已经确认的一切。她现在照他的去做了，无端地生出了一些信心，静下来一想，仍是茫然。按照他的意思，她只要习惯这种茫然的心境就行了。他没想到，人和人是不同的，她就是习惯不了，她一直在躁动，希望能有所改变，而他则于无形中将她彻底孤立起来。

天渐渐黑了，劳记起应该吃晚饭。她打开门，穿过院子到厨房去，于昏暗中踩到了一只鸟儿的背上。它闷闷地呻吟了一声，任凭她从它身上踩过，这种姿态使劳觉得分外地厌恶。背上的羽毛很软和，还似乎出了很多汗，将她的布鞋都沾湿了。她在厨房里点燃煤气炉，煮了一些面条，坐在桌边吃起来。

一只脱毛的鸟懒洋洋地踱进屋里，从敞开门的储藏柜里叼了一大块咸肉出去了，连看都没看劳一眼。那只鸟的一条腿有点跛，脱毛的地方长了疮，劳觉得它很眼熟。这些天，她对于自己这种肮脏的环境已没有早几天那么过敏了。比如现在，她吃的面条就是鸟们啄过的干面条煮的,而这些鸟儿的嘴可能还吃过虫子和什么死动物的肉。果然是"任何事都可以习惯"呀!为什么她刚一对它们有所习惯,它们就不再理睬她了呢?前一段时间它们可是狠狠地威胁过她的。根据白天的观察,她判断出这些鸟儿已经部分丧失飞翔的能力了,这可不是个好的兆头,这说明它们有可能一直在这里住下去了。白脸人说:"这只是个表面的形式问题。"她住进他家,或鸟儿们住进她的院子,实质上是一回事。原来他说的是这个!

那天夜里,到了上床钻进被窝里的时候,劳还在梦想穿上洁净的衣服,到拐角那儿去跳舞,她还设想如果起风的话,往什么方向跑最为合适。

白鸟们来了之后,她脑袋里的石头就消失了,即使整天呼吸着饱含尘埃的空气,里面仍是空空如也,这种感觉使她觉得怪异和不安。她现在还不习惯顶着一个空空如也的脑袋走来走去。白脸人说不论什么事都会习惯的,他说得那么肯定。另外的人,比如说那位女友,脑袋里既没有石头,也不会空空如也,所以她坦然地走来走去,用不着去习惯什么。偏偏是她,就出现了这种情况:要么脑袋里长满石头,要么空空如也,二者必居其一。她这一生,总在被一种东西牵引着做出这种没有选择余地的选择,她总是不能像那位女友一样坦然。从前是因为脑袋里的石头,现在则是因为脑袋里的空洞。

劳一点也记不起这件事的起因了,也许没有什么起因,所有过去了的全是原因。就说她一生下来就在为这种转折做准备也不过分。就说白脸人吧,他一直就住在那条路边,这应该是一个事实，他的家离劳的家不远。可是劳在几十年里从未注意过这个人，更谈不上去他家里了。当然在青年时代，脑袋里并没有那么多石头，顶多只有几颗小沙粒，完全不值得重视。所以在那个时候，即使去了白脸人家里，也未见得就有那么大的吸引力。说不定多次与他在街上擦肩而过，却连看都不看一眼吧！也说不定那个时候的白脸人，还是一个浮躁的小伙子吧？一个好好的人，如不是因为脑袋里塞满了石头，胀得难受，决不会想去掏空脑袋的。那时，她尝试过种种的办法，都不见效。开始还有种心理安慰，后来她试都懒得去试了。那场暴风促成了她去白脸人家里这件事。就是那一次，在那个角上，她第一次完成了对头脑的改造。当时她清晰地感到体内的器官正在趋于老化，于是告诫自己：装扮成小女孩于自己是很不相宜的，无论装扮成谁都无济于事。

刚刚昨天还梦想过去拐角上跳舞，现在再一想这事又害臊得不行了。而不久前，她还在津津有味地跳呢！要是她不这么注重形式，就不会十几年如一日地自欺欺人了。

五岁那年，她练习用一根细线将许多玻璃珠穿起来，她总是穿了一半线就断了，如此反复，没有一次成功。至今她还记得那些散落在地的珠子，可能那就是白鸟在她头顶盘旋的迹象吧。别的小孩，总是能将玻璃珠穿得很好，得意扬扬地在她面前晃来晃去，她的手里就总是只有一根断掉的丝线。她无法理解事情怎么会搞成这样，或许是她过于聚精会神，反而用力过大而扯断了线；或许相反，她过于心不在焉，让丝线打了结，结果因为解不开那个结而用力去扯，扯断了线，反正她就是什么地方有毛病。

这种情况也不是一次两次了,整个青年时代都这样。凡做什么事,她总爱矫枉过正,用很大的力气,往往适得其反,这已成了她生活中的规律。比如刚才上床时还梦想去跳舞,细细想过后又为跳舞的事害臊得要死了。没有人会像她变化得这么迅速吧?有时她的思维方式真像一条变色龙!

第二天早晨的情况有点儿例外。一早起来,劳到厨房去洗脸,便看见那些鸟儿蹲的蹲、站的站,全都无精打采的样子。劳一边洗脸一边盯着它们瞧,怀疑它们是不是生病了。它们中间有一只羽毛脱落得很厉害的忽然伸长了脖子,似乎想叫出声,很痛苦的样子。劳记起它们已经好多天没有叫过了,这就是说,它们再也不能叫了。可怜的鸟们,真是越来越懒,越来越脏了,谁会记得它们在天边翱翔的姿态呢?劳又想,也可能它们在天上飞的姿态并不是十分优美的,只不过离得远,又加以想象,就觉得那种姿态引人入胜了,这又是人的劣根性在作怪。那只羽毛脱落得很厉害的鸟张了几次嘴,没有发出声音,便怔怔地发起呆来,仿佛被钉子钉在了原地,一动也不动了。其他的鸟也都不动,院子里一时静悄悄的,恐惧感越来越浓缩。她左右环视了一阵,将手中的漱口杯一扔。杯子落在水泥地上"当!当!当!"发了疯地响个不停。劳拔腿往外跑,"临阵逃脱"这几个字从她脑袋里蹦了出来。她越发用力跑,只觉得腿都软了,呼吸也困难起来。

到了野地里,停下来仔细一回忆,又觉得刚才的举动不可思议。到底怕什么呢?或者是要避开什么吗?像她这种情形,可以算得是赤条条无所牵挂了,这样慌乱地跑起来,又显得有些做作的味道。她已经和鸟们相处这么久了,不管它们做出何种样子她都不该大惊小怪的。心里虽是这么想,做起来可又完全不同,大概谁都这样吧。

外面空旷得很,偶尔有一两个行人在远处走,很快又消失在视线以外。刚才在院子里突然产生的那种感觉又上升了,不过这一次劳已经有了一点准备,所以没有刚才那么慌乱了。每走一步,她的脚就将那些枯草弄出一些响声。她走呀走的,周身渐渐发热,同时就沉浸在多种多样的熟悉的感觉里。有一次,她甚至轻轻地说了一句:"你好。"同时就厌恶地一撇嘴,对于自己喉咙里的发音加以否定。

天黑的时候,她又坐在那张梓木桌子旁边了。也不知怎么的,她觉得自己从早上起就一直在朝这里走,整整走了一天才走到。具体路线是搞不清了,总之,这一次她走得很远、很累,她庆幸自己终于能坐下来喘口气了。桌上有一盏很旧的台灯,这是她先前没见过的,因为以前来都是白天,而这一次,竟然天黑了才到他家。白脸人这一次显得话多了些。

"你和我见过面了,我是说今天,我们有种种的渠道。"他说。

"当然,我们总是见面的。那些鸟儿一点也不在我的意料之外,我可以这样夸口。还有种种的事,都有根源。"劳心神不定地微笑着,用指头做出一种奇特的手势。

"你总是跑。我看我们可以做某种工作,将你的思维固定在你原来所在的框框内,就像那些栖息在你院子里的鸟儿。跑还是要跑的,但这种工作也十分有趣,每一件事和另一件事都相辅相成。"

"如果我现在住下来,你不介意吧?"

"为什么要介意呢?一点儿也用不着。所有的事都一样,我一直这么说。"

"但是我想,我还是回去的好。也许下一次,我不会这么慌里慌张了。怪不好意思的,我太容易冲动了。"

"好,你已经看出一些问题来了。"

第三章

外面有月光,院子里却很黑。劳现在可以听见鸟儿们弄出的窸窸窣窣的响声了。彻底的寂静是不可能的,那只是她的幻觉罢了。一眼望去,每一只都是一大团黑乎乎的东西。如果一个人内心不宁静的话,很容易将它们看作一些面目狰狞的怪物。劳听着自己"沙沙"的脚步声,第一次感受到与这些动物之间有种难言的默契,这在她是来之不易的。在一次又一次的体验中,劳的意志渐渐从内部崩溃了。那就像静静地坐在一根很高的树枝上向周围眺望,满目尽是青蛙的尸体。以前在拐角上跳舞的时候,她的身体是柔软自如的,现在回想当时的举动,只觉得非常奇怪,不知道当时的冲动由何而来。

也许是她自身正不知不觉地进入了某种形式,所以白脸人不再说那种暗示性的语言了。一切都变得渐渐明了,他和她天天见面,谈论同一件事,所以用不着暗示,也用不着企望对方了。劳看出她的生活正在变得单纯化,而以前那种种表面的骚动都不具有特别的意义。

劳开始数起那些黑影来。原来它们一共是二十三只,都蹲着,只有一只在墙边悄悄地走动。她又到厨房里检查了一下,大致估计了一下它们已经吃掉了多少粮食,剩下的粮食还可以吃多久。"绝不会少于半年。"她自言自语道,只觉得一股暖流在体内泛滥。

她做好了一碗面条,坐下来吃了两口。这时有一只鸟儿的头从敞开的窗口伸了进来,用探究的眼神看了她一眼,然后毅然地将长嘴伸向她的碗里,啄食了几下。劳和蔼地看着它,随后又低下头去在它弄脏了的碗中夹起面条往口里送。吃完那碗面条,劳觉得自己已经完全心平气和了,甚至于诧异先前的烦恼从何而来。

决定是在一闪念之间做出的。在鸟儿们栖息的厨房旁边的堆房里,劳架起了自己小小的床。她这样做的时候,鸟们显得漠不关心,似乎它们完全感觉不到这种变化。那个早晨,它们像往常一样梳理肮脏的羽毛,到厨房去找吃的,在阴沟边喝水,将鸟粪拉在围墙底下。劳倾听着它们那笨重的脚步声,感到自己的心正渐渐与它们靠拢。尤其是那只毛脱得很厉害而又叫不出声的,劳简直可以听见它每一下心跳,还可以辨出它那特殊的体味。

现在她弄清楚了:这些鸟儿并不真的睡觉,只不过是在黑暗中睁着眼一动不动罢了。劳当然是要睡觉的,她睡在它们当中,盖着一床厚毯子,在那种说不清的混合气味中昏昏沉沉地做梦。

每当她伸一下腿,或咳一声,鸟儿们就骚动一阵,然后平静下来。

到了第二夜,劳已经闻不到自己的体味了,她的周身开始散发那种浓厚的、混合的气味,那气味属于这个堆房,也属于鸟儿们。白天里她还将这种气味带到了外面,她的那位女友远远地看着她,惊恐地捂着鼻子,飞也似的拐入一条小巷跑掉了。劳站在原地,心满意足地微笑着。有一个面熟的人从她身旁经过,问了一句:"你从哪里来?"

劳轻轻地点着头,算是对他的回答。

他却不懂劳的意思,责怪地盯住她看了好久才慢慢离开,还不时回过头来将她打量。劳在心里骂他"势利鬼"。

一连好多天待在鸟房里,劳的表情越来越自如了。每当鸟儿们轮流去那边墙根下大便,劳的眉毛就耸动一下,随着大便落下那"啪啪"的响声轻轻地点头。

一天早上醒来,劳甚至觉得自己也可以去那里大便,随即又为这新奇的想法秘密地激动了一阵。在下午三点钟时,堆房门前有一小块地方泛出灰白的光,似乎是阳光在那边移过。劳现在对这类事比较漠然了,她看出鸟儿们对这事比她更为漠然。每一只鸟都像是一根轴心,太阳则成了围绕它们转动的小齿轮。"有些东西,生来就是永恒的。"劳想起了这句话。它们偶尔伸展一下巨大的翅膀,或清理一下脱落的羽毛,或迈着笨重的步子去那边大便。当劳吃饭时,它们中的一只有时将长嘴伸进她的碗中,有时则全然不加理睬。这一切,它们做起来都是那么旁若无人,既不顾忌什么,也不炫耀什么。劳现在慢慢地可以解释她要加入它们的行列的原因了,原来它们是非常自满自足的,它们拥有较一般的鸟儿更为高级的生活。劳很早就向往这样一种个人生活，可惜由于种种的干扰未能满足自己的夙愿。而在一夜之间，种种的想象都成了现实，她甚至没来得及适应一下。这一段时间，她真是弄糊涂了，完全跟不上眼前发生的一切。原来她起初的种种幼稚举动也是完全无关紧要的，原来没有什么事情会有决定的意义，就是现在去院子里跳舞也没关系。她坐在很高的树枝上观看青蛙的尸体时就有了这个想法。当时她想，无论她朝哪个方向奔到底，最后总要通过半圆形的玻璃拱门，余下的路就变得单一而乏味了。路边可能会有另外一些简陋的小房子，有的房子有主人，有的没有，但都不值得特别注意。白脸人的小屋是在玻璃拱门到达之前出现的，所以显得有点怪，见多了就没什么了。对她来说，白脸人还是具有某种决定性的意义吧，现在她还没发现那座拱门，心里却早已将这件事确定过了。

这些天，她已不再希望听见有人来捣弄她的门闩了。"我要从从容容的。"她对自己说道。她开始练习将脚步迈得又缓慢又随意，眼睛东张西望。于无意中她将自己与鸟儿们作了一番比较，发现还是有很大的不同之处：鸟儿们从不东张西望，犹豫不决，一举一动都不像她这么俗气，这么狭隘。比较的结果虽然令她沮丧，细想个中的缘由，她却又坦然了：人和鸟本来就不相同的。她又设想，要是现在有人捣坏门闩冲进来，她反倒不知如何是好了，主要是不知脸上该做出何种表情。而在从前，她脸上的表情总是随心所欲的，现在想起来却觉得十分不舒服，怎么自己竟会有那么干脆的表情，像中了邪一样。像她这种人，本质上其实应该是模模糊糊的。

一只鸟儿走进厨房，弄翻了桌子上的一只水罐。罐子掉在地上打碎了，但那只鸟儿毫无表情，踩着碎瓦片用一成不变的笨重的步子迈出厨房。劳对它那种处世的态度佩服得五体投地，心里却明白那种样子是学不来的。就说白脸人吧，他好像自认为自己已成了鸟儿们的化身，但他还是抽烟，将开水装在坏了的热水瓶里，间或还说些深奥的话。劳想，那也算一种高级的做作吧。但谁又知道他是不是真的将自己看作一只鸟呢？可能根本就不是那么回事。劳设想不出，如果他的热水瓶掉在地上，他会是一种什么样的表情，至少不会浑然不觉吧。人就是人，终究成不了一只鸟。

白脸人走路没有脚步声，这一点倒是与众不同的，可能是他毫不介意自己的仪表的缘故吧！他到底是一副什么样的仪表呢？劳努力搜索自己一生中的记忆，想出一副又一副的面孔安到白脸人的头上，最后都觉得很不合适。总之，白脸人只能长着目前这副模模糊糊的面孔。这个人在她生活中的十字路口出现，主宰了她的一举一动。还有一件令劳感到迷惑的事，就是这段时间以来，她再也记不起她周围的那些人了。她是如何来到世上的，与哪些人有关，这种简单的问题都成了迷雾一团。她唯一记得起的人物是那位女朋友，但那也不叫作记起，而是有点面熟，劳就随意与她打招呼了。那么父母总是有的吧？劳挣扎着想恢复对他们的记忆，脑子里仍然一片白茫茫。倒是这些鸟儿，对于它们的来龙去脉，劳至今历历在目。

最初的相遇是无意中发生的。那是一片普通的树荫，劳跳完舞之后正在树荫里吹风，用指头梳理着汗湿的头发，它们就出现了。那一次只不过是在天边旋了一个圈子就不见了。这件事已过去好久了，劳还记得当时她面前的那棵树上有一个很大的节疤，疤上长了一些杂草。后来鸟儿们又出现了几次，比第一次稍稍停留得久一点，于是它们的形象就时常萦绕在劳的脑际了。次数反复得多了，劳才生出想对一个什么人讲出来的想法，这时白脸人就成了那个人。

一开始，劳恨自己是那样的笨拙、无能，几乎到了绝望的境地。现在已经好了，她可说是基本上习惯了。她为自己的灵活性暗暗喝彩。真的，恐怕很少有人能像她这般反复无常吧？白脸人一定早就洞悉了她这种反复无常，所以才毫不吃惊地认为那不过是表面现象。他这样说的时候，劳很想反驳他，就是找不到合适的词。

劳又想到一个问题：随着外面季节的更换，这些鸟儿会不会换毛呢？她看见它们栖息的地上有一层羽毛，不过那都不是它们换下来的，而是那几只病鸟掉下的，所以都是枯黄的颜色。那么，正常的换毛应该在什么时候呢？院子里没有树，也没有草，所以这段时间以来，劳已经无法判断季节的变化了。和鸟们住在一块，皮肤对气温的感受力也大大减弱了，她一直就穿着单衣，似乎要永久穿下去。不错，她出去过几次，但每一次都十分匆忙，满脑子的惶惑，哪里会去注意外面的季节变化与气温呢？

有一天，几十朵细小的蜡梅花落在厨房门口，排成一个显眼的半圆。劳蹲下去，惊异地看了好久好久。这就是说，外面已经是冬天了。冬天应该有些什么样的迹象呢？劳想了又想，叹着气承认自己全然忘却了。一只鸟儿用粗大的脚爪将三朵小花踩进了泥里,然后懒洋洋地迈进了厨房,开始找吃的。

劳决定出去观察一番。"观察"这个词儿也是临时想出来的,她早就忘了这个词的含义了。她出门时将大门的门闩弄得"哗哗"直响,眼睛紧盯那些鸟儿,但它们谁也没有朝她看一眼。

一出门,劳的脚就在身子下面疾走起来,止也止不住。她的脑袋明显有一种升空的感觉,一上一下地在气流中浮动着。她咬着牙,将自己的思维固定在一个念头上:"该不会下雨吧?"似乎有些灰色的物体从她的眼前向后退去,这些物体的形状和颜色都说不准。视觉中一片迷茫,想要将目光聚集在某一点上显然是徒劳的。有风在吹,但她并不感到冷,她的头发也并不飞扬起来。有一个地方似乎有点熟悉,是不是那棵树的树荫呢?还没容她一转念树又消失了,弄得她十分恼怒,于是猛吸一口气,大声朝空中喊出:

"现在是冬天了吗?"

她听见她的声音颤抖着,小得可怜,就如以前听见一只蜜蜂叫一样。这就是说,除了白脸人的小屋里,另外的地方也装有消音器。她又联想起白脸人也许一辈子都生活在有消音装置的环境中,因为这个他的表情才如此模糊的呀。劳不由自主地开始小跑,她感到自己的双腿竟然变得像小鹿一样轻灵了,而从前她多次扭伤过踝关节。现在她搞不清她的来路,也搞不清她要到哪里去,而这种状况更使她的精神亢奋起来。原先她也偶尔有过这种状况,但从未像这一次这么明晰,这么自觉。她将脚步抬得高高的,眼睛辨认着路旁的物体,总想发现一点熟悉的东西。一股热流从体内腾起,现在她清晰地闻见了从她身上散发出来的鸟的气味,这种气味在那只脱毛的鸟身上尤为浓烈。接着她又听见白脸人在附近的什么地方说话,顺风传来的声音是机械的、持续不断的。每一个字、每一句话都听得清清楚楚,但这些字和句子都毫无意义,无论怎样努力将它们联系起来全是徒劳。她记得白脸人从不出房门一步,更不可能到这无人的野外来,然而他又的确在附近的什么地方讲话。他的语调像他平时说话一样单一,但句子不像平时那么简短。他似乎是中了魔,用那样均匀的速度说了又说。劳左右转动她的头,却怎么也发现不了季节的迹象。这时,她的力气也似乎要用完了,她遵循某种愿望放慢了脚步。

劳第一次发现了白脸人门口的柿子树。那棵树已经死了,枯黑的树枝光秃秃的,劳只是从它的树干辨认出它从前是一棵柿子树,那是多年以前的事了。为什么她以前不知道这栋房子旁边有树呢?当然这也没有什么特殊的意义,因为这棵树已经死了。

白脸人的家里也是与季节完全失去了联系的,房间里一年四季都是恒温,所以他才能一直穿着那件袍子不脱。所有以前没有注意到的细节都在劳的记忆里复活了,原来她的住所正好是他的住所的另一种形式,表面的差异改变不了问题的实质。她在那个多风的日子里闯进这间房子,而为准备这件事,她花去了几十年工夫。可以肯定,这个人早就在这里,或者他料到她会闯进来,就等在这里,或者他什么也没等。他太傲慢了,任何冲动的事都与他无关。这间房子也和他同样傲慢,柿子树也是因为傲慢才死掉的吧。劳抚摸着树干,又一次想到一个人,如果一生下来就如这房子里的主人这般傲慢，那么从一开始，伴随他的就只能是这种无季节的透明世界。而劳本人，她有过在风中奔跑，在阳光里跳跃，在荆棘丛中砍伐的鲜明记忆，怎么会跑到白脸人的世界里来的呢？这种事玄而又玄。为什么在几十年的准备过程中，她对此事一点预兆也没有呢？

"那东西原先是一棵树。"

"我已经看出来了。"

"这很好。你在找东西吧？"

"你一直在说话吗？我在那边就听见你在说个不停。"

"那倒并不见得。再说我说不说话又有什么区别呢？"

"正是如此，没有区别。我倒忘了这一点。你能说出蜡梅花的花瓣是如何掉进院子里的吗？"

"这种事，还是忘记为好。你要不断地忘记一些事，你太多苦恼了。"

这一次，他俩是隔着窗子谈话的。每次都是一点预兆也没有，劳就与他谈起心中耿耿于怀的事来了。这一次有点不同，她没进屋去，他也没有递给她那杯温水。为什么呢？可能是这棵死树阻止了她吧。她停在树下，摸着树干，立刻有太阳的光和热传到她身上，那或许是这棵树在从前的日子里保存下来的。光和热使她的全身轻微地发麻，她有点紧张，就忘了应该进屋去与他谈话了。他也并不邀请她，完全无所谓的样子。

"你要找的东西已经没有了。我早料到了这一点，你看我什么都不找。"

"要是它不留下一点痕迹，我就忘记这回事了。可它偏偏留下了什么呢？掉下的花瓣！而且排列成那么醒目的半圆。这太突然了，我一时没想清，就跑了出来。"

"你就认定那是些花瓣？谁知道呢？谁又能肯定？你那边这些日子该十分宁静吧？"

"对，十分宁静。我几乎要尝试与鸟们在一个盘子里吃东西了，要不是那掉下的花瓣……"

"每个人都有各式各样的借口。我也可以拿门口的树作借口的，但我只把它看作石头一类的东西。自相矛盾的是，我依然对那种形式有着莫大的兴趣，在这一点上我们可说是同样轻佻。"

谈话之间，劳看见又有细细的花瓣在她和白脸人之间轻轻地落下了，一层又一层。劳忍不住要用手掌去接住它们，它们那惹人怜爱的姿态使劳的心头抽搐了一下。与此同时，白脸人正注意地看着她。

"你看见了一些东西。"他说。

"我总是看见同样的东西，听见同样的说话声和脚步声。"

"这当然是你意识到的那种征兆。你的色彩感觉是十分强烈的，你只好跑来跑去。"

白脸人不再说话了，他在里面无声地走动，无声地将水瓶里的水倒进一个大杯子里，又用一把小勺子去搅动。他做这一切的时候，劳有种恍若隔世的感觉，但一点也不为之激动。蜡梅花瓣还在轻轻地落下，但细细一看地下，却又无影无踪。劳再一次徒劳地环顾四周，想搜寻季节的痕迹。一点痕迹也没有，只有眼前这死去的柿子树干暗示着久远的太阳光的记忆。

里面的男人又在抽烟了，打火的动作带着很浓的象征意味，袍子的褶皱也似乎过于有规律。他究竟在这个地方住了多久，他是否有过一般人所说的那种历史，以及他正等待着一个什么样的结局，这一类的问题一旦在劳的脑海中出现，马上就消失了，就如抓不住的烟雾。劳这个人，很不善于捕捉这一类问题。她思维笨拙、懒惰，容易沉溺于眼前的、表面的东西。她称自己这种性格为"随波逐流"。

天黑前的那一刹那间，下落的蜡梅花瓣密密麻麻地在劳的眼前织成了一片网。透过网眼，劳隐隐约约看见白脸人桌上的台灯亮了，于是她无端地胡思乱想起来，一边想，一边就如喝醉了一样往回走。走了好远，回过头去，她还可以看见那盏象征性的灯光。

白色的小路又细又长，劳的企图全盘失败了，却又没有失败后的沮丧。走进院子，迎接她的是虚幻的寂静。

一连过了好多天，劳总是看得见梅花在她眼前织成网络的情景，有几次，她还费力地转动眼珠，企图将那画面铭记在心。如果是在梦中，那种情形就更加令人感动。劳在一个梦里，呆立在花雨下，用热烈而又伤感的语调与白脸人对话，足足站了一整天！她分明感到那花瓣一片一片落在她脸上，醒来之后却发现是一只鸟的翅膀扫着了她的脸。那只鸟正展开双翅在房间里兜圈子，机械地跑了几圈之后，它又呆立不动了。

停止了去拐角上跳舞之类的举动之后，大气的压力便直接落到了她的心脏上。近来她时常气喘吁吁的，越来越严重。一次，为了捡起掉在地上的一枚钉子，她竟眼前一黑，跪了下去。以前她也感到过大气那种微妙的压力，那是在观察小动物的时候发现的,她没想到自己会亲身来体验这种事情。现在,她只要凭自己呼吸的节奏就可以判断院子外面空气的密度,虽然她无法证实这种判断的正确性。她又回想起她的院子与白脸人的房间的重大区别就是这种气压。白脸人的房子里完全没有这种东西,那是一个人造的虚空,待在那里面,连自己的呼吸也是感觉不到的。鸟们却全然没有受到气压的折磨,无论什么时候它们总是高视阔步的。劳回忆起那只因窒息而死的小白鼠,惊异于动物之间也会有着如此巨大的区别。她走近一只鸟,将一只手伸进它那温暖的胸前的羽毛里,感觉到它的心脏的缓慢沉实的搏动,心里充满了疑惑。经过反复的体验,劳现在竟可以用眼睛来辨别空气的密度了。在稀薄的空气里她比较可以保持平静,但也容易变得抑郁,而密集的空气使她情绪高昂,但又呼吸困难。

"这是因为你对形式的感受仍然反映在你的神经末梢上。我就不同了,我只爱用单色的笔在纸上画几条彼此连接的细线。"白脸人这样评价道。为了强调他的语气,他果然找出一支用秃了的铅笔,在一张纸上勉强勾了几笔。劳发现那支笔已没有铅芯了,所以纸上什么也没画出来。她忍不住向他指出这个,他却并不以为然,反而说她的眼睛"对于色彩什么的有种病态的迷恋"。

就在她快要将季节的变化完全忘却了的一天夜里,劳听见了雷声。那雷声隔得非常遥远,似乎还伴随着牛马的嘶叫。根本看不见闪电,也完全没有往日暴风雨前那种富有威胁意味的震动,倒像是种滑稽的模仿。劳耐心地听了很久,以为那声音会由远而近,变得可以接受。但那种骚动就是一直与她保持着遥远的距离,像在挑逗似的。劳越来越不耐烦,最后干脆穿过院子走到门外去倾听。雷声似有若无，根本搞不清是在哪个方向。她注意到那只脱毛的鸟也跟着她跑了出来，而且挡在她的前面，使她每走一步都在试图想绕开这笨重的家伙。它却一点也不知道她的苦恼，心安理得地在她前面迈步。劳朝那雷声发出的方向跑，越跑，那声音就越变得微弱、不可靠，像在戏弄她一般。最后，那声音完全消失了，只剩下时断时续的牛马的嘶叫声。再一听，连叫声也没有了。鸟儿停了下来，垂着头往回走，脚步踩在砾石上的响声在嘲弄着她的听觉。劳也跟随它往回走，神情像一个犯了错误的小学生。然而快要临近家门时，那雷声又响了起来，仍然伴随牛马的叫声。那雷声一直响到早上，她就是在梦中也听得清清楚楚。洗脸的时候，她的耳朵里掉下一些耳垢，她这才恍然大悟，明白了雷声从何而来。看起来，季节永远只能存在于她体内了。

有一天，在想别的事的同时，她用一种语调说了关于季节的一些话，说完之后，她的血液就熊熊燃烧起来，将她的面部烧得通红，心脏怦怦乱跳。于是从那以后，她总是避免有关季节的联想。可是就这样也不行，只要偶尔一闪念，她就会心旌摇曳，手指头发颤，然后桃花或梅花的花瓣就在幻觉中出现了。有时没有花瓣，花粉就代替了它们，狂风卷起大堆的花粉简直要把她呛死。

她将自己的这种状况称为鼠热病，经过长时间的思考，她决定用一种反常的办法来抑制这种情况的发生。每当那一闪念快要发生，她就用一些十分庸俗的词语来大声赞美春天呀夏天呀的，喊得声嘶力竭。越到后来越放肆，什么词刺耳就用什么词，声音也变得像连珠炮一样讨厌。这样一搞果然好了许多，联想渐渐消失，花瓣挂在半空不再继续往下掉，花粉则成了一些轻描淡写的弧形。她知道这样下去的话，她的喉咙将会嘶哑、发炎，而鼠热将在一个早上将她击倒。那时候，花粉的微粒呛进肺部，那一瞬间就会来临。不过谁又知道那一瞬间到底是怎么回事，可能根本就没有什么那一瞬间，永远只有那种虚构的季节，永远只有花瓣的密网与花粉描出的弧形在眼前交替。当然坐在白脸人的家中时这种情况是不会发生的，现在她开始称白脸人的家为"安全地带"。

为了这种安全感，她慢慢去他家去得多了些，有时半夜里醒来也去。通向他家的那条路并不黑，当然也不十分亮，小路总是依稀可辨。即使在半夜，门口那棵死柿子树也总是幽幽地发光，像是暗示什么。一进屋就看见那盏灯，开始劳还觉得奇怪，慢慢地就习以为常了。因为毕竟，她无法设想白脸人在黑暗中进入睡眠状态，像他这种人根本不必睡觉，因为他从不消耗能量嘛。像是每次他都立在窗前等待劳的到来，至少表面印象如此。也许劳一出自己的院子他就听见了。劳径直走进去，谈起季节的灵性。她的话又轻又软，连自己都很难听清。在这里，血液不燃烧，幻觉也不产生。偶尔有一次，白脸人问她：

"现在是春天了吗？"

然后，他又转过身去，自言自语地重复了一句：

"现在是春天了吗？"

劳当然就明白了他不是问她，只是自己要说一句话，就说出来了。如果她不在，他也要说，自问自答。

在回家的路上，花粉描出的那几线雪白的弧形旁边，劳看到了一种明白的启示。于是她放慢脚步，沉下心来，冷静地体会了关于季节的事。也许隔不多久，血液又将重新燃烧，心脏又将怦怦乱跳，她可以将这看作一种规律。

第一次看见星形的、淡黄的小花瓣落在院子里似乎还是昨天的事，当时她也没料到那几朵小东西会有如此大的威力。无论她怎样手忙脚乱地将它们按下去，按到记忆的底层，它们总是像水上的浮标一样冒上来。如此反复几次，她便产生了恐慌。

那启示就如白天一样清楚。劳看见自己正在渐渐进入老年，而她的嗓子依然像姑娘一样娇嫩，这似乎不大好。然而这嗓子又是她保留下来的唯一的天赋了。

看着这些鸟，她搞清了一件事：即使自己果真去墙根边上拉屎，即使具有了这些白鸟的意识，也是不可能像它们那样行动的。它们是何等从容大度，心不在焉，又是何等漠视一切！它们占据着这个院子，在墙根那边拉屎，对于她每天的跑进跑出视而不见。是从什么时候起，劳对于它们的体味和肮脏不再反感，反而有种向往了呢？劳到今天还是不能理解它们的镇静由何而来，正如她不能理解自己的冲动从何而来一般。

总结起来，她这一辈子总在冲来冲去的，鲁莽异常。正是这种个性使她的嗓子总是保持那种可笑的娇嫩，年龄越大，她说话的声音就越使她自己难堪。她也曾幻想过自己有一天成为一个嗓音沙哑的女人，但那件事终究没能成为现实，她只能这样下去了。

那只有病的鸟儿的羽毛正在继续脱落，昨天早上，它的腹部和尾部已经完全裸露出来了，毛孔的周围渗出稀薄的脓汁，还有一条腿的皮也完全剥落了，像烫熟了一样。这种生理的变化似乎对它毫无影响，它完全没有什么痛苦的表情，仍旧若无其事地来回走动。倒是劳，当鸟儿那只脱皮的脚爪偶尔踩着她的脚时，总忍不住全身颤抖起来。那种时候，她真希望它不要与自己离得太近。

还有一只鸟，从好几天前开始就啄食起墙上的石灰来，屋子里从早到晚都响着它弄出的"嗒嗒"声。它还粗暴地弄得房里尘土飞扬，劳在睡觉时只好将头埋到被单底下。早上一看，被单上满是石灰块，墙上千疮百孔，有的地方还露出了红砖。

那一天有点冷，可能是冬天来了，也可能冬天根本没来，仍然是春天或夏天。这种事完全搞不清了，只能象征性地想一想。因为有点冷，她就穿上了外套。她坐在桌边一动不动，眼前就活灵活现地出现了那棵死柿子树。白脸人站在树下抽一支烟，将烟蒂随手扔在门口，然后他仔细审视那棵树的树皮，还用一个指头在树皮缝里拨了几下。再后来他背转身，走进屋里去了。房门自动关上，她甚至听见了轻微的碰响声。她的视觉又随之进入了房间里，白脸人像她一样坐在桌边，正在抽另外一支烟。窗户开着，看得到那棵树，窗外泛滥着大朵大朵花粉的浪花。也不知道他看见没有，他脸上的表情总是无动于衷的。空中还有雷鸣，远方也有狗叫。劳既听见了外面那些声音，也听出了白脸人房间里的寂静。这是她第一次产生的双重听觉，也是第一次看见遥远的身外之物，她的头部随着传来的声波轻轻摇晃。白脸人站起身，将窗户关上，劳就听见了浪头拍击玻璃的响声。

毫无疑问，白脸人一向耳聋，而她，也曾被那间房里的寂静所蒙蔽，没看出来。现在她的听觉正试图慢慢恢复，所以才会产生这种双重的效果。那种景象大约持续了一分多钟，劳感到身上越来越冷。最后她发觉那只有病的鸟竟然将粪便拉在她的脚背上，将鞋袜全弄湿了，怪不得她会感到寒冷。

换了鞋袜以后，再要来继续刚才的景象，却怎么也无法成功了。闲得无聊，她又来计算这一生跑过的地方了。她用一支天蓝色的笔将她旅行过的路线连缀起来，忙乎了好久。她看到她这一生的旅途大致是一条不太规则的直线，完全缺乏含义。想到这里她心里又感到十分好笑。在早先她可是绝没有这种看法的，那时她认为自己的旅行路线应该是一些菱形，至少也会是一个"U"形，怎么也想不到会是一根直线。这太乏味了，过去她也知道自己乏味，所以才旅行，用旅途的丰富来点缀她贫乏的生活。看来她是白白忙乎了一场，那根丑陋的直线横在她眼前，嘲弄着她那些别出心裁的努力。很多人都不清楚她竟会是一个如此乏味的人。今天，她已将所有的人抛出了她的记忆，他们大概明白这一点了吧。明不明白都无关紧要了，那条直线以不顾一切的势头指向某个方向。想到这个，劳的脑子里就出现了一大块黑区，黑区的周围又闪烁着点点烛光，烛光之间跑着几只野狗。

曾经有一个时候，她将白脸人看作一个疲惫了的旅游者，将他的房子看作一个车站。后来有一天他明确地表示：他从不曾外出，也没这个必要。听了他的表白的那一刻，劳不知怎么的脸上有点发烧。再用调整了的眼光看那所房子，果然不再像一个车站，而像一只密封的汽艇船。有的时候，在被季节的变化弄得发狂的一刹那，劳自己也想要这样一只汽艇，过后又忘记了。

白脸人肯定不具备双重的听觉，所以他才能始终镇定地坐在属于他的房子里。耳聋倒是一件好事，尤其像他那样丧失部分听觉，真是妙极了。要是换了劳处在他的位置，肯定会陷入悲惨的境地。劳终于没能在那里住下，而是在自己家里，与白鸟们住在了一个房间里，这也是一件早就注定了的事吧。白脸人也料到了这个，所以他才说："没有实质上的不同。"回忆她与他之间的交往，某种性质越来越鲜明突出了。也可以这样说，当劳第一次走进那间房子时，白脸人递给她的那杯底下沉淀着水垢的温水里面，就包含了未来的一切含义。当时她却处在半蒙昧的状态，仅仅注意到了那个旧热水瓶。为什么会发生他们之间的交往呢？不就是因为白脸人"对白鸟消失的形式依然有很大的兴趣"吗？当时她又是如何理解他这句话的含义的呢？

劳的视觉改变后的一个下午，她正坐在厨房的餐桌边吃饭，忽然就看见白脸人的房间里出现了一只小灰鼠。老鼠很瘦，有气无力的，还半张着嘴喘气。这是一个新的发现！劳在那间房里待过无数次，从来也没见过什么小生物。在她看起来，那样一个缺少氧气的汽艇里，除了白脸人这种久经考验的角色，任何生物都难以长久生存下去。然而却有这只老鼠。从外表看去，身心的摧残已明显可见，竟然没有跑掉真是奇迹。劳的嘴角露出一丝冷笑，她要找他问个明白。

"我完全没有注意到。"他说，"这房里也许还可以生长些什么东西，可我已对这些事失去兴趣了。至于白鸟消失的形式，那就是另外一回事了。"

"你明明看见了。"

"也许。我们都在一点点地消失。看那地平线，昨天夜里，你应该看到它们在如何起伏波动，我看见的只是这个。"

"还有梅花。"

"对了，不过那是听你说的，你要问的不是这个吧？"

"小老鼠在什么地方躲藏？"

"你看见的是一幅偶然的图像。据说这里是来过老鼠。有一次，我还对你讲过一个渔夫的故事，他的船触在礁石上了。他不是一个真正的渔夫，是半路出家的冒牌货。请静下心来听一听，你听到了吗？每时每刻都有无数的小生灵在挣扎中将牙齿咬得'嘎嘎'直响。这些事，如一棵茂密的大树上落下的枯叶。"

劳开始沿墙根和柜子寻找，她甚至看见了地上的一滴血，但终究找不到所要找的。这时白脸人又点燃了一支烟。

"你扔了它。"劳嘀咕道。

"可能。"白脸人同意似的附和了一句，又补充说，"它是自己从窗口掉下去的。我从来不扔什么东西，那样做太操心了，我从不操这些心。"

劳又使劲嗅了嗅，没有嗅出腐烂的味儿，当然，这间密室可说是一尘不染，她无法设想小生物竟会在这里悄悄腐烂。那么小老鼠不是掉下去，而是自动跳下去的，用垂死挣扎的气力用劲一弹，就离开了这里。

白脸人看见劳脸上的表情，耸了耸肩头。

窗外枯死的柿子树依然如故。劳想道，这棵树的死只是一种姿态罢了，这里的一切都是一种明确的姿态。小老鼠误闯进来，后又跳出去了。劳在不知不觉中也在做出一种姿态，不过远不如这里的一切明确罢了。她的腿脚过于灵活，不是跑就是走的，所以她的姿态只能在动作中体现。她不是能够进入沉思默想的那种类型，她的性格中缺少稳定的因素，而稳定正是她所向往的，所以她才不停地往这边跑。她时常对鸟儿们凝视良久，惊异于它们怎么能够将一种姿势保持得那么长久，像橱窗里的木制模特一样。而她，就是在梦中也在不停地翻身，换姿势，完全没有什么定准。

劳走到窗外，拍拍树干，又一次感觉到那种交流。当她用力凝视树干分杈的地方时，她甚至感到有两道强光从她干涩的眼里窜了出去，就像神话中的"火眼金睛"似的。劳自己从来就具有这种交流的本领，只不过在以前，运用起来没有这么得心应手罢了。过去她只与人交流，每次弄得别人十分难堪。现在她才知道，原来一切东西，不论有无生命，都能与她产生交流，而且这种交流又很方便，省去了与人来往的许多麻烦。比如最近，她就常与大自然的气候产生交流，当然这种关系有时也烦人，因为她不太习惯总是心脏怦怦乱跳。从某种程度上说，她毕竟掌握了一些主动权，可以像深山的老虎那样独来独往。现在她拍拍这棵树，树就用它温暖的皮向她的指头做出反应，与此同时，劳就弄清了它在宇宙间的位置。这种游戏真令人感动，在这种场合，劳的心脏不再怦怦乱跳，而是几乎要停止跳动。

第四章

　　最近一段时间，一切事的节奏都在放慢。劳的遗忘的倾向越来越严重了，有时竟会忘记怎样走出院子。她抬起脚，每次走到鸟儿们拉屎的那堵墙下，拍一拍墙壁，又往回走。有时也在半途中遇见去拉屎的鸟。如此往返五六次，才如梦初醒，知道自己在重复同样的举动。她给这种举动取了个名字叫作"加深记忆的游戏"。又由于这慢节奏，她的睡眠明显减少了。她决心调整自己对时间的感觉，以便适应自己的变化。

　　现在，她每天半夜两三点钟起来，一起来就在院子里走一走，然后吃早饭。奇怪的是她这样一搞，鸟儿们的节奏随之而变，它们也在她起床的同时，一只接一只去墙根那边拉屎，拉完又追随她进了厨房，将储藏柜里的面粉袋子啄得乱七八糟。劳万分不解，为什么她会拥有如此多的食品储藏来供鸟们糟蹋，这些东西是谁、什么时候替她储藏的？要是没有这些粮食，鸟们也会住下来吗？这类问题在脑子里引起的反响照例是一片空白。

　　原来鸟的节奏也是可以改变的，原来它们并不是高不可攀的。劳知道自己已经获得了类似于白脸人的那种呼风唤雨的能力，这种能力又是于无意中得到的，就像在散步时捡到一枚小银币。以前在风中奔跑时，她多次停下来在周围仔细搜寻，却从未发现过什么银币，大概是因为节奏太快吧，为什么她从未想到这上面去呢？她这个人，就是由无数的偶然性组合成了今天这个样子。

有时候，劳看见自己的形象化为一团五颜六色的字纸团，纸团内又长出一些毛茸茸的犄角，风一吹，纸团"扑！扑！"地响；有时候，她又化为一副风铃，是橙色的玻璃做的，响声很琐碎。变为风铃的时刻是不太多的，也没有给她带来什么特别的美感。在劳的种种化身中，连风铃都是空洞无意义的，还不如那枚朴实的小银币有新鲜感。

有了那种能力，她忍不住要向白脸人暗示一下。

"睡眠这类事在我生活里越来越不重要了。"

"种种该发生的迟早都会发生，你只要散散步就可以了。像我这样在室内踱步也可收到同样的效果。"

"你怎么知道的？"

"我从不关心什么，你对我讲，我推断一下就可以了。我也不爱乱说，因为那会使你不必要地恐慌起来。"

窗前的死柿子树在她的触摸之下更加生动而富于质感，似乎那粗糙的外皮就要"喳喳"裂开一般。劳忍不住将自己的脸也贴了上去。

这一切是如何开始的呢？这房子，这枯树，这个始终看不清脸上五官的白脸人，他们怎样来到此地，建立起这个坚不可摧的小小王国，又将怎样存在下去呢？还是在此之前，有一个自称是渔夫的人盖起了这座房子，然后又心不在焉地离开此地消失了？也可能这个小小王国根本不是白脸人建立的，反而是她自己建立起来的？如果她不闯入这里，是否直到今天仍旧在台风中奔跑呢？劳改变了白鸟们的生活节奏后，对于自己的异想天开就找到了一种依据似的。追溯以往的举动，发觉一切都隐含着内在的合理性。

在门的背后，她看见了以前从鞋子里倒出的那两小堆黄土。黄土已变成了灰色，不过土质还勉强可以辨认，正是她鞋子里的那两堆。也许再过些日子，它就会变成无色的东西吧？两小堆黄土旁边，她又发现了两根羽毛，鸟身上的，也是那种灰色。莫非这里也来过白鸟？白脸人是如何与它们相处的呢？它们也落得了与那只小灰鼠同样的下场吗？劳又想，要是当初在这里住下来，在这里养起鸟来，她的皮肤和头发也会变成灰色吗？或者变成五官模糊的白脸？她见过镜子里面自己的脸，那是一张普通的有表情的脸。那个时候她向他提到这一点，他曾嗤之以鼻。

接着她又找到了那根折断的竹签。她这才记起，许久许久以来，阳光就不再从门槛那儿经过了，或者说许久以来，她就没有注意这件事了。现在她的注意力仅仅只集中在一些幻象上头。原来一个人要保持冲动和好奇心也是很不容易的，她一天天老化，而只有年轻的血才会随时冲动，并由于某个外面的很平常的现象而冲动。现在她的冲动完全是另一种性质的，她所称之为"季节引起的冲动"的那回事，实际上与大自然的现象无关。追究到底，只能说是一种意愿中的安排，或者竟是反复修炼获得的"功夫"。阳光和雨露早就从她的周围消失了，只有对大气密度的敏感残留下来。她做梦也没想到有一天她会生活在真空的边缘，来往于她自己的家和白脸人那个封闭的家之间。现在她的旅行路线成了一目了然的短短的直线，而年轻时，她还幻想过要成为一个气象预报员呢！真实的情况相差太远了。

年轻的时候去旅行。在路上总可以看到各式各样的风景：草原啦，骑在牛背上的牧童啦，森林啦，戴斗笠的渔翁啦，等等。没什么景致她没见过，每一条路的路旁都有那么些特殊的景致，现在它们全到什么地方去了呢？劳从自己的家出发，一直走到白脸人的家，沿途似乎什么也没有，只有影影绰绰的一条路，和脚下浮动的感觉。偶尔也有几棵树，但总是撞到树跟前才被她发现。这条路已被她走过无数次，这是一条神秘的路，充满了暗示和凶险，就是不给她以实在的感觉。她每次出发前都知道自己的目的地是白脸人的家，但这却不能给她以踏实感。她像一个不谙世事、前途未卜的青年人一样忐忑不安，直到看见那棵柿子树，才稍稍松一口气。

"你认为路上会有些什么？"她问。

"走哪条路都出自你的想象，无关紧要。重要的是目的地，你属于这里。我对具体的情节不关心。"

"你不觉得我在家里的时间花费得太多了一点吗？我故意偷懒。"

"现在所有的时间全属于你自己，所以你用不着费脑筋去加以区分了，你就是躺着不动也是很好的。"

劳感到自己的视觉还在进一步地老化。一个早上，她无意中看见了自己脚掌上的骨骼。虽然看见的时间很短，也就几秒钟吧，她也知道这件事的意义了。她的眼珠也在慢慢地进入老化的阶段，她的内心正用掺杂了沾沾自喜的复杂情感来对待自己生理上的变化。

白脸人的形象又一次出现了，是贴在墙上的一个影像，他的空洞的体内仍有少许的液体在循环,此外一无所有。劳最后领悟了他那种内在的镇定由何而来。是他那颗镇定的心改变了周围的环境,使他成为一个随心所欲的人。狂风大作的那一天,劳是如何竭尽全力奔向他的所在,那一幕至今历历在目。

这些鸟儿的体内有些什么呢?无论劳是如何定睛凝视,还是只能看见它们的外表。似乎是,它们有极其良好的防护,劳的视线无法穿透它们的皮肤。倒是她自己,或许已被它们那呆滞的目光看透了五脏六腑。这应该发生在它们刚到达的那一天。怪不得它们会如此高傲,原来在第一天它们就看出了劳的肮脏。试想腹腔内会有什么洁净可言呢?是因为这个它们才大摇大摆地去墙根下拉屎的吧?

虽然看不透白鸟们的内脏,她现在却可以在黑暗中与它们交流了。在夜半时分,不开灯的情况之下,她将自己的脑袋放在一只鸟儿温暖的腋下,身体就会产生那种腾空的感觉。这是自然而然发生的。近几天的夜里,鸟儿们轮流跳上她的床,蹲在枕头旁边,劳在半睡半醒中和鸟儿们一齐腾飞。空中她也看见星星点点的五瓣的花,可一点也不激动。她一醒来鸟儿就自动离开了。冷漠、顽固、我行我素。

"这种视力对于白鸟来说是无效的。"劳说。

"当然啦,谁都存在这种局限。请问有谁弄清过白鸟消失的形式吗?那种终极的形式?"他又旧调重弹了,"我之所以有兴趣,是因为我与这件事结下了不解之缘。"

"起初,我还以为这种视力是万能的呢,我过分相信自己了。"劳不好意思地说。

她又看见了花粉形成的浪头,当这浪涛冲击着玻璃窗时,她的喉头又一次发紧。

"你现在已经知道了我是谁,为什么会存在,为什么会在离你家很近的地方有这样一所房子,你都知道了。这并不复杂,只要轻轻地在一张纸上画一些细线条就可以了。那件事却永远是在迷雾中的,你也看出来了吧?"

"正是这样,我徒然在两个地点之间来来往往,你徒然守着这栋房子,我和你从远古时代起就在此地生活了。房子无关紧要,只不过是我们想象的产物。梅花正在落下,你看不见它们,但我说出这几个字的时候,你已经感到了。你的脸上从来没有表情,这也很好。"她觉得自己终于接近了自己想说的那种意思,于是轻轻地嘘出一口气。

他们俩默默地走到了外面,气流无比纯净。劳注意到柿子树的树皮微微颤动,树根旁的泥土也裂开了几条缝。

白脸人指着树干说:"这棵树也是从来就有的,一切正好相辅相成。"

他的话音一落,树皮就不动了。天地间纯净而寂寞,劳的内心也是纯净而寂寞。

所有的声音全消失了,只剩下他俩的声音留在空中。那声音经过了过滤,空洞而短促,劳感到轻微的不习惯。

"我们脚下这块土地在几千年里没有任何改变,"他说,"请问你的脚板已经感受到这一点了吗?"

"即使在真空中也会出现人造的波涛,有人就爱干这个,还差不多成了这方面的专家呢!"她说,皱了皱鼻子。

活动了一下全身，劳开始用脚尖去踢那棵死树。每踢一下，枯干的树枝就摇个不停，从那上面落下来无数洁白的花瓣，铺在地上有厚厚的一层。她越踢越起劲，花瓣也越堆越厚，到后来几乎要将她整个人都淹没了，她才停了下来。

　　回过头向后看去，白脸人已不知什么时候走掉了，房子也不见了，她所在的地方是一片野地。

　　她又换了一个方向看去，看见自家院子的上空，二十三只灰白色的大鸟正迎空展翅，一会儿就变成一些细小的点子，消失在天边。

　　她用力扒开堆积的花瓣走了出去，隐隐约约听见白鸟们发出那种"嗷嗷"的叫声。她蹒跚地走着，她想，前面不远大概就是那座半圆形的玻璃拱门，过了拱门还会有一些简陋的小房子，有的有主人，有的没主人。她看见了其中的一座房子，很普通，毫无特点，门前连棵死树都没有。

　　至于房子后面有些什么，那就完全无法看清了。她的视力是有限的，白脸人说得对。

1992年3月1日

原载于《钟山》1992年第6期